近代天津商会

天津社会科学院建院四十周年精品文库

宋美云 著

天津社会科学院出版社

图书在版编目（CIP）数据

近代天津商会 / 宋美云著. -- 天津 : 天津社会科学院出版社，2019.6
（天津社会科学院建院四十周年精品文库 / 靳方华主编）
ISBN 978-7-5563-0559-9

Ⅰ. ①近… Ⅱ. ①宋… Ⅲ. ①商会－研究－天津－近代 Ⅳ. ①F129.52

中国版本图书馆CIP数据核字(2019)第102190号

近代天津商会
JINDAI TIANJIN SHANGHUI

出版发行：天津社会科学院出版社
出 版 人：张博
地　　址：天津市南开区迎水道7号
邮　　编：300191
电话/传真：（022）23360165（总编室）
（022）23075303（发行科）
网　　址：www.tass-tj.org.cn
印　　刷：天津午阳印刷股份有限公司

开　　本：880×1230　毫米　1/32
印　　张：14.875
字　　数：343千字
版　　次：2019年6月第1版　2019年6月第1次印刷
定　　价：78.00元

总　序

《天津社会科学院建院四十周年精品文库》收录了天津社会科学院建院以来的部分精品学术著作和研究成果，即将陆续付梓。该文库的出版是天津社会科学院建院40年来优秀科研成果的集中展示，是对40年来不懈奋斗的领导和学者们的诚挚敬意，也是对当今接续奋斗的社科院人的热忱激励。作为天津市规模最大、门类最全的哲学社会科学专业研究机构，40年来，天津社会科学院在众多学科涌现了杨柳桥、吕万和、卞慧新、黎干、孙振、王昌定、王辉、温克勤、罗澍伟、潘允康、周路、包永江、荣长海、张景荣等一大批国内外知名的专家学者，在哲学伦理学、法学理论、历史文化、经济社会等诸多领域贡献了一大批思想深邃、引领学界的研究成果，为繁荣发展中国哲学社会科学做出了突出贡献。借撰写文库序言的机会，谈几点感受。

我们正处在繁荣发展哲学社会科学的新时代。习近平总书记指出，当代中国正经历着我国历史上最为广泛而深刻的社会变革，也正在进行着人类历史上最为宏大而独特的实践创新。这种前无古人的伟大实践，必将给理论创造、学术繁荣提供强大动力和广阔空间。这是一个需要理论而且一定能够产生理论的时代，这是一个需要思想而且一定能够产生思想的时代。改革开放以来，中国共产党团结带领全国各族人民开辟了中国特色社会主义道路，在理论、制度和文化上，形成一系列创新的思想理论、发展理念和实践方略，为人类文明做出了突出贡献。天津社会科学院的发展伴随着改革开放的历史进程，从建院以来的初创奠基、探索前进、改革发展到如今的创新竞进，从站上新起点到迈入新时代，40 年风雨同舟，40 年披荆斩棘，40 年砥砺奋进，全体社会科学工作者用忠诚、担当绘就了一幅气势恢宏的历史画卷，谱写了一曲不问浮华的奋斗赞歌。新时代，新召唤，哲学社会科学正面临着空前丰富的素材与题材、空前复杂的命题与试题、空前广阔的机遇与空间，时代是出卷人，人民是阅卷人，我们是答卷人，在这个繁荣发展哲学社会科学的新时代，只有坚持以习近平新时代中国特色社会主义思想为指导，聆听新时代的声音，立足新时代的特点，回应新时代的呼唤，认真研究解决重大而紧迫的问题，才能真正把握住历史脉络、找到发展规律，推动理论创新，推进咨政建言，提升服务社会的品质。

新时代的哲学社会科学必须毫不动摇地坚持以马克思主义为指导。当今世界，各种思想观念、思维方式、意识形态的交流和碰撞越来越频繁、越来越激烈，给意识形态带来许多新问题、新挑战。以什么样的世界观、方法论来审视世界、引领未来，是哲学社会科学的根源问题。马克思主义是科学的思想体系，是人类思想史上最重要的成果，它揭示了人类社会发展的本质和规律，是科学的世界观和方法论，是我们认识世界、改造世界的强大思想武器。我国革命、建设和改革实践反复证明：中国特色社会主义需要马克思主义，坚持以发展着的马克思主义为指导，是我们事业沿着正确方向胜利前进的根本保证。当今中国，坚持马克思主义就是要不断深入学习贯彻习近平新时代中国特色社会主义思想。建设具有中国特色、中国风格、中国气派的哲学社会科学，必须坚持马克思主义指导地位，运用马克思主义观察时代、解读时代、引领时代，真正搞懂面临的时代课题。坚持马克思主义指导地位，需要不断推进实践基础上的理论创新，及时回答时代之问、人民之问，不断开辟马克思主义发展新境界；需要我们用马克思主义的思想武器，提升文化"软实力"和社会主义核心价值观体系建设，用强大的思想武器构筑意识形态领域的钢铁长城；需要我们加强主流意识形态的吸引力、凝聚力，提高主流意识形态的控制力和引导力，同新自由主义、历史虚无主义等各类不良社会思潮和意识形态领域的敌对势力做斗争。

哲学社会科学研究应该"以人民为中心"。与时代同步伐，与人民共命运，关注和回答人民需要的问题，是社会科学工作的生机与活力所在。"大学之道，在明明德，在亲民，在止于至善。"中国特色社会主义的成功经验蕴含着人民群众丰富实践创造的宝贵经验，为理论工作者的学术创新提供了丰厚土壤和研究样本。以人民为中心，需要我们"引时代明德、为人民立言"，牢固树立为人民做学问的思想，切实承担起以文化人、以文育人、以文培元的重要使命；需要我们认真汲取优秀历史文化中的合理元素，挖掘阐释其中符合时代精神、具有普遍意义的思想精华，为振兴中国学术尽心尽力；需要我们坚持理论与实践相结合，坚持问题导向，善于从实践中提炼经验做法，善于运用哲学观点和社会理论，回答和解决当前面临的矛盾和问题；需要我们唱响主旋律，凝聚正能量，不断巩固人民群众团结奋斗的共同思想基础；需要我们坚持从国家和区域发展的实际出发，聚焦高质量发展要求，努力在中华民族伟大复兴和"五个现代化天津"建设中，服务大局，展现作为；需要我们坚持平实务实，聚焦人民群众所思所想所盼，用通俗易懂的语言，有针对性地解疑释惑，积极回应群众关切，推进马克思主义思想大众化，始终贯彻理论创新“来自人民、为了人民、贴近人民”的鲜明品格。

哲学社会科学研究要强调精品意识。对社会科学研究成果而言，质量就是生命。大学之大，不在大楼，而在大师；大家之大，不在派头，而在作品。如何锻造学术精品，需要我们以扎根本土、深植时代为基础，在观念和手段结合上、内容和形式融合上进行深度创新，提高作品的思想高度、文化内涵、学术价值。当前，哲学社会科学研究的重要任务是立足中国特色社会主义伟大实践，提出具有自主性、独创性的理论观点，构建中国特色学科体系、学术体系、话语体系，这是产生学术精品的源泉和保障。社科工作者应该围绕“三个体系”建设，深入生活、扎根人民，树立正确的历史观与文化观，拿出真正经得起考验的精品佳作，凭本事说话，靠品质取胜。社会科学研究是一项苦差事，需要勤于思考、甘于清贫、淡泊名利，不畏浮云遮望眼，专心致志地锻造精品。如果不把心思和精力放在创作精品上，只想着追名逐利、走捷径、搞速成，成不了大师、成不了大家。以精品奉献人民，需要耐得住寂寞，经得起诱惑，守得住底线，立志做大学问，做真学问，同浮躁之风、弄虚作假、学术不端划清界限，在学术积累上下功夫，在守正创新上下功夫，不断增强学术积累和创新能力，拿出更多高质量、高水平的科研成果。

藉此为序。向被收入文库的作者和作品致敬！向接续奋斗 40 年的天津社会科学院人致敬！向为文库的出版付出辛勤努力的同志们致谢！也衷心希望更多的专家学者立时代潮头、通古今变化、发思想先声、引时代明德、为人民立言，不断涌现出更多的精品佳作、名家大师，不断推进全国一流社科院建设迈上新台阶。

靳方华

2019 年 3 月 17 日

序 一

近些年,我国研究商会史的学者越来越多,并出版了一批高质量的研究成果。从已有的研究成果来看,尚有许多领域有待进一步开发和研究。在时间跨度上,已有研究主要集中于1928年之前,关于1928年以后的商会状况,则很少研究。在内容结构上,对商会在城市管理和市场经济中的功能和作用;洋商商会及其与华商商会的关系;中国商会与外国商会的关系;商会与政府的互动关系,有的尚未研究,有的尚不够深入。在个案研究上,目前只对上海、苏州、杭州等少数商会有较全面的研究;对天津、武汉等商会有局部的研究,当然没有必要对每个地方商会都做研究,但是对那些具有某种典型意义的地方商会还是需要进行比较全面的研究,如天津、北京、大连、武汉、广州等城市的商会,以解剖不同地区的商会及其所代表的资产阶级的状况和特点。

现在呈现在读者面前的,由宋美云撰写的《近代天津商会》,将给我们以耳目一新的感觉。这部著作是作者在长期研究天津商会档案资料的基础上,以其特有的视角,经悉心研究所得的成果。这也是迄今为止的第一部关于北方商会史的区域性研究专著。而且作者在本项研究中利用了大量的原始档案,结合当时的社会经济状况,对近代天津商会的产生与衰亡的全过程进行了分析研究,这也可能是目前对某一商会的整个历史进行研究的第一项成果。书中还对商会的运行机制、组织网络系统的建构、参与政治的情况、对政府决策的影响，以及商会在市场经济和城市管理中所发挥的作用等问题进行了详细的介绍和细致的分析。还值得一提的是，作者在分析天津商会在市场经济中的作用时，运用了交易成本理论，颇有新意。作者由于有参与编辑《天津商会档案》的经历，掌握了大量的第一手资料，使本书具有翔实的资料、扎实可信的论据和言之成理的观点，不失为中国商会史研究中的又一项优秀之作。

虞和平

2002 年 5 月

序 二

中国商会史的研究，自20世纪80年代兴起以来，已成为史学研究中一个重要的新领城。随着大量商会史档案的整理出版和研究成果的推出，这一近代中国资本主义发展过程中产生过重要作用的领城取得了相当成绩，不仅填补了过去研究领城中的许多空白，而且对近代中国政治、经济、文化乃至中国资本主义、近代市民社会、近代社团等领城的研究，都产生了积极的推动作用。

宋美云同志在前期参与主编出版过五辑十卷本千万余字的《天津商会档案汇编》(1903—1950)的基础上，撰写的《近代天津商会》一书，将天津商会这一个案放入当时社会经济史变迁的过程中进行考察，揭示了政府相关政策的变化与近代天津商会兴衰过程与实质，并对商会的运行机制、组织网络系统的构建、参与政治的情况、对政府决策的影响以及商会的市场经济功能和在城市管理中所发挥的不可替代的重要作用等问题进行了具体的考辨和细致的分析，不乏新见，颇具学术价值。不仅为近代天津经济史和政治史的研究开辟了一个新领城，而且必然会对中国近代经济史、政治史、社会史等领域的研究产生积极推动作用。

本书的价值还在于，作者还将“交易成本”的概念运用于解释商人社团的中介性及其作用的论述中，不仅颇有独到之处，而且有助于人们加深对商会这一社会团体的理解。与此同时，作者从法学的角度将民国初年政府与商会之间关于《商会法》的争论看作是一种国家与民间社会交涉的过程。国家与民间社会之间的互动，不但可以确立起共同遵守的统治秩序，而且可以确立起共同守信的文化传统。本书还从广阔对应的地城关系角度，揭示了近代世界市场经济中天津商会发挥作用的契机和空间，对天津商会与国内外商会网络体系建构的基础、形式、特点以及它们之间的关系进行了深入剖析，对中国经济全面进入更加广阔的世界领域，顺应经济全球化的趋势，有一定的启发性和参考价值。

《近代天津商会》一书，史料丰富，层次清楚，论据充实，文字顺畅，表述准确。此书的出版，必将大大丰富中国商会史研究的新内容，对学术研究起到积极推动作用。

朱荫贵

2002 年 6 月

目　录

绪 论 ………………………………………………………………… (1)
一、商会研究的兴起 ……………………………………………… (1)
二、本书的探讨与研究 …………………………………………… (6)
第一章　商会的渊源 ……………………………………………… (13)
一、近代市场的产生与发展……………………………………… (14)
二、近代中国资产阶级的形……………………………………… (28)
三、晚清商人活动空间的形成…………………………………… (36)
四、唤起华人觉醒的洋商会……………………………………… (60)
第二章　商会的兴衰 ……………………………………………… (72)
一、初生期:商会组织的诞生 …………………………………… (72)
二、发展期:商会组织的健全与完善 …………………………… (83)
三、转折期:商会组织的发展与困境 …………………………… (98)
四、畸形期:商会组织的嬗变…………………………………… (109)
五、衰亡期:商会组织的衰亡…………………………………… (123)
第三章　商会的运行……………………………………………… (137)
一、商会组织的中介性 ………………………………………… (137)
二、商会内部运行的规范性 …………………………………… (153)

三、商会民主开放的原则性 …………………………………… (161)
第四章　商会网络的建构…………………………………………… (169)
一、商会地域性网络的建构 ………………………………… (170)
二、商会与国内其他商会互动网络的建构 ………………… (189)
三、商会与外国商会互动网络的建构 ……………………… (203)
第五章　商会与市场经济(上)……………………………………… (223)
一、整顿市场秩序 …………………………………………… (224)
二、缓解金融风潮 …………………………………………… (233)
三、倡导振兴实业 …………………………………………… (247)
第六章　商会与市场经济(下)……………………………………… (267)
一、注重商情调查 …………………………………………… (267)
二、仲裁商事纠纷 …………………………………………… (275)
三、抵制苛捐杂税 …………………………………………… (297)
第七章　商会与城市社会…………………………………………… (321)
一、创办商务报刊 …………………………………………… (321)
二、热心商学教育 …………………………………………… (330)
三、主持粮食调运 …………………………………………… (341)
四、实施慈善赈济 …………………………………………… (346)
五、管理交通市政 …………………………………………… (363)
第八章　商会政治参与的评判……………………………………… (376)
一、参与维护利权运动 ……………………………………… (376)
二、辛亥革命中的消极抵触 ………………………………… (389)
第九章　商会与现代化……………………………………………… (400)
一、近代资产阶级面对现代化的心理与行为 ……………… (400)

二、《商会法》引起的商会与政府之争 ………………………… (415)
三、现代化进程中商会的作用与局限性 ………………………… (431)
参考文献……………………………………………………………… (449)
后记…………………………………………………………………… (457)

绪 论

一、商会研究的兴起

商会是随着人类社会实践活动的扩大与深度广度的拓展而产生并得以发展和完善的社会经济组织。近年来，社会经济组织问题的研究越来越受到国内外学者的重视。不论是从马克思主义关于生产关系对生产力具有反作用的观点来看，还是从近代西方的管理学、社会学、心理学、经济学等学科的观点来看，社会经济组织都是对于经济发展起重要作用、甚至是起决定性作用的因素。正如西方新经济史学派的代表人物道格拉斯·C.诺斯所说："我认为一种经济的实绩取决于这种经济的组织结构。"[①]一语道出了研究社会经济组织的重要意义。

自1903—1949年的半个世纪中，作为近代中国的社会经济组织——商会，不仅成为中国近代史研究的热点之一，而且对中国近代经济史、社会史等领域的研究产生了重要的影响。

---

① [美]道格拉斯·C.诺斯著，陈郁等译：《经济中的结构与变迁》，上海三联书店1991年版，第101页。

近些年,我国研究商会史的学者越来越多,并出版了大量有关著作,对中国商会史进行了多角度的研究,不同程度地对中国商会做了比较系统和深入地探讨,取得了突破性的学术进展。

我国近代商会史的研究起步颇晚,可以说,20 世纪 80 年代前商会史的研究基本上是一个空白。1983 年,徐鼎新先生在《中国社会经济史研究》杂志上发表《中国商会溯源》一文。这是中国学者发表的第一篇较详细地集中论述近代商会性质、特点及作用的论文。1985 年以后,学术杂志发表的有关商会的论文日渐增多,其中既有从不同角度对近代商会进行论述的文章,也有对苏州、天津、上海等地区商会做个案研究的力作。以 20 世纪 80 年代初辛亥革命 70 周年学术讨论会为契机,并经过第一、二届资产阶级学术讨论会和 80 年代后期在苏州举办的以近代中国商会与资产阶级为主题的学术讨论会的进一步推动,预示着国内史学界中国商会史研究高潮的到来。

随着天津社会科学院与天津市档案馆合作整理编纂的《天津商会档案汇编》(1903—1911)于 1989 年的出版和华中师范大学历史研究所与苏州档案馆共同合作整理编纂的《苏州商会档案丛编》(1905—1911)于 1991 年的公开出版,商会及相关的研究在 20 世纪 90 年代逐渐进入高潮,成为中国近代史研究的热点之一。

1991 年,上海人民出版社出版了徐鼎新、钱小明所著的《上海总商会史》(1902—1929),此书是我国第一部商会史专著。同年,朱英撰写的《辛亥革命时期新式商人社团研究》由中国人民大学出版社出版。1993 年,上海人民出版社出版了虞和平撰写的《商会与早期中国现代化》。朱英与马敏合著的《传统与近代的二重变奏——晚清苏州商会个案研究》一书,同年由巴蜀书社出版。两年后,天津人民出版社出版了马敏撰写的《官商之间——社会剧变中的近代绅商》。朱英著的《转型时期的社会与国家——以近代商会为主体的历史透视》于1997年由华中师范大学出版社出版。另外,近十年来,学术界发表了数以百计的学术论文,使中国商会史的研究形成了一门不大不小的"显学"。

上述颇有分量的专题著作的相继出版和大量论文的发表,足以表明国内商会史研究领域已经取得可喜的成果,从这些成果中,可以看到商会史研究正在日趋成熟。

商会研究的热浪亦波及台湾地区,仅博士硕士论文便有多篇问世。如台湾师范大学历史系研究生张桓忠撰写的硕士论文题目为《上海总商会研究(1902—1929)》;周佳豪撰写的硕士论文为《天津商会(1903—1916)》;台北的政治大学历史研究所研究生刘怡青的硕士论文亦以《天津商会档案汇编(1912—1928)》为主要史料源,撰写了《商人与军阀政治(1916—1929):以天津为例》。1995年,台湾大学历史研究所研究生邱澎生则以《商人团体与社会变迁:清代苏州的会馆公所与商会》为题撰写成博士论文。稍早,同一单位的研究生李达嘉之博士论文《商人与政治:以上海为中心的探讨(1895—1914)》亦以上海总商会为重要讨论对象。[①]

国外学者对于中国商会史的研究,以日本、美国的学者为突出。近年来法国、澳大利亚、韩国学者也日渐关注这一领域的研究。

自20世纪70年代以来,日本学者中专门研究近代中国商会问题的论著日渐增多,如曾田三郎著有《商会的设立》(载《历史学研究》第422号,1975年)、仓桥正直著有《清末商会和中国资产阶级》(载《历史

---

① 冯筱才:《中国商会史研究之回顾与反思》,《历史研究》2001年第5期。

学研究》别册号，1976 年 11 月)，中文译文载《中国近代经济史研究资料》(1984 年下半年)。此外，还有顾琳、金文肇、林原文子等，这些学者的主要关注点是中国早期商会设立缘起、性质、社会职能、历史地位与作用等问题。

西方学者研究近代中国商会史的论著出版较少，美国学者爱德华·罗兹发表了《广州的商人团体 1895—1911》；陈锦江于 1977 年发表了《清末现代企业与官商关系》；法国著名学者白吉尔发表了题为《辛亥革命前夜的中国资产阶级》的长篇论文。西方学者探讨的焦点，也是近代中国商会的设立缘起、商会与政权的关系、商会的官办性质、商会的历史地位以及作用等问题。

进入 20 世纪 90 年代以后，美国、澳大利亚和中国台湾、香港地区的一批青年学者，如美国乔治·梅森大学张晓波关于 1904—1928 年的天津商会研究的博士论文及陈忠平关于长江中下游商会研究的博士论文。美国辛辛那提大学的关文彬先生，威斯康星大学史瀚波先生等，在这一领域也发表了不少有创见的新成果。

吴承明先生在题为《实证主义和有关问题》一文中谈道："实证主义是历史研究的基本方法，不可须臾或离。"他认为："历史学属于人文科学，并具有艺术(教育)功能。但是史无定法，自然科学、社会科学的方法都可有选择地用于历史研究，特别是用于实证。"

历史研究从根本上讲是一种实证性研究，一切富有真正科学意义的研究，都必须以坚实的历史资料为依据。商会史研究之所以能在较短时间内取得较大的进展，与这一方面的研究一开始就利用了大量新近发掘出的商会档案分不开。换言之，商会档案的发掘与整理构成商会史研究的起点和基础。

20 世纪 80 年代初期，在章开沅先生的倡导下，北京、上海、天津、武汉等地学者纷纷进入档案馆整理商会档案，拟为商会史的研究提供极其珍贵的大量的第一手资料。1981 年 5 月，在胡光明先生的带领下，天津社会科学院历史研究所几位治学同仁走进天津市档案馆开发尘封多年的《天津商会档案全宗》。《天津商会档案全宗》是天津商会、京师商会、上海商会和津京周围的直隶各州县商会，在半个世纪中面对东西方列强军事、政治、经济势力和思想文化方面的高压，国内反动政权的倒行逆施和作为政权机关的合理调控，尤其是来自世界市场和国内区域市场频繁的金融物价风潮的冲击、革命大潮的激荡和洗礼、新时代思潮的感召和启迪，在充当国家政权与成千上万的工商企业之间纽带和桥梁的过程中形成数量最多的、系统最完整的且居全国同类档案之冠的历史记录。在此期间，我们认真地对记录了近代天津工商业者经历五十年所形成的卷帙浩繁 13967 卷的原始历史档案文献进行了逐句逐篇的全面系统的整理、鉴别、校点和编纂，克服了重重困难，经过 16 年寒暑的辛勤耕耘编纂成的大型资料丛书《天津商会档案汇编》(1903—1950)，终于面见研究者。

自 1989 至 1998 年，由天津人民出版社陆续出版的《天津商会档案汇编》(1903—1950)共为五辑：第一辑(1903—1911)上下册(1989 年版)、第二辑(1912—1928)共 4 册(1992 年版)、第三辑(1928—1937)上下册(1995 年版)、第四辑(1937—1945)(1997 年版)、第五辑(1945—1950)(1998 年版)，全书 5 辑 10 卷 14140 余页共计一千余万字。与此同时，精诚合作的全体同仁不顾编纂档案任务的繁重庞杂，在天津商会档案原始资料基础上，并借鉴前人和今人的研究成果，先后发表了自己对近代中国商会史研究的学术见解和观点，受到中外学术界——从著名学界巨匠到诸多青年学者的高度关注。今天,《天津商会档案汇编》(1903—1950)已为广大学者专家广泛引证,并被欧美、日本和中国香港、台湾地区多所著名高等学府、学术机构所收藏,并称“为中国近代商会史研究做出一大贡献”①。

《天津商会档案汇编》(1903—1950)的出版,以丰富、翔实的原始资料,实证性地揭示了近代中国商会组织——特别是天津及华北区域的商会团体从诞生、成长与发展到逐步衰亡的演变轨迹;真实记录了近代中国社会变迁中,商会领导成员的构成、组织系统、运行机制、商会网络的构建、经济和社会功能以及在各项活动中所发挥的积极作用;还具体披露了中外商人与商会、商会与历届中央政权及地方政府的关系,面对社会经济政治风潮各阶层商人的社会心态,而商会和政权机关所进行的一系列社会经济调查,更成为我们认识近代中国国情的新依据,从而匡正了以往人们对近代中过商会团体的种种误解。因此,著名中国近代经济史专家汪敬虞先生著文指出:“档案是历史研究的主要基石。”通过对《天津商会档案全宗》(1903—1950)的全面系统的发掘、整理、编纂和研究,通过对中外近代中国商会史研究现状的初步考察,更加激发了我们研究商会的兴趣。

二、本书的探讨与研究

已出版的商会档案资料中,数量最多的当推天津商会档案资料。本书是笔者以长期研究分析天津商会档案资料为基础,悉心思考的最

① 冯筱才:《中国商会史研究之回顾与反思》,《历史研究》2001年第5期。

终成果。在对近代中国商会总体风貌已有把握的基础上,我感到可以从专题进行突破,一棵树带有森林的全部信息,但是看一棵树要比看全部森林更清晰。这是我选择近代天津商会作为个案研究的出发点。

笔者自 1983 年开始,就将近代中国的商会作为主要研究方向之一,至今已发表商会及相关论文三十余篇。实际上,在编纂天津商会档案资料的过程中,笔者一直在不断思索,如何在自己和史学界先辈以及同行已有成果的基础上,撰著全面研究近代天津商会的区域性专著,期望能在本书的研究中,以独特的视角提出自己的一些新见解,进一步拓展对商会的研究,且具有较高的学术价值。

为了实现本书的研究目标,我们必然寻求一种立体的多层次的视野,辨别历史现象中所包含的各种各样的脉络,从而在此基础上完成历史面貌的再构成任务。虽说这只是中国商会史的专题研究,但已涉及广阔的领域,包括社会学、经济学、社会心理学、政治学、法学等,对于我既有诱惑又是挑战。我尽可能地吸收上述学科的成果和方法进行考察分析,但还是较多地应用了我相对熟悉的历史学的理论和方法。

天津商会是华北区域经济发展中起主要作用的社会经济组织,也可以说是连接北方地区各大城市商会网络的主要枢纽,起了领头羊作用。以天津商会作为主要的研究案例,对其进行深入的剖析,可窥视这一时期的京津、华北以及北方,乃至全国的政治、经济、社会变迁的整个过程。

商会的兴衰过程凸显了中国近代以来的社会演变轨迹。近代中国商会是我国在特殊历史条件下走出封建社会并向资本主义社会过渡的产儿。在中国商会成长、发育至衰亡的半个世纪中,即 1900—1949 年间,是近代中国社会变动最深刻、最剧烈的时期。被迫走出中世纪的中国虽然力图采用资本主义的生产方式，但在帝国主义列强和根深蒂固的封建势力联合打击下，中国仍被沦为半封建半殖民地社会。第一次鸦片战争以来积累的各种社会矛盾和积聚的各种社会力量，都于20世纪的前50年爆发出来。在清末“新政”中诞生的天津商会，经过辛亥革命和清王朝的覆灭，又经历了国民政府时期，直到1950年春被工商业联合会所取代。在中国近代社会空前剧变中，不仅仅是商会团体自身经历了初生、发展到逐步衰亡的蜕变过程，而且也是商会在各届政府采取或扶持或限制或是压制几种截然不同政策下历经艰辛的过程；同时又是商会在面对外国侵略势力及与外国洋商会的关系中经历社会矛盾错综复杂的历史过程。因此，要全面、科学地判断近代中国商会的阶级属性、组织构成、社会功能，在传统社会向现代社会的演进中所处地位，特别是究竟发挥了怎样的作用，首先应该剖析近代中国商会的整个成长与演变过程；同时还必须研究各个历史阶段国家管理者主导趋向及其为商会营造的成长环境或提供的活动舞台。目前已出版的近代中国商会史著作多数还仅限于清末至北洋时期较短暂的历史阶段内。本文将深入探讨天津商会兴衰的整个过程，搞清楚历史时代的主导脉搏，从而对商会行为做出科学判断。

商会构建的区域、国内以及国外的网络，不仅促进了天津近代商业的发展，也为天津加入国际商业贸易营销网络乃至北方和中国的近代经济发展带来了明显或潜在的成效，同时给近代天津带来了经济、政治、文化发展的契机和空间。鸦片战争以后，上海、天津、广州等城市被西方列强拖进了广阔的世界经济体系中，进而使各城市商业之间的商业贸易网络，成为整个亚洲乃至世界商业网络中的重要一环。许多跨地区的商业贸易活动便是在商会网络的参与和组织下完成的。因此，商会网络体系的构建乃是近代中国经济发展的一项重要内容。然而，如何从网络论的角度去认识商会在全国或区域商业贸易网络中的地位和作用以及它们之间的联系、发展变化等问题亟待我们去探讨。历史事实证明，商会是中国近代最活跃的社会群体和经济力量，不仅积极参与国际商业贸易活动，而且是联结世界与内地城镇商人和商业贸易的中心点，进而在世界市场的互动中为中国商人寻找契机和空间发挥积极作用。因而，在研究近代中国与世界市场的关系时，我们必须将商会纳入研究的视野中。本书将以近代天津商会为基点，考察区域和全国范围内天津商会扮演的历史角色，兼及商会和商人与亚洲、西欧、美国商会和商人的互动关系。本书将从广阔对应的地域关系角度，揭示近代世界市场互动中天津商会发挥作用的契机和空间。本书不仅拟对天津商会与国内外商会网络体系建构的基础、形式、特点以及它们之间的关系进行探讨，而且还将在政治、经济、文化方面多样化的交流和相互影响等问题上做出透视和阐释。

由于市场经济的需要，商会活跃于政府与商人之间，并发挥了重要的中介作用。本书将“交易成本”的概念运用于解释商人社团的中介性的论述中。如果说交易现象存在于一般的社会进程中，那么，在清末“新政”实行的过程中交易现象更加明显突出。本书认为，既然商会的出现可以看作是商会的加入者与商会的资格认可者之间的交易结果，也可以将商会的产生和发展看作是上述双方在保持自身利益最大化的考量之下的理性选择，是双方相互交易的结果。因此，笔者试图用“交易成本”这一概念来分析商会组织的中介性及其作用，并通过对近代天津商会这社会群体及其与政府之间的互动关系做出一个静态的描述与动态的分析，将有助于人们对商会这一社会团体的理解。

商会是市场经济的产物。近代中国商会更是中外市场接轨——中国市场成为世界资本主义市场一环后的产物。对于商会与市场经济的关系，正如美国学者郝延平指出："19 世纪中国同西方的经济关系，促进了成熟的商业资本主义，这一商业资本主义构成一场商业革命。"而这场商业革命的结局之一，便是近代商会团体的诞生。郝延平教授的观察尽管忽略了列强对中国开放市场的掠夺性和强制性，却道出了一个不争的而长期被人们忽视的事实，即西方列强通过采用利炮坚船、鸦片贸易和传教士、战争赔款和不平等条约、控制海关、设立租界和驻军、设立洋行、银行与洋商会，培植庞大的买办群，还有垄断河海运输，筑造铁路与开设矿山，把中国经济纳入了资本主义世界经济的轨道，把中国市场变成列强的商品市场和原料供应地，把中国市场永远变成世界市场中被掠夺、盘剥的一环。因而，近代中国的现代化也必须首先从商业革命开始。近代中国的社会转型，也是从转换市场运行机制，架构体系、市场结构、商业与金融、航运与电讯、经营方式等方面进行。而变化最显著、对社会经济生活影响最深刻、对社会进步与政权稳定影响最直接的就是商会组织，它成为国家各级政权和众多工商企业之间联系的中介和桥梁，成为国家政权调控整个市场体系的不可替代的一环。近代天津市场随着北宁、津浦、京张与平绥、京汉等四大铁路干线的开通，河海航运的改善、邮政电讯网络的扩展，同全国市场和世界市场紧密地联系在一起，带动了天津商贸经济的发展。但是，由于欧美列强各国在华北铁路、航运、矿业等能源、交通部门和金融、外贸等第三产业部门的垄断地位，近代津京地区，曾爆发了一连串重大中外金融商务风潮、国内区域性的金融物价风潮，其影响范围甚大，经过天津商会与政府多次的沟通和交涉达成共识，并采取各种措施能够较好地平息、缓解了这些对政权和社会具有破坏性的经济风潮的冲击，缩小了危害的程度，从而赢得中央政府和地方政权以及各行各业广大商民的信赖。商会还从培育市场经济出发，规范企业市场行为，维护市场秩序，调解商人纠纷等诸如此类的经济功能，对于社会经济生活的正常运行，都起到促进作用。1900—1949年，天津商会投入大量的人力、物力和财力，所取得的成就为世人所瞩目。本书将把天津商会在市场经济中的作用作为论述的重要内容，以弥补目前国内专门研究商会与市场经济关系中成果尚嫌不足的遗憾。

在研究清末与民国时期以经济功能为主的商会的同时，笔者不断发现商会常常超出其经济职能的范围，将其功能伸展到政治、教育、地方自治、调解商人纠纷、社会公益等十分广阔的社会领域。商会在城市社会的公共活动中的参与和管理达到了前所未有的程度，其中有创办报刊、兴办商学、平粜粮食、实施赈济、整顿交通等公共活动，进一步构建了商会在社会公益事业中与政府的协调合作关系。

从现代化的历史进程来看，后发现代化社会的内部驱动力往往不仅仅是自发的各种社会力量的聚合作用的结果，而是在很大程度上需要国家的动员和推动，这就意味着：一方面，国家的力量必须被转换成广泛的民间动员。另一方面，民间的力量亦必须被纳入国家确定的理性目标和建立起来的社会制度体系的规范、制约之中，从而使社会具有足够的驱动力冲破传统主义的束缚，走上现代化社会的运行轨道。因此，政府（国家）的力量与商会（民间）的力量就构成推动现代化进程两根最有力的杠杆。政府和商会在新的共同利益基础上，建立起新型的密切关系，以政府和民间的合力推动本国现代化进程。我们要研究中国现代化进程，就不能不考察中国资产阶级在其中所走过的历程。商会作为一种资产阶级的社会团体，它集中体现了资产阶级的特性。商会从开始到发展壮大，实际上也是资产阶级自身适应走向现代化的发展过程。本书在考察资产阶级面对现代化的心理与行为的同时，探讨了政府与商会之间关于《商会法》中一些条文的争论，从法学角度将政府与商会之间关于《商会法》的争论看作是一种国家与民间社会交涉的过程，即在商人的反对与国家法强制的反复较量中理性计算的过程，而且也是双方互相沟通的过程。在现代化的过程中，国家与民间社会之间的互动，不但可以确立起共同遵守的统治秩序，而且可以确立起共同信守的文化传统。以此来打破任何理论上可能的二元对立，从而展现历史的丰富可能性。最后，对在荆棘丛生中开辟道路、于艰难竭蹶中拼搏前行的近代中国资产阶级的作用和局限性进行了评判。

最后要指出的是，本书的目的不在于指出近代中国商会呈现出的一条兴衰轨迹，而仅仅是对这个社会经济组织的中介作用进行一番历史注释，不仅想搞明白“是什么”，还试着追问“为什么”。正是对“为什么”的追问，使我们看到历史演进与社会变迁中商会组织的中介作用。在本书中笔者力图将社会结构的变迁与商会组织的作用联系起来。通过再现清末民初国家转型过程中商会组织在政治、经济以及公共领域中的沟通与交涉，来说明政府与商会之间的互动关系——政府通过制度制约商会，而商会在政治、经济以及公共领域中为政府起到了功能弥补的作用。同时，强调如果能将对历史的理解和正确的理论综合起来，并进而洞悉商会组织在现代化进程中的可能性和局限性。

第一章 商会的渊源

从封建社会经济制度到资本主义社会经济制度的变革，不仅是生产力的飞跃，而且也是生产关系质的变化。这种飞跃和变革意味着社会经济由自然经济向商品经济的转换，意味着由传统市场向近代市场的转换。在这种转换进程中，随着企业作为市场主体对原来家庭和手工业者为主体的替代，以交换为目的的市场交易行为对原来以自给自足为目的的简单交换的交易行为的替代，新型的商会等市场中介组织也应运而生。这些新型的商会等市场中介组织以其独有的功能，活跃在工商企业、劳动者个人与企业或群体组织、市场交易活动和企业与政府之间，起着其他组织或个人所无法替代的沟通、桥梁和纽带作用。

近代中国商会与西欧许多国家的近代商会的历史相比较，中国近代商会的产生不仅与近代市场经济的产生和发展，与资产阶级的形成有着密切的联系，而且与政府实行的政策是否为商会的形成提供有利的环境有着更为直接的关系，也就是说，政府在商会的孕育与形成的过程中发挥了决定性的作用。相反的是，西欧许多国家近代商会的产生乃取决于资本主义市场经济的发展程度。只有资本主义市场经济发展到一定程度之后，商会自然就会从其内部孕育而成，政府并未对其发挥决定性的作用。因此，政府与市场经济对近代中国商会产生的作用与影响显得同样重要，这也正是近代中国商会与近代欧美许多国家商会的不同之处。

一、近代市场的产生与发展

近代中国商会是市场经济发展的产物，是市场经济体制的一个重要组成部分。近代市场经济是与资本主义经济的产生和发展联系在一起的。因此，资本主义经济的产生与发展是商会得以形成的前提和条件。可以说，没有资本主义经济的产生与发展就没有近代市场经济，也就不可能有近代中国商会形成的经济基础。

中国传统市场的特点是国家对流通领域的控制远胜于西方，这表现于专卖制度和其他官营商业的发达以及对海上贸易的统治，一些有关国计民生的商品由国家或特权商人垄断经营。明清时期的大商人都是特权商人或官商。最有势力的徽商、陕商、晋商都是靠经营食盐起家的。茶商也是特权商人。清代中期盐商衰落以后，代之而起的行商仍是特权商人。

鸦片战争前，我国的对外贸易是由行商经营的，而 1834 年以前，外国对华贸易则基本上为英国东印度公司垄断。行商具有官商的性质，是由政府批准的，别人不得插手其间①，因此是一种封建的垄断。外国商人贩运货物来华，一律不得在港口自行上市出售，更不得深入内地市场。他们要购买的中国商品也不得在市场上直接购买，更无法深入内

---

① 郝延平在这一问题上有不同意见，他认为 18 世纪后半期到 19 世纪早期，广州的海外贸易并未被公行所垄断。参见陈湖、陈任译《中国近代商业革命》，上海人民出版社 1991 年版。

地购买，而必须通过行商经办，所纳各种税款也由行商经手。1842年《南京条约》规定："今大皇帝准其嗣后不必仍照向例，凡有英商等赴各该口贸易者，勿论与何商交易均听其便。[①]"行商制度被废止，外商可以自由应用为其经办业务的人员。代之而起的买办制度的首要变化，是打破了行商制度的封建特权垄断，建立的是一种外国洋行与中国雇员之间自愿结合的雇佣关系，同时它也是一种合同契约关系，业务上按合同办事，买办兼具经纪人和经理人的身份。

资本主义是一种扩张性和世界性的生产方式。西方世界的兴起，资本主义的迅速发展最关键的动因是国际贸易的扩大，可以说没有世界市场就没有资本主义，也不可能实现经济的近代化。中国长期以来实行闭关政策，阻碍了中国与世界其他国家经济关系的扩大。这对中国国内市场的发展和经济的增长是不利的。郝延平先生在他的《十九世纪的中国买办：东西间桥梁》一书中对传统中国的对外贸易在经济发展中的作用做了言简意赅的概括，他说："在鸦片战争之前，中国的对外贸易被仅仅看作是地区间贸易的一种特殊的和不重要的形式，它的发展包容在传统的社会秩序之中。而且，它的数额同中国的国土、人口和特产相比是微小的。更重要的是，对外贸易所促进的新的经济成长只是很微弱地渗透到传统经济中去；它仍然在很大程度上被抑制在条约口岸内，这些条约口岸在许多方面成为由外人左右的'国中之国'。因此，中国经济的近代成分是孤立的，处于传统的经济的边缘——或者用陶尼的话来说，犹如古老的长袍镶上的一条新式花边。"[②]

① 黄月波等编：《中外条约汇编》，商务印书馆1935年版，第5页。

② 李荣昌、沈相伟、杜询诚译：《十九世纪的中国买办：东西间桥梁》，上海社会科学院出版社1988年版，第261页。

鸦片战争后，中国被迫对外开放。外国侵略者凭借不平等条约所取得的种种特权，对中国积极展开以商品输出为中心的侵略活动，从而促使以通商口岸为中心的中国近代市场体系的新格局开始形成。因此，中国近代市场形成的动因，固然内部有诸多因素，但来自外部的因素也不能完全否定。在以后的一系列发展和变化中，也和其与世界市场联系的加深和世界市场的兴衰相关联。正是在这种融合的过程中注入中国国内市场以各种近代化的因素。

由上述可以认为，鸦片战争后中国市场体系的转变和近代商业发端的首要标志是一种新型自由贸易体制的确立，尤其是沿海的城市市场成为进出自由的竞争性市场，基本上不受政府的干预。

19 世纪四五十年代，中国逐渐沦为西方资本主义工业品销售市场和农产品、原料供应地。在广州、厦门、上海被辟为通商口岸之后，这些城市的许多华商即开始兼营洋货，有的甚至专营洋货，与资本主义生产发生了比较密切的联系。例如在 1843 年的广州，“开设洋货店户者，纷纷不绝”，仅在回文街等处就达二百余家。厦门开埠后不到一年时间，何厝、卓畸等地也有不少华商“开设行店，专同外商买卖”①。尤其是在上海，开埠之后不仅出现了经销洋货的新式商业行业，而且一些传统行业也逐渐发生变化，从旧式商业向新式商业演变。19 世纪 50 年代，上海的商业中就已出现一些过去所没有的新式行业。大约在 1850 年，上海即诞生了第一家专营洋布的同春洋货号。此后专业洋布店逐年增加，到 50 年代后期已达十五六家。1858 年振华堂洋布公所的成立，标志着这一新式行业已经形成。新兴的五金业店铺也在 60 年代初开始

① 朱英:《转型时期的社会与国家》，华中师范大学出版社 1997 年版，第 77 页。

建立，此后不断增设，至19世纪末已达57家。行业粗具规模，内部分工也较细。除此之外，上海新形成的商业行业还有西药业、颜料业、呢绒业等。一部分经营农产品购销业务的旧商业，也逐渐改变了性质。例如，原有的旧式丝茶行栈，在鸦片战争后即与外商洋行直接发生了密切联系，性质逐渐发生变化，建立了一批不同于以往的新式丝茶行栈。据记载，19世纪70年代初，上海已有76家丝栈和丝号。另因适应上海开埠之后船舶修造和租界营建事业的需求，原有的木材行开始经营进口洋松，其营业对象也发生了变化①。天津在1860年开埠之前，已有不少洋货商在县城和天后宫南、宫北一带经营生意。洋行也多在宫北一带开业。据记载，1866年天津已有9家英国洋行，4家俄国洋行，驻津的外国人数约达110人。

众所周知，买办是外国洋行与中国市场联系的桥梁，通过其中介作用，洋行得以开辟中国沿海市场，并逐步向内地推进，建立起一个以口岸买办商人为核心、由各层次内地商人组成的为外商进出口服务的商品推销、原料收购和金融控制网络，从而改变了传统社会旧有的市场结构，促进了近代商业流通网络的建立。

中国近代市场所形成的商业网络多数是在鸦片战争后新建的。外国入侵后形成的市场体系并不是传统市场网络的自然扩大和延伸。尽管可以利用旧有的流通渠道，但毕竟只是少数。上海、天津等沿海城市虽然在鸦片战争前对外贸易就有所发展，但贸易新体制和市场流通渠道的建立还是在鸦片战争之后。如天津开埠后出现的新式商业行业，如棉布业、百货业、五金业、西药业等。与其相关的内地商业网络也大

① 黄逸平：《近代中国经济变迁》第七章，上海人民出版社1992年版。

多是新建的。这些新式商业或由买办投资，或为外地商人所投资，也有为旧式商业资本所转化，由经营土货的商店改为经营洋货，或兼营洋货。天津的洋布店就是以旧有绸缎庄、土布店为基础，同时也经营洋布。其他大城市也有类似的现象。百货店则多由旧式杂货店、绒线店发展而成。

近代中国市场的商业网络体系与传统的商业市场体系有着密切的联系，亚洲各国在外国商业势力入侵后出现了各种不同的情况。如伊朗在英国入侵后，其传统商业几乎完全为外国商人经营的新式商业所取代，而中国的情况与其不同。封建社会后期的中国长途贩运贸易业是以南北方向的流动为主，当然清代长江的航运贸易也有很大发展。此外，珠江水系，特别是西江水系的通航均为开埠后的市场格局奠定了基础。鸦片战争后，由于进出口贸易中心转移到上海，东西向的商路进一步繁荣，而南北向的传统商业渠道，如大运河、赣江水系的运输则呈现衰落之势。有些旧有的流通渠道逐渐消失，如东北的麦、豆不再运往上海，改为直接出口。一些传统的出口商品，如丝、茶的输出路线发生变动，逐步由广州改道上海。但外国洋行仍然在利用中国传统的商业流通渠道，买办为二者在市场上建立起联系，并对其加以改造，使之买办化。因为他们深深懂得，插入旧有的流通渠道，利用早已存在的信贷关系，有其便利之处，比新开辟市场可以节约市场费用。

市场的构成，主要是商品的流通量和流通内容。流通量的大小取决于市场的交通辐射范围和商埠码头的大小；流通内容则指集散商品的种类（结构）。关于天津的情况存在不同的说法，有的学者认为，天津在开埠前与其腹地并没有很多的市场联系，其商业的繁荣主要是作为南方漕米北运的中间站和长芦盐南运的集中地。只是在开埠以后，才成为棉花、棉布集中和棉纱销往内地的中心。据海关档案资料记载，当时天津的洋布入口量已超过上海和其他南方沿海的通商口岸，位居全国之首①。甚至有一段时间，天津洋布入口价值竟是华南八口岸（广州、汕头、厦门、福州、北海、九龙、拱北、蒙自）的2.5倍。而中国西北的驼毛、羊毛、皮革是外国商人新开发的出口商品，早期只为外国商行经营，后来才由产地的中国商人办理经由天津的出口业务，但是这些流通渠道多数为开埠后新建的。

当然也还有一些商品在外国入侵后，在相当长的时期内流通渠道没有变化。如盐，由于盐商的顽强抵抗和清王朝的极力维持，不准外国人插手盐的运销，也不准出口，所以，仍由官府和特权商人垄断。直到20世纪初年以后，由于铁路的修通，其运输和流通渠道才发生局部变化。此外，如中草药、土布的长途贩运渠道在开埠初期也变化不大。但这些商业（包括旧式金融业中的票号）在新的市场格局中，由于墨守成规，与那些欣欣向荣的新式商业相比，总的是处于一种衰落境况。如旧式盐商大多经营不善，破产者比比皆是。

近代的商业组织机制的建立是鸦片战争后中国市场体系的转变和近代商业发端的又一重要标志。无论是商品的流通，还是市场的运作最终要依靠商业组织来完成。因此，商业组织是整个市场体系中最能动的要素。近代市场体系的建构及有效运作需要近代化的商业经营方式和经营机制与之相配套。旧式传统商业多为个体经营，或几个股东合资实行无限经营，股东即为经营者。这样就使得家庭收支和商号收支混杂在一起，股东可随意支取商号资金用以家庭开支，商店的经营状

① *Trade Reprs*. 1866，Tientsin，p. 85.

况决定了股东家庭的富有程度，而家庭的兴衰又在很大程度上影响了商号的命运。而且，传统商号中，乡族主义严重，其投资者多以宗法关系、同乡关系为纽带，具有浓厚的封闭性和排他性。19世纪后半期，中国的新式商业引进了许多与传统商业不同的近代经营方式，如新式保险和银行与商业经营的契合，集资方式开始由家族范围向社会信用转变，信贷贸易的扩展和利率的下降，货币供应的增加，通信方式、运输工具和仓储的进步，以及一系列新式交易制度的采用，减少了商业活动的盲目性和不确定性。尤其是近代商业的组织形式的采用，即股份制公司的建立。所谓股份制是指通过发行股票来筹集资金，组织大规模企业经营的资产组织形式。作为近代资本主义企业的一种所有制形态，在制度上具有有效性，它不仅实行股东大会、董事会、监察机构三权分立的机构设置(各国又具有不同的表现形式)，而且也能够发挥其他企业形态所不能发挥的机能。股份公司集资或投资者的股份投资，是靠发行或购买股票。这样不仅可以广泛动员、收集社会零散资金，而且可使公司经营的规模不断扩大，抵御风险的能力不断增加。

吴承明先生在《中国资本主义与国内市场》一书中认为“直到鸦片战争前，我国国内市场，还是一种以粮食为基础、以布(以及盐)为主要对象的小生产之间的市场结构。”因此，可以认为，第一次鸦片战争后在一些通商口岸出现的经销洋货和从事农产品出口贸易的商业，是不同于旧式商业的、具有资本主义性质的新式商业，首先在于它已被纳入世界资本主义的运行轨道，发挥着重要的职能资本作用。其交换对象从主要是小生产者逐渐改变外国产业资本和中国的城市消费者。其次，新式商业的利润来源主要是来自购销差价，而不像旧式商业那样，主要是靠高利贷、贱买贵卖的手段获取利润。再者，新式商业的经营方式也发生了前所未有的变化。因此，新式商业虽然在许多方面仍不免带有前资本主义的痕迹，但已在很大程度上具备了资本主义商业的一些主要特征。

近代经济能否发展，关键在于市场能否扩大。要扩大市场范围，首先要突破狭隘的地域限制，使地方性的狭小市场变为全国性乃至世界性的国内、国际市场，即要打破过去条块分割的市场状况，形成一个统一的大市场。中国近代市场统一体系的形成，促进了资本主义经济的快速发展，其作用主要体现在如下几个方面：

(1)促进了中国自然经济的分解。中国古代社会特别是明清时期虽然商品经济有所发展，对外贸易也有增加，市场逐步扩大，但那只是自然经济的一种必要的补充，并不能从根本上分解自然经济，为机器大工业的产生即资本主义的近代化创造条件。直到经过两次鸦片战争，大约到了 19 世纪 70 年代，中国市场被迫对外开放以后，外国工业品通过洋行和买办建立的商业网逐步打开在中国的销路，同时扩大了中国农副产品的出口，使之转变为为世界市场而生产，创造了新的需求，才使中国的自然经济真正开始分解。从而一方面为中国近代工业的产生开辟了商品市场，同时也使大量农民小生产者破产，使之与生产条件彻底分离，为近代工业创造了劳动力市场。列宁在《俄国资本主义的发展》一书中批判了民粹派关于小生产者破产使市场缩小的说法，小生产者变成雇工，与生产资料相分离，使其不得不完全依赖于市场，过去是他们自己生产可供自己消费的产品，现在则完全需要通过市场购买消费品。“真正以急风暴雨的方式推动货币资本积累和劳动者与生产资料相分离的是资本原始积累过程，但商业的发展却是向资本主义生产方式过渡的必需条件，在国内市场形成过程中，商品货币关系不断深入和扩展,起到了促进资本原始积累的巨大作用。小生产者在国内市场的接触中急剧分化,一方面,生产资料变成新占有者手中的资本;另一方面,使被剥削的小生产者变成必须依靠市场才能生活的雇佣工人。[①]"这里,列宁所说的资本积累过程在中国是在鸦片战争后、随着外国资本主义入侵才开始的。在这一过程中,买办和新式商业逐步积累起可观的商业利润。据郝延平估计,中国内地贸易年利润可能为投入资本的20%,而国际贸易则为40%。因此,沿海商人的平均年利润率约为30%。沿海商人通过合法和非法的手段,在较短的时间内迅速致富。

(2)带动了进出口贸易的增长。上海是进出口贸易的中心,从19世纪60年代起进出口货值即逐年增长,1863年达到1亿两白银,是1844年的34倍多。1865—1900年,又由1.21亿海关两增至3.89亿海关两,共计增长了221%[②]。广东的情况也是如此。1875年,广东全年进出口货值不到0.24亿海关两,1880年为0.28亿海关两左右。到1895年,即猛增至1亿多海关两。1905年以后,每年都超过1.5亿海关两,个别年份还接近2亿海关两[③]。又如,在华中物资集散地与外贸转口中心之一的汉口,"光绪二十年(1894年)以前,每年贸易不过三千万两左右。自光绪二十年以至光绪三十一年(1905年),……每年贸易额竟达一万万两以上"[④]。进出口贸易的增长虽然意味着洋货输入增加,但中国土货的出口额也同时扩大,因而也是民族资本商业发展的表

① 《列宁全集)第3卷,人民出版社1984年版,第46—47页。

② 黄苇:上海开埠初期对外贸易研究》,上海人民出版社1961年版,第138页。

③ 邱捷:《辛亥革命前资本主义在广东的发展》,载《学术研究》1983年第4期。

④ 《汉口商业月刊》1935年第2卷第4期,第1页。

现。例如，1865—1900年，上海土货输入总值，自0.23亿海关两增至0.67亿海关两，增加了190%；土货输出总值则从0.38亿海关两增至1.08亿海关两，共增加了184%，而且土货输出入的总额几乎占到常年进出口货物总额的一半左右。在其他一些通商口岸，土货的出口也是逐年增加。在汉口，1861—1910年，进口贸易总值从0.103亿海关两增至0.57亿海关两，出口贸易总值也从0.13亿海关两增至1.11亿海关两[①]。天津口岸贸易货值的增加情况请看下表：

单位：海关两

年份	总值	进口	出口	税收
1861	5475644	5014071	461573	
1871	18557682	17610540	947142	441162
1881	21606231	19105554	2500777	382540
1891	37048539	31471984	5576555	642855
1899	77604562	61903755	15700807	1269804

上表所列事实说明，天津口岸的贸易总值和进口、出口贸易值增长速度颇为惊人。如以1865及1894年两个年度天津洋货进口数额同沪、汉、穗及厦门、汕头等口岸相比较，就会看出变化之大。1865年时，天津低于武汉60余万海关两，位居第三；1894年时，天津则高于武汉1倍，上升为第2位。其根本原因，是由于天津有着广阔的内陆腹地，是洋货的巨大消费市场和中转站。下表即是庚子后天津对周围腹地洋货批发的情况[②]：

① 《汉口百年来进出口贸易之分析》，载《汉口商业月刊》第2卷第2期。
② 胡光明：《论天津近代史的基本线索》，《天津史研究》1985年第1期。

单位:海关两

省名	1902 年	1905 年	1910 年	1915 年	1919 年	1923 年
直隶	14266000	2000000	15843262	16890000	216000000	40000000
山东	1313000	1000000	986526	1760000	1410000	
河南	1313000	1000000	1403895	160000	3010000	
陕西	34000			6120000	490000	
山西	3389000	5500000	5431976	5230000		
甘肃			3352023	5300000		
新疆						1100000
吉林		2000000				32500000
奉天		3000000				32500000

天津土货出口,通常不到贸易总值的 1/10。但由于腹地辽阔的关系,其增长速度也十分可观。1865 年土货出口净值仅 110 余万海关两,排在烟台、牛庄、厦门之后,名列第 11 位。到 1894 年,已达 630 余万海关两,上升至第 6 位,1904 年时为 1400 余万海关两,十年间净值翻了一番,表明这时的天津已经是中国重要的对外贸易通商口岸了。

(3)加速了国内工商业的发展。随着流通市场的扩大和经营商品种类的增加,新的商业行业也很快兴起并获得迅速发展。以天津为例,19 世纪 90 年代即有洋布店约 35 家多;新兴的西药店在 1900 年也出现了 27 家;五金商店到 1900 年共 7 家;洋镜业竟达 30 家。上海、广东、武汉也同样产生了洋布、洋纱、五金、华洋百货、颜料和西药等一批新的商业行业。

一般说来,市场的扩大能促进分工和劳动生产率的提高。生产的国际分工是一种进步,各国间生产的专门化也是一种进步,可以促使本国生产成本降低,质量提高,使用新技术,使资源的配置更加有效,并促使生产要素在国际间合理流动。随着国际资本主义的发展,中国被融入世界市场体系不可避免的,尽管这种关系是建立在不平等条约的基础之上,从而造成了中国近代市场的半殖民地性质,尤其是早期阶段还具有暴力掠夺的性质。但作为一种原始积累的历史过程对中国国内市场的形成和经济的近代化客观上起到了推动的作用,尽管列强入侵的主观动机是要占领中国市场,并压抑中国民族工业的成长。正是在中国资本主义国内市场开始出现的条件下积累起来的商业资本转化为工业投资,中国近代的机器大工业,从官办企业的产生到后来的民办企业的产生,并逐渐获得发展。

私营近代厂矿企业的迅速崛起,也是在 19 世纪末和 20 世纪初这两个时期。随着外国资本主义势力的侵入和国内洋务运动的兴起,以及先进的机器设备和生产技术的引进,民族工业也逐步兴建起来。以天津情况为例,1870 年朱其昂创办了贻来牟机器磨坊、大来生机器磨坊、天利和机器磨坊、瑞和成机器磨坊,标志着天津近代工业开始产生,以后罗三佑又创设了德泰机器厂(1884 年)、万顺铁厂(1886 年)、天津自来火公司(1886 年)、北洋织绒厂(1897 年)、北洋硝皮厂(1898 年)、天津织呢厂(1899 年)等企业。从 19 世纪 80 年代至庚子事变,是天津资本主义工业的萌芽时期。20 世纪初叶,天津民族工业才迅速起步,成为一股独立的社会力量。据不完全统计,到 1911 年前,天津民族资本工业厂家数已发展到 107 家,其中注有资本额的 53 家,资本总额为 6708405 元(资本在万元以上的有 28 家)。这 107 家近代工业所涉及的门类已有 16 个，计[①]：

矿业 5	机器 10	纺织 28	面粉 12
榨油 4	烛皂 12	火柴 4	皮革 5
制碱 1	瓷器 1	玻璃 1	化妆品 2
交通 1	垦业 1	烟酒 7	其他 11

上述事实说明，不仅私人开设工厂的厂数大大增加，而且投资的范围也较前更为广泛。除棉纺织业、面粉业有较大发展外，烟酒、肥皂、玻璃、化妆品、矿业、榨油、皮革、制碱、瓷器等行业也都相继有私人资本投资的工厂建成投产。尽管庚子事变后的天津民族工业比上海等沿海城市起步迟，规模小，技术力量差，但工厂数量的明显增多，行业的扩大，已成为这一时期天津资本主义工业的特点。

不过，在半殖民地半封建的特殊历史环境下，近代中国民族工业的发展仍面临着重重困难。中国近代民族工业的产生，主要不是按照历史发展的常规，从简单分工、工场手工业过渡到机器大工业。其原因在于中国的手工工场不发达，鸦片战争后尚未进入工场手工业时期；外国资本主义的入侵，又打断了中国资本主义萌芽的自身发展进程，使其难以完成经工场手工业向大机器工业的过渡。到 19 世纪末 20 世纪初，中国的民族工业虽然获得了初步发展，但依然是步履维艰，面临着重重的压迫和阻力。

近代中国商业的处境则与工业有所不同。一方面由于大批商人通过经营洋货，从日趋扩大的西方国家对华贸易中赚取相当可观的利润；另一方面中国的民族工业兴起之后，商人也开始经营民族工业产品并

① 统计数字均引自《天津商会档案汇编》。

从中获利。按照经济发展的一般常规，随着近代工业的兴起，商业的作用与性质都会相应发生变化。正如马克思所指出的那样："在资本主义社会以前的阶段中，商业支配产业；在现代社会里，情况正好相反。[①]"也就是说，在近代工业产生之后，商业即失去先前的独立作用，从属于产业并为之服务。但是在中国，近代工业产生后商业却仍然保持着某种独立发展的趋势。这不仅因为近代中国的工业不很发达，而且由于存在着大量的手工业，商业资本仍继续支配手工工场及一些规模较小的工厂。

相对工业而言，近代中国商业的发展更为迅速，致使中国的资本主义出现了工业欠发达、商业畸形繁荣的经济格局。即使是在上海、广州、天津、武汉等近代工业相对来说发展较快的通商大埠，也是商业资本的数量远远超过工业资本，商业资本家不仅经济实力比工业资本家雄厚，而且商业人口大大超过工业人口。商界人士在社会生活的各个领域中显得十分活跃。据目前所见文献记载，清末出现的社会团体大多为商人社团，而由工业资本家单独组织的社团却为数甚少。到清末，全国只有天津、四川、湖南等极少数地区的工业资本家独立组织了名为工会的社团。而大多数地区的工业资本家，包括天津的工业资本家也都以"商"的身份参加商会团体。

上述史实表明，如同西方由传统社会向近代社会转变是从一个有效率的市场发育开始一样，中国近代的经济发展也首先是从商业的资本主义化开始，即从统一的国内市场及与之相关的一系列近代商业制度建立开始。至 19 世纪后半期，中国的资本主义主要还是以商业资本

---

① 《马克思恩格斯全集》第 25 卷，人民出版社 1965 年版，第 369 页。

为主，无论是投资额、雇用人数，还是产值都明确显示出来。即使到了20世纪前期，仍然是商业资本占主导地位，并获得一定程度的发展。由此说明，这一时期以商业资本占主导地位的中国近代市场经济的产生和发展，已为商会的孕育和萌生奠定了不可缺少的坚实的经济基础。

二、近代中国资产阶级的形成

关于中国资产阶级的形成，中西方学者持有不同的看法。西方一些学者曾认为，由于资本主义发展不充分，中国直至辛亥革命以前尚未形成一个独立的资产阶级，并以此否认辛亥革命是一场资产阶级性质的革命。中国台湾的一些学者，也有类似的看法。国内学者在20世纪80年代以前，对近代中国资产阶级的研究往往立足于批判。20世纪80年代以后，史学界对近代中国资产阶级的研究日趋重视，十余年间不仅发表了大量的有关论文，而且出版了一些颇具分量的专著。这些为数众多的研究成果，从不同的角度，说明辛亥革命前的中国的确已形成了一支作为独立社会力量的资产阶级队伍。不过，对于近代中国资产阶级究竟在辛亥革命前的哪一个具体时间形成，中国内地史学界似乎仍持有不同的见解。

第一种意见认为，随着19世纪七八十年代中国民族资本近代工业的产生，中国资产阶级就已相应产生①。其主要论据来自列宁和毛泽东的论述。列宁在《共青团的任务》一文中指出："社会上一部分人占有全部土地，那就有了地主阶级和农民阶级，如果社会上部分人拥有工

① 魏永理：《中国近代经济史纲》上册，甘肃人民出版社1983年版，第320页。

厂，拥有股票和资本，而另一部分人却在这些工厂里做工，那就有了资本家阶级和无产者阶级。”[①]毛泽东也说过：“中国民族资本主义发生和发展的过程，就是中国资产阶级和无产阶级发生和发展的过程。”[②]

第二种意见认为，戊戌变法时期中国的资产阶级上层已经形成，“以康有为为首的资产阶级维新派，主要是被民族资产阶级上层呼唤出场的”。当时，民族资产阶级中下层，“没有形成独立的政治力量”，“还只能处于前者的附庸和助手地位，远未能在政治上、经济上拥有独立的发言权”[③]。

第三种意见认为，近代中国的资产阶级形成于 19 世纪末 20 世纪初。因为戊戌变法以前，投资于商办新式企业的大多数人的经济利益和政治态度，基本上没有脱离原来买办、地主和官僚的地位与立场，只是开始有了不同程度的转化。所以，不能说已经形成了一个独立的资产阶级。到 19 世纪末 20 世纪初，民族资本主义经济有了较大增长，资本家数量相应增加，出现了一批资产阶级、小资产阶级知识分子，民族资产阶级跃上了政治舞台。此时，作为一支独立阶级队伍的资产阶级才真正形成[④]。

所谓阶级，应该是一个社会集团，这个集团的成员不仅在社会经济结构中处于相同的地位，具有共同的利益，而且彼此之间必须存在着密切的政治经济联系，成为协调行动的一股社会政治力量。另外，这股社会政治力量的成员还要具有共同的阶级利益意识。只有这样，才能称

---

① 《列宁选集》第 4 卷上册，人民出版社 1972 年版第 352—353 页。

② 《中国革命和中国共产党》，《毛泽东选集》（合订本），第 590 页。

③ 胡绳：《从鸦片战争到五四运动》下册，人民出版社 1981 年版第 498—499 页。

④ 林增平：《中国民族资产阶级形成于何时》，载《湖南师院学报》1980 年第 1 期。

得上已发展成为名副其实的阶级。马克思在分析法国中世纪的小农时就曾指出:“由于他们利益的同一性并不使他们彼此间形成任何的共同关系,形成任何的全国性的联系,形成任何一种政治组织,所以他们就没有形成一个阶级。[①]”英国著名历史学家汤普逊也说过:当一批人从共同的经历(无论是继承的还是分享的经历)中得出结论,感到并明确说出他们之间有共同利益,他们的利益与其他人不同时,阶级才会发生[②]。由此可见,一个集团中成员之间相互联系的加强和组织程度的提高以及是否已具备近代思想意识,是考察一个阶级是否形成的重要依据。

第一鸦片战争之后,受外国资本主义入侵的影响,中国就产生了资本主义性质的新式商业,一些传统商业也逐渐向新式商业转化。经营新式商业的商人,可以说就是商业资本家。与传统商业向新式商业转化相伴随,一些传统商人也逐渐向近代商业资本家转化。19 世纪 70 年代以后,又诞生了民族资本主义工业,出现了工业资本家,而且人数不断增加。这些工商业资本家出现之后,虽然在社会经济生活中占有不容忽视的地位,但尚不具备独立阶级队伍的基本特征和自觉意识,彼此没有紧密的组织联系,而是被隔绝分散在为数众多且互相排斥的会馆、公所等行会之内,力量也比较有限。因此,在引进和移植西方机器设备、肇始中国工业化的过程中,这些资本家不可能发挥应有的主导作用,而是由国家政权及其统治集团中的一部分开明改革派以推行洋务运动的方式,扮演了工业化的发动者和组织者的角色,资本家只是担任

---

① 《路易·波拿巴的雾月十八日》,《马克思恩格斯选集》第 1 卷,第 6 页。

② E. P. 汤普逊:《英国工人阶级的形成》序言。

了配角①。

戊戌变法时期，也很难说资产阶级已经形成一股独立的社会力量。尽管当时的资本家在人数上已进一步增多，实力也有所加强，但他们彼此之间仍仅限于行业或乡谊等十分狭隘的联系，组织的发展程度几乎没有变化。思想上尚无明确的阶级认同感，也就是说仍不具备自觉的阶级意识。在戊戌变法这样重大的社会变革中，我们看不到各行业的资本家互相联合起来，集体表露自己的态度和采取统一的行动；也没有任何一个资本家的统一组织或机构，能代表整个工商业者的利益，直接表达他们的要求，领导他们参与变法运动，互相协调配合，公开表明其政治态度。因此，不能说戊戌变法时期资产阶级已经形成。

朱英教授提出，清末的20世纪初期是近代中国资产阶级初步形成的时间。这种意见是目前论述资产阶级形成最全面的一种观点，他的这观点受到史学界的重视与认同。

近代中国资产阶级初步形成的重要标志是资本家已明显萌发了过去所没有的群体认同感，对自己的历史地位与时代使命也获得了比较清晰的认识，民族意识和爱国精神趋于高涨，并产生了强烈的合群合力思想，已初步具备了近代资产阶级的思想意识。

第一，资产阶级具有很强的民族中心观。对于列强以其船坚炮利凌驾中国之上，不断予取予求，中国的资本家们刻骨铭心。同时，资本主义的商品和资本输入，不仅冲击了中国的市场，也冲击着他们的社会价值观念。习惯于传统社会环境的商人的心理平衡被打破了，他们便呈现出一种特有的情绪状态，这就意味着当时的环境变迁唤醒了中国

① 朱英：《转型时期的社会与国家》，华中师范大学出版社1997年版，第86—87页。

资产阶级的民族意识。面对西方资本主义的侵略行径，中国资本家们表现出对亡国灭种危机所感到的巨大愤慨："海禁既开，白人竟拓商场于东方大陆。懋迁之所及，即成为势力范围。不费一兵，不遗一镞，即能吸我膏血，握我利权。"[①]有的愤怒地指出："今日之世界，经济竞争之世界也——争之而不胜，则领土日蹙，国势大衰，虽欲维持其二等国之地位，而尚不可终日。"[②]天津商人说："我津为通商巨埠，富庶繁华佳于都会。""唯中国自海禁大开，商埠日辟，番舶互市，利权外溢，华商艰窘日甚一日，商务衰退固不必讳。"[③]，由此激发了士农工商各阶层人士的爱国意识。他们认识到，"上古之强在牧业，中古之强在农业，至今之强在商业——国强之基础我商人宜肩其责。"[④]"今日之商家民族存亡起废之权者也。"[⑤]资产阶级这种救亡图存的民族主义，即追求国家富强与民族独立的责任感，折射出中国近代资产阶级的一种意志和光彩。

第二，资产阶级的近代化意识。资本家因受启发于中西经济、政治的对照，或感受到旧制度的缺陷和腐朽，他们认为："共和肇造逾十三稔，海内调扰无已时，唯为商人被害尤巨，军需孔极亟，竭力输将，兵变所统，身家灭烬，凡此惨痛，共见共闻。"希冀政府彻底改革，以治其本。"现政府彻底改革，召集善后会议，先治其标，举行国民会议，以治其

---

① 《论振兴商务当先兴农业工业》，《东方杂志》第二年第七期。

② 《论各国经济竞争之大事》，《商务官报》第1册。

③ 胡光明等主编：《天津商会档案汇编》(1903—1911)上册，天津人民出版社1989年版，第37页。

④ 《商务报》1904年第8期。

⑤ 《商业发达论》，《江苏》第3期。

本。”[①]无论对经济改革的要求，还是对政治改革的要求，都不乏看到他们“就海内外之见闻，与我国家之形势”等语句，引申互证，取其切要关系者而言之，表现出中国资本家阶级强烈改革封建专制制度的近代化意识。

第三，资产阶级的近代思想意识也表现在相互之间的认同感。20世纪初，资产阶级内部要求联合起来，“公益维持，和衷共济”的呼吁到处可见。不少工商业者认识到自己所归属的阶级，希望本阶级的成员“合大群”，“固结团体”。有的阐明“外人商务之竞争，转瞬万变，迫不容待”，只有群策群力，才能“提纲挈领，保卫维持”。这种相互之间的认同感直接增强了资产阶级的凝聚结合，促进了阶级队伍的形成。

第四，对本阶级在社会中所处地位的认识以及时代使命感的产生，是资产阶级近代思想意识的直接流露。他们已经认识到：“天下最有活泼的精神，最有发达的能力，能够做人类的总机关，除了商，别的再没有这种价值了。”这尽管不无夸张，但表明了资产阶级对自身的社会地位有了较明确的认识，从而发出了“商兴则民富，民富则国强，富强之基础，我商人宜肩其责”的呼声，并进一步表示：“今则一息尚存，苟能群策群力，收回我已失之利权，发挥我无尽之蕴藏，与彼角逐于经济竞争之世界，争存于惨淡猛烈之剧场，至20世纪之中叶……民族握全球商业——亡唯一之霸权亦可知也。”[②]

另外，商会的成立也是近代中国资产阶级初步形成的一个重要标志。这一时期资本家的组织程度也明显提高，成立了商会这一联结工

① 胡光明等主编：《天津商会档案汇编》(1912—1928)第4册，天津人民出版社1992年版，第4550页。

② 《商业发达论》，《江苏》第3期。

商各业的新式社会团体.商会的成立不同于以前的公所、会馆等组织机构。公所、会馆类似于中世纪的行会,一般是封建社会内部商品经济发展到一定程度,各行业为防止竞争,排除异己和垄断市场而建立的一种非常狭隘的机构。公所多由同行业者联合而成,会馆更兼有同乡会的色彩,由在异乡的同籍者组成,均非各行业资本家的统一机构;商会则是资本主义经济发展、资产阶级力量增强的产物。在成员机构上,商会不限籍贯和行业,是联结工商各业的统一组织,它是有史以来第一次将分散在各行业的资本家凝聚成一个相对统一的整体,其宗旨是:"联络群情,开通民智,提倡激励与兴利除弊,并调息各业纷争。"

从形式上看,商会只是一个更广阔范围内的区域性组织,各省的商务总会互不统属,在组织上都是独立的,但实际上各商务总会通过星罗棋布的分会和分所,层层联结与渗透,形成了网罗全省各地资本家的轴心,发挥着某种系统中枢的重要作用,从而改变了各省区资本家过去那种互不联系的分散孤立状况。全国各地为数众多的商会在各项实践活动中往往遥相呼应,密切配合,协调行动。通过这种紧密联系,又使全国的资产阶级形成了一个相对统一的整体,由此得以产生商会"登高一呼,众山皆应之势"。1905 年爆发的反美爱国运动,之所以能在短期内发展到前所未有的高涨声势和普及程度,即是上海商务总会率先以"伸国权而保商利"相号召,各地商会闻风响应,积极动员资本家踊跃参加的结果。1907 年的讨论商法草案大会,也反映了全国商会之间的紧密协同关系,当时派代表赴上海参加大会的共有 88 个商务总会、分会、分所,另外还有三十余埠的华商总会以书信形式与议。这次有领导、有组织、有明确宗旨的全国性民间商业立法活动,展示了资产阶级政治上要求民主权利、经济上发展自身利益的双重愿望,也说明全国各商会趋向一致、联合行动的发展态势。

商会的成立,使新兴的资产阶级真正有了为本阶级利益说话办事的统一组织机构,从此他们不再以个人或落后的行帮形象,而是以新式社团法人的姿态与官府势力相周旋,进而能够采取种种办法将自己的势力和影响层层渗透到社会生活的各个领域。

总之,1903 年以后各地商会的相继建立,是中国资产阶级初步形成的一个重要标志。当然,清末商会的诞生,只是意味着资产阶级独立阶级队伍的初步形成,而 1912 年“全国商会联合会”这一全国性的资产阶级联合团体正式宣告成立,才使中国资产阶级的组织程度发展到一个更高层次,标志着中国资产阶级完整形态的形成。

近代中国资产阶级的来源主要是由一部分与手工业没有密切联系的官僚、地主和商人演变而来的。而近代西欧国家的资产阶级是在原有手工业和工场手工业比较发达的基础上,由手工工场主和包买商演变而成的。两者之间存在着较大的差异。论其原因,这一方面是中国原有资本主义萌芽比较幼弱以及社会发展特点所致;另一方面则是受西方资本主义入侵的影响,形成了中国民族资本主义独特的产生和发展道路。

鸦片战争后,西方资本主义势力的入侵强行斩断了中国原有资本主义萌芽的自然发展进程,使得中国原有的手工业大多衰落不振,失去了正常发展的机会。受入侵的西方资本主义的影响,通商口岸的一部分旧式商人在丰厚利润的吸引和刺激下,开始经营西方机器工业品,与资本主义发生了密不可分的联系。一部分原来与手工业没有直接联系的官僚、地主和买办逐渐转变成为近代商业资本家,成为中国资产阶级的前身。

近代中国工业资本家的来源在这方面表现更为突出。中国早期的机器工业是通过购买西方资本主义国家的机器设备而产生的。资产微薄的小业主或小商人往往力不能及,只有那些原来虽与手工业没有联系,但已有较多积累的官僚、地主、买办和大商人才能胜任。考察中国民族资本主义兴起和初步发展阶段的一些主要近代工矿交通运输企业的创办人和主要投资人的社会身份,即可看出这一特点。据不完全统计,1872—1913 年,华资 25 家纱厂的 41 个创办人和主要投资人中,有地主和官僚 26 人,商人 5 人,另有 10 人是买办。1895—1913 年,华资 28 家面粉厂的 30 个创办人和主要投资人中,有地主和官僚 11 人,买办 10 人,商人 9 人。1872—1913 年,华资 12 家轮运公司的 15 个创办人中,有地主和官僚 9 人,商人 2 人,买办 4 人。另外,同一时期毛纺、缫丝、榨油、卷烟、水电、水泥、煤矿 7 个行业共计 80 家企业的 103 个创办人中,有地主和官僚 67 人,占 65.1%;商人 15 人,占 14.6%;买办 21 人,占 20.4%[①]。1913 年,后地主和官僚所占比例下降,商人比例增加,但近代中国资产阶级来源构成的基本格局仍未根本改变。

三、晚清商人活动空间的形成

在清末"新政"中发生的一个最引人注目的变化是:国家逐步失去了向社会成员提供资源和机会的唯一源泉的地位,而社会正在成为另一个相对独立地提供资源和机会的源泉。这种变化之所以发生,从根

① 朱英:《中国早期资产阶级概论》,河南大学出版社 1992 年版,第 27—28 页所列各行业创办人简表。

本上说，取决于晚清政府经济政策的转变和行政控制力的减弱。商人经济与社会活动空间的出现，加速了国家与社会间结构分化的可能性。

1. 商人经济活动空间的出现

商人经济活动空间的出现应在甲午战争以后。中国在甲午战争中的惨败给了清政府统治者沉重一击，才有了清末的“变法新政”，中国近代资本主义经济发展也从此进入转折时期。

甲午战争前，国家对经济活动实行了超常的控制和干预，严重限制和阻碍了私人资本的积累与扩大，束缚了私营企业的发展，中国商办近代工矿交通运输业未得到充分发展。

洋务运动时期，清政府中一部分比较开明的官僚为了巩固政权、富国强兵而发展工商业，采用的官督商办的形式，吸引了大量的私人资本兴办企业。19 世纪 70 年代后的二十多年中，洋务派在经营军用工业的同时，为了获取利润即所谓“求富”，陆续创办了轮船、煤矿等 27 个民用企业①。清政府的一些官员针对当时“官莫顾商情，商莫筹国计”的积习，提出“物色为殷商所深信之官，使之领袖，假以事权”，“官为之倡，行之有益，商民可无虑”。官督商办的原则是“由官总其大纲，察其利病，而听该商等自立条议，悦服众商”。当第一家官督商办企业建立后，颇见成效，民用企业相继效仿，并成为一种模式而被广泛采用。据统计，官督商办企业占总数的 70%。政府这种“招致之法”，实质上就是国家在积极干预经济活动。尽管这种企业经营形式流弊不少，但在当时是有效的、可行的。

---

① 许涤新、吴承明：《旧民主主义革命时期的中国资本主义》，第 380—381 页。

实际上，清政府之所以采用这一方式，其目的之一就是为了借民间商人的资本缓解兴办洋务企业经费困难，其目的之二是为了沟通官商关系。政府的传统政策是“重农轻商”“重本抑末”，所以官商之间很难沟通，而要沟通官商的关系就必须有一个媒介。因此，物色一个群商信赖的人物，让其领袖群商，正是解决了联络官商的中介环节。更重要的是解决了政府与商人的关系，满足了商人求助于政府保护和支持的需要。洋务派建立的官督商办企业在19世纪80年代以前可以说是办得很成功的。据有的学者估计，洋务运动中官督商办所招商股即多达1000万元以上。

19世纪90年代以后，官督商办企业的吸引力已经大大减弱。此时的官督商办企业又受到国家与封建势力的严重干扰。原因是“事虽商办，官仍督察”，这里的“官”是国家政权的代表，控制企业的经济和行政大权在许多官督商办企业中，是清政府任命的督办、会办等洋务官，这些洋务官完全置“商务应由商任之，不能由官任之”的承诺于不顾，采取各种手段加强对企业的控制，排斥和压抑商股，大肆侵夺商权。结果是官凌驾于商之上，一手把持用人及经营管理大权，使企业的“商办”性质日渐削弱，官商矛盾趋于激化。早先制定的官督商办企业“盈余与官无涉”的原则，也变成“商得若干之利，官亦取若干之息”。非但如此，清政府还经常强令企业捐纳报效，随意提取企业资金。许多洋务官僚也利用职权，擅自动用或大量侵吞企业资金。企业任用私人亲信，弊病丛生，馈赠官吏，营私舞弊已成为难以克服的恶习。企业的产品往往在没有进入流通领域之前就由官吏直接调拨，有的产品无偿直接为政府服务。结果，不少官督商办企业最后或沦为官僚私产，或被外国资本兼并，或被收归官办。如一度办得很有起色的开平煤矿被英商吞并，直隶磁州煤矿、湖北广济兴国煤矿、电报局改归官办，招商局和织布局变相成为洋务派大官僚盛宣怀的私产，“致商民百万资本尽付东流”。又如天津商人最初在轮船招商局、开平煤矿等企业均有投资。当1886年开平铁路公司开办时，新招股15万两，天津商人曾购买了一部分股票，但到第二年，开平铁路公司改为中国铁路公司，扩大招股100万两，天津商人反应却十分冷淡。虽然李鸿章“舌敝唇焦”地劝说，但最后只招到商股18.85万两，还主要是广东商人陈承德提供。据当时报纸称，这是因为天津资本家不相信这班官员们。1889年李鸿章奏准以官督商办形式开办漠河金矿，曾派人到天津招股，同样遭到天津商人的冷遇，结果李鸿章不得不强从天津商人处借款10万两，作为开办的资本①。1896年天津纺织局也因招商股不成而未开办。由此看来，官督商办的企业形式已完成了历史使命，它的继续存在成了资本主义生存、发展的障碍。

历史事实证明，洋务运动时期，清政府实行直接控制和干预商人经济活动的手段主要有以下两种：一种是限制和阻挠民间商人独自创办近代工矿企业。例如，为禁止商人自行开矿，清朝制定了一系列措施，有的地方官府还详拟章程，声称凡有私自开矿者，“或经访闻，或被告发，定行一律照律究办，决不宽贷”②。另一种就是以官督商办的方式吸引商人投资入股，然后在企业中对商股进行控制和盘剥。官督商办企业中商股的利益未能予以保障，因而清政府的各级官僚可上下其手，随意对商股进行劫掠和压榨。因此，商人根本无独立性和自主性而言。

① 《洋务运动》第7册，第318页。

② 中国台湾近代史研究所编印：《矿务档》第2册，中国台湾近代史研究所1960年版，第882页。

甲午战争之后，特别是20世纪初的“新政”时期，清政府的经济政策发生了明显的变化，力图采取新措施促进实业的发展，从限制和阻挠商人投资独自创办私营近代企业，变为鼓励和保护商办企业的发展，大大削弱了国家对商人经济活动的直接控制与干预。清廷经济政策的明显变化主要表现在以下三个方面：

一是管理工商业最高机构的设立。洋务运动的结局证明，清政府依靠官办、官督商办或官商合办的方法难于振兴工商业。1902年的上谕说：“农工商业为富强之根本，自应及时振兴。”[①]因清廷官员开始认清发展农工商业的重要性，纷纷上奏清廷，因而设商部成了清政府内部比较一致的意见。正如1904年的《时报》说：“政府鉴于商战不利，惧将无以自存于生计竞争之世也，于是创立商部。”《时报》的看法正是对于成立商部的背景的极好概括。9月，清政府正式成立商部。清政府的这一举动，作为中央政府统一管理全国工商业机构尚属首创。1903年3月底，清廷在渝饬设商部时，派载振、袁世凯、伍廷芳“先订商律作为则例。俟商律编成奏定后，即行特简大员，开办商部”[②]。

商部正式成立后，庆亲王之子、贝子载振任尚书，伍廷芳、陈璧为左右侍郎[③]，左、右丞为袁世凯的亲信徐世届和唐文治。商部也曾打算将各省商务局变成它的直属分支机构，但未能贯彻执行。从商部的机构设置看，商部也想在振兴工商上有所作为。四司一厅的内部机构中，保惠司负责处理商务和商业学校事宜，负责商人保护、奖励兴办工商业、颁发专利权等事；平均司负责垦荒、蚕桑、造林等事；通艺司管理工业、

① 朱寿明：《光绪朝东华录》光绪二十八年正月。
② 朱寿明：《光绪朝东华录》光绪二十九年三月。
③ 《光绪朝东华录》总5063页。

铁路、轮船、采矿等事;会计司负责税务、岁入、银行通货、工商交易会、度量衡和处理工商诉讼。此外,又有律学馆、商报馆、商务学堂、工艺局、注册局、京师劝工陈列所等附属机构。商部还制定了一系列的新型经济法规和奖励章程,使清政府的经济政策在规范化方面迈出较大的步伐。

二是经济法规的制定。作为"变法自强"的门面,有关经济法规的制定,在新政时期是作为重头戏来做的。庚子之前已有《矿务铁路公共章程》和《振兴工艺给奖章程》的颁行。进入20世纪,清政府意识到大清律例"非参酌适中,不能推行尽善。况近来地利日兴,商务日广,如矿律、路律、商律等类,皆应妥议专条。著各出使大臣查取各国通行律例,咨送外务部。并著责成袁世凯、刘坤一、张之洞,慎选熟悉中西律例者,保送数员来京,听候简派,开馆编纂,请旨审定颁发"[①]。通过不平等条约将清政府牢牢控制在手的列强,也要求清政府"改革"其法律制度。英、日、美等国与清政府签订《续议通商行船条约》就规定应保护商标、图书版权和专利等。中国商人也一直要求改变"无法之商"的局面。因此,清政府决定成立商部之先,即先期拟订商律,待商律编成奏定后,即行开办商部,自此开始了新政时期大批制定经济法规的工作。

新政时期的经济法规大致可分为三类:一是保障商人权益的综合性法规,包括《商人通例》《公司律》《公司注册试办章程》《商标注册试办章程》《改订商标条例》《呈请专利办法》《破产律》。二是行业管理法规,涉及六个行业,如财政金融、农业、矿业、交通业、商务、经济社团的41个章程。三是奖励及实业教育章程,包括奖励章程、实业教育的14个

① 《光绪朝东华录》总4833页。

章程。

清政府原本打算制定一部完整的商律。但负责这项工作的载振、伍廷芳等人,觉得“门类繁多,实非克期所能告成。而目前要图莫如筹办各项公……则公司条例亟应先为妥订,俾商人有所遵循,而臣部遇事维持,设法保护,亦可按照定章核办。是以赶速先拟商律之一门,并于卷首冠以商人通例”。《商人通例》和《公司律》于 1904 年 1 月 21 日“奉旨依议”,正式颁布。《公司注册试办章程》和《呈请专利办法》亦于同年颁布。

《商人通例》共 9 条,简明地规定了商人的身份、享有的权利、应遵循的通行规则等。“凡经营商务贸易买卖贩运货物者均为商人”;“商人营业或用真名,或另立某店某记某堂字样,均听其便”。但在身份问题上,却规定已婚女子等为商,须先呈报商部备案。

《公司律》共 11 节 131 条,规定公司的组织形式有合资公司、合资有限公司、股份公司和股份有限公司四种,公司的创办呈报办法主要是按规定呈报商部注册,又规定洋商股份权利与华商一律等。1904 年颁布的《公司注册试办章程》规定:“无论现已设立与嗣后设立之公司局厂行号铺店,一经注册,即可享受一体保护之利益。”具体事项由商部的注册局专办。有限责任制的实行,减少了投资风险,注册制的实行,减少了创办公司时的不必要环节,原则上保护了华商的设厂经营权。这些都有助于促进传统的封建性收入转化为资本主义的投资。

清政府制定的行业管理法规是清末产业政策的重要组成部分,其中包含激励华商投资的重要内容。例如铁路方面,1903 年 12 月颁行的《重订铁路简明章程》[①]，对商办铁路持鼓励态度。章程规定，华人请办铁路，如系独立资本至50万两以上，直明路工实有成效者，由商部专折请旨给予优奖；其招集华股至50万两以上者，俟路工告竣，即按照商部奏定的十二等奖励章程核办。

矿业方面，1902年颁布的《筹办矿务章程》[②]，对开矿给予税收上的优惠。章程规定："凡开办所需机器材料等件，除运自外洋照章归海关收税外，内地厘金概不重征。如在内地采买材料，经过关卡，查明实系运往开矿处所，准给执照，免厘放行。"不过，这一优惠为中外商人"一体享受"。

此外，1906年颁布的《出洋赛会章程》[③]，鼓励华商参加国际博览会，以开阔眼界，拓展国际市场。

值得一提的是，清政府除了刺激、鼓励华商投资于近代产业外，还试图达到利用"外国资本"的目的，并对其加以适当"控制"。例如《重订铁路简明章程》规定，华商铁路中有附搭洋股的，要禀商部批准，并由外务部查核。洋商出面请办的，应呈交外务部批示，并由商部察夺；洋商无论集股多少，都得留出股额的3/10，任华人随时照价附股。关于华商铁路与洋股、洋款的关系，《章程》还规定，集股以华股获占多数为主，洋股不能超过华股数量。华股在搭附洋股后，不准另借洋款。华人办路超过预算时，可用机器和房屋抵借洋债，但最多不能超过预算的3/10，且不得以土地作抵；以商借商还为原则。华人不得与洋人私订合同，以请办之路抵洋款；也不得将路工私卖与他人。一旦查明，将路工

① 《大清光绪新令法》第17册。
② 章程全文见《矿务档》，第87—90页。
③ 《大清光绪新令法》第16册。

充公，注销全案外，还将视案轻重酌罚，但章程既然允许外资可占7/10或一半，实际上，挟强权而来的外国资本就不一定受清政府和华商的“控制”。

《筹办矿务章程》也大大放宽了对外资的限制，规定华人自办、洋人承办和洋人合办“均无不可”。章程除了有一个 12 个月内必须开工的限制，对洋股、洋债几乎没有什么限制。中国矿产全面对外开放，这反映了庚子之后清政府对外极为软弱的现实。刘坤一、张之洞都曾对此提出抗议，要求修改增加对外资的限制；而外人以洋商享有开矿权，认定洋人可入内地居住贸易。对此，外务部做了一番苍白无力的辩解①。为履行条约义务，清政府立即着手修改矿务章程，命刘坤一、张之洞将各国办理矿务情形，悉心采择，会同妥议章程。此时中英商约尚未正式签订。到 1904 年 4 月，因张之洞尚未拿出矿章，商部先颁布了一个《矿务暂行章程》38 条②，待张之洞辑有专书，再归并办理。章程保留了全面开放中国矿权的原则，承诺从前已办各矿及业经议定之处，仍照原订合同办理。这就保障了外国资本已经获取的矿权。受当时收回利权运动的影响，章程也对外资做出了一些限制，有关规定与《重订铁路简明章程》相类似。如不准私订合同，不准将矿山工程密售外人等。另外，又规定请办之矿不得逾 30 方里，限 6 个月内开工等。暂行矿章颁布后，外国人仍不满足，德国公使表示拒绝遵办。

1905 年 12 月，湖广总督张之洞督导编成矿律 74 款，附章 73 款，专折奏呈③。据他讲：“查各国通例，凡属土地，分为地面地腹两层，民

① 《光绪朝东华录》，第 4871 页。

② 章程全文见《矿务档》，第 100—109 页。

③ 《张文襄公全集》，卷 65。

间产业止能管及地面，其地腹则概为国家所有。故虽本国人民开矿，其准驳之权，咸听命于官。至五金之属及宝石等贵重矿质，更非官不得开采。”他很强调官府的管理和垄断权。谈到外资，他说：“至他国人民断不准承办本国矿务，或设立公司。间有外国人附股，而事权仍是本国人民为主，股份仍是本国人民为多，”这讲的是国际惯例。但具体到中国，他不得不承认：“唯中国于未定矿章之前，已准洋商在内地开矿，此时自未便概加拒绝……是此次所订矿务章程，无论新旧矿商，但使洋商不致有亏，其于华民生计，中国主权，地方治理，必当设法保持，修改完善，用资补救，不宜过于迁就，坐弃远大无穷之利权……自无妨藉资于外国富商，要之必令其有利可图而不令外人独专其利，斯为最平妥之方。”按他拟定的利用外资办法，洋商必须与华商合股，不得独自开矿。对张之洞所呈矿章的核议工作，拖了很久。直到 1907 年 9 月，《钦定大清矿务章程》正式颁行。章程共 74 款，另有附章 73 条，与历次奏定矿章相比，这份矿章在形式上相对严密些，对外资也做出了一定限制。章程规定：“如从前所订合同条款，有占夺华民生计及有碍中国主权、地方治理者，仍应妥为修改，期与新章不致违背”（第 8 款）；“外国矿商不能充地面业主。中国人民遵照国法向例执有地面者为该地业主；与华商合股之洋商，在中国之地方合股开矿，止准给予开采矿务之权，以矿尽力……不得执其土地作为已有”（第 9 款）。又规定，凡与中国有约各国之人民而愿遵守中国法律的，皆得在中国与华商合股禀请办矿，合股办法有二：一是业主以地作股与洋商合办，则专分余利不认亏耗，按矿质等差分收三成或五成余利；二是华商以资本入股与洋商合办，则利权均分，盈亏与共，华洋股份以各占一半为度（第 10 款）。第 13 章还专门对外人合股所涉及的诉讼事项做出规定，要求洋商遵守中国法律，由中国执法官秉公剖断,或按各国通例并参酌中国法律情形,公平斟酌办理。章程在适用哪国法律上含含糊糊,更不敢否认外人的治外法权。

由此不难看出,清政府试图“利用”外国资本的行为,主要是为了解决国内资本筹集无方的困境,不得不向各国列强输出资本的活动做出妥协退让。同时,我们也清楚地看到清政府在利用外资法规方面存有重大缺陷。

在激励投资和创新的同时,清政府还试图用法规来规范市场和企业行为。这主要是通过制定《商律》和一系列的行业管理法规来进行的。当时称为《商律》的法规,主要就是《商人通例》和《公司律》《商人通例》要求商人必须有规范的簿计制度;《公司律》对商人和股东的权利做了详细的规定,基本是西方近代企业制度的搬用。1906 年颁布的 69 条《破产律》、分呈报破产、选举董事、债主会议、清算账目、处分财产、有心倒骗、清偿展限、呈请销案等项,详细规定了处理破产的办法,该律不仅处置商人破产事件,也处置普通民人的破产事宜,部分行使了民法的功能。1904 年,商部颁布了经修订的《商标注册试办章程》《商标注册试办章程细目》和《改订商标章程》。由于列强的阻挠,有关法规未能实施。规范市场和企业行为的法规,除了前述的铁路和矿业方面的几个法规,较重要的还有《试办银行章程》《大清银行则例附银行通行则例》《印花税则》等。

政府在一些行业管理法规中,明确要求地方政府对商民的投资活动加以保护。如《重订铁路简明章程》要求地方官一体保护、切实弹压;公司内华商间的争执由就近地方官持平办理,直至呈请商部核办等。《钦定大清矿务章程》也对农工商部综理矿政、各省分理矿政和矿务议员的职掌等分别做出规定。

为了发展民间工商业，鼓励私人投资近代产业，清政府的第一个奖励工商业条例是在 1898 年的戊戌变法高潮中颁布的。但是由于变法的失败，这个章程未见实施。商部成立后，于 1903 年颁发了《奖励华商公司章程》，其重点在于鼓励扩大投资规模。奖励共分十二等级，凡投资或集资五千万元的可得最高奖励，奖予“商部头等顾问官加头品顶戴双龙金牌世袭四等顾问至三代为止”，最低的奖励是，投资或集资五十万元奖予“五等议员加七品顶戴”[①]。应当说，这个章程虽然在理论上承认了资本家阶级的一定社会地位，但是实际上对扩大投资的刺激作用是有限的。因为它所规定的受奖条件实在太高了，在当时中国几乎没有人能够投资或集资五千万元以取得最高奖励，而能够集资或投资五十万元的人往往已经拥有很高的社会地位，显然不会稀罕“五等议员加七品顶戴”的奖励。所以清政府对章程不得不加以变通，1904 年授予张謇为商部“头等顾问官”称号时，根本没有按照这个章程的条件办理[②]。1906 年商部制定了《奖给商勋章程》，其基本精神沿袭了 1898 年的章程，规定对于“创制新法新器，以及仿造各项工艺，确能挽回利权足资民用者”[③]，按成就大小分别奖给五等商勋。此章程在 1907 年做了修订，稍微降低了获奖所需的集股规模。它对当时采用近代生产技术，促进科学技术的发展具有一定的鼓励作用。此外，还于 1907 年颁布了《华商办理实业爵赏章程》和《奖给商牌章程》，以及 1910 年颁布了《奖励棉业章程》等，根据《商务官报》和其他资料的记载，约有 43 人获奖。

三是商会的设立与商会章程的颁布。1901 年 1 月清廷下诏变法，

---

① 汪敬虞:《中国近代工业史资料》第二辑，上册，第 604—646 页。

② 《光绪朝东华录》光绪三十三年三月。

③ 《大清光绪新法令》第十类《实业》。

袁世凯在他所上奏的十条意见中提出“亟兴萃商务，以保利权而厚民生”，破除“官尊商卑、上下隔阂”的传统，首次倡议“在各商华聚之处，议立商会”①。1904 年 1 月，清政府允许商人成立自己的组织——商会。商部为此制定了《商会简明章程》，共 26 条，规定大城市或省会所在地设商务总会，中小城市及城镇设商务分会。加上南洋等地海外华商所立商会，商会就分为商务总会、商务分会和海外商会三类。商部设有商会处，负责接待商董，联络商会，使商会成为商部与资本家阶级之间的一座桥梁。

此时的清政府还给予商会向地方衙门和商部提出意见和建议的权利，还有权调解商务纠纷，并可以商会公积金资助巨商创设行号公司，若“大市设值银根奇紧”，对有影响的公司“一经倒闭必致牵累商务大局者”，可以协济“公债款若干，力为维持”。如《奖励公司章程》规定，获奖商人遇有关系商务利弊之事，可随时具函径达商部。工商业者还通过商会等组织，对关系商务之事发表意见。《商会简明章程》规定，商会总理、协理应为无法申诉各事的商人于地方衙门代为申诉，直到禀告商部核办；总理应按年列表汇报各地商务及进出口情况；会董与总理每周会议一次，接洽各商近情；总理应召集有关人员商讨关系商务大局事件；定期召集会董公断商事纠纷，酌行剖断华洋商人间的交涉；商会还应稽查、制止小商人的不正当行为，直至移送地方官惩治；商会还有考核发明创造之责等。而商会自身的组织及办事程序，颇有点民办、民主的意味。《商部接见商会董事章程》规定，商部专设商会处所，派专员接待各商董“来署讨论一切事宜或呈递条陈”；“体面巨商”也可赴商会处“议论

① 《袁世凯奏议》(上册)，天津人民出版社 1987 年版，第 268—275 页。

商务”[1]，筹备立宪时期设立的谘议局、资政院，使商会不仅可以议论经济事务，甚至可以议论朝廷大政，对清政府的各项决策可以施加一定程度的影响。由于资本家阶级地位的提高，所以设立商会之风遍及各大中城市。1904 年，全国有商会 19 处，1907 年增为 209 处，1911 年辛亥革命时已达 678 处[2]。《商会简明章程》的颁布，说明封建统治者已经不能无视工商业者的作用和力量，不得不重视他们的利益和要求，而必须颁布法规加以保护。

除此之外，商部还不断督促各地兴办农工商业。商部奏请设立路矿农务工艺各项公司，通饬各级官吏及局卡委员“一律认真恤商持平，力除留难延搁各项积弊，以顺商情而维财政”。商部还不断向各省发出文件，要求开办各种应办事业，如 1905 年“商部咨行各省宜用土法开采小矿”，并要求“督饬各督托劝谕所属华商推广内河行轮”，商部并派大员到各地督办各项工商事务，如 1904—1905 间先后派王清穆“考察长江一带，劝商兴业”，派张振助为考察外埠商务大臣，兼督办闽广农工路矿事宜。商部制定的经济法规和所采取的一系列促进民族工商业发展的各项措施，反映了商部政策的主要倾向是鼓励商办近代企业。

综观商部制定的一系列工商业法规，发布的各种工商业奖励章程，可以说作为具有资本主义性质的经济法律第一次在中国出现，这批经济法规的颁行，在近代中国经济法制史上具有不可忽视的重要历史地位，它使工商业者首次得到法律的承认与保护[3]。正如有的报纸描述：“我国比年鉴于世界大势，渐知实业为富强之本，朝野上下，汲汲以此为

① 《大清光绪新令法》第 16 册。

② 《袁世凯奏议》(上册)，天津人民出版社 1987 年版，第 268—275 页。

③ 朱英：《论清末的经济法规》，载《历史研究》1993 年第 5 期。

务。于是政府立农工商专部，编纂商律，立奖励实业宠以爵衔之制，而人民亦群起而应之……不可谓非一时之盛也。”[①]由此可见，清末经济法规制定颁行的积极影响，它不仅促进了清末时期商人投资企业高潮的兴起，而且使民间商人投资兴办企业成为社会上人们普遍乐于接受的一种形式。并于1898年和1903—1908年两次出现振兴实业的高潮，民营工商企业大量涌现。据统计，1858年起至1911年止，53年间共建立民矿企业953家，投资总额20380万元，其中1902—1910年的九年中，创办的工矿企业达604家，占清末工矿总数的63.4%，资本额13452万元，占清末投资总额的66%[②]。

总而言之，清末经济法规的颁行，标志着清政府经济政策的又一重大转变。其具体作用主要是使商人获得了应有的各项权利，使工商业者的社会地位显著提高，并由此进一步推动了私营资本主义企业的发展。此外，清末经济法规的颁行，为近代中国商人的私人经济活动空间提供了制度性的法律保障，产生了前所未有的积极影响。在清末“新政”时期，由于清政府经济政策的变化，商人私人经济活动空间已经开始出现，但如果没有政府经济法规为其提供制度性的法律保障，商人私人经济活动空间就不可能长期存在。因为任何事情只要有了法律依据，才有其存在的合法性和稳定性。

2. 商人社会活动空间的出现

中国历史上中央高度集权的专制主义是空前发达并长期存在的。

---

① 《中国最近五年间实业调查记》，载《国风报》第1年第1号。

② 杜恂诚：《民族资本主义与旧中国政府（1840—1937）》，上海社会科学院出版社1991年版，第29—31页。

在这种政治体制下，国家通过从中央到地方的权力机关，对社会进行十分严格和全面的控制，垄断了绝大部分为正常社会活动所必需的资源和活动空间。在此基础上，国家几乎成为向社会提供资源和活动空间的唯一源泉。这里所说的资源不仅包括物质资源，而且也包括看起来无形却又相当重要的制度性资源。活动空间则是指从事社会活动的具体领域或场所。由于国家对社会的绝对控制权，社会只能全面依附于国家。但是至清末的"新政"改革时期，国家控制权力的范围缩小和力度减弱。从理论上讲，国家是对资源的拥有权和基层的管理权做了一些让渡。例如，清政府通过推行地方自治将基层社会的许多管理权限都下移到了民间，从而产生了具有相对独立性的自由活动空间。这种自由活动空间的形成与扩展，既是"新政"改革的结果，也是政府政策调整的产物。耐人寻味的是，清末的这一重大变化，虽然与民间社会力量的努力争取不无联系，但却主要是通过国家自上而下的改革才得以实现的①。

19 世纪末至 20 世纪初，维新派的一些代表人物从坐而论道，走向鼓吹政治现代化的前锋，开始宣传地方自治思想。如湖南的维新派在变法期间成立了南学会，梁启超、谭嗣同、黄遵宪等人在会中"轮日演说中外大势、政治原理、行政学等，欲以激发保教爱国之热心养成地方自治之气力"，并强调首先"必须自治其身，自治其乡，再由一乡推之一县一府一省，可以成共和之郅治，臻大同之盛规"②。为了改变中国积贫积弱的衰败状况，他们呼吁政府"伸民权""设议院"，实行君主立宪制

① 朱英：《转型时期的社会与国家》，华中师范大学出版社 1997 年版，第 57 页。
② 《湘报》第 5 号。

度，将其作为致富图强与救国救亡的一项重要改革措施，为社会的改革和进步做出巨大努力。

所谓地方自治(Local Self—Government)，是指在一个国家内部的某一地区内，由民众自己选举议员，组织议会，代表民众的利益立法，而且自己选举行政长官，组建地方政府，代表民众利益去处理地方公共事务。从这层面讲，我国古代的地方制度与之有相当距离，其表现为法制不完善，权限不明，且受专制政体钳制，地方自治权缺乏保障，自治思想淡漠。而西方则不然，西方民主政治以地方自治为基础，所以，我国近代地方自治思想及实践，得益于西方的影响。将西方的地方自治思想输入中国的人物主要有西方传教士，如美国人高理文(Elijah C. Bridgman)等。总体看来，晚清时期西方地方自治思想输入我国，在甲午战争之前相对零碎、单薄，戊戌前后渐趋成熟，而至清末立宪时期达到高潮，地方自治的观念也得到了清廷的认可，并在上海、南京、直隶等地得以实施。

清末预备立宪时期，清朝统治集团内部立宪派在高谈中央设议院、内阁的同时，就触及地方自治问题。1904 年孙宝琦上奏称："各省城及各府县城，尤足系民之观听，宜仿古乡校之制，各为公议堂，特设公所，就地之大小，酌量选举绅士……凡地方应办之事，如学校农工商务工程善举各种捐项，皆由地方官与公议堂绅士详细筹商。"[①]次年，刑部左侍郎沈家本亦上书政务处："拟请仿山西乡社章程，参以各国地方自治之制，于地方设立乡社。凡地方当兴当革之事，一切任民自为，而官为之监督。仿日本府县议会之法，任民间公举有资望者为社中董事，以辅地

---

① 《出使法国大臣孙上政务处书》，《东方杂志》第 1 卷，第 7 期。

方官之所不及，而通闾阎之幽隐，使天下之人憬然动君民一体休戚相关之感，其为自强之本，孰有愈于此著乎”[①]1906年，出洋五大臣归国后，力主地方自治：“今州县辖境大逾千里，小亦数百里，以异省之人任牧民之职，庶务从集，更调频仍，欲臻上理，尤乎其难。各国郡色辖地，以户口计，其大者亦仅当小县之半，乡官恒数十人，必由郡邑会议公举，如周官乡大夫制，庶官任其责，议会董其成，有休戚相关之情，无扞格不入之苦，是以无事不举，民安其业。宜取各国地方自治制度，择其尤便者酌订专书，著为令典，克日颁布，各省督抚分别照行，限期蒇事。”[②]袁世凯上奏指出：“今之识时务者，辄忧民智之不开。顾治民事者官也，而官之泄沓如故。作民望者绅也，而绅之蒙昧如故。欲求民智之开，非由官绅入手不可。开智之道，年少英俊者使之游学，年长更事者使之游历，二者分途并进，多历年所，收效必……方今时局更新，唯有上下一心，博采邻邦之良法，此项官绅游历为目前行政改良之渐，即将来地方自治之基。”[③]由此我们不难看出，清政府推行地方自治的原因，其一是希望通过学习西方国家的政治制度，仿行地方自治，以革除积弊而致强救亡；其二是推行地方自治，为日后实施宪政奠定基础。清廷颁发的上谕明确指出：“地方自治为立宪之根本，城镇乡又为自治之初基，诚非首先开办不可。”[④]1906年，清政府正式宣布仿行宪政，随后拟定九年“预备立宪”期间应办事项，也将地方自治列为其中的一项主要内容，并具体规定：光绪三十四年(1908年)颁布城镇乡地方自治章程，宣统元年(1909

① 《政务处奏复刑部左侍郎沈条陈时事折》《东方杂志》第2卷第12期。
② 《考政大臣之奏请及廷臣会议立宪情形》,《东方杂志》第5卷，临时增刊。
③ 《袁世凯奏议》下，第1161—1162页。
④ 刘锦藻编：《清朝续文献通考》第395卷，“宪政三”，第11458页。

年)筹办城镇乡地方自治,设自治研究所,颁行厅州县地方自治章程,1912年内城镇乡地方自治须达到粗具规模,第八年则城镇乡、厅州县地方自治均须“一律成立”。由此可知,清政府是按城镇乡行政区划分为两个步骤实施地方自治,其具体规定是:凡府厅州县治城厢地方为城,其余市镇村庄屯集等地方,人口满5万以上者为镇,不满5万者为乡。府厅州县城区的地方自治,于光绪三十四年自治章程颁布之后即筹备进行,乡镇俟府厅州县自治初具规模后相应实行。

实际上,1905年上海和其他少数地区的绅商,在清朝地方政府的支持下已开始成立有关团体或机构,将地方自治付诸实践。直隶的地方自治则首先从天津开始。天津的地方自治始于1906年。但在这前一年的4月,袁世凯已派士绅到日本调查地方自治法,并拟准村正、村副参与地方政务,以作为地方议会张本①。1906年8月29日,由袁世凯委任天津府知府凌福彭、翰林院检讨金邦平会同筹办的天津自治局开局,局设督理二员,参议三员,下置法制、调查、文书、庶务四课,其中法制课主订章程;调查课负责调查户口、风俗、教育、生计;文书课负责办文牍、编白话报及讲义。每课用官绅各半。

为了“讲习自治章程,造就自治职员”,使地方自治得以尽快实行,清政府又于1909年上半年颁布自治研究所章程,饬令在各省省城及府厅州县设立自治研究所。其中,省城研究所限年内成立,府厅州县研究所俟省城研究所第一届听讲员毕业后,派赴各属一应创办。各省城研究所由自治筹办处遴派通晓法政之人员充任讲员;府厅州县研究所所长和讲员,从省城听讲毕业人员中分别派充。自治研究所宣讲的内容,

① 《顺天时报》光绪三十一年三月十八日。

按规定有奏定宪法纲要、法学通论现行法制大意、谘议局章程及选举章程、城镇乡地方自治章程、调查户口章程以及其他有关地方自治的规章与办法。除此之外，还将“城镇乡应办自治各事，演为白话，刊布宣讲，以资劝导”①。天津地方政府选派“曾习法政，熟诸土风”的直隶举人高振鋆、赵宇航、步以韶及附生高振伟担任宣讲员，到天津府所属城乡进行实行自治的宣讲。此外，他们又编印《法政官话报》《白话讲义》，每月各一册，分发各地，“以期家喻户晓，振聩发聋”②。

值得一提的是，直隶省在天津初级师范学堂内设立了地方自治研究所，研究自治的学理法则，令天津府七县属派绅董入所学习，大县 8 人，小县 6 人，共计 50 人。并招学习法政及热心自治的旁听生 59 名，一律限期 4 个月毕业，所学内容计有自治科、选举法、户籍法、宪法、地方财政论、教育行政、警察行政、法学通论等。光绪二十二年十二月第一期期满毕业，计有最优等者 4 名，优等者 22 名，中等者 60 名，一律发给毕业文凭；而不及格的 23 名，令其在第二期开班时补习③。毕业学员均回家乡办自治学社，如黄腾垲在青县、王锡纶在平谷、贾玉铎在武邑等，学社以研究法政、培养人才、讲求地方公益为目的。政府还从自治研究所学员中选拔了一些人组成实情考察团赴日本，为期 4 个月④。随后又组成执行委员会，它在政府的支援下为改善民众的财产、教育、卫生、水利、税收、公务劳动、习俗等进行工作，并提出禁种鸦片，以加强

① 《宪政编查馆奏核复自治研究所章程折》，载《东方杂志》第 6 年，第 5 期。
② 《袁世凯奏议》下，第 1520 页。
③ 《天津府自治局禀自治研究所第一班学员毕业文并批》，《北洋公牍类纂》卷一。
④ 甘厚慈：《北洋公牍类纂》，清光绪三十三年，北京益森公司排印本，第 73—74 页。

天津的地方自治运动[①]。

光绪三十四年底(1909 年初),《城镇乡地方自治章程》奏准颁行。根据该章程的规定,凡城镇各设议事会、董事会,乡设议事会,负责办理自治事宜。城镇议事会议员一般以 20 名为定额,如该地人口较多则酌情递加,以 60 名为限。乡议事会议员按当地人口多寡而定,一般不超过 20 名。议员均由所在城镇乡选民互选产生,凡有本国国籍.年满 25 岁、居本城镇乡 3 年以上、年纳正税或本地公益捐 2 元以上的男子均具有选民资格。天津在地方自治研究所的基础上,还成立了天津自治期成会,该会会员除自治局人员外,还由自治局公举绅士 12 人,学会公举 20 人,商会公举 10 人,并选派官吏 4 人为谘议员共同草拟自治章程。计开会 19 次,议定章程 111 条。其中关于选举人资格规定:年满 25 岁的有业男子;不仰地方公费赈恤者;能自写姓名地址者;非本籍人士但在本地居住满 5 年以上并在本境内有 2000 元以上资财者。而那些触犯国法、经营不正当、财产信用尚未清了、有心疾、吸鸦片、现为官吏胥役、僧道及其他宗教师者,则没有选举权。关于候选人资格,除具备最基本的选举人资格外,还必须具备下列条件:高等小学堂毕业;有 2000 元以上资财;曾办学务或地方公益;曾出仕或得科名。

选举规章制定以后,即开始了准备选举的具体工作。当时天津人口总计 418215 人,由于对地方自治不甚了了,所以往往对选举调查表拒而不纳,以致 20 万张表只散发 7 万张,收回 13567 张,仅达19.38%。其中合格者 12461 人,占总人口的 3%,符合被选举权资格者 2572 人。投票人数少的原因是因为调查表中有“财务”一项,人们“惑于加税之

---

① 同上,第 115 页。

谣”所致①。1907年6月16日，正式选举开始。选举分初选、复选，即采用复选举制。16—18日间，举行城内初选，投票者达1300余人，因人数少，自治局又登告白、贴广告，加强宣传力度，延期二日补投，结果又增加了400多人。6月26—28日，四乡进行投票，参加人数达7000人。城乡合计为8764人，投票率达70%，结果还算不错②。7月4日，投票箱被带到河北学会开票，前往参观者达2000多人。计选票共5997张，废票427张，初选当选人计135名。7月24日，复选工作开始，共计3810票，当选者最多200票，最少13票，共选出议员30名。8月18日，天津议会宣告成立，李士铭被选为议长，王邵廉为副议长，并由议长筹议董事会③。袁世凯派专人前去表示祝贺：“今日为天津议事会成立之日，可为天津贺，并可为直隶全省贺，不但为直隶一省贺，可为我中国前途贺！”④

同时，我们应当看到，这次选举是在民众的选举知识极为匮乏、民主意识极其淡漠的情况下进行的，能够得到参加者占成年人数的41%、投票率初选70%、复选90%的成绩，实属不易，尤为难能可贵。在试办过程中，为推动选举而介绍、宣传的西方宪政思想、制度，与传统的封建专制相悖，对广大民众来说无疑是一股春风。章程中规定的议事表决方式、方法，为天津初步营造了一种民主氛围，客观上促进了民主思潮的传播。就全国范围而论，天津地方自治成就最大，影响深远，

① 《试办天津府自治学杜通则》，《北洋公牍类纂》卷1。

② 《顺天时报》光绪三十三年五月二十七日。

③ 《天津府自治局详报开局起至议事会成立止一切情形恳请据奏饬部立案》，《北洋公牍类纂》卷1。

④ 《天津议事会成立之日卢学使代督宪袁演说文》，《北洋公牍类纂》卷1，第24页。

直隶也因此替代湖南而成为模范省。随着天津地方自治的试办成功，直隶井陉、肥乡、长垣、宁津、清苑、献县、大兴、赵州、景州、卢龙、庆云等地或从开民智着手，或以筹设议事会为准备，或成立自治会、公议局、会议所，影响及于全国。

清廷《城镇乡地方自治章程》颁布之后，特别强调：城镇乡为自治初基，亟应首先开办，“著民政部及各省督抚，督饬所属地方选择正绅，按照此次所定章程，将城镇乡自治各事宜，迅即筹办，实力奉行，不准稍有延误”。并要求“内外各衙门按限妥筹次第举办，毋得始勤终懈，以致贻误实行立宪之期”①。字里行间，可见清廷实施地方自治的迫切态度。许多督抚大吏及所属官员，也对推行地方自治比较重视。“内外臣工，所日汲汲者，地方自治也”。尽管天津在实施地方自治之时确实存有许多不足之处，但是作为地方政府来讲，对于督促推行地方自治是比较重视的。因此，天津的地方自治在短时间内获得成功，并迅速扩展至全国各地，很快形成一股地方自治的热潮。

直隶省决定率先在天津试办地方自治与袁世凯的态度有着非常重要的关系。清廷“准政务处咨开，拟由奉、直两省先行试办，袁世凯表示同意”②。袁世凯在奏议中认为：“周制六官之数，约五万余人，而乡遂之官多至三万七千八百有奇，分职愈繁，故与民相亲而事无不举。汉之三老、啬夫，犹存古意。自隋以后，尽废乡官，以数百里之地，寄诸牧令一人之身，遂使猾吏奸胥，因缘舞弊，治道之隳，胥由于此。比者东西立宪诸国，雄长大陆，稽其历史，则地方制度，必先乎立宪政治而兴。德之

① 刘锦藻编：《清朝续文献通考》第395卷，“宪政三”，第11458页。

② 《袁世凯奏议》下第1519—1520页。

建国，发轫于州会。日本之维新，造端于府县会。选举有定法，议决有定程。人以被选为荣，斯民德日崇，类能辅官治之所不及。比隆三代，有自来矣。臣夙昔讨论及此，窃谓非行地方自治，无以补守令之阙失，通上下之悃忱。”[①]由于袁世凯对地方自治积极主张和主动推行，使直隶省成为全国地方自治的模范省。

据有关史料记载，关于地方自治的范围涉及相当广泛：学务方面，经办中小学堂、蒙养院、教育会、劝学所、宣讲所、图书馆、阅报社以及其他有关学务之事；卫生方面，包括清洁街道、蠲除污秽、设医药局、医院、医学堂、公园、戒烟会和办理其他关于卫生之事；道路工程方面，包括改正、修缮道路，建筑桥梁，疏通沟渠，建筑公用房屋，设置路灯等；实业方面，包括改良种植、牧畜及渔业，设立工艺厂、工业学堂、劝工厂、改良工艺、整理商业、开放市场、保护青苗、筹办水利、整理田地等；公益善举方面，包括救贫、救荒、保节、育婴、施衣、放粥，成立救生会、救火会，施义棺义冢，保存古迹等措施；公共营业方面，包括开办电车、电灯、自来水等业务；此外，还包括各地“向归绅董办理，素无弊端之各事”[②]。

从历史角度看，清末政府推行地方自治的行为是“新政”改革乃至于社会结构变革的结果，它意味着国家控制社会的某些环节发生了裂变，从国家政治垄断体制中出现了社会活动空间，如表现在学务、卫生、道路工程实业、市政、公益善举、公共营业等许多方面。政府将这些管理权移渡绅商，实为前所未有，自然商人就会拥有一定的社会活动空间。

① 《袁世凯奏议》下，第1520页。
② 故宫博物院明清档案部编：《清末筹备立宪档案史料》下册，第728—729页。

总而言之，之所以将商人经济的活动空间和社会活动空间作为分析晚清政府对商人控制的两个环节，就是因为这两个因素导致了近代中国社会结构的最基本变化。这个变化就是社会与国家之间的分化，以及在分化的基础上重构国家与社会之间协调关系。在“新政”改革前，是以国家极强、社会极弱、国家全面渗透和控制社会为主要特征的。在这种社会结构中，不存在一个相对独立的、具有一定自由的社会。具体地讲，表现在两个方面：第一，国家对资源和社会活动空间的全面垄断，从而使国家成为能向其社会成员提供资源与机会的唯一源泉。对资源的垄断既是强化国家力量的基础，也是有效控制的手段。第二，对独立的社会力量或是加以打击和取缔，或是将其吸纳到国家的制度框架中来，使其成为国家制度框架的一部分。自 19 世纪末开始，随着工业近代化的出现，为了寻求中国的富强，立宪派、革命派、绅商等追求政治民主化、经济发达、社会多元化的倾向随之出现，这是动力与秩序不兼容的典型表现。因而，清政府“新政”改革的目标即是建立一种能够兼容动力与秩序的政治体制，而达到这一目标的主要途径就是实现国家与社会间的结构分化。

四、唤起华人觉醒的洋商会

在中国近代商会成立的三百多年前，西方国家就已经设立了商会。随着近代资本主义经济的不断发展，欧美与日本商会的发展不仅限于一国或一个区域内，而是走出国门，趋于国际化。

18 世纪的产业革命不仅带来了科学技术的质的飞跃，而且也为资本主义的成长和发展奠定了坚实的物质技术基础。在这种以机器大工业为物质技术基础的社会化大生产的条件下，决定了流通过程与生产过程必须紧密结合或一体化。同时，决定了资本主义经济条件下的企业——无论是从事直接生产活动的生产企业，还是从事流通活动的流通企业，都会自发或自觉地建立一种能够代表并维护他们切身利益的市场中介组织——商会。简而言之，商会是资本主义经济发展到一定阶段的必然产物。从 16 世纪起，资本主义经济比较发达的国家，包括西欧、北欧、北美、南美、东亚等国家，都相继创立了与本国国情相适应的商会组织。

法国是世界上最早成立商会的国家，是现代商会的发源地。1599 年建立、1650 年获得书面特许的法国马赛商会是世界上第一个真正的商会。到了路易十四时代，法国才开始确立了有组织的商会制度。1700 年，根据敕令成立了敦刻尔克商会，1701 年又按政令成立了 10 家商会。法国大革命时期，商会曾一度被关闭。1802 年根据拿破仑的命令，商会又重新开始了活动。1858 年法国的立法将商会置于政府的严密监督之下。

继法国之后产生商会的是德国。1665 年设立的汉堡商会是德国的第一个商会。随后各地商会相继兴起。加拿大的第一个商会于 1750 年在哈利法克斯设立。

英国的商会起源于近代产业革命兴起的时期。英国的第一个商会于 1768 年在泽西岛成立。其他大部分商会是 1850 年成立的。英国商会经过二百多年的发展，到 20 世纪 60 年代英国有商会八十多个。1925 年还出现了青年商会(为 21—40 岁之间的商人而设)，到 20 世纪后期，青年商会发展到了一百多个。

美国最早的商会是纽约市商会，成立于 1768 年，是当时纽约城的

20 名商人相聚组织的商业团体。这些商人成立商会的目的,就是要团结起来,反对他们认为有害于当地经济的政府行动,促进并鼓励发展商业经济,扶持工业,解决贸易等分歧,并订立有利于贸易的规则。纽约州在战后对其进行了重新调整。与此同时,最早成立的商会还有南卡罗来纳州的查尔斯顿市和麻省的波士顿市。到 1870 年,美国已有 40 个非常活跃的商会。到了 20 世纪初,芝加哥商会是公认的"喉舌",底特律商会、克显兰商会以及其他大城市的商会也是如此。从 1870 年到 1900 年,商会的数量增加到约一百家。1912 年美国商会正式成立。

日本最早的商会是东京商工会议所,创立于 1876 年,称"商业会议所"。当时正值日本由江户向明治过渡时期。随后,大阪、神户等城市相继成立了"商业会议所"。到 1892 年,全国已有 15 个主要城市设立了"商业会议所"。为加强联合,同年组成了全国性的"商业会议所联合会"。1922 年 6 月,该联合会改名为"商工会议所联合会",即日本商工会议所的前身。

早在 19 世纪以前荷兰创立了类似商会的组织。1803 年,荷兰按照当时法国商会的模式,在阿姆斯特丹成立商会。19 世纪,荷兰的商会数量迅速增加。但这一时期的商会由于在财政上依存于所在地的地方政府,商会的作用没有得到很好的发挥。1918 年,荷兰对商会制度进行了改革。1920 年,荷兰制定并实施了新的商会法。

从以上各国商会发展的历史看,按照商会性质与职能的不同,大致可分为以下三种类型的商会①:

第一种是以英、美等国家为代表的英美法型的商会。它们是以服

① 陈清泰:《商会发展与制度规范》,中国经济出版社 1995 年版。

务为宗旨，设立自愿、活动自主、经费自理的民间团体组织。入会制度为自愿入会制，“依自由组织，采私设组合之制”。主要职能表现在联结众商，促进工商业发展，参与立法与政治方面的活动，开展科技知识传播和商业教育，为中小企业提供各类信息，举办博览会等。

第二种是以法、德、意等国家为代表的大陆法型商会。它们作为工商业界的社会团体，但法律性极强。它们与政府的关系较为密切。除开展一系列与交易和产业有关的业务外，还要参与国家的工商业行政管理和立法工作，如法国商会有签发产地证明书、组织公共工程、港口、机场管理机构的职能。此外，如法国商会有向地方和国家当局陈述意见、对进口税和商业立法提出建议的权利[①]。按照法国商会法的规定，商会是政府部门中代表各自管辖区工商界利益的机构，是公立公益组织。显然，法国商会是一个既有工商业者的公共代表机构的性质，又带有工商行政辅助管理机构性质的“双重性质”的组织。按照德国商会法规定，德国商会是公法团体。换句话说，德国的法律把商会规定为一种从事公益性活动的公法团体组织，而不是从事以营利为目的的活动的组织。

第三种是介于上述两种类型商会之间的日本商会。从日本商会的演变与发展历史看，虽然日本也是市场经济国家，但是它与欧美国家的模式不同。日本的商会法规定，商会是一个非营利性的法人组织。商工会议所等不得以特定的个人或法人及其他团体利益为目的从事其事业；商工会议所等不得为特定的政党所利用。商会坚持独立自主开展各项事业活动的原则，但也同时具有参与国家工商法规和政策制定的

① 虞和平：《商会与中国早期现代化》，上海人民出版社 1993 年版，第 60 页。

权限。日本商会有“稽查关涉商工业各事宜又证明货物之出产及价值”“管理有关商工业之房屋”、奉命代政府稽查各种“关涉商工业之事务”的权限。日本政府在核定的条例中赋予它“凡涉及商工业之法律应如何制定,如何改革,及关涉施行之意见”,有向政府禀报的权利①。特别要说明的是,日本在第二次世界大战前,主要是采用大陆法系的做法,即强制入会制,而战后随着民主化进程的推进,修改了原来的做法,采用了英美法系的做法,即自愿入会制。

通过以上各国商会发展的历史说明,商会既是代表工商业者利益的法人团体,又是国家商政的有力辅助和支持机构。商会在各国资本主义的经济发展中占有举足重轻的地位。

19 世纪中期,西方列强对华经济扩张日益发展,在中国各通商口岸设立的洋行和工交公用企业不断增加。在第一次鸦片战争结束后的几年内,各通商口岸就有四十家左右的洋行设立②。到 19 世纪 60 年代后,随着通商口岸的增加和列强对华经济扩张的发展,各国在华设立的洋行数急剧增加,1872 年时达 343 家,到 1892 年时更增至 579 家③。尤其在上海、汉口、天津、广州四大通商中心,更是洋行林立。上海的洋行数,从 1844 年的 11 家,增至 1847 年的 24 家、1876 年的 160 家、1884

---

① 虞和平:《商会与中国早期现代化》,上海人民出版社 1993 年版,第 60 页,引自《日本政府酌定商业会议所新例》。

② [英]马士:《中华帝国对外关系史》第 1 卷,三联书店 1957 年版,第 246 页。

③ 姚贤镐:《中国近代对外贸易史资料》第 2 册,中华书局 1962 年版,第 1000 页。

年的 245 家[①]。汉口从 1860 年起有怡和、琼记洋行分支机构之设，到 1901 年时已有了 6 家[②]。天津市场的巨大商业利润吸引了越来越多的外国淘金者纷纷来天津设立洋行，自 1861 年起始有外国洋行设立。下面是外商在天津设立洋行的情况：

年代	设行数	驻津外国人数	备考
1861	5	13	怡和洋行来津
1866	17	110	英国 9 家，俄国 4 家
1879	26	262	
1901	41	2749	其中日本人 1200 人
1906	232	6304	其中日本人 1987 人

除了上述从事商贸业的洋行之外，列强还在各通商口岸陆续开办了不少的进出口加工、贸易服务、公用事业、机械修理和金融保险等企业。从 1845 年英国在广州设立柯拜船坞起，到 1894 年时，西方列强在各通商口岸设立的工业企业总计达 191 家。其中上海 78 家、天津 16 家、广州 9 家、汉口 7 家，其余全部分布于各个通商口岸。除了外资企业外，外资银行也陆续在各通商口岸设立，从 19 世纪 40 年代到 60 年代末，英国丽如银行在香港和广州设立分支机构开始，已有汇隆、呵加

① 转引自虞和平：《商会与中国早期现代化》，上海人民出版社 1993 年版，第 61 页。[英]马士：《中华帝国对外关系史》第 1 卷，第 399 页；Return of Trade at the Port of Canton, Amoy & Shanghai for the year 1848，第 46 页；Commercial Reports from Her Majesty's Consuls in China，1876 年，上海，第 63 页；1884 年，中国，第 83 页。

② 聂宝璋：《中国买办资产阶级的发生》，中国社会科学出版社 1979 年版，第 162、165 页；皮明庥：《武汉近百年史》，华中工学院出版社 1985 年版，第 54 页。

剌、有利、麦加利、法兰西等 6 家外资银行在各通商口岸设立了 42 个分支机构。19 世纪 70 年代到 90 年代初，又有德意志、东方汇理、德丰、大东惠通、中华汇理等外资银行在各通商口岸新设 45 个分支机构[①]。此期间，在天津设立分行的外资银行有汇丰银行、华俄道胜银行及横滨正金银行。

据统计，1840—1894 年，在华外资的工商金融企业总数达 857 家之多。随着国外在华企业数的增加和业务的发展，各企业、各行业之间的关系也渐趋密切而复杂；加之还需要与中国各级政府和工商界打交道，于是各国在华工商资本家便先后将其本国的商会组织引入中国，在通商口岸成立各国的商会。

英国是侵略中国的急先锋，也是最先在中国设立商会的国家。早在 1834 年 8 月，英国商人就在广州设立了英商商会，1836 年又在此基础上组成了包括在广州的全部外商企业在内的洋商总商会，到 1839 年因第一次鸦片战争爆发一度解散。鸦片战争后，上海的各国商人于 1847 年联合组成了上海洋商总商会。1861 年，香港的 60 家外商行号在英国驻华公使的直接支持下组成了香港洋商总商会。据初步统计，到 1904 年中国的商会产生之前，外商已在广州、上海、香港、天津设立了 6 个洋商总会；到 1923 年时，在中国各通商口岸设立的洋商商会约计 61 个[②]。

天津洋商总会是外国洋行于 1887 年在天津成立的商人组织。天津洋商总会的 16 个会员包括：7 个英国洋行，4 个德国洋行，3 个俄国

① 汪敬虞：《十九世纪西方资本主义对中国的经济侵略》，人民出版社 1983 年版，第 310、315、322—325、369、146、160 页。

② 虞和平：《商会与中国早期现代化》，上海人民出版社 1993 年版，第 62 页。

洋行,1 个法国洋行,还有我国的大清银行也是洋商会成员(它入会的时间比较短暂)。由于天津洋总商会建立最早,因而它是外国商人在天津唯一具有代表性的商业团体组织。它的委员会主要成员由英、美、法的商业代表组成。在天津设立的 6 个外国商会团体,即天津洋商总会、天津日本洋商商会、天津英国洋商商会、天津美国洋商商会、天津德国洋商商会(1916 年停止工作)、中国法国洋商商会天津分会。另外,意大利商会在天津设有代表处。每一个外国商会中又有若干个本国企业会员。例如,天津美国洋商商会在 1916 年组建时,有 10 个美国企业会员和 10 个个人会员,到 1920 年,已有 23 个企业会员和 40 多个个人会员①。在天津最大的外国商会组织是日本商会,当时它有 95 个会员,由 14 个会员组成的执行委员会领导。

据虞和平先生在《商会与中国早期现代化》一书中分析,各国商人在中国设立的商会,其组织类型有三种:

第一种是由同在一个口岸的各国商人联合组成的商会,称某地洋商总会。这是在华洋商商会的早期组织模式。

第二种是由同处一个口岸的同国商人所组成的商会,称某地某国洋商商会。这种组织模式,除了英国在华商人较早采用之外,其他各国的商人都采用较晚,只有到他们在某一口岸的工商企业发展到一定数量之后,才各自单独设会。即使在这种模式被各国商人普遍采用之后,第一种组织模式仍然保持着。

第三种是由分布于各口岸的同国商会联合组成某国商会联合会,或称某国总商会。这种组织模式的出现为时更晚,大约是在 20 世纪

① "North China Star"Anniversary Magazine August 12, 1920 p. 6.

20 年代之后。

历史事实无可辩驳地说明,各国在华设立的洋商会都与他们在本国所设商会的功能基本一致。他们维护本国会员的经济利益,创造各种条件促进本国与华的经济贸易往来。日本商会、法国商会等经常发布各种商业信息,为会员提供商业机会和渠道。这里需要说明的是,他们还有一个更加随时配合本国政府对中国进行经济侵略和扩张的功能。“在华各国洋商总会所关心的是有关他们自己国家整体的政治和商业利益”[①]。因此,“在华各国洋商总会在各国商人中居有中心联络所或协调机构的地位,并可随时将所征集的有关各国商业利益的意见向中国政府和各国驻华使节们反映”[②]。同时,洋商总会也是各国政府对华进行政治侵略的工具。

于是,在华外商通过他们的商会组织,不仅能联合一致地与中国的政府和商界交涉商务,以维护和扩展他们的经济利益,而且能够与各国驻华使节乃至各国政府互相密切配合,共同进行对华的经济和政治扩张。

中国的商会是直接受洋商商会的影响而诞生的。从 19 世纪 90 年代后期开始,民族资产阶级的一些代表人物要求成立商会的呼声就已屡见于当时的条陈、奏议、著述和报刊言论中。1896 年,在上海出版的以鼓吹变法维新为宗旨的《时务报》连续刊载汪康年的文章,指出西方资本主义各国均非常重视商利商权,有关本国商务概由商会主持办理,“凡官设商律,定税则,皆必与商会相商,故商会之权最大”。认为通商

---

① "North China Star"Anniversary Magazine August 12, 1920 p. 6.

② 景跃进:《“市民社会与中国现代化”学术讨论会述要》,载《中国社会科学季刊》(香港),1993 年 11 月,总第 5 期。

巨埠由于有外商商会而无华商商会，故涉及商务事端，“皆西商为主，而华商听其调度，凡市面行情银价，一皆听于西人”，所以必须迅即成立本国商会，“以集商议，以重商权”，并通过商会“专考求商务盈亏之故，而筹更变之策”[①]。张謇（季直）在 1896 年也撰写了《商会议》的专文，认为“商”是“今日之先务”，如无商会组织，“则商无校能之地”。他主张“各行省宜立（商务）总会，各府宜有分会”，由各分会考察“府辖之县最王（旺）之产，最良之产，与风尚之华朴，民俗之勤惰，工作之精粗，市情之消长，各列为表，度其所宜兴宜革宜变之故，斟酌其如何兴如何革如何变之办法，闻于总会”，由总会进行审定，“决其行止”，并报请督抚“为之主持保护”[②]。

中国的一些开明官员和绅商在日趋频繁的对外商务交涉中，更加体验到仿效洋商商会设立中国商会的必要性。1902 年，盛宣怀奉命会同商约大臣吕海寰在上海与英、美、日、葡等国代表进行修订商约谈判，目睹上海“洋商会如林，日夕聚议，讨论研求，不遗余力”，“凡商税、行船诸事，洋商系切已利害，乎日既考求明白，临时又咨访精详”，在谈判中处于优势地位。而中方向无会议公所，“华商毫无准备”，所以无从咨询，事事受制于人[③]。1904 年袁世凯上奏说：“考泰西各国，商税綦巨，故待商亦甚优。各埠均设商会，国都设总商会，以爵绅为之领袖，其权足与议院相抗。并特设商务部专理其事。其经商他国者，则为置领事以统辖之，驻兵舰以保卫之。有大利则领事以达于公使，而争诸其所经

① 汪康年：《论华商宜速筹自相保护之法》，《时务报》第 47、52 册；《论中国求富强宜筹易行之法》，《时务报》第 13 册。

② 《张季子九录 · 实业录》卷 1，第 4 页。

③ 盛宣怀：《请设上海商业会议公所折》，《愚斋存稿》卷 7。

商之国，务餍其欲而后已。故商人有恃无恐，贸易盛而国以富强，论者至以商战目之，非虚语也。”①就连清政府的商部也劝说：“纵览东西诸国，交通互市，殆莫不以商战角胜驯至富强。而揆厥由来，实皆得力于商会。”②鉴于当时朝野人士发出中国成立商会的强烈呼吁，模仿外国商会模式筹建中国商会就成了清政府的开明官员和绅商的必然选择。

1904 年初，商部决定仿照西方国家的模式，倡导华商设立商务总会和分会，于元月上奏劝办商会酌拟简明章程折，强调：“商会者，所以通商情保商利，有联络而无倾轧，有信义而无诈虞，各国之能孜孜讲求者，其商务之兴如操左券。中国历来商务素未讲求，不特官与商隔阂，即商与商亦不相闻问。不特彼业与此业隔阂，即同业之商亦不相闻问。计近数十年间，开辟商埠至三十余处，各国群趋争利，而华商势涣力微，相形见绌，坐使利权旁落，浸成绝大漏卮。故论商务于今日，实与海禁未弛以前情事迥异。臣等忝膺恩命，亟思振兴商政，上慰宸廑。现在体察情形，力除隔阂，必先使各商有整齐划一之规，而后臣部可以尽保护维持之力。则今日当务之急，非设立商会不为功。”③清廷很快谕批颁行商部拟定的《商会简明章程》。随之，商部向各省颁布劝办商会谕帖，进一步阐明：“商会一设，不特可以去商与商隔膜之弊，抑且可以去官与商隔膜之弊，为益商务，良非浅鲜。”同时希望通过成立商会“上下一心，官商一气，实力整顿，广辟利源”④。《商会简明章程》规定：“凡属商务

① 《袁世凯奏议》上，第 343 页

② 胡光明等主编：《天津商会档案汇编》(1903—1911)上册，天津人民出版社 1989 年版，第 20 页。以下《天津商会档案汇编》简称《汇编》。

③ 《汇编》(1903—1911)上册，第 20 页。

④ 《商部劝办商会谕帖》，《东方杂志》1904 年第 2 期。

繁富之区，不论系省城或城埠，均应设立商务总会，商务发达稍次之地则设商务分会，前此所设商务公所等类似的组织，一律改为商会，以为各省之倡。”商部主动派员访觅声望素孚的商董，“亲行接见，面为晓谕，俾知举办商会，实为联络团体，挽回利权起见”，促成京师商会很快成立。此前设立的上海、天津等地的商业会议公所均改组为商务总会，随后从沿海沿江通商大都市向内地和中小城镇逐步推广。

第二章　商会的兴衰

商会是近代资本主义和资产阶级发展到一定阶段的产物。20 世纪初年,随着资本主义经济因素的增长,同时也由于清政府次第推行“新政”“预备立宪”和“地方自治”运动,中国始有具备近代色彩的新式商人社团出现[①]。中国的商会诞生于庚子事变前后,至中华人民共和国成立初年为共产党所领导的工商业联合会取代为止,共存在了半个世纪。保存于天津市档案馆的《天津商会档案全宗》,其中大量的商家诉状、条令法规、商情调查、函札文电,系统记录了清末庚子以后至中华人民共和国成立初年天津商会从诞生到消亡的全部过程。下面所阐述的内容是从天津商会的初生期直至衰落期的整个兴衰轨迹,以便我们对它有一个更加全面、更加深刻的了解。

一、初生期:商会组织的诞生

根据《天津商会档案汇编》记载,早期天津商会经历了由官办商务

① 马敏:《官商之间——社会巨变中的近代绅商》,天津人民出版社 1995 年版,第 250 页。

局—商务公所—商务总会的演变过程。在整个商会建立的过程中，充分反映了试图摆脱会馆、行帮的落后形象的早期民族资产阶级要求发展资本主义的强烈愿望，并以新姿态跃登于社会大舞台扮演了引人瞩目的历史角色。

1. 天津商务局

1860 年天津开埠至 1900 年八国联军侵华前夕，天津的社会经济和社会面貌都发生了巨大变化，它已从一个屏蔽京师军事重镇和盐漕两业为经济支柱而繁荣起来的商业都市，变成了名副其实的华北贸易货栈和辐射北方各省的第一个商品交换中心。

在八国联军的洗劫和事变的打击下，天津口岸 1900 年进出口贸易货值较 1899 年的各项指标下降了 50%～60%。联军的烧抢使繁华的天津城北、城东和旧城商业区成为一片瓦砾。长芦盐商经营的 44 家典当业竟倒闭了 22 家，仅此一业的损失就在 300 万两以上。据估计，天津官商各业被抢掠的现银起码在 1000 万两以上。据海关报告记载，天津当时市场资金不过 6000 万两左右，其分配情况是：山西票号 2000 万两，外国银行及天津府县交库周转金 1000 万两，富商大贾握有 1000 万两，津沪同赊货垫款 1000 万两，还有钱票 1000 万两①。联军军事占领期间，不但使官府和富商手中损失了千万两以上的现银，而且使暗藏的金银不敢投入流通。商业市场的衰败使在天津金融市场据有举足轻重地位的山西票号，也收回大部分放款，总数在 1500 万两以上。外国洋行也只收不放，官府更无款可存，这就造成了天津金融市场现银的极度

① 见《天津海关十年报告书》(1982—1901)，载《天津历史资料》第 4 辑。

短缺。加上都统衙门统治的银钱业失去控制，从事银钱投机的钱庄银号急剧膨胀，由八九十年代的一百余家，一下子增加到三百余家。钱业中畅行拨码，人们为了取得现银，每现银千两，贴水额竟高达三百五十余两。庚子前每一银圆合现银七钱上下，此时则涨至九钱五六。天津市场上人心惶惶。善于投机的日本人，纷纷在华界冲要之区，接收或开设各类店铺，大有取华商而代之势。1902 年 8 月间，袁世凯从都统衙门手中接收天津时，已经有不少有影响的商家连连投书吁请。他们深感原有的行会性组织——公所和会馆，已不能适应市场的需要，亟须成立像天津洋商会一样的商业团体组织。袁世凯为了稳定天津市面，筹集庚子赔款，于接收地面的当月设立了天津商务局。天津商务局组成情况如下表：

职务	姓名	号与字	籍贯	职衔	社会成分
总办	吴懋鼎	调卿	安徽	三品京堂	买办
帮办	王名槐	宗堂	浙江	二品候补道	买办
局董	杨俊元	春农	天津县		盐商
局董	王奎章	文郁	天津县		盐商
局董	王贤宾	竹林	天津县	河南试用知府	盐商
局董	李士铭	于香	天津县	户部候补郎中	盐商
局董	宁世福	星浦	直隶	候选知府	买办
局董	石元士	次卿	天串杨柳青	花翎二品顶戴湖北试用道	大地主
局董	卞煜光		天津县	光禄寺署正	富商
局董	幺联元	品三	天津县	四品衔分省补用知县	富商

上表所列事实显示，盐商占4/10，买办占3/10，商务局的总办和帮办主要由买办担任。由此也不难看出，清廷授意设立的商务局，不是“选派候补道府各员作为驻局总办”[①]，就是与政府有密切关系的绅商担纲，官商殊途，门禁森严。正如凌福彰在申明商务公所开办宗旨时说到“谨遵宪谕脱去官场习气，饬令各抒所见，务使官商联为一体。”可见，当时的天津商务局，衙门气十足，在危机面前束手无策，根本无法起到振商保商的作用，只能被当时呼声较高的商务公所取代[②]。

2. 天津商务公所

1903年，天津仿照上海商业会议公所创设天津商务公所。3月间，天津洋布绸缎、粮食和银钱等各行绅商纷纷公禀，请设天津商务公所，以便联络商情，整顿和挽救天津市面。经众商公举和袁世凯委任，卞煜光、王贤宾、宁世福、么联元四人为公所董事，华世铭、刘承荫为襄理，天津府凌福彰为商务公所督办。

天津商务公所于1903年5月13日(光绪二十九年四月十七日)在万寿宫开办。在其《暂行章程》中申明：“商务公所原为市面窒塞而设，所有办法以疏通二字为主义。”董事们认为，“大抵天津商人，势散而识拙，故见利则互相争，而见害则各不相救，知有己而不知有人，其甚者乃欲假公以济其私，以致步步难行，节节闭塞，至于今日而疲困极矣。”[③]“为一洗从前积习，和衷共济，今各行商业大者公举董事二人，小者一人，随时赴会讨论受病之原及救急之法。且望各商亦可参加讨论有关

① 《东方杂志》第1年，第10期“商务”。
② 参见纪华：《天津商会谈往》，载《天津文史资料》第十六辑。
③ 《汇编》(1903—1911)上册，第2页。

商务有关各事项。”《章程》对各行商业干扰极大的商务钱债纠纷也有明确规定：先由本行董事评议，如果不服，再由公所董事秉公办理，以免讼累。对于未入会的散商，遇有商事纠纷，同样也可赴公所处理。对欺压良善的土棍，商民同样送公所禀究①。

《天津商务公所暂行章程》已显现出一些促进商务进步之功能，例如“凡有于商业不便之事，应即设法改革，如有众商乐办尚须本公所提倡者，本公所亦应相机筹办”。还申明：“本公所应挽救各策，须以大众意见相同为准，如确真知灼见与众论不同者，亦准随时声明，本公所会商酌核，藉资补救。”商务公所还提出了“挽救市面四大措施”：一日推缓新新旧欠；二日倡行钱票；三日设立银行；四日厘卡规复旧章。公所开办半年之后，王贤宾等四董事因“诸多掣肘”提出辞呈。虽经袁世凯挽留，数月后，“市面窒塞如故”，出现了天津富盛和皮庄倒闭，恒字号钱铺倒闭，使不少商家添恐，正值沪地商会成立，商部发布《劝办商会章程》，天津绸缎洋布、钱粮等三十余行的61家行董上书商部和直求总督，以“天津商埠为总会之区，彼沿海各商埠总会现皆举办，天津独瞠乎其后，无感乎商务之收效迟也”②为由，要求速立商会，以解救天津商务之危局。尽管天津商务公所仅生存了一年半的时间，但从其微弱的经济职能中，起到了“创商会之先声，促商务之进步”③的历史作用。

3. 天津商务总会

商会的设立不仅与当时的经济与社会的发展分不开，而且也是在

① 《汇编》(1903—1911)上册，第3页。

② 《汇编》(1903—1911)上册，第30页。

③ 《上海总商会议案录》，“第二次常会议案”。

官商共同需求声中诞生的。19世纪末20世纪初，由于旧有的商业性会馆、公所组织带有明显的血缘和地域特征，具有封闭性、排他性，缺乏联络，严重限制和束缚着本组织成员，它们的规模小，管理缺乏民主，机构设置杂乱，所以，中国传统的工商业组织难以应付外资经济和西方商品涌入中国的严重挑战。中国的官绅们面对如何振兴商务和改善经营管理，如何公正解决商务纠纷，如何联络商界在与洋商的竞争中不遭惨败等迫在眉睫的需要，不仅要力求摆脱个人或行帮的限制与束缚，还有待于对传统商业组织的改造，而且更需要建立一种能统辖全体工商界的规模较大的新式工商团体——商会。

天津商务总会是在成立一年多的天津商务公所的基础上组建的。除了最根本的经济原因外，清政府开明官员载振等人主持的商部发挥了推动作用。1903年2月，商部在《劝办南会章程》中即指出，在洋货倾销的打击下，华商所处困境，经营之苦、求利之难，大异昔时[①]，致病之由即在商情不聚商力不厚、商智不开。在与洋商的竞争中，"只求已之私而不顾大局"，因而屡遭惨败。而要克服此三点，就必须立商会。1903年12月23日，商部左参议王清穆又致函宁世福、王贤宾，告知沪埠商会业已成立，并寄来章程二本，"务祈台端，速联合绅商，斟酌时宜，参照沪会章程，克日举办报部"。1904年1月11日，商部在《劝办商会角胜洋商折》中强调："近数十年间，开辟商埠三十余处，各国群起争利"，"而华商势涣力微，纵观各国商战角胜迅至富强"，"实得力于商会"。同时将《劝办商会章程》二十六条，广为散发。使"以通商情，保商利"为宗旨的商会，为众多的商人所认识。至同年3月17日，载振、顾

① 《汇编》(1903—1911)上册，第28页。

卓新、陈璧，又联名致函袁世凯，扼要指出“商与商各自为计”“商与官不相通”为华商久存固习，请在津速立商会以剔除之。所有这一切，都加速了商会的成立。

与此同时，天津商会的诞生同样离不开津埠众商的力争。1904 年夏秋之交，天津三十余行业的 61 家行董商号在请速建商会的呈文中说：“窃闻商会者，众商之会也。”众商还认为：“惟中国自海禁大开，商埠日辟，番舶互市，利权外溢，华商艰窘日甚一日，商务衰颓固不必讳。就津市而论，往年街面计存官行各款为数甚巨，藉资通融，尚可敷衍。庚子以后，银根空虚，钱法大坏，商务凋敝，元气未复，加以经商者扬历铺张；浮华太甚，以致官行各款无敢寄存者，是以市面愈加滞塞，通国类然，天津尤甚，非实力整顿，大施培养，不足以联商情而挽颓风。”①如立商会，“兴利除弊，藉得补救，商务可大转机也”。商人们的呼声道出了早期资产阶级感到旧式的会馆、公所等商业组织已经不能适应当代商业社会的需要，他们更加迫切地期望建立商会这样一个联络工商各业，维护自身利益的近代社团组织。

1904 年初，随着清政府《商会简明章程》的出台，继上海商务总会之后，天津商务总会正式诞生。清末建立的天津商会与各地商会的情况有许多相似之处。天津商会历届会董以上的权力全部由绅商掌握，他们享有各种职衔和功名，且五品以上职衔的人占相当大的比重。正如有的学者所指出，晚清商会实行的是“绅商领导体制”②。

① 《汇编》(1903—1011)上册，第 37 页。

② 徐鼎新等：《上海总商会史》(1902—1929)，上海社会科学院出版社 1991 年版。

天津商务总会总协理及会董名单(1905年1月—1912年5月)

职务	姓名	籍贯	年龄	职衔	身份	任职年月	经营商号
总理	王贤宾	天津	54	花翎二品顶戴河南补用道	盐商	1905—1911	中立等四盐店财东 房山运煤公司总理 华胜烛皂公司股东
协理	宁世福	直隶	62	花翎三品衔候选知府	买办	1905—1911	新泰兴洋行华总理 天津织缝公司总董 天津考工厂总理 英美烟草公司股东
协理	吴连元	天津	43	花翎二品顶藏候选道	买办	1911—1912	日本正金银行
坐班	幺连元	天津		四品衔补用知县	钱商	1905	德恒银号财东
坐班	刘承荫	天津	38	花翎候选同知	粮商	1905—1910	天津公记粮店财东
会董	顾文翰	天津	61	五品衔后	买办	1905—1912	天长仁洋行执事
会董	张传清	天津		同知县	买办	1905	德义洋行华经理 聚立洋行买办
会董	宫汝生	天津		康膳生	买办	1905	洋行
会董	王用勋	天津		五品衔	洋布商	1905—1907	春华泰绸缎庄执事
会董	杨恩隆	天津		五品蓝翎候选千总	粮食	1905—1907	立兴成粮行财东
会董	芮玉坤	天津	67	同知衔候选州同	洋布商	1905—1912	义泰昌洋布庄财东 德商大广地产公司华董事
会董	曹永源	天津	56	五品蓝翎候选县丞	粮食	1905—1912	庆长顺斗店财东 大来生机器磨坊财东 修业织工厂财东

续表

职务	姓名	籍贯	年龄	职衔	身份	任职年月	经营商号
会董	胡维先	天津	59	花翎道衔	盐商	1905—1911	万盛新金店执事 溢源银号执事
会董	纪联荣	天津	62	同知衔	洋布商	1905—1912	敦庆隆绸缎庄财东 天津通商银行经理
会董	刘锡保	天津	59	同知衔	钱商	1905—1912	桐达银号执事
会董	张文翰	天津	66	候选从九	洋布商	1905—1912	裕丰泰绸缎庄财东
会董	张维骐	天津	72	五品封典	洋布商	1905—1912	和泰洋布庄执事
会董	李向辰	天津	68	同知衔	米商	1906—1910	信成源米庄财东
会董	徐诚	天津	45	花翎二品衔广东补用道	买办	1906—1911	麦加利银行
会董	郑金鼎	天津	63	蓝翎守御所千总	钱商	1907—1912	桐达银号执事
会董	朱嘉宽	天津	42	府经历衔	买办	1907—1912	德华银行公裕厚银号
会董	李长泰	天津	51	候选从九	粮商	1907—1912	成发粮号执事
会董	杨庆林	天津	61	蓝翎守御同知衔	杂货	1907—1912	森记杂货庄铺东
会董	贾学芳	天津	53	同知衔	洋布	1907—1912	向和公洋布庄执事
会董	黄宗衡	广东	44	花翎候选同知	买办	1907—1912	德商瑞记商行执事
会董	陈焕彰	广东	39	花翎三品衔直隶试用同知	买办	1900—1912	德义洋行执事
会董	赵士琪	天津	44	五品顶戴	钱商	1900—1912	裕源银号执事
会董	赵振	天津	59	同知衔	洋布商	1900—1912	瑞生祥洋布庄执事
会董	刘钟霖	天津		候补知县	木商	1900—1912	成迪松木号执事
会董	杜晓琴	天津			染商	1900—1912	染商董事

从上表所列天津商会历届30名会董执业的主要商号来分析，可以看出天津商会成员构成的主要特点：

第一，传统行业的商人会董占有的比例依然不小。从事盐、粮、钱业等旧式行业的商人有11名，占36.7%；其中粮商5名，钱商4名。清末时期，只因盐商行业未入商会，所以商会会董中仅有盐商2名。但身任芦纲总的王贤宾在晚清天津商会中的地位十分显赫，从1902年担任商务局董事，后任商务公所一年半总董，又连任商会总理7年，即使盐务风潮中他因借洋债140余万两而被查抄，也只靠边站了几个月，辛亥革命爆发后即第二次出山，任天津商会会办，主持会务，仍位居宁世福之上，足见其在政府与商界中地位之举足轻重。究其根本原因，就在于长芦盐务与盐商是当时天津地区的主要纳税者。

粮食行业是天津商业中历史悠久、资力雄厚的重要行业之一。河南、山东和直隶南部的杂粮产区是京津两地民食的重要供应地。那里的粮食通过永定、大清、子牙和南运河等河，输运至津，积屯于运河两岸，过斗发卖，从而形成了著名的东、西、北集各斗店。每届封河期，屯粮常达数十万石，开埠后更多达一百余万石。因此，有养海船或从事粮食贸易致富的粮商，都跻身于津门巨富“八大家”之列。那么，天津商会历届30名会董中，粮商有5名，占了1/6是很自然的事了。

第二，新兴行业的商人会董数占一半。洋行买办有9人，占30%，洋布洋货商8人占26.7%，若二者相加，17人占全部会董的50%以上。这是除上海、广州两商会及华侨商会外，国内各埠商会均不具备的特点。天津开埠后，优越的地理位置和巨大的商业利润吸引了越来越多的洋商，他们一面争先恐后地在天津设立洋行，培养自己的势力，从1681年的5家洋行，到1911年增加到160家洋行；另一方面他们又采用西方营销策略推销洋货,大量的洋布将中国传统的土布挤出市场,因而洋布商逐渐发展成为拥有140余家的大行业。作为近代市场重要构成部分的买办和洋货商人自然是商会的积极发起者。这样一些人作为洋布业的行董在天津商会中占有一定的位置也就不足为奇了。

第三,一些传统的绅士转向投资近代企业。在天津商务总会历届会董一览表中,显示出其中的3人把资金投入到近代工业方面,如商会总理、长芦纲总王贤宾伙同盐商李宝恒等,于1906年在荷兰恒丰洋行借款200万两,修建房山坨里高线运煤线路,他们排除了地方旧势力与封建迷信的干扰,于1910年上半年完工。据当时概算,年可获利40余万两。这家企业的出现,对于进一步解决天津的燃料供应问题起了很好的作用。王贤宾、李宝恒还投资兴办华胜烛皂公司、北洋水火保险公司等。商会协理宁世福,庚子后出任直隶工艺总局天津考工厂总理,并与工艺局合办织染缝纫公司,与日本人合办胜大草帽公司等。会董曹永源本是庆长顺斗店财东,庚子前后兴办大来生机器磨坊,营业状况一直较好。1910年,他又同德义洋行买办张桂生合办修业织工厂,获得一定成效。尽管30名会董中投资近代民族工业者仅3人,为数甚微,但他们均是盐商、买办、粮商中颇有地位的代表人物。由此可知,天津商会中的总理、协理和部分会董将资金投向新式民族工商业的行为,说明传统的绅士已经开始向新兴的工商业者转化。

清末十年的天津商会参与了政府推进的现代化改革运动,除了代行国家对商人的日常管理职能外,尤其在经济社会方面,如维持市面、振兴实业、兴办教育、调解纠纷等都有商会的积极支持和协助。天津商会与政府之间保持了一种良好互动的合作关系。

二、发展期:商会组织的健全与完善

北洋时期的1912—1928年间,是我国社会生产力、政治经济制度和思想文化诸形态发生空前深刻变革的重要历史时期。位居京都之门户和华北通商大埠的天津商会,从纲领章程、机构设置、人员构成乃至称谓,均发生了明显变化。揭示这些变化及其内在原因对于我们深入研究中国近代资产阶级颇具意义。

1. 商会的改选与改组

1911年清王朝覆灭后,全国各地的商会组织呈现出蓬勃发展的态势。据1919年第八次农商统计表记载,从1912年至1915年,商会数从794个增长到1242个;会董数从21845人增长到26406人;会员数从196636个增加到245728个;理结案件及议决事项增长近两万件,筹集的活动经费也增加了40余万元。北洋时期的天津商会较早期的天津商会确实有了长足的进步。根据天津商会档案资料整理见下表①。

① 胡光明:《论北洋时期天津商会的发展与演变》,载《近代史研究》1989年第5期。

1912—1922 年天津商会概况一览表

年份	总协理姓名	会董人数	会员数	会议次数	议件次数
1912	总理叶登榜　协理卞阴昌	22	1320	40	75
1915	总理叶登榜　协理卞阴昌	48	1280	无定额	260 余件
1916	总理叶登榜　协理卞阴昌	48	1280	68	246
1917	总理叶登榜　协理卞阴昌	72	1371	56	114
1918	总理叶登榜　协理卞阴昌	72	1592	56	114
1919	总理叶登榜　协理卞阴昌	70	1382	45	121
1920	会长卞阴昌副会长杜禹铭	70			
1921	会长卞阴昌	70			
1922	会长卞阴昌				

上述事实显示，天津商会的会员数量、经费、岁入岁出的数额，均已占到全国的 1/100 以上。作为北方商人较为集中的天津商会的规模、人员、实力可见一斑。

在 1912—1928 年整个北洋军阀统治时期，天津商会共经历了 5 次重要的改选和改组。即民国元年、民国五年、民国七年和八年、民国十三年、民国十六年。这些改选和改组，多数依据商会的章程和法规进行，但政府的干预与威逼亦是屡见不鲜。

民国元年的屈从改选。1912 年 4 月初，带领天津商界渡过辛亥革命大潮的是商会会办王贤宾，洋行买办、总理宁世福和日本正金银行买办、协理吴连元。民国确立后，宁、吴坚决辞职，只靠王贤宾来支撑天津商会的局面。王的做法，赢得津埠 189 家众商联名高度评价，并请其继续担任总理之职。4 月 19 日，津商会全体会行董事，又上书工商部，正式公举王贤宾、叶兰舫(登榜)、卞荫昌三人任商会总协理。申明:"查会办王贤宾热心公益,学识兼优,遇事不辞劳瘁,久为津商信服,以之推升总理委,系人事相当。"[①]工商部于6月2日予以批驳:"王贤宾系因案斥革之人,其名誉已失,信用已失,设再充为总理,亦无补于商会。"[②]并说准王贤宾任商会会办,是原农工商部暂准通融办理,"现在津埠秩序已渐恢复,商会本无会办名目,应即取消,以归划一"。要求天津商会重新票选。

天津商会各行董闻讯后,立即上书申明:"查商会新章,民国现未颁布,前清旧章亦无限制选举明条。"关于王贤宾的信誉问题,他们指出"王贤宾曾失信用,究其果否清了","第观其行动自由,职衔开复,似清政府已默认为清了"。至于公举与票选问题,会行各董申明商会与其他机关三不同:一不受政府补助,开办费及常年费均由全体会员担任,"则凡在官者,只应尽保护之义务,不应有监督之权利";二不取地方公款,三总协会行各董不支薪水及车马饭银,"全体会员各有筹划,调查与评议案件之职任,盖自总协以下,均视会事为己事",并认为"商会乃商界全体之商会,非天津全体之商会也","如用票举,商界一线自保之生机则从此败坏矣",连月开会,均以"公推习惯,万难一旦改革"[③],要求工商部仍委王贤宾为总理。同年8月2日,工商部会商财政部,再次指明王贤宾所营主要事业倒闭,已丧失充当商会总协理的基本资格,严词批驳。津商会会行各董见事情无望,于是忍气吞声,至该年10月16日,经工商部认定,北洋保商银行华经理、启泰金店铺东叶兰舫和隆聚洋布

① 《汇编》(1912—1928),第1册,第5页。
② 《汇编》(1912—1928),第1册,第7页。
③ 《汇编》(1912—1928),第1册,第9页。

庄铺东卞荫昌，正式接任天津商会总协理职务。

民国五年的旧法改选。1914 年初，北京政府颁布的《商会法》规定："会董由会员投票选举，会长、副会长由会董投票互选。"这时的天津商会所关心的仍是坚持由推举、公举的办法产生总协理；坚决反对票选办法，认为"商会为众商代表机关，于商业相兴辅助极关重要。近年来天津票选行为舞弊，离奇怪状，罄竹难书"[①]，"且津埠商务繁盛甲于他处，自商会成立以来，经之营之，商业赖以维持，若遵新法票选，倘举非其人，特恐正直大商避而去之，关乎商务前途，良非浅鲜"[②]。对于《商会法》，一开始即表明"自当遵办"的天津商会于民国四年一月初，召开会行董全体大会，议定半年完成改组，在全国商会联合会和各地商会共同反对下，农商部被迫宣布沪、津、汉、穗、厦门、烟台、重庆等处商会暂仍其旧，所以天津商会的"民五改组"，仍只是一次改选，叶、卞仍为商会总协理，会董为 32 名，地方行政主管官厅的监督选举及当选总协理的认定，均仍其旧。

民国七年和民国八年的民主改组。这是天津商会依据民国修正《商会法》，从商会名称、章程与法规、机构设置乃至基层组织进行的一次占有重要地位的真正改组。这次改组是从 1917 年 4 月 9 日开始筹备的，当天的股员会议决定由各行按行董原额举定董事，作为筹备组织员。7 月 16 日，又确定孙俊卿、赵春亭、李颂臣等 28 人作为常务到会组织员，李颂臣、李樾臣、赵春亭、孙俊卿等 8 人任组织员办事主任。

在改组进行过程中，在会的会员商号同广大非会员商号就选举权

---

① 《天津商会档案全宗》二类 2552 号卷。

② 《天津商会档案全宗》二类 2552 号卷。

问题发生了尖锐的论争，众多非会员商号要求参加商会选举，实现民主权利。而会员商号认为不在会者未纳会费，未尽义务，不能享此权利。经反复协商，实行权利与义务并行的办法，规定：凡天津众商，不分华界与租界，只要在指定期限内缴纳会费，即可参加选举。民国六年九月七月，叶兰舫、卞荫昌签署的布告，在全津广为张贴。民国七年三月十一日，李颂臣、孙俊卿等签发通函，宣布选举办法，在选举前将有选举权的注册各商号列榜公布，按榜列商号发函，各号接函后盖章，凭函领票，参加选举：预定三月十九日全天为投票期。这天，全市68个行业，参加投票者1570家，当选会董60名，这是天津商会史上民主色彩最浓的一次选举。三月二十三日，召开全体会董会议，出席者58名，当场票选正副会长。直隶省长、实业厅长、天津警察厅长的代表和津海道尹锡章、天津县长齐耀诚均到场莅视开票。结果，叶兰舫以51票当选为会长，卞荫昌以48票当选副会长，另依《修正商会法》选举特别会董12名。但会长叶兰舫允任会长后，3个月未能到职，时值卞荫昌已当选全国商会联合会会长，众会董多次敦促，叶以“鄙人精神魄力俱不足担任时局，况以后进行事业必须有救国保种手段，不克胜任”为由坚决辞职。七月十九日的会董会议上卞荫昌当选为会长兼代副会长，但卞的当选依然是采用传统的“公举”法，被直隶实业厅坚决驳回，后经九月十一日票选后才正式认可。“天津商务总会”于民国八年七月十八日，在卞荫昌签署的呈文中，改名为“天津总商会”。

民国九年的延期改选。商会民国九年的改选，从开始到确认，前后经过了整4年。据记载，对于民国九年选举，天津商会曾进行了周密准备，并依法定手续，选举前列榜公布全体会员商号。六月三十日投票时，各主管官厅，均到场监督，选出卞荫昌等会董60名，特别会董9名。

但不久，即有商民刘祖培等举发这次商会初选行董时，竟有伪造①。直隶省长曹锐当即指令停止选举，情况查明后，再予恢复。谁知十天后，直皖战争爆发。1922 年 4 月，又爆发了第一次直奉战争。战事稍微平静后，1923 年 5 月 18 日，商会才得以询问民国九年的改选是否有效，直隶省长确认舞弊查无实据，认定三年前的改选有效。又经一年的查核亡故，补选。1924 年 5 月 13 日，政府终于正式承认民国九年（1920 年）的改选结果，卞荫昌、杜克臣分别当选正副会长。

民国十六年（1927 年）的强令改组。褚玉璞逼令商会改选并指定张仲元、王益保为商会正副会长。民国十五年（1926 年）十一月十七日卞荫昌病逝后，副会长杜克臣又坚决辞职，众会董即筹备改选。但国民军退出天津后，白色恐怖更甚，众会董意冷心灰，筹备半年也无结果，1927 年 6 月津海道尹据省长谕令，指责商会“借故稽延”，并指出“以该会系地方自治公团，本不应代谋，惟现值军情紧急之时，关于调剂金融，维持市面，端以该会是赖”，“会长一缺，关系至为重要”，限定“三日内选定会长，呈报备案，勿得再有推诿等因”②。拖至是年 8 月 25 日，商会推举出刘渭川、孙俊卿等 32 名选举筹备员。褚玉璞再也不能等待，9 月 3 日令政务厅“查有张仲元、王益保堪充总商会正副会长，杨文翰（西园）、孙文彦（俊卿）、卞寿孙（白眉）、朱嘉宽（余斋）四人堪充该会会董，应转告总商会克日依法选举”③。9 月 9 日褚玉琪直接训令商会，在旧会董内补选张、王二人为正副会长。张、王电复褚玉璞“素仰垂爱”。

综上所述，北洋时期天津总商会经历了由屈从改选—旧法改选—

① 《天津商会档案全宗》二类 61 号卷。

② 《汇编》(1912—1928)第 1 册，第 78 页。

③ 《汇编》(1912—1928)第 1 册，第 79 页。

民主改组—延期改选—政府强令改组五种不同形式的改组和改选过程。导致这种过程出现的原因有三：一是受旧传统思想影响的资产阶级表示出对新制度的怀疑与排斥；二是政府对商会的直接干预；三是特殊的社会环境严重阻碍了商会的发展，军阀战争的频繁爆发使刚刚进入发展期的商会遭遇挫折。正如《天津志略》所描述："此期为军阀割据时代，商会处于官民之间，所受刺激最深，商会无日不在风雨飘摇之中。"

除改选越来越艰难外，还表现在天津商会的活动停止、商号减少等诸方面：

商会被禁令停止活动。《津市商会沿革》一文指责：五四运动中的商会会长叶兰舫"托病辞职"，副会长卞荫昌"也避不露面"，1919 年续任会长后仍"不常到会"，"会务即由各会董等支持。1927 年遂改选张仲元为会长，王益保为副会长"[①]。此种看法显然受史料的限制，值得商讨。叶兰舫的辞职是保身养家，已如前述。卞荫昌等则是因"年来禁令森严，不准集会"，"缄默不言.求免祸患"。国民军入津，他满怀兴奋地说："今者国民军入津，解除苛令，恢复人民集会自由，正吾人共筹地方普后之策，谋保卫民生之时。"[②]

入会商号日益缩减。商会的宗旨是保商振商，商号入会是为求得商会保护。但在这一阶段中，商会却被迫充当了为军阀筹饷、安顿伤兵的支应机构，而千余会员商号，成了各类摊派的直接承担者。档案记载，1926 年 3 月 25 日，商会办事处也遭败兵洗劫，损失现金衣物数百

---

① 《汇编》(1912—1928)第 1 册，第 79 页。
② 《汇编》(1912—1928)第 1 册，第 77 页。

元，员司被殴伤拘押。商会尚自身难保，何言保商！众商均以入会为畏途。但筹款刻不容缓，于是商会致书军务督办李景林称："查津埠商号不下三万家，其已入会者不过十分之一二，倘一律人会，可筹入会费十万元左右，"并提出"惟限令入会似须强制执行，拟请饬令警察厅、天津县协同办理"。李景林于当天即予批示："所拟办法尚属可行，仰候分令警察厅、天津县协助办理。"[①]获准后，天津商会于 1925 年 12 月 29 日发出布告："仰本埠未经入会各商号一体知悉：除小本经营之理发所、蒸食铺……娼窑不计外，其余各行大小商店均限五日内一律来会注册，按级缴纳会费，发给凭照。过期如无本会凭照，未经注册者，本会即不负保护之责。"否则，将由"警署挨户检查"，无凭照者按"应纳会费数加倍科罚"[②]。历史事实无可辩驳地证明，北洋后期的天津商会的领导人物，为了应付军阀盘剥，筹纳军款，不惜牺牲商民的利益，竟然成了军阀政权科放民财的工具[③]。至国民政府执政前，天津商会基本上处于瘫痪境地。

2. 商会的宗旨与组织建制

北洋时期天津商会的规模扩大与发展，表现在宗旨与目标的明确、职责与功能的增强、机构与设置的完善上。清末的天津商会设立之初，除了《设立天津商务总会应行办法刍议》颇有新意外，作为天津商务总会章程的《天津商会便宜章程》，远不如商部拟定的《劝办商会章程》26 条和《上海商务总会章程》规定得明确具体。当然，天津商会在后来多

① 《汇编》(1912—1928)第 1 册，第 74 页。
② 同上。规定年纳会费额为 5 级最高的第一级 50 元，第五级 8 元。
③ 胡光明：《论北洋时期天津商会的发展与演变》，载《近代史研究》1989 年第 5 期。

年实践活动中，对其做了一定的充实和修订。民国元年十月，叶兰舫、卞荫昌主持会务后，很快拟定了《天津商务总会补订暂行章程》，其总则说："本会因街市糜烂，诸务殷繁，添举议董 15 人，股员 30 人，顾问员 10 人，共襄会务，其员数可以随时增加。"[①]上述人员的资格是，议董"以品格高尚，营业殷富者充之"；股员"除调查员不以营业限制外，其他股员以曾纳会费者充任"；顾问则"以熟悉商务人员中择优延请"。西方资产阶级的民主制度在《天津商务总会补订暂行章程》中有了更充分的体现，如议董的权限，规定议董会"每星期一次，如有紧要事项，可由会长随时召集，经多数赞成作为议决。倘议董不能决定，再请会长召集行董开全体大会"。正副会长、顾问则每天下午到会办公，对于处理商务问题的界限，明定"关于商业之事项，系属公共性质者，一视同仁，其个人争议，如请议被议之人均不在会，概不准理"。关于商会的办事机构，此时定为四处五股，四处为会长处、文牍处、接待处、听差处；五股为交际股、会计股、庶务股、评议股、调查股。由股员每日分班到会，各处股均定章程。修正《商会法》公布后，天津商会于民国七年进行改组的同时，于八月二十五日拟定了《天津总商会章程》和《天津总商会办事细则》[②]。章程由 8 章 40 款组成，细则则分为 8 章 61 款，在章程的总纲中规定："本会以天津县辖境为区域。"并明确"本会以增进工商事业，联络工商感情，调处争议，以谋巩固为宗旨"，其职务，细分为十个方面：

(1)增进及保护工商业之利益；

(2)收集各种图书报告之有益于工商业者；

① 《汇编》(1912—1928)第 1 册，第 10 页。

② 《汇编》(1912—1928)第 1 册，第 43 页。

(3)关于工商业之利害得发表于中央及地方行政长官或工商业者；

(4)关于工商业事项应答复中央或地方行政长官或工商业者：

(5)调查工商业之状况及统计，按年编辑；

(6)受工商业者之委托，得介绍或派员调查工商业事项并酌量答复；

(7)因赛会得派员征集工商物品；

(8)因关系人之请求，得调处工商业者之争议；

(9)遇市面恐慌等事，有维持及请求长官维持之责任；

(10)观察地方情形，设立商品陈列所，工商学校或其他关系工商之公共事业，但须经行政长官许可。

天津总商会的上述十项职责，是修正《商会法》关于商会职务的具体化，也是天津商会 15 年实践的总结与概括，较全面地体现了这一工商业资本家团体的进步性。商会章程第 7 章第 36 条，还规定有下列情事之一者，由会议公决，令其辞职：一是营私舞弊或有不正当行为，致妨碍本会名誉及信用者；二是故意旷弃职务一个月以上不到会者；三是受破产之宣告或夺公权者；四是延期不缴会费者。对于商会职员任职年限及商会改选期限，也由过去一年制改为二年制。除此之外，商可会还接受了股员王兰亭、孙俊卿的提议，对会内的办公秩序做了整顿。

天津商会组织的健全、机构的完善及办事效率较以前有了较大的提高，因此，在处理 1916 年的中交停兑商风潮、1917 年末开始泛滥的羌帖风潮、1920 年的中交挤兑风潮和日金棉花风潮等这些震动全国乃至外国的商潮中，取得了较为明显的效果，在一定程度上稳定了社会经济秩序，降低了商人的风险资本。

天津商会的组织健全与发展，还表现在历届领导成员的构成上。现将北洋时期天津商会历届会董及总协理或会长、副会长及会董与清末历届会董情况进行简要比较(见下表)。

社会职别	时期		占会董总数百分比		增　减
	清　末	北　洋	清　末	北　洋	
买办	9	5	30%	5.6%	−245%
洋布洋货商	8	15	26.7%	16.7%	−10%
盐商	2	8	6.7%	8.9%	+2.2%
粮商	5	5	16.7%	5.6%	−11.1%
钱业金店商	4	10	13.3%	11.1%	−2.2%
银行家		6		6.7%	+6.7%
新兴企业家		12		14.4%	+14.4%
药材商		4		4.4%	+4.4%
日用杂货商		15		16.7%	
其他	2	10	6.7%	11.1%	
合计	30	90	100%	100%	

数据来源:胡光明:《论北洋时期天津南会的发展与演变》,载《近代史研究》1989 年第 5 期,第 134 页。

从上表可以清楚地看出,清末和北洋两时期天津商会历届会董人员构成有如下特点:

(1)洋字号商人的比例明显减少。在清末天津商会历届会董构成表中,洋行买办 9 人,占 30%,洋布洋货商 8 人,占 26.7%,两者占会董总数的 50%以上。北洋时期的历届会董中,5 名洋行买办,加上 15 名洋布洋货商,总比例只占 22.2%。出现此情况的主要原因,是与当时的社会背景分不开的。一是由于天津与国内各埠及外洋商流、物流、客流量成倍乃至成十倍的增长,使各国逐步把天津作为投资重点,外国驻津洋行很快由 1906 年的 232 家发展到 1927 年的 400 家,在外国洋行周围,即活动着一个经济实力颇为雄厚的买办群和津商代理店。二是天津的广东帮、宁波帮、直隶天津帮等各帮买办,队伍更加壮大。著名的银行买办,也有 30 余名,他们不但经营着洋布洋货,而且还投资于各种新式合资公司,成为天津各行商业中最具实力的商人,所以买办商人和洋布洋货商人在商会中的比例明显减少的原因,并不是因为他们经济政治实力的萎缩,而是由于这一时期,大众民族意识的觉醒和抵制洋货和收回国权运动的迭迭发起,必然与这些买办商人的利益发生冲突。为了避免政治风浪的冲击,他们暂时置身商会之外也算是一种最佳选择。

(2)经济实力雄厚的盐商位置显著。众所周知,盐商有着雄厚的财势和政治地位。宣统三年春,长芦盐务风潮爆发,王贤宾等共欠洋债 850 余万两,惹得清廷勃然大怒,将十大累商籍没查抄,关押入狱,61 县引岸被收归官办。盐商们遭到空前未有之打击,颇晦气了一阵子。然而,盐商在商会的会董人数从清末的 2 名增为 8 名。著名盐商巨富八大家之一的瑞昌店东李颂臣,八大家之一晋益恒店东汤丹忱、芦商纲总王益保,均为商会会董,王氏还是副会长。究其原因不外乎两个方面:首先是经济的需要。长芦盐税是北洋政府和直隶军阀最为可靠的财源。民国初年,长芦盐区盐税额已达 1300 万～1500 万元。1926 年 5 月,当褚玉璞截留该项税款时,盐务稽核总所代会办宓以德立即向银行团发出警告:“值兹各区盐款均未汇来之际,长芦盐税收入已成为盐税偿付外债之唯一保障。"[①]再次是政治上的需要。由于在废除引岸专商制度的盐务改革中，长芦盐商与北洋政府采取了一致的反对态度。引岸专商制是一种由封建政权特许的垄断专制制度，按照这种制度，销盐商人在取得政府发给的销盐特许证——引票后，每年到指定的销盐区销售一定数量的食盐，同时向政府缴纳定额的课税。专商依靠这种独占的特权，一方面讹诈灶户，大秤强买或拒收，一方面讹诈广大人民，掺沙掺土加价出售，同时贿买或报效官府。北洋时期较明清两代，更是有过之无不及，因而改革引岸专商制的出台触动了北洋政府与长芦盐商的命脉所在，长芦晋益恒等90家立即联名上书，强烈反对，主管财政与盐务的周学熙、张弧、齐耀珊无不同盐商持同一立场。[②] 因此，盐商在商会会董中的显著位置，与北洋军阀政权的背后支持有非常大的关系。

(3)新式金融家在商会中显露头角。在北洋时期天津商会会董中，真正的华商银行家已有6名，他们代表的是25家银行同业公会会员。而在清末时期这个数字则为零，会董中只有敦庆隆铺东纪联荣兼任天津通商银行经理，已建立的大清、交通、志诚、公益、北洋保商、殖业等7家国办与私办银行，均作为钱业公所的会员活动。这一时期华商银行在由外国银行—华商银行—钱庄银号这三足鼎立的金融体系中，已成为实力颇为雄厚的一方，势必引起各界的高度重视。

金融界巨头也加入商会领导层。北洋时期，外商驻津银行共有17家，其中英商1家，美商3家，日商4家，俄商2家。而这一时期设立的有9家。华商银行的情况据金城档案《行史稿》载："鼎革以前华北商业

① 《中国近代盐务史资料选辑》第1辑，南开大学出版社1985年版，第408页。

② 参见上书第1辑，第283页。

银行甚少”“民国初元，经济社会趋于新式，国人均以发达工商业为职志”“平津一带”，产业渐兴，需要金融机关，于是商业银行遂应运而生。”[①]在金城“发起人及其略历”中也说“本行成立于民国六年，其时国内自设商业银行为数极少，而社会经济则需要现代式金融机构甚殷”。[②] 后来由于外国银行高额利润的诱惑，社会各阶层人士认识的不断提高，华商银行接踵而起。因此，华商银行界在商会中竟有 6 名会董，其中阮寿岩是“北四行”的主要支柱——金城银行的经理，王郅隆为“北四行”之一盐业银行的经理，而卞寿孙为天津中国银行经理，张朗轩和王化清为直隶省金库——直隶省银行的副理和襄理，商会总理叶兰舫为北洋保商银行总理。然而，这些金融界巨子背后有一批北洋军阀官僚和洋行买办、富商大贾。因此，北洋时期天津新式银行的勃兴，无疑与北洋政权的支持至关重要。

(4)民族工业资本家正在崛起。在清末的九年间，作为代表天津工商业资本家阶级利益的法人团体——天津商会的会董中，却没有一位能够堪称民族工业资本家。就连创办房山高线运煤公司和华胜烛皂公司的商会总理王贤宾，充任天津考工厂总理和织染缝纫公司总董的商会协理宁世福，还有兴办大来生机器磨坊与修业织工厂的商会会董曹永源，也仅仅是开始向民族工业资本家转化，其身份仍是盐商、买办和粮商。此时期入选天津商会会董的新兴工业代表有国布业的宋寿恒、织染业的张仲元、帆布业的李荃年、面粉业的孙文彦和杨西园、汽水业的张豪臣等 12 位工业资本家。这不能不说与政府倡导实业振兴的大

---

① 《金城银行史料》第 1 章，第 5 页。

② 《金城银行史料》第 1 章，第 5 页。

环境有不可分割的关系。

统观北洋时期天津商会所走过的历程，组织功能日益趋于成熟，规模不断壮大，在培育市场经济、保护和发展市场主体的共同利益方面采取了有力的措施，使天津商会成为一支不可小视的商人团体。这一时期，天津商会与袁世凯政府在政治、经济、社会等领域建立了一种契合关系。北京政府和地方政府积极扶持工商业发展，采取了一系列的保护扶持政策，促进了天津工业经济的崛起。民国初年至北洋军阀统治结束的17年间，天津的民族资本主义工业有了长足的进步。据不完全统计，1912—1928年天津民族资本厂家有2471家，总资本额8242.7万元，涉及66个行业，工业人口四万余人。这与1911年前的天津民族工业做一比较，厂家增加了23倍，资本额增加了近12倍，行业增加了4.4倍。尤其是在北洋政府里握有权力兼有资财的北洋官僚投资于近代企业，是此时期天津工业得以迅速发展的重要原因，也是天津工业发展的一个显著特点。笔者主要依据《天津商会档案全宗》的记载以及相关的历史资料，对北洋官僚私人投资的情况进行统计，投资于近代企业的官僚军阀共有86人，共投资企业44家，企业的资本总额达6923万元，占天津同期民族工业全部资本额的84%，涉及16个工业门类[①]。可见，官僚的私人投资在天津工业发展中占有相当重要之地位。

从经济自治到政治参与是天津商会这一时期较为突出的现代化特征。商会开始具有关心和参与政治决策的政治责任感。然而，在辛亥革命和“二次革命”的洗礼中，天津商会与袁世凯政府在政治上趋于一致，毫无掩饰地站在了革命派的对立面。历史事实证明，20世纪20年

---

① 宋美云：《北洋官僚投资与天津近代工业》，载《历史研究》1089年第2期。

代前的天津商会不失为为维护商权与国权、商民切身利益而斗争的蓬勃向上的商人团体；20 世纪 20 年代后的天津商会则在军阀政权的极端高压下，组织涣散、活动停滞，在某些重要问题上，已经变为名副其实的北洋军阀政权的附庸，构成了天津商会有别于其他城市商会的历史特征。

三、转折期：商会组织的发展与困境

从 1928 年至 1937 年 7 月，中国进入国民政府统治时期。根据其制定的《训政纲领》，推行“一党专政”“以党治国”的方针，对民族资产阶级立即采取各种手段实行控制，试图将他们的行动纳入“一党专政”的轨道，这一时期，国家政权几乎控制了商会所有的活动领域，并对商会实行强力控制。

1. 商会的组织建制概况

国民政府执掌政权后，首先对天津商会进行组织整顿。天津商会在原有组织建制的基础上，分别于 1931 年、1934 年、1937 年进行了三次选举与改组。三次改组表面上看是依据《商会法》，而实际上都是在国民政府的监控下进行的。

天津商会第一次改组是从 1928 年下半年开始的，政府先令天津商会参照上海商会呈送的《商会改组大纲》进行改组。1930 年 8 月，天津社会局局长函催天津商会，按新颁布的《中华民国商会法》《商会法施行细则》迅速改组，严厉警告道："万勿玩视法文，观望自误为荷。"①事实上，天津商会改组推迟的责任在政府方面。当商会奉颁新法，多次开会指导各同业公会改组，制成方案之时，"多遭警宪之干涉，商人纷纷报告，敝会无可如何，不得不暂行停顿"。同时，商会又接到警备司令部函称："查值此军事时期，津埠治安关系甚大，曾经严令所属，如有开会、结社，一概不准，此项公会虽有成立之必要，亦似应暂缓办理之处。"接到此文，各同业公会未能如期改组，商会工作自然停顿。后经过商会的多方通融与运作，六十多个同业公会完成改组。1931 年 2 月，在市党务整理委员会陈惠等三人监督下，拖延两年多的选举与改组终于有了结果，天津总商会改组为天津商会。

1934 年初，商会主席催促各同业公会必须在短期内完成改选，以备商会第二次改选。7 月，天津市同业公会联合发布宣言，要求重新改选市商会。商会也因改选纠纷，会务停顿。银行同业公会迅电政府："自经会务停顿，不特关于芝加哥赛会征品以及签证海外贸易、辅助法院调查，并证明国货运输国产等事，均已尽行辍废。""倘若迁延不决，于市面商业危害殊多，岂能以鼠牙雀角之纠纷，久隔商务中枢于停顿。"②1935 年 1 月，在省长和市长亲自召集训勉下，产生了天津商会第二届委员会。改选后的天津商会主席、常务委员、执行委员、监察委员等全部为各同业公会新选代表。新任主席委员由绸布、棉纱、呢绒业同业公会代表纪仲石担任。半年后，因纪仲石以病为由请求辞职，公举赵聘卿代理主席职务。

---

① 《汇编》(1928—1937)上册，第 32 页。

② 《汇编》(1928—1937)上册，第 78 页。

第三次天津商会改选的帷幕于1937年初落下。在第三次改组的前一年，天津市社会局训令："甫逾一载，内部即呈分歧现象，组织不健全，会务势难进行，自应彻底整理。"[①]须立即成立商会整理委员会。整理委员会主席团由徐伯园、纪仲石、王文典、祁云五、孙冰如5人组成。整理委员会由卞白眉、王晓岩、宋棐卿、赵聘卿等14人组成。与此同时，市政府出台了《整理天津商会办法》，对商会改选事宜做了详细的规定。《津商会整理委员会整理商会实施方案草案》进一步指出整理商会的原因："商会由盛而衰，由衰而疲，其病源不外三者：一曰人才缺乏，虽有领袖无法指挥；二曰钱财不裕，虽有计划无法实施；三曰章制未善，虽具优点终多扞格。此其荦荦上者，复因人谋不臧，未能遵守常规推诚协作，终至漫如散沙全局瓦解。"欲求整理《草案》确定下列三条原则：一曰旧案必须彻底整理；二曰财政必须绝对公开；三曰章则应重行修改，今后并应绝对遵守之。根据以上三条原则，拟定如下五项整理实施方案：一、清理积案；二、整理旧账；三、重定会费；四、修改章则；五、重行登记[②]。1937年2月，第三届天津商会的选举，由天津市市长代表边某某、社会局李某某莅场监视会员投票，结果王竹林当选主席。

与此同时，国民政府对同业公会实行整改。1930年，同业公会在"对于行政官厅之征询通报，所资臂助之处亦多"，"于公于私实利赖之"的倡导下，28业同业公会进行了重组。不久，1934年的同业公会调查表记录了39业会员被整顿后的状况。1936年底至1937年初，针对同业公会激增到80个行业的混乱状况，天津社会局做出"极应彻底整顿"

① 《汇编》(1928—1937)上册，第88页。

② 《汇编》(1928—1937)上册，第90—92页。

的训令，要求所有会员一律重新登记。拟具《处理各同业公会办法》《整理天津市逾期改选各同业公会办法》。社会局指责一些商人“缺乏精诚团结”，训令：“本市虽有同业公会之组织，然以会务毫无进展，同业加入公会者为数极少，而最主要者，系因公会本身对于同业无具体利益之规定，是故不能团结，对于公会意存观望。为图商业发达并促商号加入同业公会起见，应由各业拟定业规大纲，以便维持公共利益。”[①]这是天津政府整改同业公会力度最大的一次。值得注意的是，《天津商会同业公会会员代表登记表》调查各业情况时，要求会员填入对国民党的态度。多数商人在栏中填入“信仰”两字，但不知是否出自真心，显然这是一种政府强加于商人的做法。

1932 年初，按照政府颁布的《商会法》，根据利益的需要，天津商会颁布了《天津商会章程》以及《天津市分科组织大纲》《天津市各股委员会通则》《天津商会受理规则》《天津商会公断委员会规则》等一系列比较完善的章程规则。

仔细分析国民政府时期的《天津商会章程》，将它与清末、北洋时期的商会章程做一比较，发现有三方面特点：第一，责任具细化。天津商会在颁发的章程中，不仅商会的宗旨和责任等章条比北洋时期更加明确细致，商会的职任填充至 11 条，如商会还要负责“关于工商业之征询及通报事项”“关于办理商事公告事项”“受当事人或官厅之委托办理商业清算事项”等项目，进一步扩大了商会为工商业者服务的范围。同时《章程》中对同业公会会员交纳会费的标准做了非常详尽的具体规定。第二，组织民主化。天津商会非常重视会员的民主权利，尤其在《章程》

① 《汇编》(1928—1937)上册，第 211 页。

中明确规定："会员在大会中皆有建议权、发言权、表决权；会员有选举权与被选举权。[①]"第三，对外开放化。介绍海外直接贸易是这一时期天津商会的一项非常有特色的宗旨。商会主席张伸元认为："查我国土产销售于国外者甚多，只以中间隔手洋行，每年金钱之牺牲于中饱者不知凡几。兹拟由本会特设通信机关，直接与各国寄送货样，介绍本国各种土产，广事宣传，期收国际直接贸易之效。"因此，《章程》中列有"关于国际贸易之介绍及指导事项"，就是说，商会负有推荐会员企业产品直接进入国际市场的责任，希望给工商企业提供与外界"交换能量"的环境，求得在与内部和外部的竞争和依存中不断获得发展。

国民政府时期的天津商会在机构与设置方面与北洋时期也有明显的变化。首先，表现在领导层的设置上，商会由过去的会长 1 人、副会长 1 人、会董 50 人、特别会董 11 人变为主席 1 人、常务委员 4 人、执行委员 10 人、监察委员 7 人、候补执行委员 7 人、候补监察委员 3 人。特制表如下。这种由会长、副会长及会董、特别会董制改变为主席、常委及执行委员、监察委员制，不仅人数上从 63 人大大削减为 32 人，而且也削弱了原来总理、协理和会长的独断权力，显示出商会组织的制约和监监督机制的加强，应该说是一种进步。

① 《汇编》(1928—1937)上册，第 64 页。

天津商会

民国二十年(1931年)二月十六日

主席	常务委员	执行委员	监察委员	候补行执委员	候补监察委员	合计
1人	4人	10人	7人	7人	3人	32人

其次，商会实行了科层制的组织管理，标志着国民政府时期商会组织更加趋于制度化或规范化。根据1931年颁布的《天津商会分科组织大纲》，商会分设处、科组织管理部门，如秘书处、总务科、商事科、财务科。秘书处负责：办理执行委员会及常务委员会议决事项、关于会议记录事项、文书事项，秉承主席及常务委员意旨，指挥本处一切工作。总务科负责：庶务、图书、出版、教育、商品陈列所及不属其他各科事项。商事科负责：会员团体之组织指导、商业调查及商事咨询、商事纠纷及物产之调查、商业统计及会员统计和物产统计、商业物产之证明及鉴定事项。财务科负责：货币或有价证券之出纳保管、财产之保管、编制预算决算、其他切会计事项。

《分科组织大纲》规定，各科由常务委员会分别监督管理，其秘书处与总务、商事、财务三科各设主任一人，率同本科事务员办理一切工作。由常务委员会延聘，提交执行委员会通过委任之。还规定，各科处按工作繁简，酌设秘书干事及助理若干人，受本科主任之监督指导，办理一切工作，由常务委员会通过任用之。

我们注意到1931年改组后的天津商会领导权还是主要掌握在来

自各行业有名望的绅商手中。1935 年第二次改组时，商会领导的构成有了变化，全部是新当选的主席、常务委员、执行委员及监察委员。

天津商会第二届当选委员名单

姓名	职别	年龄	籍贯	公会代表	备考
纪仲石	主席委员	37	天津	绸布棉纱呢绒业同业公会代表	新选
赵聘卿	常务委员	55	天津	钱业同业公会代表	新选
叶文楼	常务委员	44	宁津	油漆颜料业同业公会代表	新选
徐新民	常务委员	41	山东平原	汽水业同业公会代表	新选
钟秉铎	常务委员	46	广东梅县	银行业同业公会代表	新选
李佑安	执行委员	56	天津	线类业同业公会代表	新选
刘磬圃	执行委员	53	盐山	皮货业同业公会代表	新选
富焕卿	执行委员	61	天津	糕点业同业公会代表	新选
于筱生	执行委员	55	深县	南纸书业同业公会代表	新选
孙冰如	执行委员	36	天津	三津磨坊业同业公会代表	新选
傅祝三	执行委员	56	天津	米业同业公会代表	新选
年　光	执行委员	37	保定	旅栈业同业公会代表	新选
邸玉堂	执行委员	35	枣强	五金业同业公会代表	新选
刘耘青	执行委员	35	天津	斗店业同业公会代表	新选
侯敬修	执行委员	63	山西汾阳	典业同业公会代表	新选
李心斋	监察委员	49	天津	竹货檀木业同业公会代表	新选
宋雨三	监察委员	55	天津	洋广货业同业公会代表	新选
张泽湘	监察委员	62	天津	钱业同业公会代表	新选
郭丽泉	监察委员	61	天津	肠业同业公会代表	新选

续表

姓名	职别	年龄	籍贯	公会代表	备考
樊正榜	监察委员	28	浙江镇海	西药业同业公会代表	新选
侯博平	监察委员	59	通县	药业同业公会代表	新选
许汉卿	监察委员	53	江苏盐城	银行业同业公会代表	新选
刘捷三	候补执行委员	58	束鹿	玻璃镜业同业公会代表	新选
王振旅	候补执行委员	28	江苏太仓	报关业同业公会代表	新选
齐文轩	候补执行委员	52	南宫	戏园业同业公会代表	新选
曹浚明	候补执行委员	47	天津	姜业同业公会代表	新选
张汉臣	候补执行委员	61	天津	三津磨坊业同业公会代表	新选
骆琴轩	候补执行委员	46	武邑	绳麻业同业公会代表	新选
赵翰卿	候补执行委员	56	天津	海货业同业公会代表	新选
阎鑫舫	候补执行委员	44	天津	织染业同业公会代表	新选
蒋志林	候补执行委员	49	天津	转运业同业公会代表	新选
齐周辅	候补执行委员	42	宁津	皮革业同业公会代表	新选

究其商会领导彻底变换的原因:一是主持商会的领导频繁辞职致使商会组织不稳定。第二次改组前后,张仲元两次提出辞去主席职务。王文典常务委员申请停止职权,连新任商会主席纪仲石上任仅半年就请求辞却各项职务,以资调养的做法,无以辩驳地说明商会组织已经陷入无人管理的混乱、停顿状态。二是商人参与商会管理的意识明显加强。1934 年 7 月,第二次改选前之际,天津市同业公会联合发表宣言,披露商会职员劣迹,他们列举七条罪状,认为“该会早失其自身立场,不足代表全市商人”。他们要求政府根据《商会法》,赐令该会职员停职,要求重新改选商会领导层。三是政府对选举和改组的监督与安排。如

前所述，国民政府天津市政府执政起初就对天津商会和同业公会给予重视，尤其是天津商会的三次改组，市社会局都无一例外地派代表莅场进行现场监督，如提供整顿商会和同业公会的办法、草案等制度的安排，使商会的人选完全在市政府的控制之中。

2. 国民政府对商会的强力控制

正如以上所述，北洋时期的天津商会影响颇大，就其实力来讲，绝不会轻而易举地服从刚刚掌握政权的国民党的控驭。国民党进入天津，除了在组织上对其实行严密的监督之外，还插手于经济、政治两个层面。

一是引发了一起震动全国的“长芦五纲总被扣及其南京政府立即制造了全国瞩案”。1928 年，上台不久的蒋介石及其南京政府立即制造了全国瞩目的“长芦五纲总被扣案”，试图控制天津以至北方的商界。10 月 19 日，蒋介石亲自密令天津警备司令部，将长芦纲总李赞臣、王君直(任天津总商会副会长)、杨丹臣、郭少岚、李少舫五人拘捕，后押解南京，在天津商界乃至全国引起震惊。天津总商会以天津商民代表的身份和资格出面，多次致电、致函南京政府，要求早日释放五位纲总。次年 12 月 6 日，商会会董孙文彦提出申明人权的《提议书》，指出：五纲总“解京审讯，现已羁押年余，究竟是否有罪，尚不得知，而其羁押日数已抵五等有期徒刑以上。如该纲总等果有应得之罪，即当依法判决，使国人知所警惕。倘事实尚待证明，一时不能裁判，应准取保，傅以免罪。案未定先受长久拖累，现在开审无日，而又不准保出待质，似于保障人权条例显有抵触。”[①]以后商会又多次与南京政府联系，请求放人。不料，王君直于1931年1月13日因病死于南京大华饭店。最后南京政府以“事出有因，查无实据”为由，谕知原告所控无据；对五纲总则以“手续错误，负有责任”为由，罚款50万元（后由芦纲公所垫付）。不久，被羁押28个月的四纲总返回天津。历时三个年头的五纲总被扣案终于结案。

案发后，天津总商会始终站在纲总们的一边，上下奔走，不遗余力，竭力呼吁，最终使南京政府被迫释放四位纲总。“芦纲事件”的发生不外乎两个原因：一是为了控制天津商界。天津作为长芦盐务的总汇地，与发祥于天津的北洋军阀集团或多或少都有着某种不同程度的联系，形成一个特殊的商人阶层，他们加入商会后并在商会占据领导职位，成为商会最具实力的主要领袖人物。于是，天津商会自然成为蒋介石主要控制的目标之一。二是政府为了控制盐税权力。明清以来，长芦盐已经是中国北方重要的财政税收来源。北洋时期历任军阀都要调派亲信掌管长芦盐运使署，直接控制芦盐的盐税收入。蒋介石也不例外，必然寻机彻底整治商会，因而亲自下令拘捕五纲总就不足为怪了。当此案尚未结案时，津武口岸已由南京政府接收官办。据盐业中人谈，“官办倘能得法，每年盈余当在300万元左右”[②]。这也许就是南京政府策划“长芦五纲总被扣案”的主要经济目的。

再者，被扣的天津长芦五纲总都是地方盐商利益的代表者。五纲总的成员之一王君直同时又兼任天津总商会的副会长，所以他们的一

① 《汇编》(1928—1937)下册，第2494页。

② 《大公报》，1930年7月25日，“津武口岸接收完竣”。

举一动又代表着天津商界的总体利益，说到底还是代表着包括盐商在内的天津地方民族资产阶级的利益。可以这样说，隐藏在“长芦五纲总被扣案”背后的真正原因，是一场政府与商会之间的暗中较量[①]。

二是限制商人选举权利。1931年，国民政府准备召开国民会议，对商界选举权限制极严。这一歧视政策引起广大工商业者的极端不满。商会就争取商人选举权问题，与国民政府展开了限制与反限制斗争。天津商会张仲元主席以及44家同业公会多次齐声呼吁：“且国议立法，原系采用直接选举制，而商会与同业公会皆为间接组织，国议选举既属采用直接，则根本与商会、同业公会自不相同，岂能援商会及同业公会选举职员之例。况农、学、工及其他职业团体之选举均能直接，而于商则独限代表，等于大多数商人选举权均被剥夺，于情于理尤非允当，公决仍应电请更正解释，俾使同业公会、商店全体店员均得参加，以期平允，而维商权。”[②]天津商会多次致电质问国民党中央党部及国民会议选举总事务所，要求扩大商界选举代表名额；并发电文请各地商会一致增援；提交《天津市关于维护商民选举权议案》。天津商会的登高一呼得到了汉口、北平、青岛、广州等地商会的踊跃响应。然而，政府对各地商会反对置之不理，结果还是以商人选举权受限而告终。

综上所述，在政府实现社会调控能力的过程中，政府的社会制度化规约行为如果是建立在以社会存在和发展的基础上，彼此就会实现相互支持的动态机制。然而，当国民政府制度化规约和行政管理行为，一旦破坏了商会与政府间的平衡点，侵害了商民的权利，那么代表资产阶

---

① 王兆祥：《从长芦五纲总被扣案看商会与国民党政府的关系》，载《历史档案》2000年第1期。

② 《汇编》(1928—1937)上册，第577页。

级利益的商会就很难完全顺从政府的强权政策，导致了天津商会对政府能力的否认和反控。事实上，不管商会付出多大努力，最终没有逃脱屈从强权的命运。因为政府毕竟掌握着整个社会运行机制的支配权与控制权。

总之，国民政府时期的天津商会，尽管凭借其在工商界根深蒂固的影响，在政治、经济、生活中依然发挥着重要作用，但因政府强权多次对商会组织的整顿与干预，一切都被国民政府统管起来，整个商会的自主管理、自我规制的空间日益狭小，不仅在经济上缺乏活力，更重要的是商会调整社会秩序的功能受到限制，导致其逐渐陷入衰落的困境。

四、畸形期：商会组织的嬗变

七七事变后，天津很快被日本帝国主义武装占领，在长达八年之久的沦陷时期，日本不仅对天津和华北的丰富资源和民族工业进行了疯狂的掠夺和摧残，而且不择手段地对天津商会的组织系统进行破坏和控制。同时，天津商会在其上层领导人的把持下，充当了日本调控华北市场的忠实得力工具。近几年来，尽管不少有关日本在华北的经济统治等问题的论述和著作相继问世，然而对沦陷时期商会组织活动情况的研究尚属不多。我们在整理《天津商会档案全宗》的过程中，非常清楚地看到沦陷时期的天津商会无论从组织与职能上，都与清末和北洋时期及国民党时期的天津商会大相径庭。

1. 日本对天津商会的控制和整顿

伴随着 20 世纪揭开序幕应运而生的商会是由工商界为主体，在维护自己利益振兴实业的认同下，联合同业，自发组成的社团。它们宗旨相同、规章一致，组成一个层层统属、不可分制的有机整体。商会是一种社会团体，但它毕竟是依照政府的立法程序，经由政府的批准而设立的商人中心机构。尽管不同历史时期的商会功能有所变迁，但清政府、北洋政府和国民政府程度不同地都给予商会适当的活动空间。

天津沦陷后，天津商会坠入日本帝国主义殖民统治的深渊。日本帝国主义为了在华北确立其法西斯的殖民经济统治秩序，将天津作为其扩大侵略战争的经济支撑点与战略兵站基地，于是大力加强了对天津商民总枢——天津商会的“统治”，妄图以此控制天津的工商企业与广大商民，掠夺商品与物资，将天津的经济生活纳入其战时经济体制，实现“大东亚共荣圈”和“工业日本、农业中国”的美梦。1938 年底，受日本指使的天津当局借口“似此项薄弱无力之商业机构，实难应付此严重环境，更不能与日方共同负起建设东亚共荣圈之使命”[①]，重新出台了强化和整顿天津商会的方案。方案的内容着重体现在以下几个方面：

(1)操纵改选。1938—1945 年期间，天津商会的两次改选都是由日伪政权操纵的。1939 年初，天津伪公署指令将商会主席改会长，执行委员改董事，监察委员改监事。1940 年 5 月，市公署成立天津商会整理委员会，规定其仅有整理内部及建议权利，至其一切执行事务，必须呈请主管官署批准，不得擅自执行，并下令指定张伯麟等 9 人为天津商会委员会整理委员，刘静山等为常务委员。公布了《整理商会实施方

① 天津市档案馆馆藏：《天津商会档案全宗》二类 35 号卷。

案》《整理天津商会办法》等，并对如何进一步强化商会机构做了详细说明[①]。同年10月，天津商会正式改选刘静山为商会会长。1941年1月25日，日伪公署派赵聘卿为监选委员，又根据原拟定的改选方案及选举程序，经过缜密策划，让屈秀章新任天津商会会长。新会长在就职演说中道出心声："吾人自应认清当前时代，了解当局苦心，一体协力利弊所在，吾亦当随时建议筹划贡献当局，以期官民一致合作，共赴时艰。"[②]他的一番苦心让我们实实在在地看出，当时的天津商会的上层领导人，在日伪权利引诱与威胁的软硬兼施之下，完全背弃了当初立会的宗旨，背离了广大工商业与商民的根本利益，完全沦为日本帝国主义统治天津工商企业的工具。

(2)整顿组织。1936年以来，天津商会因经费紧张，委员们常一身兼任几职，以便节省开支。但是天津商会经过1940年底的改选后，所不同的是立即添聘了若干职员，采用责任制，"以期遵循正规，责有攸归，内部自臻强化"[③]。机构内设有商务、总务、调查三组，每一组所拟具的工作程序与计划书必须定期呈准伪市公署。日伪政权对商会内部组织进行的具体整顿，连商会的日常事务也必须听日伪政权的摆布，致使商会的内部工作完全失去其独立性。

(3)整治公会。成立于民国初年的天津同业公会，在联络同业，代表行业的合法利益，反映行业的合理要求，改善行业经营，联结团体等方面的作用功不可没。同业公会是商会组织的主体，只有从根本上健全同业公会，才能使商会具有旺盛的生命力。在天津的日本人对当时

① 天津市档案馆馆藏：《天津商会档案全宗》二类116号卷。
② 天津市档案馆馆载：《天津商会档案全宗》二类116号卷。
③ 天津市档案馆馆藏：《天津商会档案全宗》二类35号卷。

的“公会名义存在，实际无人负责”的状况很不满意，认为天津的“同业公会的成员复杂，下层如斯影响整个商会至大且钜，似应彻底整理，以资澄清”[①]。他们要求“强化商会，必先强化公会，而强化公会事前又必须强化各会员家”，进而提出整治措施：第一，清理商号店家，主要对象是以营业而无营业执照的和有营业执照而拒不加入公会的商家，并调查各家的营业状况以及限制新商号开业等。第二，各公会实行改选前，由商会组织资格审查委员会进行审核。第三，针对当时一百三十多个同业公会章程条文参差不一的情况，通令各业公会划一章程，便于政府的管理监督和商会的指导。第四，加强对同业公会的管理，面对各会职员繁杂、各项工作不到位的状况，公布了《工商同业公会暂行条例》《强化各业同业公会一般标准》，以强化人事和经济管理。

(4)推行组合。保证充足的军事物资供给是日本在天津实行经济统治的出发点，因此对天津工商业采取了军管制和委托经营的办法。随着战争的深入，众多纷杂的行业使日本人颇感“意见殊难一致”“指挥上也失其效能”，于是决定将业类相同的机构归并进行组合，使其成为日伪政权推行的组织形式。日伪政府先后实行了三次组合。第一次是在1942年，由伪华北政务委员会提出归类改组政策，经过三个月的调整，原有的145个同业公会归并为69个。然而，日本人并不满足于这种一般的改组，为了从原料的输入配给和生产品种以及产品的销售对天津的中小工厂进行全方位的控制，通过伪政权组织，以配给原料为诱饵，于1942年，第二次推出强迫中国商人参加的组合政策。实际上，这是一种由日本人完全控制的组合。加入组合后，日中商人双方享受的

---

① 天津市档案馆馆号:《天津商会档案全宗》二类35号卷。

权利并不平等。据初步统计，除新药公会全部参加外，加入日本组合的商号仅占全部商号的1/10。第三次组合是在1944年3月，日本成立各种工商业专卖组织、统制协会，如天津皮革加工业统制协会、米谷统制协会、棉花统制协会等垄断组织，以便控制商人。

(5)改征会费。日伪当局多次提出，商会和同业公会未能强化的主要原因是经费缺乏和人事不健全，即会员不愿缴纳会费，使商会和同业公会名存实亡。“其执事者均蹙心疾首，遇事每受财政支出牵制，启用人员则以待遇清苦事事维艰。”[①]因此，伪政府要求市商会应依照各公会会员人数及该会全体会员的全年收支概况决定会费标准，拟定等级。如果有拒不交纳或延迟交纳者，将停止其营业[②]。商会的领导人为迎合日伪政府的需要，公然表示：“为适应新体制的需要，以便与友邦商工组织立于同等地位，分担统制，配合各项要政，藉可完遂重大使命起见，立即召集全体董、监事开联席紧急会议。”[③]据《天津商会档案》记载，政府先后两次改征会费标准，第一次是1931年7月；第二次是1944年2月。现将同业公会征收会费标准列表如下：

等级 日期	特	甲	乙	丙	丁	戊	己	庚
1941年前		120元	96元	72元				
1941年后		300元	228元	168元				
1944年	8000元	4000元	2000元	1500元	1000元	500元	300元	100元

① 天津市档案馆馆藏:《天津商会档案全宗》二类116号卷。

② 天津市档案馆馆藏:《天津商会档案全宗》二类116号卷。

③ 天津市档案馆馆藏:《天津商会档案全宗》二类116号卷。

以上表中两点值得我们注意：一是同业公会在 1944 年前被分为甲、乙、丙三个等级。到 1944 年以后，同业公会征收会费的标准被细化为八个等级。二是会费成倍的增长。如 1937 年，甲级会员每年所缴会费为 120 元，1941 年甲级会员每年所缴会费增加到 300 元，约增长 2.5 倍，1944 年增长了 33 倍之多。实际上，大多数的会员面对剧增的会费持坚决反对态度，只有很少的会员持敷衍观望态度。会员们多次要求减收会费，如南纸同业公会就向商会呈文表态："查近年来，一切物资多受统制，不能随意畅销，而文具纸张之类限制尤严。南北交通不变，货币又不致，缴会各商资本极度其微薄，购运货物当属不易。故自世变迄今营业较逊于前，而会费负担反超增数倍，敝会唯有吁恳钧会体察时艰酌予减低，而恤商难。"[①]。1942 年，经日伪政府批准，天津商会又向会员征收临时酌增会费，预算月收入达七十余万元，但逾期 3 个月后，商会总计实收之款仅有 10 万元，仅及预算之半数。

总之，为了控制天津和华北地区商会以及各部门的经济活动，日本人有组织、有计划地对其实行了严密的管理。根据《天津商会档案汇编》记载，日伪政权直接操纵天津商会有三种形式：第一种是设立各种协议机关，用以协调商人间的各种矛盾，如举办东亚经济恳谈会、中日蒙经济恳谈会、华北经济恳谈会、华北物价恳谈会、天津官民恳谈会等；设立华北商民联合会、京津商会联合会等，通过类似的组织，严密监控商人的市场行为。第二种是制定各种条例以便强化商会和同业公会组织。仅据初步统计，这一时期有关商会的各种组织规章和条例多达几十个。第三种是注重社会调查与培训。日本在华搞过各种各样的调

---

① 天津市档案馆馆藏：《天津商会档案全宗》二类 1555 号卷

查,其名目繁多。日伪政府还指使天津商会设立指导调查班,要求“自动负起一切调查事项,侧面协助官厅推行政令”①。同时,它还命令市商会和各同业公会举办培训班。日伪政权对天津商会的强化管理,使天津商会失掉其固有的职能。毋庸多言,当时日本人的用心已是昭然若揭。

无论如何,沦陷时期的天津商会已完全失去其独具的民主性、经济性、独立性。商会的某些领导人完全成为日本侵略者在华北统治的御用工具,使日本在华的侵略行径有机得逞。可见控制天津商会是日本占领华北最重要的策略之一。

2. 天津商会组织职能与行为的嬗变

天津沦陷后,背信弃义的天津商会不但忠实执行日伪军政当局统制华北与天津工商业的各项政令法规,而且主动提出具体的措施和办法,积极参与了日本帝国主义强化“统制”的各项活动。

(1)参与金融统制。沦陷初期,日本帝国主义加强了对金融机构与金融活动的“统制”。天津商会所辖的银行、钱业两同业公会为了迎合当局,主动提出《安定金融办法》七条,对存款提款取现给予种种限制,以稳定市面,“缓和时局”。随着侵略战争的逐步扩大,日本帝国主义亟须扩充军费,在掠夺中国银行业资本组建“伪联合准备银行”后,强令中资银行、钱庄两公会增资改组,并将其增资预存伪联银分行处,统一保管。天津商会与所辖银行、钱业公会不仅忠实执行,而且会通北京商会共同提议对京津两地现银保管情况进行定期检查,以中国商民的资财

① 天津市档案馆馆藏:《天津商会档案全宗》二类116号卷。

助日寇,“安定金融方策及巩固政府威信”[①]。太平洋战争爆发后,日伪当局加紧实施“以战养战”政策,天津商会乃纠合北京、济南、青岛等地商会、钱业同业公会及各经济团体,强行摊派认股,限期严催交纳,定期成立华北有价证券交易所,为日本帝国主义“吸收社会游资”,安定市面。

(2)参与粮食统制。日本是资源匮乏的小国,其物力难以支应其扩大侵略战争的需要。因此就采取了掠夺占领区物资以支撑侵略战争的“以战养战”政策,对沦陷区实施野蛮残酷的米粮掠夺和物资统制。天津商会参与了日伪政权以强化米粮为重心的粮食统制和以掠夺物资“以战养战”为目标的物资统制。由于日本人对粮食实行统购配给制,华北城市居民粮食短缺,致使粮价飞涨,尤以平津为甚。据天津商会档案记载,1942 年天津市每月每人配给 2.5 千克粮食,仅足一人五日之需[②]。而市场杂粮价格从 1939 年的 7 分/斤涨至 1941 年的 20 分/斤,玉米价格从 1939 年的 8 分/斤涨至 1942 年的 32 分/斤,上涨了 3 倍[③]。天津商会不顾广大人民的根本利益,参与了日本帝国主义的掠夺与统制活动。这段时期内,天津商会先后召开十次粮食会议,忠实执行日伪当局统制强买沦陷区米谷的命令,呈报商民库存粮米数量,杂粮业等四公会以“不但毫无隔膜,更可庞大数目,增加来源”,以收“事半功倍”为由[④],请求代为强购米粮,而且主动成立“食粮采运社”,进行粮食“采

① 《汇编》(1937—1945),第 369 页。
② 天津市档案馆馆藏:《天津商会档案全宗》二类 2364 号卷。
③ 天津市档案馆馆藏:《天津商会档案全宗》二类 1891 号卷。
④ 《汇编》(1937—1945),第 694 页。

运”，“依照指定地点，移交食粮管理局”“不得转卖”[①]，集中粮商资力、人力，为日本帝国主义掠夺沦陷区粮食、实施粮食统制效劳。

(3)参与献机献金。太平洋战争爆发后，天津商会不仅遵照日伪政权的命令，随时检查工厂、商号各类物资库存情况，而且主动提议成立华中南交易公会，以“协助政府施行国策，以圆滑华北对华中南之一般物资交流”[②]，而且强迫广大商民交纳金钱、金属物品，支持日本帝国主义的“献机献金”号召，多次发起“献机献金”运动。1941—1945 年的 4 年间，天津商会强迫广大商民，除献纳五十余架飞机外，还向日军“献金”。据不完全统计，日军仅从天津商会、工厂联合会掠得的“献金”就达 125 万元，从钱业、五金业同业公会掠得 130 万元，从银行同业公会掠得 100 万元。被日军从各业商人中掠夺的“献金”数共达 823 万余元[③]。此外，天津商会还积极“献纳”铜、铁、锡等大量战略物资，将自己牢牢地捆在日本帝国主义扩大侵略的战车上。

(4)主张中日组合。日本帝国主义扩大侵华战争的目的之一，就是要将中国置于日本的殖民统治之下，变中国为其原料供应地与商品倾销市场，实现“工业日本、农业中国”的野心。天津沦陷后，日本帝国主义除了依仗武力强行“军管”，吞并天津大型工厂企业外，又通过组建各业“组合”，将大量中小工商企事业纳入其控制之下。在这些名义上由中日商人合组的“组合”中，实际由日本商人占据领导地位，他们可以得到更多的原料、商品配给的份额，而华商在对货物分配情形“不得而知”的情况下，任由日本商人摆布，有的甚至得不到货物的配给，还要出高

① 《汇编》(1937—1945)，第 625 页。
② 《汇编》(1937—1945)，第 887 页。
③ 《汇编》(1937—1945)，第 1334—1338、1354—1366 页。

价“辗转得自日方组合会员之手”，而当日方组合会员“将所得配给货物积压不售”时，华商“营业受其影响”而难以为继。广大中国工商业者陷入原料商品来源枯竭、生产销售听由日商摆布的困境，甚至有些企业，如印染、面粉、皮革等，更成为从日伪政权领发原料，用自己的人力、设备，为日本帝国主义生产各种军需物资。面对这种不平等的待遇，中国商民屡屡呼吁改变这种不平等的局面。天津商人及各业同业公会会员多次在公开的会议上向日伪政权提起申诉，如1943年4月在华北本部天津地方委员会筹备成立征求意见时，天津利生工厂提出“物资配给当力求圆滑，并希中日商工公平分配”[①]的要求。天津橡胶同业公会理事长庞永选在历陈橡胶业由于原料统制配给不平等时提出：青岛为80%，天津为20%，而这些地区得到配给的均为日本人工厂，中国人的工厂所得配给量不足总数的1%，他发出华人工厂“长此以往，势必歇业”的慨叹。但天津商会无视广大商人的竭力反对，协同推行日本帝国主义扼杀中国民族工业，控制商民的各业组合，竟主动要求“中日商人组合”降低对华商人会的限制，吸收更多同业公会会员和商人加入，以便使组合与公会间“可以打成一片，而收紧密合作之效”[②]。结果使日本帝国主义更全面地控制天津的民族工商业，并纳入其所谓的“战时经济体制”。

(5)配合强化治安。日本帝国主义法西斯的殖民暴行，激起广大中国人民的反抗，日伪政权在华北的统治摇摇欲坠。为此，日伪政权在加紧对各地抗日军民武力镇压的同时，先后在华北实行了五次“强化治

① 天津市档案馆馆藏：《天津商会档案全宗》，二类35号卷。
② 《汇编》(1937—1945)，第879页。

安”运动。天津商会积极配合日伪政权的“强化治安”运动，参加日伪政权组织的“物价协力委员会”，主动请设该会天津分会，多次实施日伪军政当局要求的反囤积居奇、反哄抬物价、反物资外流抗日根据地的“自肃自查”，甚至不顾商民利益，在日伪政权强行压低物价的情况下，组织调查班，督促广大商民执行所谓的“官定法价”，并按期向日伪当局报告各商家执行情况。太平洋战争爆发后，日军进驻天津各国租界，天津商会大肆吹捧，并在会员中征集物品，慰劳进驻租界的日军。同时，还发起组织“商工自卫会”，在其“成立宣言”中无耻地宣称：“际兹东亚战争方兴未艾，治强运动圣火炽张，友邦将士既拓明朗之基，我辈商工宜捍安宁之土，分担攻守之责，方符提携之旨。日界侨胞早有自卫组织，华界商工允宜齐一步骤，立于共同阵线，以为保卫后方真诚合作之表现。”[①]成为日本帝国主义强化政治统治、精神奴役的帮凶。

综上所述，可以清楚地看出，沦陷时期的天津商会无论从职能与作用上，都与昔日的天津商会截然不同。它已不再是代表与维护广大商民的权益，调控市场、发展民族工商业的社会经济的中介组织，而是扮演了为日本掠夺和统制华北经济服务的主要角色，完全沦为日伪政权控制天津工商企业与广大商民，扼制中国民族工商业发展，维护法西斯殖民统治，建立“大东亚共荣圈”并带有浓厚媚日色彩的汉奸组织[②]。因此，这一时期天津商会的组织职能和行为发生了剧烈的嬗变，已成为无可辩驳的事实。

---

① 《汇编》(1937—1945)，第80页。

② 林纯业：《沦陷时期天津商会的嬗变》(未刊稿)。

3. 天津商会嬗变的影响与结局

天津商会自创立以来，虽备尝艰难险阻，历尽坎坷崎岖，但由于它代表了近代工商业者的利益，又自觉或不自觉地将自己融入近代中国人民奋争自强的现代化进程的时代潮流之中，故而不断得以充实提高，不断得以发展壮大。抗日战争全面爆发前夕，它已形成为上有全国商会统一协调，中有各地省市商会呼应协作，下有众多公会、商店会员及广大商民支持拥戴的庞大组织网络系统中的一员，在近代中国的历史舞台上发挥了比较明显的作用，具有进一步发展的前途。

沦陷时期，天津商会的嬗变与步入歧途，断送了其继续发展的大好前景，对它的存在与发展产生了严重的后果与影响[①]。

其一，天津商会与广大商民的利益日益冲突，威信下降，举步维艰。沦陷时期，天津历届商会职员中，不少正直的商界领袖人物都却步不前，退意萌生，汉奸会长王竹林被抗日军民处决后，会长一职长期无人赓续，仅存的四名常务董事中有二人辞职离津，久不到会，一人借口生病而屡屡提出辞呈，拒绝赴会，仅存的十一名董事中，三人借口外地商事而离岗，二人提出辞呈，久不到会，连通知信件亦拒收，会中多次致函催促"莅会办公以维会誉"，但均未果。民国三十二年(1942 年)一月改选上任的会长屈秀章，自第二年三月起就离会出走，去向不明，连家人都不晓其驻足何处。广大商民不满商会上层领导人的行径，采取了各种不合作的态度，消极推诿，抗拒不行。民国二十九年(1940 年)七月，日本帝国主义为支应其扩大侵略战争的需要，强化对商民的统制，要求

① 林纯业:《沦陷时期天津商会的嬗变》(未刊稿)。

广大商民必须加入商会，否则即以取消营业来处罚。虽经一再展期，但入会者仍寥寥无几，直至民国三十四年(1945 年)五月，仍有不少商号，不畏日伪政府及商会“如有抗不入会及无照营业商号，定予以停业处分并从严惩办，决不姑宽”的威胁，抗不入会[①]。在会费缴纳与摊派筹款等方面，各公会及商店会员更是多方规避，拖延不交，以致商会经费竭蹶，入不敷出，债台高筑，连办事人员的工资都难以筹措，致使许多人离职他去，当地报纸说：商会办事人员为生活所迫纷纷离职他去，以致商会门前，几可罗雀。商会无钱开展活动，遂一再从银行透支，仅民国三十四年(1945 年)七月，该会总务组上报常委会的透支款额，即达 15 万余元。

其二，商会组织系统横遭破坏，正常的运转机制失灵。商会经过三十余年的成长、发展，已较完备地建立起“全国商会—各省市商会—各业同业公会和直属分会—会员”的内部组织系统，形成纵向梯次分明、横向覆盖广阔的组织网络，一呼百诺，彼行此应。日本帝国主义深感如此严密的社会经济团体对其法西斯殖民统治秩序具有的潜在威胁，于是就通过各种手段破坏商会的组织系统，削弱其强大的团体实力。按照商会的运营机制，官府的军政命令应由市商会传达给各业同业公会、直属分会与商店会员，再由其层层下达至广大商民，同样，商民向政府陈述建议、对政府的政令法规阐述意见、请政府协助解决某项事务，亦均由下至上层层转请，这样既较好地发挥了商会在政府与商民之间上传下达、下情上陈的中介职能作用，又增强了商会作为商民中枢而对商民的统辖力与商民对商会的凝聚力。天津沦陷后，日本帝国主义千方

① 《汇编》(1937—1945 年)，第 64 页。

百计架空商会组织，削弱商会对商民的凝聚力。他们将一些军政命令避开商会而直接下达给有关的同业公会，命令其贯彻实施，而商会竟然毫无知晓。有的同业公会，如轮船业公会，更在日本军事机关的默许下，借口已加入日军把持的华北航业总公司而根本不买天津商会的账。对于办理商民陈述与商业纠纷，也从中大做手脚、挑拨离间，甚至出现“南会对于官署之要求，值不如公会直接办理之结果妥善”①的违逆商会运作惯例的情况。久而久之，“各公会对商会之信赖薄弱”，商会对公会账簿之监督，对公会会务报告之监察，甚至对公会运营情况、会员出入会变化等统一限制之权均大大削弱，运作梗阻，难以圆滑。

按照商会的组织原则，各公会的组建，需由同业 7 家以上共同发起，而各家商号均根据自己主要经营的业类而参加某业同业公会。沦陷初始，日伪当局为了削弱商会和同业公会的势力，极力将同业公会的业类划细，并通过商品配给和多推举代表人作诱饵，将同业公会规模缩小。当时天津商会所属同业公会共有 65 业，到 1942 年 2 月，天津商会有同业公会 117 业。具有工业生产性质的商号与退出商会的工厂另组工业会其业类居然发展到 145 业之多，造成“组织重叠，驳杂分歧，业类相同，名称各异，遇事各自为谋，罔顾同业”②，甚至“两公会间争夺会员之事件时有所闻”，业务上有着同种性质的 5 个商号，各自分别加入名称不同之数种公会③，造成商会内部运转机制失灵，商会内部更加缺乏活力。此后，日本人又多次推出新的组合政策进行整顿，试图便于统制。

---

① 《汇编》(1937—1945)，第 54 页。
② 《汇编》(1937—1945)，第 184 页。
③ 《汇编》(1937—1945)，第 55 页。

由以上事实我们不难看出,日本侵略者在沦陷区的掠夺和控制,是一种凭借暴力对经济的掠夺和控制。它们企图通过这种残暴的掠夺和控制榨取我国的资源,以补救其日益枯竭的财政经济。因而,日本“以华治华”的伎俩是与其“以战养战”的阴谋密切配合的。

总而言之,日本对华战争完全是一场掠夺性的非正义战争,它对商会和同业公会的控制和掠夺不仅给中国的工商业带来巨大的损失,也把中国人民推入痛苦的深渊。然而,日本侵略者在中国的阴谋并未完全得逞,中国商人以爱国热忱为中国的抗日战争所做的贡献是永远不会磨灭的。沦陷时期,由近代中国社会中先进的生产关系代表者之一——近代工商企业家组成的天津商人新式法人团体——天津商会,它的领导大权始终被王竹林、刘静山、邸玉堂等把持,他们卖身投靠日本帝国主义、忠实执行日伪军政当局各项法西斯政策。在许多根本问题上,商会放弃了广大商民的利益,无论从职能上还是从行为上都发生了嬗变,失去它昔日的辉煌,步入衰落的歧途,成为日本帝国主义维持殖民统治,控制工商企业与广大商民的鹰犬,因而很自然地遭到广大商民的抵制和反对。因此,这一时期的天津商会其结局也只能是随着日本人的投降而寿终正寝。这是任何人都不能改变的历史事实。

五、衰亡期:商会组织的衰亡

1945 年 8 月 15 日至 1949 年 1 月 15 日,是世界反法西斯战争胜利至国民党政权覆亡时期。饱尝日寇侵略,任人宰割、被人欺凌的中国工商业者,欲求复兴建国。在这一特定历史时期内,面对国民党强权政治的白色恐怖,及一系列变本加厉的疯狂经济掠夺,天津商会成为美蒋军队占领天津、控制北平和华北军需的主要供应者，使刚刚从日寇铁蹄下挣扎出来的广大商民，又坠入国民党黑暗统治的苦海。商会不再有昔日的凝聚力和号召力，完全丧失商会的功能，直至衰亡。

1. 经历两次改组的天津商会

抗日战争胜利后，天津市面出现了物价暴涨.原料奇缺、资金匮乏的困难局面，已经陷入窘迫境地的天津市商会两次面临必须整顿的局面。

天津商会的第一次整顿是在1945年。自1944年3月20日伪商会会长屈秀章逃走后，天津商会会务直由代会长邸玉堂主持，据档案记载，邸玉堂在沦陷期间百般媚日，千方百计为日寇搜刮铜铁、献机献金，其汉奸行为为全市商人所不容。同时，担任商会常务董事的刘静山，早年叩拜在青帮头子白云生门下，利用青帮关系，结交官商各界人士，包办货栈业和干鲜果业牙税，为害乡里。1940至1944年间他升任日伪商会会长后更为虎作伥，为商民所痛恨。抗战胜利后，根据社会部迅速重建工商团体的指令，天津商会整理委员会于1945年10月27日正式成立。新天津市长张廷谔指令杨西园、王晋生、张伯麟、罗宗强、陈锡三、杨天受、秦幼林、朱继圣、宋棐卿、姬奠川、何宗谦等19人为商会整理委员会委员，公推杨西园为商会整委会主任委员，王晋生、张伯麟为副主任委员。杨西园回津前，职务由王晋生代理，对日伪旧商会进行接收和整顿。经过一年的整顿，天津商会整理委员会新成立25个同业公会，并对原有的同业公会进行了调整。于1946年10月初，选出25人为理事，7人当选为监事，11人当选为候补理事，3人为候补监事。银行家姬奠川为理事长、王西铭等6人为常务理事、王子寿为常务监事的第一届商会理事会随之产生。当选为本届商会理监事和常务理事的共有 46 名，涉及 43 个同业公会。如表所示：

1946 年天津商会第一届理事会代表涉及行业一览表

行业名称	行业名称	行业名称	行业名称	行业名称	行业名称
银行业	批发粮	鞋业	摄影业	木商业	汽车地车
钱商业	进出口贸易	面粉业	斗店业	戏曲电影	钱商业
旅店业	电料业	茶叶业	绸布棉纱	古玩书画	新药业
棉花业	油漆染料	三津磨坊	当业	钟表唱机	橡胶轮胎
机器漂染	国药业	织染业	五金业	帽商业	衣商业
毛纺织	灰煤业	澡堂业	杂货糖业	汽车业	地毯业
图书南纸	火柴业	干鲜果品	毛纺织	酱园业	砖瓦业
五金制造					

上述表中行业的构成除了油盐柴米茶这些民生传统行业外，更有银行、机器漂染、毛纺织、图书、面粉、新药、电料、摄影和进出口贸易等这些同世界市场对接后的新兴行业。与以前不同的是商会领导层中的 46 名理监事绝大多数是新式教育培养出来的新式商人，据统计，受过高等教育的有 10 人，占 22%；受过中等教育的有 19 人，占 41.3%；其他的有 17 人，仅占 37%。前两项加起来共占总数的 63.3%，充分显示了商会领导层的文化水准较前有了较大的提高。

新商会建立后，经会员大会讨论，通过了依据 1929 年公布的民国《商会法》拟定的《天津商会章程》，并略做修改，如删去原第八项“遇有市面恐慌等，有维持及请求地方政府维持之责任”，而增加了“关于工商业法规之研究及建议事项”。根据这个章程的要求，重新设立了商事公断处,处理各类商务案件,制定了下属各组织规程,强化组织建设。

天津商会的第二次整顿是在1948年。面临危机的商会并没有因整顿出现生机。会费收取困难,职员薪金不足,加之通货膨胀加剧,致使人心涣散,会务停顿,呈现衰落趋势。当时的《新生晚报》报道:“会中服务人员因收缴会费困难,薪金不足,工作情绪日低,秘书室主要工作人员已纷纷辞职他就。商埠地带的商人会所却是一片冷落景象。”1947—1948年,天津商会职员从会计、秘书到干事纷纷以“另谋出路”“赡养之责”为理由辞职,即使商会的领导层也因对会务进展无望,纷纷以各种借口辞职或请长假,致使会务受到影响,陷入停顿状态。1948年12月,天津市长杜建时只好宣布对商会进行本时期的第二次整理,成立了以天津华牲贸易行经理、德商孔士洋行买办毕鸣岐为主任委员,张紫宸、王西铭、董晓轩、王子寿、董少臣等8人为常务委员的商会整理委员会。不久,商会整理委员会的工作伴随着天津解放而结束。

2. 商会对政权的配合与屈从

抗战胜利后,天津工商业者欢腾之余,表达道:“今后黑暗尽去,人民得有保障,并得恢复自由,内心之欢欣,实非笔墨所能形容其万一。”[①]对国民政府充满信任的天津工商业人士,为了迎合国民政府的需要,积极辅佐政府,成为国民党政权各项军政法令的忠实执行者。然而,国民党的国家垄断资本主义又不断地严重侵害广大商民的利益,使得商界对政府丧失信心,在一些重要问题上虽然也曾采用推托与抵制的办法,但为了自身的物质利益与生存,配合并屈从于政权,常常是它

① 《汇编》(1945—1950),第575页。

的最终选择。

积极参加伪国大代表选举。天津市商会决策层对于国民政府的“实行民主”“还政于民”的假宪政充满了幻想，积极参政。1946 年成立的天津临时参议会中著名的工商代表有卞肇新、陈锡三、张品题等。1948 年天津市参议会取代临参会，天津工商界人士竟占了 1/3。在“国大”代表和立法委员会选举中，天津市商会不仅在全市各同业公会及非公会会员中广泛动员，办理换证手续，公布号数等，而且致函热河、察哈尔、绥远和冀、鲁、晋及北平青岛各市商会，广泛宣传天津市商会理事长姬奠川的政历和业绩，请各商会选举姬奠川为北方各省区立法委员，在全市范围内则支持商会常务理事赵遂初竞选“国大”代表。

献媚美蒋军队筹集慰劳费。1945 年 8 月 15 日日本投降后，美蒋军队入津前，天津伪市长周迪平于 1945 年 8 月 16 日即转发伪华北政委会委员长王荫泰之令，命全津官民恪守本位，勿妨治安，否则军法惩治。当天下午 4 时，邸玉堂匆忙召开紧急临时董事联席会议，决定每天为在市郊抗击革命军队的警察供给面粉 60 袋，以 10 天为期共 600 袋。而面粉需经日军驻津联络部同意，由商会向日本华北开发公司等处借用。

8 月 19 日，商会又奉伪市长周迪平手谕犒赏军警 30 万元。此役中驻津日军公然参战，死伤多名。商会以 20 万元慰劳警察，并向死伤日军赠送慰劳品和香奠共 18.5 万元。

8 月 20 日，邸玉堂又召开临时董监事联席会议，决定供给国民党天津市党部办公费 50 万元，并按照伪天津市政府之命，为维持全市治安，由商会向各大银行筹借现金 3000～50000 万元巨款，以渡难关。

据初步统计，美蒋军队入津前，天津商会为日伪军队和警察筹措面粉共10600袋，现金520余万元。据估计，1945年9月20日到1947年7月25日，天津商会为欢迎美蒋军队先后5批进津，共筹借现金和慰劳品总额达10.2亿元。1948年一年天津商会及各业同业公会收到了警察局、警备司令部、市政府、参议会、戡乱建国动员会、社会局和市民联谊会等机关募款征物的信函或接待来访人员多起，除钱款外征收的物资涉及汽车、马车、铺板、方凳、棉鞋、铁锅、手套、袜子、毛巾、肥皂、牙粉和牙刷等。如此频繁的征募加重了本来就奄奄一息的广大工商业者的负担，使之逐渐对国民党军队产生抵触情绪，商会及各业公会或婉言拒付，或拖延筹办。如果说天津市商界对市政府和军队一开始还属于主动配合，那么随着政局的急剧变化，摊派款额和次数日益增多，使不堪重负的工商业者发出抱怨，直至消极抵制。

力筹祝寿金献校蒋介石。1947年11月是蒋介石60岁生日，南京各界亲蒋人士为鼓吹蒋介石"建国工作，教育第一"的昭示，命全国各地商会在本埠献办商业职业学校一所，天津很快成立献校祝寿委员会，杜建时、李曜林、郝遇林均为委员，天津商会召集各公会理事长会议，负责向各业集款、保管等项实际事务工作。自1946年10月25日至1947年6月13日集资2.44亿元，各银行号存款利息高达6分至12分，总金额达4.55亿元。最后建立的商业学校定名为天津公立中学校。这些款项主要由各业工厂商店筹集，可见商界负担之重。

摊筹天津城防工程费。从1946年6月至1947年2月，人民解放军在战场上节节胜利，迫使国民党军队转入全面防御。在1947年2月的"绥靖会议"上，国防部长白崇禧指示在平津外围要构筑永久工事。该工程根据天津市城区建设的特点，构筑南北长12.5公里、东西宽5公里、周总长45公里的土围墙，墙高4米、宽9米，墙外挖一道宽10米深3米的护城河。河底至墙顶净高7米。护城河可与南运河等沟通。每30米一碉,50米一堡,全线共碉堡一千余个,由钢筋水泥筑成。重点地区还构筑数以百计的碉堡群,土墙上安有铁丝网。城防全部工程费用共325亿元。第一期工程需用260亿元,二期工程需款65亿元。蒋介石应允国库承担50亿元,另由敌产处理局拨付30亿元,汉奸谢吕西逆产变价得款91亿元,共为171亿元。其余154亿元全部由天津工商各业承担,其中公营事业13个单位承担76.6亿元,私营事业18个单位承担77.4亿元。公营事业如联分处和中纺天津公司各负担23亿元,私营事业中银行业、钱业各承担14亿元。商会各同业公会负担23亿元。3月,天津城防建筑委员会成立,并号召天津金融界、工商企业界和买办富绅募集城防捐。商会既慑于陈长捷、杜建时的大炮刺刀和特务密探的白色恐怖,思想上又囿于蒋介石为民国总统的观念,竭尽全力为其筹款,终于完成了抵抗人民解放军的城防工程。但是类似的征集不止一次,工商各业苦不堪言,各业公会对商会按照等级摊派的城防费纷纷以"营业不佳""营业萧条""资力不足""生意清淡"等为借口拖延拒付,或者要求降低等级,减少税额,或者负责人避而不见。1947年12月城防筑成,由于形势紧张,天津军方加强了军事防守,对于逾期不缴者由警备司令部和警察局强制缴纳。

总之,在当时整个市场经济的运行中,商会同政权的关系是以配合、屈从居于主导地位。商会成为美蒋军队占领天津、控制北平和华北军需的主要供应者,使刚刚从日寇铁蹄下挣扎出来的广大商民,又坠入国民党黑暗统治的苦海。尽管商会与爱国实业家李烛尘等主持的工业协会与工业会对国民党反动政权的倒行逆施也做过程度不同的指责和抵制,共同参与了天津和华北商金融请愿团;一道致力于呈请获准缓征、减免各种捐税的一些活动，如对印花税的征收、减轻货物税率等①。但是天津商会因自身经济实力薄弱，且同政权有更密切的关系，因此，这一时期的天津商会的行为是以当政者的态度作为其价值取向的。

3. 商会走向衰落结局的评判

经过天津市政府精心整治后的天津商会，依据“整委会”拟具的天津商会章程，以及办事机构的完善与职责的明确、商会理监事受教育的情况，在这一时期本来是可以有作为的，然而令商会失望的是，经费严重亏空，几无来源，会务难于开展。尤其是工业协会和工业会的成立，一批掌握先进科学技术、设备和资金，且德才兼备的实业家及其掌握的天津与华北一大批新兴现代民族工业企业从商会脱离之后，商会的地位与作用大大降低。

第一，工业性质会员的分离弱化了商会的职能。工业性质会员脱离商会的原因要从天津工业协会和工业会的成立谈起。天津工业协会和工业会是由各工业门类组成的独立工业团体。它经历了从天津工务分会、华北工业协会、天津特别市工厂联合会，最后发展为天津工业协会和工业会的成长历程。工业协会和工业会的成立是近代天津工业界壮大与成熟的重要标志。关于天津工务分会、华北工业协会的一些情况在前面已经介绍过，不再赘述。这里着重介绍一些天津工业协会和工业会成立的简单情况。

全国工业协会天津区分会。中国全国工业协会于 1943 年在四川重庆成立。它的成立标志着我国民族工业资本家阶级经济实力的不断

① 《汇编》(1945—1950)，第 1041—1042 页。

增长和政治上的不断成熟。其成立宣言称:"我国非竟抗战全功无以保障领土主权之完整","非积极建国无以改变军事、政治、文化停滞落后状态。所以,以倍加淬励,精益求进,以达我国早跻身于工业化之境域"①。1945年8月日本投降后迁沪办公,接着将总会会址设于南京,上海改设办事处。1946年11月间全国工业协会代表大会上,天津工协代表侯德榜当选为全国工协常务理事,陈调甫为理事,王翰臣为常务监事。然而,国民政府制定的《工业会法》直到1947年10月才正式颁布。

全国工业协会天津区分会设于1945年10月间,天津区分会最初由朱继圣等12人发起,后因工协总会指定爱国实业家李烛尘为天津分会筹备人,于该年11月重新开始筹备工作。依总会章程要旨拟定天津分会会章44条,于1946年4月经社会局批准正式成立。天津区分会会员为56家,最多时为60家,其产业规模更加壮大,结构也更健全,近代企业家阵容更加齐整,是抗日战争前华北工业协会时代天津工业所不及的。虽因国民党社会部之命工协天津分会一度更名为"天津市工业协会",但1946年6月1日改称"河北平津区工业协会"。工协天津区分会共由31人组成。河北平津区工业协会自1948年5月天津工业会成立后,转为单纯学术研究团体。

天津工业会是在全国工业总会成立后组建的。全国工业总会的组建是由于1947年10月27日国民政府公布了《工业会法》,明定工业会以谋划工业之改良发展增进同业之公共利益为宗旨,并宣布"工业会为法人",成为第一个法定的工业组织。全国工业总会以刘鸿生为会长。

① 《汇编》(1945—1950),第259页。

依据《工业会法》,天津工业会于1948年3月30日开始筹备,5月16日正式成立,理事长仍为李烛尘。天津工业会会员分团体会员与工厂会员两种,当时它的入会团体会员为9个,工厂会员为194家。属于工业会的有38种工业,非同业公会的重要会员工厂有183家。

可以说,上述两会的先后建立无疑对商会诸方面构成威胁。首先表现在工业同业公会会员的转会,使商会失去了最坚实的基础部分。全国工业协会天津区分会成立后,加入它的工业同业公会会员依然是商会会员。但是天津工业会成立后,情况就大不一样了。《工业会法》明确规定,原属商会的工业同业公会应隶属于工业会,于是原属商会的工业同业公会和工厂会员被分离出来,部分重要工业组成的同业公会并以厂的名义单独加入工业会,普通工业同业公会则集体加入工业会。工业同业公会依法统一加入工业会的行为势必大大影响了商会的实力。事实上,工商分流的呼声早已酝酿很久。只是抗战胜利后随着共谋工业化实施,加快了工业会员脱离商会的步伐。因此,这一趋势也属必然。

其次表现在商会部分权力分离。工业协会与工业会的兴起,分离了商会独揽四十余年的工商事务的部分权力,这对商会无疑是一种非同小可的冲击。1946年的《天津商会章程》与1948年的《修正商会法草案》做比较,《草案》中的有关工业工厂条文已不复存在,只剩下有关商业条文的规定。再如《天津工业会章程》对权利规定就更加明确:

一、关于生产之研究改良与发展事项;

二、关于会员合法权益之保障事项;

三、关于技术原料器材之合作事项;

四、关于会员之事业保险及计划调整事项;

五、关于会员之设备制品及原料之检查取缔事项;

六、关于工业产品之调查统计事项;

七、关于同业纠纷之调处公断事项;

八、关于会员公益事业之举办事项;

九、关于劳资合作之促进及纠纷之协助调处事项;

十、关于政府经济政策之协助推进事项;

十一、关于参加各项社会运动事项。

上述11条规定说明在工业会的职能越来越强的同时,商会的职能越来越弱,原因是原本属于商会的管理职能让渡于工业会,商会成为完全商业性质的商人团体。

第二,严重的经费短缺影响了商会会务进展。在沦陷时期商会在日本顾问的直接控制下,直接为日寇的统治和掠夺服务,加深了商会与商民的冲突,会员商号往往以不缴纳会费为手段以示抵制。商会为维持存在,会费改由向会员直接征收。日本投降后,会费亏欠问题依然是商会棘手的问题。因经费困扰而难以生存的天津商会除直接向各业商号征收会务维持费外,变本加厉地还要征收高于2倍会费的补助费,然而事与愿违,连征三次,效果均不佳。于是社会局便施以高压,商会也通函各公会,威胁不缴纳会费的各公会,将由社会局通令解散。商会强制会员商号缴纳会费,严重影响了商会会务的进展,影响了商会与会员的关系,导致商会成员的愤然离去,造成商会与广大商民严重对立。由此,商会组织在商民心中的地位明显降低,不再有往日的凝聚力和号召力,剩余的只能是种无奈与悲叹。

第三,商会的保守性与滞后性日益突出。虽然工业协会、工业会与商会同是工商界的组织但是各自领导层的构成却有所不同。前者代表了工商界的新生力量;后者却是因循守旧的商人代表组织。

商会与工业协会、工业会领导层的文化素质的差距比较大。天津商会整理委员会 27 名委员中,仅有 2 名受过高等教育,其余人员大多是私塾学徒出身,至多不过高中师范法政等中等教育程度。商会领导成员受教育程度低下,使其在工业化时代到来后,较之工业协会、工业会显得守旧滞后,这不能不影响商会组织的发展。

与之相反,在工业协会的 31 名领导成员中,除 6 名成员学历不详外,在其余 25 名成员中有 19 名受过高等教育,占 76%,其中又有 12 名是留美、日、英、法、德等国的留学生或实习生,并取得了学士、硕士或博士学位占 25 名成员的 48%;受过中等教育者为 3 名,占 12%;从私塾及旧式学堂毕业者为 3 名,占 12%。在天津市工业会全部的 32 名领导成员中,除 1 名学历不详外,受过高等教育者为 22 名,占 71%,其中有 16 名为留学归国者,占 51%;受过中等教育者为 5 名,占 16%;从私塾或旧式学堂毕业者为 3 名,占 10%;小学毕业者为 1 名,占 3%①。这是天津作为华北经济中心的人才和物质技术基础。

从上述分析中我们可以看出,以受过高等教育甚至外国资本主义教育的高层次人才为主体的工业协会天津区分会和天津市工业会较之旧式商会,明显有一种趋新特征,它们能适应中国工业化趋势,将学有专长的技术人才以团体的方式凝聚在一起,发挥他们在各自专业领域的重要作用,使之成为中国工业界的栋梁之材和中国工业化的开路先锋。众所周知,天津商会经历了清末、民国、日伪沦陷几个不同的历史

① 任云兰:《天津市独立工业团体的兴起及其对商会的影响(1945—1950)》,载《天津社会科学》1999 年第 1 期第 84、85、86 页。

时期。商会从最初的维护商民权益的勇敢卫士变得墨守成规、畏葸不前，在广大商民中的形象大不如前，尤其是经过日人对商会的架空与控制，商会已经发生了蜕变。所以，当代表社会新潮流的工业协会与工业会兴起之际，必然是那些谋发展求进步人士所盼望的事情，他们离开商会另有选择也就不足为怪了。

天津解放后，天津市工商联取代了旧商会和工业会。1949 年 1 月 15 日天津解放。1949 年 3 月 18 日，天津市人民政府工商局着手对原天津总商会、工业会和各工业同业公会沿革、组织章程、现状、希望与要求进行全面登记。

天津市工商联筹委会成立于 1950 年 3 月 20 日，这是人民政府对旧工商经济团体进行一年多整顿的结果。筹委会委员共 37 人，李烛尘为筹委会主任，组成人员的受教育情况已有很大变化，其中留美生仅 3 名，留日生仍为 5 名，我国高校生多至 11 名，受高等教育者共 19 名，私塾和中等以上学历者 18 名，各占半数。

1950 年 4 月 29 日，天津市工商联正式成立。主任委员为李烛尘，副主任委员朱继圣、毕鸣岐，还有刘再生、李立楠两位人民政府委派人士亦为副主任委员，宋棐卿、资耀华、王光英、董晓轩等 12 人为常务委员。天津市工商联是我国第一个工商业联合团体，此后至 1956 年生产资料所有制社会主义改造完成的几年间，在人民政府的指导监督下，领导全市工商业为发展经济、贯彻《共同纲领》，协助人民政府推行各项经济政策和法令，反映工商界的建议与要求，做了不少有益工作。

商会是我国从传统封建宗法社会迈向现代社会的转型过程中产生的新型社会经济组织，是农业文明向工业文明转型过程中的产物，是近代资本主义产生、发展、与时俱进的产物。从 20 世纪初开始经历了 50

年风雨的近代天津商会，透过其初生、发展直至衰亡的历史全过程，为世人展现了近代中国社会从底层社会细胞直至上层政权新旧交替及嬗变，国家与社会相互渗透、融合与交涉、冲突，以及它们在纷繁复杂的市场和社会这大舞台上淋漓尽致地表演的一幅历史画卷。

第三章　商会的运行

在中国近代化的过程中，商会不仅是一个代表资产阶级的利益集团，而且因为它介于经济组织的“细胞”（企业、家庭）与经济组织的整体之间，有如联结、沟通微观经济组织和宏观经济组织两者之间的“桥梁”“纽带”，在性质和功能上介于两类组织要素之间，既有自愿性、相对独立性和特殊利益，又依存于双方，以服务、沟通和协调双方为其宗旨，是在二者之间发挥联结作用的媒介组织。由于市场经济的需要，它活跃于政府与工商业者之间，并发挥了重要的中介作用。

考察近代商会组织系统的运行过程的目的在于从系统与环境的联系交流中把握商会组织系统的运动方式和轨迹，笔者拟利用十六年来系统整理编撰的《天津商会档案汇编》中的有关资料，对商会组织的中介性、运行机制及民主开放等特征进行具体分析，无疑会加深我们对商会性质以及作用等方面的理解。

一、商会组织的中介性

近代中国，清末“新政”使国家从对社会资源的垄断中部分撤退出来，政府与市场之间留下了管理的空隙，因而各种非政府组织得以迅速发展。然而，较之于世界其他国家的非政府组织而言，中国的非政府组织从产生方式到活动空间的诸多方面独具特色。也就是说，作为当时非政府组织之一的中国商会也有其独特之处，即指商会团体是工商业群体的利益代表并因此具有民间自主性质，同时因政府的支持并因此获得法人性质，但又因政府的不完全控制并因此带有某种半官方色彩的商人组织。

我以为，在对商会运行机制过程的中介性的解释中，制度经济学的“交易成本”概念有着独到的适用性。如果说交易现象存在于一般的社会进程中，那么，在清末“新政”实行的过程中交易现象更加突出。就我们讨论商会而言，一方面，商会的出现可以看作是商会的加入者与商会的资格认可者之间的交易结果；另一方面，商会的产生和发展是上述双方在保持自身利益最大化的考量之下的理性选择，是相互交易的结果。因此，笔者试图用“交易成本”这一概念来分析商会组织的中介性及其作用，并作为此书研究所要解决的问题。

交易成本概念源于新制度经济学。新制度经济学利用经济学的方法分析制度(Institution)的构成和运行，并力图发现制度在经济体系中运行的地位和作用。1937 年，科斯(R. H. Coase)所发表的《企业性质》一文中提出交易成本概念，引发了一场经济学革命，拓展了经济学的视野与应用领域。科斯在其后的《社会成本问题》一文中又进一步推演了交易成本概念，即在交易成本为正的情况下，不同的权利界定，会带来不同效益的资源配置[1]。沿着同样的思考逻辑，交易成本后来被泛化

---

① 丹尼尔·布罗姆利：《经济利益与经济制度——公共政策的理论基础》，上海人民出版社 1992 年版。

为一系列制度成本，包括信息成本、谈判成本、拟定和实施契约的成本、界定和控制产权的成本、监督管理的成本和制度结构变化的成本等一切不直接发生在物质生产过程中的成本[①]。本文对天津商会的制度分析，所使用的就是泛化处理后的“交易成本”概念。如果此次研究为近代天津商会这一社会群体以及他们与政府之间的互动关系做出一个静态与动态的分析，将有助于对商会这一社会群体的理解。

过去，有关商会的社会属性问题大致存在“官办机构”（仓桥正直等）、“半官方机构”（邱捷等）和“民间商人社团”（徐鼎新等）、“官督商办社团”（朱英等）四种不同的意见。

20 世纪 90 年代以来的研究成果中，有的学者进行了新的论证，同意仓桥正直等关于商会为“官办机构”的观点[②]。有的学者从国家与社会互动关系的视角，对商会的构成和性质进行了重新审视，认为“新成立的商会经商人不断努力和抗争，基本上保持了民间法人社团的性质，具有较强的独立性和自主性，也表现出明显的自愿和民主原则，突出地体现出以契约性规章维持其内部运作的特征”[③]。结论是：商会仍属官督商办的新型民间社团。有的学者从法律的角度考察商会，认为中国近代商会组织并不是官方的或半官方的机构，也不是官督商办社团，而是一个商办的法人社团，具有明显的法人社团特征[④]。有的学者则将动态的观点引入对商会组织社会属性的考察中，提出商会虽然在根本属性上系具有法人性质的民间商人组织，但同时又具有一定的半官方

① 张五常等：《经济组织与交易成本》，网上资源。
② 彭帮富：《北洋时期商会历史作用之考察》，载《民国档案》1992 年第 4 期。
③ 朱英：《转型时期的社会与国家》，华中师范大学出版社 1997 年版，第 64、69 页。
④ 虞和平：《近代商会的法人社团性质》，载《历史研究》1990 年第 5 期。

色彩，尤其在其创办的初期，官督或半官方色彩较为浓厚，进入民国后，民办的程度越来越强，受官方控制的程度逐渐减弱。因此，其法人社团属性有一个逐步明晰的发展过程①。

通过对近代天津商会的个案分析，不难看出，无论在清末的产生和初创阶段，还是在北洋政府时期的发展阶段，甚至在国民党执政阶段天津商会对政府具有一定的依赖性。作为工商业群体利益代表的天津商会受官方控制的程度经历了一个由强—弱—强的过程，商会民间性的程度呈现出两头弱中间强的态势。换句话说，商会团体的商办民间性与对政府依赖性的程度是根据政权控制社会团体的程度来决定的。

就历史发展而论，商会的成立经历了民间推动—政府认定—全国范围推广的过程。商会确实是商人自愿组成的团体，但从它开始成立，就与官方有密切的关系。从此，商会就成为介于官方和民间的，既能传达官方意图，又能反映民意的政府与工商业者之间的一种既非政府行政机构又非以盈利为目的的中介性质的组织。

商会的民间性主要体现在静态和动态两个方面：从静态角度分析，首先，商会的章程和宗旨表明商会是具有民间性质的社团组织。清朝商部制定颁布的《商会简明章程》是清政府对商会这样一个法人社团所定的基本法则，各个商会在大体依据这一基本法则的情况下，又制定了更为详细的章程。尤其进入民国，1914 年，北洋政府曾制定《商会法》及《商会法施行细则》，1915 年又颁布经过修订的《商会法》及其施行细则。商会法规定各地工商业者设立总商会及商会时，均可自行详拟章

① 马敏：《过渡形态：中国早期资产阶级构成之谜》，中国社会科学出版社 1994 年版，第 175—177 页。

程。如天津商会拟定的《天津总商会章程》规定:“本会以增进工商事业,联络工商感情,调处争议,以谋巩固为宗旨,章程由 8 章 40 款组成,细则则分为 8 章 61 款。”30 年代《天津商会章程》与清末、北洋政府时期章程做比较,发现更加具体化,进一步扩大了商会为工商业者服务的范围。这正如对近代中国商会素有研究的虞和平先生所说的那样:“依法制章和呈官查核反映了商会的法人性,自订便宜章程则体现了商会的商办性。”①

虞和平先生论述法人社团时,谈到必须具备以下四个特征:①在组织上,系按照法定程序组成,具有能作为一个整体而从事社会活动的统一组织,并设有固定的组织机构和必要的职能部门,拥有一定数量的成员;②在财产上,拥有自己能够独立支配的财产或经费,以此作为自身存在和活动的物质基础;③在社会资格上,符合国家有关法规的规定,为政府有关部门所认可,并使之人格化,能如同自然人一样作为社会的基本细胞而参与社会活动,有自己的名称、“户口”、权利和义务;④在政府的有关方针政策及其统一指导下,按照组织条例或章程所规定的宗旨和业务活动范围从事各种活动②。对照以上所述法人社团的基本特征,近代中国的商会已大体具备获得法人社团地位的资格。

其次,清末的商会是商人自愿组成的新式社会团体。开始一段时间,清政府希望通过成立商会,推动中国工商业的发展,并借以联络工商业者,曾采取各种方式促使一些地区的商会诞生,向商人宣传商会的重要作用,并对已成立的商会给予保护和鼓励,以劝导更多的商人组织

① 虞和平:《商会与中国早期现代化》,上海人民出版社 1993 年版,第 83 页。

② 虞和平:《近代商会的法人社团性质》,载《历史研究》1990 年第 5 期:另见其《商会与中国早期现代化》,第 79 页。

商会。在政府官员推动下，商人们呼吁："如立商会，兴利除弊，藉得补救，商务可大转机也。"他们渴望建立商会这样一个联络工商各业，维护自身利益的近代社团组织。因为他们知道，要振兴中国的商务，发展实业，首先必须仿效西方各国设立商会。于是，天津商会开办不久，"闻风踵至者尤复不少"，入会者 32 行，共 581 家。可见，商会的出现实为商民的迫切要求。

再次，清末民初商会的民间性从其经费的来源也可得到证实。一般说来，官办的社团在经费上都会得到官方或多或少的资助。即使是天津商务公所，虽然不是纯粹的官办组织，但它的成立与官府有着直接关系，每月也由官府拨银 100 两给予津贴。清末的其他个别社团，也曾得到官府的资助，例如农会即是如此。农工商部奏定《农会简明章程》规定："农会经费应于本地公款中酌量拨助。"1909 年福建农务总会创办之际，申请农工商务局拨银 140 两。同年武昌农务总会成立时，请由官钱局拨助的开办费多达 2000 两①。也就是说，商会成立后，上自清朝商部，下至督抚州各级地方官府，无一向商会定期提供经费。商会所需的经费完全由其自行解决，官府不给予任何资助②。

揆诸有关档案史料，可以看出商会的活动经费，主要来源于会员所在行业和会友缴纳的会费。缴纳会费的数额是由各个商会自行决定。例如上海商务总会规定：凡一帮一行"年捐会费 300 两以上者得举会员 1 人，600 两以上者 2 人，900 两以上者 3 人"；年捐会费 12 两以上不足 300 两者，则列名为商会会友。据有关记载，1905 年上海商务总会有会

① 《商务官报》，宣统元年，第 32、35 期，"公牍"。
② 朱英：《转型时期的社会与国家》，华中师范大学出版社 1997 年版，第 134 页

员 167 人，以每人捐助 300 两计，一年的会费逾 5 万两[1]。苏州商务总会也规定，各行、帮公捐会费 300 元以上，得举会员 1 人，依次递加，至得举 3 人为限。公司、工厂也均照此办理。天津商务总会规定“会员应缴的会费较少，规定凡入会之商号，以营业大小之不同，其负担之会费亦异”。共分六个等级缴纳，第一级缴纳 36 元；第二级缴纳 28 元；第三级缴纳 20 元；第四级缴纳 12 元；第五级缴纳 8 元；第六级缴纳 4 元；特等临时酌量定之。因此，天津商务总会的经费主要来自众商交纳的会费。宣统三年一至六月份的商会收支各款清册，总计收入 10994 元，其中由 52 个行业所纳会费为 7937 元，占 70%以上。1913—1918 年天津商会在会 78 行业共交纳会费的情况：1913 年为 8668 元；1914 年为 10697 元；1915 年为 9445 元；1917 年为 11837 元；1918 年为 11299 元；总计 51946 元。

各商会使用会员、会友所缴会费，一般都能“以众商之利，还为众商之用”为基本原则。民初的天津商会在章程中指明，正、副会长及会董均为不支领薪水的名誉职。民国四年（1915 年）天津商会开列的办公人员每月额支表，也只列有该会文牍、书记、听差等人的月薪。在商会的出入款项中均无其他职员开支薪水的记载[2]。即使商会在日常开支外仍有余资，也主要是用于与商家有利之事，而不是随意挪作他用。显然，在经费上商会是取之于商，用之于商，完全由商会自己掌握支配，其“商捐商办”的民间性质十分突出。

从动态角度来看，商会的民间性表现在它的服务功能上。其主要

---

① 东亚同文会编：《中国经济全书》第 4 辑，东京东亚同文会编纂局 1909 年版，第 70—76 页；另见徐鼎新、钱小明《上海总商会史》，第 61 页。

② 《汇编》（1912—1928）第 1 册，第 115 页。

职能侧重于维护和发展工商业者的共同利益，与其成员有很强的认同感。对个体成员而言，商会主要在于为他们提供服务功能，其主要功能体现在三个方面：一是为市场交易正常而从事沟通、协调、公证、评价、监督等服务功能；二是解决商会成员之间或成员与社会之间交往中出现的问题等；三是处理商会成员与政府互动而提供的利益传递服务功能，就是指沟通商人与政府，为商会成员表达意见的职能，在政府和工商业者之间充当了中介体的作用。对工商企业成员而言，近代中国的民族资本主义从它诞生之日起，就始终面临着外国资本多方倾挤的强大压力。不论是官办、官督商办企业，还是商办企业，都是在外国资本主义的倾轧夹缝中艰难地挣扎图存。特别是民办企业，不仅在经济实力、技术设备和经营管理等方面远不及外资企业，而且产品税收的负担也较诸外资企业更重，在与外资企业的竞争中处于更为不利的境地。当时，不少商办企业创办之后，即是在外资企业的排斥之下陷入绝境，最终不得不宣告破产。因此，商办企业要与外国资本相抗衡，维护自己的生存与发展，也必须联合起来一致对外。鉴于此种原因，各行各业的工商业者在当时都迫切希望能够联合起来，依靠群体的力量求生存、求发展。而要实现各行各业的联合，共同采取各种新举措，就需要一个在经济方面发挥联络和协调作用的新团体。新诞生的商会，实际上就是为适应这一需要而设立的经济社会组织，正好具有这方面的职能。因此，天津商会成立之后，成为工商界在经济领域从事各种活动的组织者和领导者，产生了十分广泛的积极影响。

尽管商会在其宗旨、构成、经费以及服务功能等方面凸显出非常强的民间性，并从政府那里获得法人社团地位，但商会在其实际操作中还是避免不了政府的一些干预，具体表现为商会组织的产生、选举等方面在不同时期或多或少与政府的关联。

从组织产生来看,商会的设立除了最根本的经济原因外,清政府开明官员的推动发挥了重要作用。商部在颁发的《劝办商会章程》中告诫商人不容忽视的三点,即商惰不聚、商力不厚、商智不开,并指出要克服此三点,就必须立商会。几个月后,商部致函商务公所的宁世福、王贤宾,要求他们"参照沪会章程,克日举办报部"。紧接着商部在《劝办商会角胜洋商折》中强调:各国富强,"实得力于商会"。1904年3月,清廷官员又联名致函袁世凯,请在天津速立商会。所有这一切,都加速了商会的诞生。不久,天津商务公所"遵照部章改设商会"。

《天津商务总会试办便宜章程》规定:"本会恪遵部章,认真办理,倘事属创举,果与保商振商宗旨相合,亦应随时禀请商部核办。"[①]尽管商会的诞生在根本上取决于当地商人的态度,而不是取决于官府,但实际上,商会的成立不仅取决于商人的迫切性,即便能得到政府法律的承认并具有社团法人的地位,能否获得一些政府官员的认同和支持也十分关键。观察天津商会成立的整个过程,如果不是清政府的催促与劝导,有可能天津商会成立的时间就会推迟。这也许是天津地域独具的特色。

从领导构成来看,无论是北洋时期还是国民党时期,天津商会的多次改组与改选不能说与政府的干预无关。例如《天津商务总会试办便宜章程》列有总理、协理由部札委用一条,这就说明清末时期商会的总理、协理还是由商部来任命,董事由各商家公举,然后再选出会董。曾经是袁世凯委任的商务公所董事王贤宾、宁世福,商会成立后,又被商

① 《汇编》(1903—1911)上册,第45页。

部“札委”天津商务总会的总理、协理。可以说，此时商会领导人选依然是政府的意图。从有关史料看，官府干涉商会选举的现象屡屡发生。民国成立后，商会总理宁世福和协理吴连元要求辞职，只有靠王贤宾支撑局面，赢得津埠189家众商联名的高度评价，并请其继续担任总理之职。天津商会全体行会董事上书工商部，正式公举王贤宾、叶兰舫（登榜）、卞荫昌三人任商会总协理。按理说，既然有这么多商人愿意推选王贤宾担任总理，上级政府应该尊重多数人的意愿，但结局是工商部予以批驳，认为王不是合适人选，要求天津商会重新票选。天津商会会行各董闻讯后，立即上书申明，要求工商部仍委王贤宾为总理。同年，工商部和财政部，再次指明王贤宾丧失充当商会总理的基本资格，严词批驳。天津商会会行各董见事情无望，只能忍气吞声，至该年10月16日，经工商部认定，由北洋保商银行华经理、启泰金店铺东叶兰舫和隆聚洋布庄铺东卞荫昌，正式接任天津商会总协理职务。民国五年（1916年），《商会法》规定："会董由会员投票选举，会长、副会长由会董投票互选。"这时的天津商会仍坚持由推举、公举的办法产生总协理，坚决反对票选办法。这次选举依旧是在地方行政主管官厅的监督下进行选举及总、协理当选的认定。

这里值得一提的是，1917年的选举才是商会真正意义上的民主选举，1919年，在天津曾发生外人干涉总商会会长选举之事，结果受到天津总商会的一致抵制，并引起其他许多地区商会的反对。1919年9月，天津总商会因前此当选会长叶兰舫年老体衰坚请辞职，不得不重新选举会长。在共计44名会董出席的选举会上，原副会长卞荫昌获全票通过，当选为会长。由于卞荫昌在天津商界抵制日货运动中表现十分积极，引起日本侵略者的嫉恨，故而在卞当选为天津总商会会长后，日本驻津总领事船津辰一郎马上与北京政府农商部交涉，企图施加压力将卞荫昌撤换，改选会长。农商部虽畏于日本侵略者的恫吓，但也不敢贸然下令将卞荫昌撤换，只得复函向船津辰一郎说明："商会选举在商会法范围之内，官厅向不干涉。"并希望日本领事"慎重相处，勿令发生重大交涉，致令政府难以应付"[1]。对于日本侵略者干涉会长选举的行径，天津总商会极为愤慨，呈文国务院和外交部，义正词严地表示："敝会依法选举卞君荫昌为会长，业经呈报省长转咨农商部在案。乃日领船津氏竞横加干涉，实足以侵我国权，扰害商务"[2]。随后，天津总商会又通电各省商会联合会、总商会及各省省议会、各省教育会等团体，抗议日领事干涉商会选举的行径。天津总商会的态度，得到天津商界和国内其他商会的大力支持。在商会的一致抵制和社会各界的声援下，日本侵略者企图干涉天津总商会选举的行径终未得逞，商会则维护了自己独立自主的选举权。可惜好景不长，军阀混战使天津商会陷入困境，褚玉璞逼令商会改选，在原会董内补选张仲元、王益保为商会正副会长。军阀的干预更是让商会感到无奈。

国民党时期的天津商会的组织建制在原有的基础上进行了三次选举与改组，即1931年、1934年、1937年。三次改组表面上看起来是依据《商会法》，实际上都是在国民政府的监控下进行的。这里就不一一赘述。由此看来，天津商会的选举权几乎不断地被地方政府所控制或监督，商人连最基本的独立自主的选举权都没有得到维护。

以上是对商会性质构成的一种静态的描述，下面将从交易成本的

① 《汇编》(1912—1928)第1册，第57页。
② 《汇编》(1912—1928)第1册，第59页。

角度即从动态的角度对商会的中介性做出分析，对商会如何在政府与商人之间保持平衡做出解释。

19世纪60年代以来，中国商人在外国资本主义的倾轧夹缝中艰难地挣扎图存。随着工业近代化步伐的加快，近代中国市场规模的不断扩大，工商业者的地位日渐提高，逐渐发展为一个不容忽视的独立阶层，而在日常事务中与中央及地方行政部门发生密切的联系。在工商业者与政府的关系处理模式中，存在不组织（处于松散状态）和组织（商人社会团体，承担利益聚合、利益表达等功能）的两种行为选择。

对商人而言，首先，参加一个有声望的商会有助于提高他的社会地位，使他有效地从事商业活动，比不依靠商会要节省大量的交易成本[①]。商人在未入商会之前，为了建立个人的声誉和地位，往往需要花费大量的金钱和时间去搞好与同行之间以及与地方势力和官府之间的关系并承担高昂的市场交易成本。尤其在与政府交往过程中，商人处于弱势群体的地位，相对于孤立无援的商人而言，政府拥有无上的权威性与强制力。如1908年巡警局以摊贩摆摊妨碍交通下令驱逐以及乱收费现象，小摊贩商人若非忍气吞声，就只能前往政府机关反映情况，而此时必然要支付时间、交通、交涉甚至礼品等交易费用。再如当政府的政策与广大商民的利益不一致时，在协商官商利益及其目标关系上，商会可凭借自身的力量和优势展开活动。当政府为了扩大税收，将苛捐杂税强加在商人头上，侵害了广大工商业者的利益时，当政府与商人的直接经济利益发生冲突和矛盾时，商会的协调和沟通作用就显得格

① 陈富美（Fu－mei Chen）、马若望（Roman H. Myers）：《第二次中国近代经济史会议论文集》，台北，1989年。

外重要，从而使商人节省大量时间和精力，降低了交易成本。

其次，进行交易活动需要签订合同，为保证合同的执行，需要找到第三者作为担保，这些都需要付出时间和费用，如合同不能执行引起纠纷，还需寻找解决的方法，寻求官方的保护，为此要付出一笔钱。而商会为它的会员在处理这些问题时提供了方便。

其三，商会规则中也提供了大量的市场信息，它告诉商人如何在一个地方从事商业活动，如何与地方官吏和人民搞好关系，要求它的成保证商品的质量和标准，不得掺杂使假、缺斤少两，遵守商业道德，并对市场实行监控，对不执行规则的予以处罚。有的商会还规定服务价格，也可以起到减少谈判成本的作用。

其四，未入会商人，具有分散化和流动性大的特点，商人之间"声气不易通"，这主要是因为中国工商各业素来"行帮壁垒，各立门户，畛域分明，以致群力不能合"，进而商情涣散，日益衰疲，成为阻遏工商业发展的一大障碍。工商界的一些有识之士已认识到，如此"声气不通，必然闭聪塞明，局步盲揣"，因此，在缺乏有效组织的情况下，商人之间相互沟通传递信息，或获悉政府的信息成本高昂。市场经济是商品经济高度发展的阶段，商品交易的数量大、品种多、范围广。这就给供销双方相互了解情况、掌握信息带来了一定的困难，往往会造成商品在此地滞销而在彼地脱销，无形中造成商品交易的迟缓，减慢商品流通的速度。此时在工商业者之间需要一种能代表自己共同利益的、用于推动工商企业之间的协作和联合的、为市场交易正常从事沟通、协调、公证、评价、监督等服务和管理的中介体，天津商会诞生后，积极发挥沟通、媒介作用，使供求双方的信息及时得以传递，商品供求顺利实现。档案记载，天津商会与各行业之间的联络最主要的、最常见的是通过大量的函件、通报、调查、交流等方法及时地传递信息、互通情报；还有就是利用报刊等新闻媒介。商会的上述做法不仅加快交易活动，活跃市场，而且为其成员提供当地有关市场交易、习俗等各方面的信息，从而使参加商会的商人减少了搜寻信息的费用，而没有参加商会的商人要取得这些信息则要花费相当的人力、物力、时间和费用，商会的介入则会给双方带来极大的便利，避免发生经济摩擦，加快市场交易的速度和广度，既可以促进经济的发展，又在促使交易成本内在化方面发挥了积极作用。

其五，不组织状态为商人的其他活动设置了障碍。例如为粮商购粮平粜办理出境护照、为商人办理申请低息或免息贷款等事务，按规定需商会盖章作保。如果没有商会承担责任盖章作保，只能通过私人之间作保。在不组织的行为选择中，商人所要支付的市场交易成本高昂。理性机敏的商人必然会放弃不组织这一选择。根据科斯的交易成本理论，如果加入商会成本小于市场交易成本，此时商会组织便会形成。

最后，对于未参加商会的商人而言，关键时刻商会的确能够维护他们的合法权利和权益，反映其合理的意见和要求。而这对于缺乏其他救济方式的商人阶层而言，尤为重要。而当时囿于经济实力、社会地位等各种要素的制约，商人阶层无法参加全国性会议或直接与政府官员对话。在这种情况下，商会成为他们维护自身合法权益、反映其意见要求的唯一的途径。因此，具有中介性的商会是他们表达利益的渠道，他们从中获益良多。因此有的学者认为，商会的作用是使交易成本内在化的一种方式。正因为如此，所以商人不需要市场上进行谈判，也不再需要纵向的联合①。

对中央及地方政府而言，商会的成立为其节省了行政管理成本。这主要表现在：其一，商会所承担的职能是对政府职能部门功能的补充。在正式颁行的《商会简明章程》中，商部指出："各省各埠设立商会，以为众商之脉络也。"官员们意识到，如果工商各业仍缺乏沟通和联络，振兴实业的目的将难以达到。因此，政府希望商会能承担起联络工商的重要职责。显而易见，当时的政府寄希望于新成立的商会能够担负起联络商情、化散为聚、振兴实业的历史重任。有鉴于此，天津商会成立之后，即明确指明"联络群情"乃其宗旨之一。例如上海商务总会在试办章程中规定了三条宗旨，其中第一条便是："联络同业，启发智识，以开通商智"②保定商务总会则在其试办章程中，直接宣称："以保护商业、开通商智、联络商情为宗旨。"③北洋时期，天津商会在章程的总纲中规定："本会以天津县辖境为区域"，并明确"本会以增进工商事业，联络工商感情，调处争议，以谋巩固为宗旨"。关于其职能更为明确的规定："关于工商业之利害得发表于中央及地方行政长官或工商业者；关于工商业事项应答复中央或地方行政长官或工商业者；调查工商业之状况及统计，按年编辑；因赛会得派员征集工商物品；因关系人之请求，得调处工商业者之争议；遇市面恐慌等事，有维持及请求长官维持之责任。"此外，还规定有关设立商品陈列所，工商学校或其他关系工商之公共事业事项。因而，商会在日常工作中承担了大量信息搜集工作，从而

① 陈富美(Fu－mei Chen)、马若望(Roman H. Myers)：《第二次中国近代经济史会议论文集》(中国台北)，1989 年。

② 《保定商务总禀呈试办便宜章程》，见甘厚慈编《洋公牍类纂》第 21 卷，"商务二"。

③ 《商务官报》，宣统元年，第 32、35 期，"公牍"。

为中央及地方行政部门处理各项事情提供方便,大大节省了中央及地方行政部门的行政管理成本。

其二,商会不仅是国家调节经济过程的重要信息渠道,而且是政府社会控制的有效中介。如同前面所述,商会是利益集团。利益集团是介于国家与个人的活动范围之间的组织形式,是促进工商企业与政府之间合作的纽带。各届执政者们期望为他们管理下的国家创造出更多的财富,出现国富民强的盛世景象。他们特别关心国家的经济收益,国家需要依靠工商业者,而工商业者需要政府的支持。因此,商会的主要功能之一就是辅助政府对工商企业进行间接控制与管理。商会不仅将政令、法规直达下传,而且还具有考察政府指令在商界执行的责任,如调查民情、调解纷争。档案记载,天津商会受政府命令进行过的各类调查达几十种,有商务调查、市场调查、度量衡调查、物价调查、药材调查等。这些任务的承担节省了中央及地方政府组织分散商人的成本。

综上所述,商会的中介性就是在工商业者和政府之间起着桥梁作用。商会的中介性源于两种不同社会需求。一方面,它基于成员的需要,执行为成员谋利益的服务职能,这种服务功能的产生是为了适应市场经济的需要而产生的共同需求。另一方面,是基于政府的需要,是政府管理职能的补充,被看作是政府自上而下管理社会权力的延伸。在中国近代社会经济领域中,商会的主要职能就是辅助各界政府对工商企业进行间接管理,成为政府与工商界之间,商界与商界之间,与其他社会团体之间沟通的中介体。商会作为一种民间管理组织,主要侧重于维护和发展工商业者的共同利益,在市场经济运行中侧重于运用完善和健全的规章制度、民主开放、协商等民主手段对具体活动进行管理。在政治领域中,商会同样成为政府与工商界之间进行联系的桥梁。

因此，无论是官与商，还是商与商之间，商会都是较为理想的中间组织。

二、商会内部运行的规范性

如前所述商会作为重要的市场中介组织，在推动市场经济的发展中发挥了举足轻重的作用。但这一切与商会内部运行的制度化分不开。就一般情况而言，经济组织是两个以上的人为了共同的经济目的，按照一定的制度结合起来，并协同工作和按一定规则进行活动的团体组织，其组织本身和组织成员受各种社会规范和团体规范的制约，其内部运作主要通过完善和健全的制度规则，如对成员的职责、权利、义务、纪律及分配、惩罚等制度的明确规定，实现其组织运行机制的规范化。商会就是以其规范的制度维系其内部运作的，这与以前的会馆和商务公所有明显的区别，构成商会的主要特征。

众所周知，会馆与行会是以乡缘、地缘或业缘关系联系在一起的组织。具体地说，会馆一般都是由在外省经商的同乡或同一地区的商人联合组成的行会组织。如果不具有这种同一乡缘或地缘关系的商人，想成为会馆中的成员在当时简直是不可想象的，因为会馆里顽固地存在着狭隘的地方独占性和排他性，所以乡缘或地缘关系对于会馆之间的成员有着至关重要的影响。许多会馆的名称即标明其所属的省份或府县，直接反映了会馆的地缘特征。如乾隆四年(1739 年)，“闽粤会馆”率先在天津成立[①]。在闽粤商人的倡导下，天津又出现了众多会

① 《津门纪略》卷 2《局所》。

馆。乾隆十八年(1753 年)江西会馆随后建立在估衣街万寿官内[①]。乾隆二十六年(1761 年),山西商人冯承凝、贾汉英等在河东杂粮店街建立山西会馆,以此作为"西客烟行聚议之所"。因山西帮势力的盛大,会馆规模也最为宏大。道光三年(1823 年),长芦盐商山西临汾人侯方谦在估衣街建立了第二个山西会馆,作为"山西盐、当、杂货等商"聚议之地,馆内"各有公所,栋宇巍焕,局面堂皇,内祀关圣帝君,无僧道住持。该馆存项甚巨,皆本省人捐纳"[②]。后又在杨柳青镇建立了第三座山西会馆等[③]。紧随其后的有安徽会馆、浙江会馆、江苏会馆和山东会馆。闽粤商人致力于创建会馆确实起到了倡风气之先的作用,导致其他商帮亦纷起效仿,形成众多地域商帮并举的局面,体现了会馆的地域十分突出。会馆建立的主要原因有以下几个方面:

一是出于社会经济发展过程中商人经济行为的需要。明清时期,随着商人队伍的不断增长、商业活动的活跃以及商业范围的扩展,逐渐形成的思维和行为习惯已经积淀成一种传统习俗,或曰"制度",就是说,当人们离开原先的共同体时,他们就会设法在更大的社会圈中寻找以地缘为关联的共同利益者,进而组成较小的社会群体,以满足其经济行为或归附心理的需要。

二是出于敦乡亲、联乡谊的需要。清代天津商业的繁荣与发展,各地商旅的增多,交易的频繁,利润的增加,促使从事长途贩运业的商人们迫切要求有一种地方性的同乡组织,以求情感上的寄托,"以敦亲睦之谊,以叙桑梓之乐,虽异地宛若同乡,每逢年过节或每月之朔望,同乡

---

① 《津门保甲图说·总说序》

② 《津门杂记》卷上。

③ 《杨柳青镇图》。

欢聚一堂祭神祀祖，聚餐演戏”[①]达到“天涯聚会，握手言欢，诚足乐也”。桑梓之情成为联系旅外同乡商人的纽带，也正是依靠这种联系纽带，各区域商帮才得以不断开拓自己的活动空间。

三是出于祭祀神灵的需要。商人们有着自己的宗教信仰，崇拜着各种各样的神灵，特别是对行业神的崇拜尤为虔诚。为祭神拜神而建会馆的情况也很多。神作为一种精神纽带，通过信奉活动，把商人们联系起来，其结果也使商人们之间，增进友情，加强联系，在心理和感情上得以沟通。

四是出于开展商业贸易的需要。会馆的建立，不仅便于商人往来，而且还利于沟通商贸信息；不仅便于存货，还便于客商居住。同时，建会馆一方面可以借同乡之力互相提携，彼此关照，在商业经营中互予方便；同时还可结成团体，代表本籍、本地域的商人与官府进行交涉，维护本籍、本地域商人的经济权益，又可以出面调解商务纠纷，保护本籍、本地域商人的经济利益。

公所是中国历史上另一种形式的行会组织。它的建立大都不依赖乡缘和地缘关系，但却限于同一行业的商人或手工业者，其所依靠的是行缘关系。也就是说，公所虽对其成员无地域籍贯的限制，却有严格的行业帮派要求，只有从事同一行业的商人或手工业者，才能组成某个公所，公所也由此才能在许多方面对这一行业实行垄断，保护同业之间的既得利益。有少数的公所像会馆一样，系由在外省同一籍贯的商人或手工业者组成，但也限定其成员必须是同一行业的同籍商人或手工业者，并未打破行业的界限。很显然，行缘关系是维系公所的重要纽带。

---

① 《明清以来北京工商馆碑刻选编·前言》。

会馆等行会组织都制定有自己的行规，但这些行规一般都比较简略。从行规的内容看，多是严格限制同行业者招收学徒和使用帮工数目，限制同业店铺作坊开设地点和数目，规定本行业统一的产品价格和工资水平等。这种行规是行会单方面对其成员的强制约束。在传统的行会制度下，从事某个行业的商人或者手工业者，不加入行会就难以让同行业者所认同，也就意味着不可能进行正常的业务经营，这就使得工商业者不得不加入本行业的行会。因此，在是否加入行会的问题上，首先具有相当大的强制性。而工商业者一旦加入行会，就必须无条件地遵守行规所规定的各项条款，在这方面可谓无任何商量的余地，如果违反行规而又不听从处罚，将面临极为严重的后果。

然而，商会是以工商界的经济利益为认同点，在共同自愿遵守各项法规、章程的基础上，联结所有成员组成的社团组织。它与会馆和公所则明显不同，它既不是以共同具有的血缘关系，也不受乡缘、业缘等亲情关系的影响。商会与会馆的根本区别在于它是否具备制度化的内部运行机制，即是否具备比较健全的全规章制度和完整的监督机制。这里着重对天津商会作典型分析。

首先，商会是一种跨行业的统一联合组织，它不限籍贯和行业，从横向上把全城各个行业联络和组织成为一个整体。公所和会馆一般系由同行业者或同地域者联合而成，有行业、帮派、地域之分，相互之间界限分明，壁垒森严。天津商会则要求“无论何项商业，凡允认常年会费四元以上者，均得入会”，“如有外省客商驻津贸易，商会亦应保护”①。入会之后，即颁发门牌和执照，以便保护和稽查。后来实际的做法是，

① 《汇编》(1903—1911)上册，第45页。

凡入会商号的各项纠葛,优先予以理处。所提议案,亦代为呈报。甚至设厂注册、拍发密码询情电报等,均优先办理,使之较快地获得商情信息;其义务则有遵章纳税,不得作伪售欺;经商会评议各类案件各商不得滋事。商会的出现,使商人突破狭隘的同乡、同业范围,进而组合到一个区域性的商界共同体中,实现了利益认同的现代化整合,使它在市场经济中发挥更大的作用。

其次,清末的各个商会,均已制定非常详细的章程。清末新政时期,商部拟定的《商会简明章程》共 26 条,显然参照了西方社团的组织规章,对商会的组织制度做了一系列规定,但这只是十分简略的法规性文件,对商会的内部运作及其有关的许多具体问题,并未作详细规定。各个商会成立时,则根据所在地区的实际情况,经过认真讨论,制定了更为详细明确的规章。如《天津商务总会补订暂行章程》,进一步对总则、资格、权限、时限、分任、事务、请假、出会等八个方面做了补充和说明,例如,民国初年,天津商务总会并不满足章程的笼统规定,制定了更为细密的规章,并不断酌情修改,使之日趋完善。1918 年 8 月,天津商会又拟定了《天津总商会章程》和《天津总商会办事细则》,章程为八章四十余条,细则为八章六十一条,对宗旨、名位、会员、选举、入会、出会、责任、会议、经营、评论、办公、权利等各个方面做了细密的规定和说明,十分完善①。天津商务总会成立时,即是"齐集众商,选择人品方正事理明白者作为会董董事",又"复妥拟便宜章程三十条,亦询谋佥同",正因为商会主要依赖契约规章联结其会员,所以各个商会的规章都非常详细严密。商会还制定了严格的财经制度和会议制度,如商会规定:凡

① 《汇编》(1903—1911)上册,第 44 页。

收取款项，随时发给收条，由总、协理及会计议董分别签字，支出款项若在百两以内，由总、协理和议董会议后签字支发，超出此数则须经全体会员讨论同意。每月收支结清后，会计议董交总、协理和其他议董稽核签字。年终时还由全体会员公举二人查账，最后交总、协理当众公布，并刊册报部及分送会友，以昭信用。至于会议制度，1924 年天津总商会专门拟定了会议规则，共计 16 条。会议分年会、职员会、特别会三项，年会每年三月召集全体会员参加；职员会每月两次；特别会不定期举行，商议特别紧要事宜。无论年会、职员会、特别会，须有到会者半数以上方能开议，以多数同意取决。这两方面的情况也与会馆、公所等传统的行会组织形成了鲜明的对照。

其三，商会与传统的会馆和行会的另一个明显不同之处，即在于其内部的机构设置比较完备。商会内部各个机构乃至整个组织的运作，也是以章程作为主要依据，而不是按个人的主观意愿行事。据天津闽粤、山西、江苏、安徽等八家会馆档案的记载，会馆一般仅推选几名董事负责日常馆务，无专职的具体办事机构。商务公所也缺乏健全的组织机构，内部分工不很细密，往往只是推举司年、司月、执事各一人，负责主持日常有关事务。结果因事权集中，常为少数人所垄断。而商务总会的机构设置是会馆、公所不能与之相比的。商会设有分工较为细密、职权比较明确的各种办事机构。清末时期《商会章程》规定，商会除总协理和坐办之外，还有会董 12 人，内有 7 人常驻会办公。商会下设：交际、评议、考察、会计、庶务 5 处，均有住会会董分任。会董人数，随着商会会务的繁忙，1908 年已增至 18 人，1909 年达到 28 人。1911 年又增选了商会监督和帮办。各机构又有专人主持其事，除总、协理和会董外，另设庶务、会计、理案、书记、直账、纠仪、理事等，各司其职。民国初年的天津商务总会，根据当时天津“街市糜烂，诸务殷繁”等各方面的新情况，曾对暂行简章进行增订，针对各机构所定的规章也更为规范化。这一时期，天津商务总会将其办事机构分为处和股两个层级。所设的六个处是：会长处、文牍处、庶务处、评议处、接待处、听差处；三个股是：交际股、会计股、调查股。各处和各股都制定有简章，职责分明，权限明确[①]。1918 年增设总务股，股员每日分班到会，各股处均各有章程，各负其责。正因为机构完备，分工明确，互相密切配合和监督，握权执行者心中有数，监督者也有章可循，为商会充分发挥其职能和作用提供了保证。

其四，天津商务总会的试办便宜章程中，已对总、协理和会董的职责权限做了规定和说明，同时议定“凡应办各种会务及日行事件，应特立办公专条，裁定后，交办事员查照施行，不得自逾权限”。1905 年，天津商务总会即公订所属各处办公专条，强调“商会者，会群力群策提倡公共利益之地也”，为使所设各处“各有责成，各有权限”，特制定此项规章。1908 年，天津商务总会又根据实际情况，经共同讨论商议，对这一办公专条进行了修改。该专条不仅规定了文牍、评议、考察、收支、庶务各处的职责权限，还具体指明了经办过程中所应注意的各种事项，例如：文牍处的职责为批拟来往各项公文函牍、管理各项案件存档、参谋各项会务（此条修改时被取消）、调查评议处各项案件（此条修改时也被取消）、管理议事簿、管理考察处和会计处各项表报（后改为“管理本会各项表报”）等，1908 年增加的一项职责为管理评议处录供。对于评议处，该专条 1905 年的规定共计四条，说明其主要职责为评议商家纠纷

① 《汇编》(1912—1928)第 1 册，第 10—16 页。

之是非曲直,保护正当商人的权益,凡“评议两造是非,须有确切凭证”。1908年修改时又增加了八条,具体规定评议处“评议之先,各议员须将本期应议案件研究一次,然后开议,以免疏忽”;评议之后,还须将议定情节详细注明,评议员暨总、协理和坐办均在议词后盖章,以昭慎重。考察处的职责为考察出人货物多寡之故、销路衰旺之理,以及本省新出种植,制造品类。所有考察各件,分门别类总其成数,至年终送文牍处列表公布。1908年补充规定,各处发交调查事件,均由考察员办理,以专责成。会计处是另一个十分重要的机构,根据该专条的规定,其具体职责为编制预算、收支银钱、造具月报、监收会费、购备各项器具等①。由此可见,清末的天津商务总会为其内部各机构的职责权限以及办公事项的规章已比较规范化。

特别应该指出的是,天津商会为保证其规章制度的切实施行,防止血缘和亲情关系的侵蚀,还做出了有关的补充规定:凡商会总理、协理、会董和董事,遇有亲友争执事件,一概“不准借公地随便议论”。同时还强调:“本会办事公订章程,以禀呈为据,若无禀呈投会,即系乡里私情,不得妄谓本会知情,以免混淆。如有假托本会与亲友排解者,一经察觉或被告发,定照公议禀究。”②

总之,天津商会以规章制度的规范、自愿入会的原则、突破地域的行业联结、完备的组织机构的内部运行,区别于以往的会馆、商务公所等旧有的商人组织,极大地约束或激励了商人行为和商业活动。也就是说,从清末民初开始,商会已在很大程度上具备了内部运行机制规范

① 《汇编》(1903—1911)上册,第54—56页。
② 《汇编》(1903—1911)上册,第57页。

化的基本特征。

三、商会民主开放的原则性

民主开放的原则性是天津商会运行机制中具备的第三特征。近代商会作为工商业资本家阶级的法人团体虽不能说完全没有落后的封建赘疣，但与清末时期的旧式行会组织比较起来，则其近代的民主开放性表现得颇为显著。

自愿的入会原则，可以说是近代民主特征的一种具体体现。商会虽属一个城市工商各业的联合组织，但它并不像传统的行会那样，以近乎强制的方式迫使工商户加入，而是完全遵照自愿的原则，由各个行业的工商业者主动申请加入，其前提只是愿意遵守商会的规章，履行应尽的义务，同时也享受应有的权利。由于商会采取自愿的原则，而不是强行要求各业工商户加入，所以有的工商户并未加入商会；已经加入的工商户如要求退出，商会也充分尊重其个人意见，准予退会而不予以任何处罚，但不再享受会员的权利。旧式行会组织都带有强制性，其成员虽然不乏出于自愿而加入者，但也有相当一部分是出于无奈而被迫加入。天津商会在其章程中对此做了明确规定："各商号愿入会与不愿入会，任听自便，绝不强迫。惟既经入会，允认常年会费，领有牌照者，不得无故卸责，必待会场公布某商号请愿出会之理由，缴回牌照，方可出会。"[1]从有关的情况看，商会的自愿原则并非空谈，而是得到较为切实的执行。天津商务总会正式成立于1904年。1905年时，天津商会人

① 《汇编》(1903—1911)上册，第271—272页。

会行帮为 34 行，商号为 581 家。到 1906 年 6 月，天津商会人会行帮为 39 行，工商户共计 713 家[①]。在此之后，又有不少工商户自愿加入天津商务总会。1907 年仅窑业加入者即有 40 家，其他一些行业的加入者也分别达到十余家或数十家。1910 年为 56 行，1911 年达 64 行，入会户数为 951 户，比 1905 年增加 430 户。可见，作为一种新式商人社团的商会在组织基础上较传统会馆、公所广泛得多，其所起的作用得到广大商人的普遍认同。

最能反映近代民主特征的则是商会内部一整套民主选举程序。关于会馆馆长、董事的产生办法，会馆均采用推举制，如江苏会馆，到 20 世纪 30 年代初，才正式采用近代的票选制。推举会馆馆长、董事的条件，实际是看地位高低、资产多寡与捐助数量。该会馆章程还明文规定在 10 名董事中推举的 2 名馆长，“年长者为正馆长”。清末的各个商会即已规定，包括总、协理在内的所有的领导人均以投票选举的方式产生。会员因属各业代表，与一成员有所不同，故而也通过选举推出。为保证选举按法定程序进行，各商会无不将这一制度以专章的篇幅载入章程，天津商务总会对其初拟试办便宜章程中有关会董产生条款的修改，可以进一步说明各界对商会民主选举制的重视。天津商界各业代表在筹备成立商务总会的过程中，因行事仓促，所拟试办便宜章程第四款有该会先约会董十数员之说，结果不仅商人表示异议，就连商部和直隶总督袁世凯也认为：“不曰公举而曰约，似总理、协理、坐办即有无限之权……商会董事应由各商家公举，而总理、协理由各会董会议公举，所以联络商情允孚众望者，全在公举二字为之枢纽，非少数之总理等可

① 《汇编》(1903—1911)上册，第 62 页。

以任便纠约也。”随后，天津商务总会也意识到这一失误，及时对此做了修改，规定：“先令各商家公举会董十数员，由十数员内拣选评议会董四人、会计会董二人、庶务会董二人，常川到会监理各项事宜，以期实事求是。”①

民国时期的商会，如同清末一样仍采用选举的方式公推正、副会长等领导人。例如，天津商会的全体会董由在会全体会员投票选举；会长、副会长由会董投票互选；特别会董由全体会董推选，由得票数多者担任，一般任期以 2 年为限，连选得连任，但不得超过两届。尤其是 1918 年的选举是天津商会史上民主制度体现最为充分的一次选举。3 月 11 日，李颂臣、孙俊卿等签发通函，宣布选举办法，即日选举开始前，将有选举权的注册各商号列榜公布，按榜列商号发函，各号接函后盖章凭函领票，参加选举。19 日全天为投票期，全津 68 个行业，参加投票者为 1570 家，选出会董 61 名。23 日召开会董会议，当场票选正、副会长各 1 人，特别会董 12 名②。

此外，商会不仅规定以民主选举的方式推举领导人，而且还制定有监督以及与弹劾制相似的制度。这是商会民主特征的又一个具体反映。清政府商部拟定的《商会简明章程》对此已有相应的规定：会董如有徇私偏袒情事致商人有所屈抑，准会员、会友各商联名禀告商会，由总理邀集全体会董举行会议，查证属实即行开除；情节严重者，还要按律处罚。如总、协理或其他会董也徇私庇护，则各商可直接向商部禀控，要求将其罢免③。天津商会章程也有类似于弹劾制度的规定：如有

① 《汇编》(1903—1911)上册，第 51、52 页。

② 《汇编》(1912—1928)第 1 册，第 36 页。

③ 《奏定商会简明章程》，载《东方杂志》，第 1 年第 1 期。

“营私舞弊或不正当行为，致妨碍本会名誉及使用者；故意旷弃职务一个月以上不到会者，受破产之宣告或递夺公权者；延期不缴会费者。由会议公决，令其辞职”。对有损于商会名誉的会董，调查股经核实，有权请商会令其退出。1918 年，新举会董赵善卿就因其声名败劣，被驱逐出会。

由于这一时期商人的自我权利意识日益增强，一些未加入商会的商家认为，商会既是整个工商界的社会团体，“以万商云集之大埠，若以现在已入商会之会员选举，又未免向隅”。1915 年农商部颁布的《商会法》，规定具有下列资格之一者即可成为总商会或商会会员：公司本店或支店之职员为公司之经理人者；各业所举出之董事为各业之经理人者，自己独立经营工商业或为工商业之经理人者。有的商人据此以为凡合乎上述资格者即为会员，应该享有选举权。这当然是一种误解。即使是具有民主制度的社团，其领导人的选举也只能由该团体的会员公推，未加入该团体者既然未尽会员义务，自然也就不能享有会员所应享有的权利，因为权利与义务是密不可分的。所以，商会坚持非入会会员不得有选举权及被选举权，此项规定系理所当然，无可厚非。但江苏商会宣布，自通告改选之日起至选举之日止，暂停入会[①]。其目的虽然是防止个别人单纯为选举权和被选举权而加入商会，也似乎过于偏激。不过，天津商会采取了截然不同的办法。例如，1917 年天津总商会通告宣布改选，虽也坚持仅本会会员享有选举权及被选举权，但同时又在报上发布告示说明：“以津埠为通商口岸，商业繁盛，为北方之门户，未入会各商尚实繁有徒，未可以此綦限，致有向隅。”并决定“自公布之日

① 《汇编》(1912—1928)第 1 册，第 53 页。

起十五日内，各商号未入会者急速请由本行行董介绍来会注册，当即公决。[①]”这一办法既坚持了原则，也反映了商会欲使更多的商人享有选举权与被选举权的愿望。

商会的民主特征在其定期召开的各种议事会议以及议事制度中，也有比较集中的体现。清末的商会规定“无论大小事宜，均须集议会中，询谋佥同，以定行止。人人皆有参议之责，人人皆无独断之权，不可稍有私心，不得予有成见。[②]”一般情况下，商会的总、协理或正、副会长作为最高层次的领导人，负责全会有关事务，但遇有重大事务却均不能擅自决断，必须由议董甚至全体会员公议。这样就限制了商会领导人个人权力的膨胀，使各种集体性的议事会议显得十分重要。

各商会所规定的议事会议，大多分为常会、年会和特会三种。常会每星期召开一次，由总、协理和议董齐集会所，酌议应办各事。但若商家有紧要事宜，则立即赴商会酌议，“本日不能议毕或接议一日皆可，不拘常期”。年会一般每年召开两次，时间在 12 月和 1 月，由总、协理酌定具体日期，登报宣告，各议董、会员齐集会所，共同定议。第一次年会主要是清算去年账目暨公议本年预算表，总结所办各项要事，讨论章程是否有修改之处。第二次年会的主要内容为改选总协理和会董。特会则不定期举行，凡遇紧要事件关系商务大局者，由总、协理预发传单，齐集在会各员及各商理事人召开特会议决。会员、会友十人以上欲开特会公议事件者，可具书送交总、协理。总、协理须于十日之内，召集有关人员共同定议。如事关紧要非议董所能决者，总、协理需再知照会员，

① 《汇编》(1912—1928)第 1 册，第 36 页。
② 《汇编》(1903—1911)上册，第 54 页。

择期公议决定。

不仅如此，各商会都无一例外地规定：每次集议时，须有应到会者半数以上出席，否则不能形成任何决议；会上应“开诚布公，集思广益，各商如有条陈，尽可各抒议论，俾择善以从，不得稍持成见”①。一些商会在议事章程中还强调，如会上意见暂不能统一而无法议决，则留待下次再议，并组织专人进行调查，弄清有关具体情况，供复议时咨询参考。有些商会对议事表决另做了具体规定：“议事时以可否孰多之数为准。可者签名议簿，否者不必签名；倘事有不便明言者，可用机密投筒法。倘可否之数同，则由总理、协理秉公决定。”②所谓机密投筒法，是将两匣黑白之子置于屋内，与议各员鱼贯而入，各取一子至会议主席前投入筒内，赞同者取白子，否定者取黑子，实际上是无记名表决法。投子毕即由主席倾筒取出，当众数明黑白两子各有多少，宣布表决结果。

很显然，上述天津商会选举领导人和议事表决的方法，是任何会馆和公所均不具备的，是商会作为我国近代新兴资产阶级民主制度特征的集中反映。

商会是一种跨行业的统一联合组织，这种以共同的物质利益为纽带，从横向上把全城各业联络组织成为一个整体的本身就具备了一种开放性特征。

会馆的宗旨不同，常设机构的职能自然各异，安徽会馆章程规定，“会馆向来供奉乡贤牌位于戏台厅后”，“每年团拜由值年司馆商承董事，定期登报，通报各同乡，届期齐集会馆公同致祭先贤以昭敬慕并予

---

① 《奏定商会简明章程》，载《东方杂志》第1年第1期。

② 《汇编》(1903—1911)上册，第23页。

备茶点，藉联乡谊”[1]。山西会馆则供奉关圣帝君，每年团拜时则张灯结彩，欢歌宴饮，“虔心敬神”。号称天津第一会馆的闽粤会馆，馆内奉祀天后圣母，每年敬神团拜时，更是大肆铺张。后来的江苏会馆，天津著名买办孙仲英、雍剑秋、庄乐峰和金融巨子卞白眉，都是该馆董事他们“旅居异地，岁时会集”，会馆职能仍是“既联桑梓之情，尤重任恤之举[2]”。山西会馆兴办学堂，也是由于“现在同乡官商侨居津地，日益繁多，青年子弟回旧学堂，殊属不易”，于是“商等会集同乡官商公向议定将该房改建学堂”，可见其职能仅局限于行一帮的利益。商会诞生以后，商人终于有史以来第一次从各行业间的分散不群联结成为一个相对统一的整体。商会是无籍贯、无行业限制的各行各业商人共同的社会团体。商会之设，“以增进工商事业，联络工商感情”，从整体上振兴中国工商业为己任。1906 年 5 月，王贤宾答美国驻津总领事咨询时所说：“调查货色销路，以应盈亏；求商情浃洽，使无隔阂”，将发达商务构成商会的中心任务；评议即指理结各类商务纠纷；而考察则是考察出入货物多寡之故；考察货物销路衰旺之理；考察本省新出种植；考察本省制造品类等，还“将各项行情日悬会门，俾众周知”，以此表明天津商会保商、振商的决心。这些，都是工商界切盼实行的振兴商务的根本性措施。早在 20 世纪初期，天津商务总会特别指出：“如有外省客商住津贸易，商会亦应保护”，并准由“该商等公举商董入会，以便遵章，一体优待”。显然“商会为各业之团体”，“是众商业之代理人”。近代商会以其崭新的姿态在经济上具备了以振兴工商业为主旨的各项社会职能，诸

① 天津市档案馆馆藏：《安徽会馆章程》。
② 天津市档案馆馆：《安徽会馆章程》。

如联络工商、调查商情、兴办商学、调息纷争、改良品物、发达营业等。商会旨在加强各业商人的联系,鼓励劝奖同洋商的竞争,例如,商会通过定期召开各种会议,使各行各业经常进行广泛的信息交流随时互通商情,同时商会还组织商品陈列所和展览会,征集各地和各业所产物品加以陈列展览,开拓工商业者的视野,增强竞争意识。十几年间,天津的商人参加各种展览会达十多次,得以鼓励和唤起工商业者的创新和竞争精神。

跨区域与国内其他商会保持密切的联系,也是天津商会开放性特征的具体表现。遇有重大行动即互相呼应,协调行动,与国内许多商会,如上海、京师、汉口、南昌、山西、宜昌等地商会均保持较为密切的联系,同时还注重与国外的中华商会保持来往。为加强与外国商人之间的联系交往,随时接洽,互相学习,交流技艺,同外国商会建立了广泛的政治、经济联系,从而促进了天津的对外经济发展。

如上所述,我们可以看出,会馆与行会是一行一业的自治社会小团体,商会则既有业务自治之全,又有辅助政府商政之责,是同一城镇全体工商界的团体,它所治理的业务很少涉及一行一业的具体问题,而主要是关系到全体工商界的重大问题。商会与会馆行会还有一个更大的不同点,旧式会馆行会与"法人"的概念长期绝缘,而新式商会团体得到了政府的批准,具有法人的资格,达到了社团与"法人"的统一。因此,商会内部管理的民主方式比会馆行会更为健全,开放性更强。

第四章　商会网络的建构

近代中国沿海城市首先被西方列强拖进了广阔的世界经济体系中。近代中国沿海城市商业之间的相互联系而形成的商业贸易网络，是整个亚洲乃至世界商业网络中的重要一环. 许多跨地区的商业贸易活动便是在商会网络的参与和组织下完成的。中国沿海城市商会网络体系的构建是近代中国经济发展的一项重要内容。然而，近几年，国内很少有学者从网络论的角度去探讨沿海城市商会在全国或区域网络中的地位和作用以及它们之间的联系、发展变化等问题。同时，也缺少对中国近代沿海城市商会积极参与国际商业贸易活动，并作为联结世界与内地城镇商人和商业贸易的中心点，进而在世界市场的互动中发挥作用的契机和空间进行分析或著述。因而，这些问题强烈地吸引我们去探讨。

近代中国商会是随着中国早期资本主义商品经济的萌芽并在商人会馆、行会基础上发展起来的。同时，更是西学东渐和民族危机双重压力引发的社会效应，进而，也是一种社会组织肌体的自我调节。当垂直统一的封建官僚机构再也不能有效实行社会控制时，横向联结的民间社会组织网络便潜滋暗长、应运而生。如果说前者是一个从有组织走向无组织的溃散过程，那么，后者则是一个从无序到有序的向心凝聚过程。中国近代社会组织正是在这一交替中寻求着新的平衡支点，并由此构成中国近代社会整体重构运动的一个重要方面。我们所考察的天津商会组织，显然不只是孤悬的组织实体，而是一个具有开放性的组织系统。该组织系统的一个突出特征，就是处于一个从简单到复杂、从低级到高级的连续构建过程中。鉴于此，本章拟对清末至国民党时期的天津商会组织构建的地域性的、国内和国外的网络体系进行典型分析。

一、商会地域性网络的建构

一般说来，近代中国商会的组织系统由直属系统和附属系统组成。天津商会成立时期，它仅是本体系统的单一形态，也就是人们通常所理解的“商会”，它由总会、分会或分所这两个子系统组成。到清末，天津商会从单一本体系统演化成包括本体系统和从属系统在内的组织系统. 北洋时期至国民党时期，位居京都之门和华北通商大埠的天津商会组织系统进一步建构了有多个子系统组成的网络系统。

1. 清末时期商会单一的组织形态

清末，初期发展阶段的天津商会是由总会、分会或公所按统一规章制度和程序组建起来的单一组织系统。据记载，初期的天津商务总会，包括直隶境内的保定商务总会、张家口商务总会、山海关商务总会以及设会于县镇的秦皇岛、芦台镇、顺德府、磁州彭城镇等商务分会或分所，形成一种二级组织体制。总会与分会之间组成一个不可分割的有机整体。这样，商会这一新式社团不仅见于大商埠和中小城市，而且普及延伸到了县、镇、集市等十分广阔的区域，构建成一个广泛的地域性组织网络。

直隶各地商务分会是早期天津商会的直属组织。近代中国的商会虽然迟至1903年才诞生，但其发展却极为迅速。天津商会成立后，在直隶各州县乡镇商务发达之区，一批资本雄厚的商人和思想开明的府县知事，也目击时艰和商战的威迫，纷纷呈请设立商务分会或分所。顺德府正堂李映庚为请立商会一事："窃照敝郡商埠虽小，亦工商兼营之地。特以智识不开，又无保护，致商业有退无进。现火车既已通行，自非设立商会不足以谋公益而求进步。业由敝府劝设，投票公举正副商董二人，承办商务。因查欧洲各国南会，自组织托拉斯以来，无不通国联为一会。我国商情之窳，首败于无团体。纵不能通国一会亦当通省一会。是敝郡商会必当属隶于天津总会，自是一定之理。"[①]商部对此表示："现在风气日开，群情渐臻鼓舞，多设一处，自可多获一处之益……遇有禀请设立分会之处，应即随时转禀本部，不得稍有阻遏，致拂商情。"[②]同时，为了避免引起纷争，商部制定了《商会章程》附则六条，规定原则上一州、县"每属只准设立一分会，其设会所在，不论系城埠，系村镇，总以在该州、县中商务最盛之地为断"，但又说明："各省商务情形不同，往往一州、县中商务繁富之区不止一处，彼此相同，无可轩轾，自应量予变通，两处均准设立分会。惟须实系水陆通衢，为轮船、铁路所经，商货辐辏之处，方得援照办理。"[③]有此变通之法，一些位于轮船、铁路沿线水陆通衢的州、县，即成立了两个商务分会。据不完全统计，1906—1911年间，在直隶全境中有五十余县乡建立了商务分会或商务

① 《汇编》(1903—1911)上册，第192页。

② 《汇编》(1903—1911)上册，第58页。

③ 苏州市档案馆藏：《苏州商会档案》，第69卷，第17页。

分所。从档案收存的众多商务分会呈文来看，具有下述特点：

(1)立会地点，均为本县商务最繁盛地区，而不一定是县治所在地。如当时的静海县首先立会的是独流镇，大城县最早立会的是王口镇，磁州最先立会的是彭城镇。也有一州县之内相继设立两三处分会的情况。如滦县境内即有滦州商务分会、滦州唐山镇商务分会、滦州稻地镇商务分所；束鹿县有束鹿县商务分会和束鹿辛集镇商务分会，立会的时间均在 1909 年 12 月内。这一点在民国初年以后做了改变。

(2)立会之缘起与宗旨，大多数都因为本地商务中确有一一二个亟待解决的重大问题。如高阳商务分会是因洋布倾销后，土布业衰败，危及当地民生；磁州彭城镇是因瓷器粗笨，销售受阻；顺德是为解决本地皮毛销售；大名府为振兴草帽缏出口市场；静海独流镇商会是为解决镇粮食牙纪欺行霸市，致使本县口粮和酒业米粮供应困难问题等。这些问题一见成效，商会就站稳了脚跟。

(3)各地分会之发起与能否开办，同县官吏的开放程度有很大关系。档案记载，有不少县商会是由县知事召集商人发起并呈报的。值得特别提出的是李映庚，他在 1906—1911 年的六年间，先后任顺德、正定、大名三府的知府，每到一地，就深入调查当地的商务状况，召集当地绅商设立商会、农会和林业会，并在正定府推广良种长绒棉等，这三处商会很有生气，是同他的首倡分不开的，其政治远见和爱国热忱，应予肯定。

天津商务总会与各分会之间的关系是十分密切的。分会的立会呈文的呈转、批复均由天津商务总会审核并呈转，总会对认为不适宜的条款还提出修正意见，个别的则直接驳回。分会兴革各事均报总会备案，如遇商务分会同警方、州县知事发生冲突时，分会总要取得总会的支持，以求得商部和直隶总督的合理批办。天津商会有时也派出会董去评议一些重大案件。而总会在推行新政、进行商情调查、征集货品参加国内外各类赛会，或遇重大政治经济事件时，总是通过各州县分会，或派出会董游说，以取得分会的支持。像1909年天津商会发起以筹还马关、辛丑不平等条约以来所借大量外债为目标的“筹还国债会”时，天津商务总会即派出会董多名，分赴全省以至国内各地，广泛激发了商民的爱国热忱，使运动很有声势。当然，这并不是说分会的活动要由总会来控制。实际上本地商务问题的处理，包括像派销《商务官报》和《商报》一类琐碎小事，最终都取决于各分会。所以说，天津商务总会与下属各分会之间是指导性而不是指令性的。但是，总会与分会之间这种紧密联系，大大加强了工商业资产阶级的实力。

这样，直隶各地商务分会与天津商务总会形成了宗旨相同规章一致，层层统属、不可分割的有机整体的二级组织体系。这一有机的组织整合同过去会馆、公所等互不相属的分散组织相比较，无疑具有很强的凝聚力。这种将通商大埠的商会，与乡镇的分会和分所相互联结的民间社团网络的建构，充分表明近代中国商会具有强大的组织整合功能。

天津体育社与商团是早期天津商会的附属组织。中国最早的新式商人体育社团创设于上海。1905年，上海商界人士在风靡一时的“军国民主义”思潮的影响下，“发起组织体育会，锻炼体魄，研习武课，冀成干城之选”[①]。1911年，上海各行业商团联合组成“全国商团联合会”。从分散的各业体育会、商团发展成为上海商人的联合准武装组织。

苏州商团的前身称“苏商体育会”，该会创建于1906年秋季。苏州

① 《上海商团小史》，《辛亥革命》（七），第86页。

绅商发起创办体育会，显然受到毗邻的上海华、洋商人的影响，苏商体育会也以“武力捍商”的原则组建，因此其宗旨、成员、机构、功能诸方面均与商会有所区别。苏州绅商于1912年初将苏商体育会统编为商团公会，苏商体育会于此时终于完成了向商团的蜕变。

迟于上海、苏州的“天津体育社”于1910年底建立，它“招收本埠土著并寄居之士农工商及其子弟，练习体操，强健身体，振作尚武精神为宗旨”①。但开办之初官办色彩甚浓，“清巡警道宪为监督，以示服从”，并规定“京都各衙门文武实官，及本省外省文武官员，来社参观者，作为内宾，本社派员接待，以资接洽”②。为此，天津绅商于1911年武昌起义前另组“水团”。水团以传统“水会”为基础组建，共79团，其中19个团在租界之中，由水局局董、绅商马云青（蓝翎五品衔）等统领，发给粮饷、军器，“昼则梭巡，夜则支更，俾期保卫市面”③。同年，天津绅商还组建了类似于商团的组织“绅商保卫局”，保卫局设办事处于东门外，由官府颁给关防，“以防范土匪，保卫城厢治安，补助巡警为宗旨”，经费由“绅商公同捐集，如有不足，请官府补助”④。与天津邻近的唐山、独流等地的绅商亦遵照天津商务总会代拟的章程，创设了当地的绅商保卫局。1911年12月的天津公安总会，以“保全阖郡公安为宗旨”，即系维持当地治安的社团，由直督陈夔龙拨专款10万元作为活动经费。1912年，天津绅商在体育会、水团、绅商保卫局组织的基础上，进一步创设了联合性的准武装组织天津商团，其成员“由本街各商号选身体强健、品

① 《汇编》(1903—1911)下册，第2395—2396页。
② 《汇编》(1903—1911)下册，第2395—2396页。
③ 《汇编》(1903—1911)下册，第2433页。
④ 《汇编》(1903—1911)下册，第2462页。

行端谨者为合格，每号派定一人或二人”，任务规定为“辅助军警维持市面，弹压匪乱”，并特别强调：“商团除保护商场外，不参加其他军事行动，不受军事征调，其枪械并不准行政机关借用”[①]。他们请领枪械弹药，组织训练、巡逻，维持着工商业的市面治安。商团团长由商会的协理卞荫昌担任，商团稽查长刘渭川、交际长杨志清、职员史经五、王小舟、张春泉等都是商会的会董[②]。商团的经费由商会会董互选四人轮流管理[③]。

除商会、体育会和商团外，其他主要由工商业者组成或与工商业关系较密切的新式社团，可谓林林总总，全国各地尚有各种具有地方特色的社团组织，数不胜数。天津同时设立的有北洋商学公会、直隶天津商业研究总所等[④]。

综上所述，天津商务总会无论与直属的分会和分所，还是与附属的体育社和商团等存在着不同形式和不同程度的组织联系。一种是以商分总会为中心的区域性商会自身整合，如天津商务总会与直隶各地的商务分会和公所之间实为一种直接统辖和上下级关系，因为在各种重大经济和政治活动中，诸如兴办实业、处理商务、抗捐抗税、立宪运动等等，直隶各地商务分会和公所基本上是向天津商务总会征询方策，决定行止，在总会的指导下开展活动。

一种是以商务总会为中心的其他新兴商人社团组织的整合。此种整合方式内在联系大体上有两种形式：第一种形式是商会出资、组织及

① 《汇编》(1903—1911)下册，第 2446 页

② 《汇编》(1912—1928)第 1 册，第 363 页。

③ 《汇编》(1912—1928)第 1 册，第 370 页。

④ 《汇编》(1903—1911)上册，第 315—321 页。

代为管理，将其接纳为自己的基层组织，如天津商会与天津商团的关系就是一种上下级的关系。根据天津《商团条例草案》，“商会得依地方情形组织商团”，商团“团长、团副由商会执行委员会投票选举”，“商团之经费由商会执行委员会互举三人按月轮流管理之”；“商团团长对于商会行文用呈”，“对外行文概由商会行之”。这一整套规定，实际上已将天津商团纳为商会的下属组织，与体育社代由巡警道统轴的情形大有不同。其他具有被商会接纳为下属基层组织倾向的新式商人社团，还包括绅商保卫局、铺民局、民更局、天津水团等。第二种形式系通过人事渗透和业务往来建立起协作型的关系，达到功能互补的目的。这类社团不仅自成系统，而且名义上同南会是平行关系同时，一般不直接介入工商活动，通常不被人们视之为商人社团。天津商会与天津公安总会表面上国天津商会各成系统，但仔细考察公安总会的职员构成，几乎全部由天津商务总会上层领导出任，构成一种相互交叉彼此依赖的关系。

2. 北洋时期商会复合的组织系统

1912—1928 年间，位居京都之门和华北通商大埠的天津商会的组织系统以及运行机制在清末发展的基础上发生了明显的变化。随着商会组织系统概念的丰富和拓宽，商会组织系统向外延伸和整合，天津商会由单一性的组织系统演进为比较健全的复合的组织系统。

第一，天津商会直属组织的扩大。首先，天津总商会最早的直属组织当属清末民初设立的各行业研究会所。宣统二年(1910 年)四月，天津洋布商鉴于“津埠布商同业不下百数十家，其资本又动辄累千盈万，非极力团结，深恐市情散漫，仍无补于商业前途”。提出“现经与会者不过七十余家，而用待联络者尚居多数”，再者“该行内人心不齐，似宜力为结合”，只有门市布商研究所设立，方可“风气开通，用收成效”。天津门市布商研究所成立后，每月同业团体定期开会研究提倡商业，“商业亦蒸蒸日上，互相攻击之念亦随冰消，此诚研究之功，年余之久，颇著成效”①。辛亥革命期间，门市布商研究所活动中断。1914 年，在警察厅厅长的谆谆谕劝之下，天津门市布商研究所重新约集同业，公推正、副所长，禀报商会。洋布商固结团体的举动在商界起到了倡风气之先的作用，以致使其他商人亦纷起效仿，形成众多行业研究所并举的局面。南纸书业商指出，洋布各商业设立专所，“成立后，颇著效果，唯我书纸商岂无血性况书纸业一门皆关教育用品，常年行销，其路甚广，若不仿效而行，终恐徒步后尘，以至毫无进步”②。随后，他们投票选出正、副会长，拟章程十二条。据统计，1909—1918 年先后有 18 个行业研究所在商务总会注册。虽说此时的研究所已在商会备案，但与商会并未真正形成一种共谋行止的上下级关系，而是一种比较松散的组织状态。

同业公会是直属天津商会领导的次一级商人集合体。即指在清末民初的行业公所、行业研究所的基础上，于 1918 年前后演进设立的天津同业公会。同业公会系指由同行业组织起来的经济集合体，是一种同行业的自律性机构。民国初年，随者全国商会联合会的成立，原直属天津商会领导的直隶各县、镇分会归属全国商会直录事务所。1920 年，天津已有 40 个行业呈文请准设立同业公会③。同业公会“以联络同业感情，维持公共利益”为宗旨，“以收改良进步之效”“并冀事业发

① 《汇编》(1912—1928)第 1 册，第 142 页。
② 《汇编》(1912—1928)第 1 册，第 143 页。
③ 《汇编》(1912—1928)第 1 册，第 248 页。

展”而没，构成由天津商会垂直领导的多种行业的组织系统。从组织控制角度看，总商会与同业公会之间的关系，其实是一种沿官方规定和实际运行中调整合力方向形成的组织控制关系。相对总商会而言，同业公会是一被控系统，相对于同业公会，总商会是控制系统，如同业公会公文的上呈、批复均由商会审核或呈转，它们的利益受到损害时，常常由商会直接出面维护和协调，而商会的一些活动也得到各同业公会的积极参与和支持。我们应该指出的是，这里的控制机制不是行政意义上指令性的上下级控制，而是一种联盟意义上的指导性控制。换句话说，一端是沿总商会到同业公会方向自上而下的信息收集和指令下达；另一端是沿同业公会到总商会方向自下而上的信息输送和反馈。正是借助这种运行机制，商会达到了双重目的：既维持了形式上的总商会与同业公会的组织系统格局，又使总商会与同业公会建立起共谋行止的内在联系，融为一个链条式的有机整体。同清末民初的天津商会与各行业公所、研究所互不相属的分散组织状态比较，这一有机组织的整合性更强，具有更强的凝聚力和协同力，在更大程度上摆脱了行业封闭性的羁绊，这不能不说是一种进步。

第二，天津商会附属组织系统的扩大。除了商团附属于天津商会外，还有天津工务分会、商事公断处等，成为商会组织系统的重要组成部分。

辛亥革命以后，民族工业有了进一步的发展，天津各厂家于 1911 年 5 月间，在天津工商研究会的基础上，建立了自己的独立组织——天津工务分会。曾任工商研究会会长的宋则久被推选为天津工务分会第一任总理，工务分会中的四位优秀实业家代表被商会派赴日本考察，后因故未去成。天津工务分会的成立，使专门从事工业产品生产厂家与专门经营的商店分离。由于各企业厂家利益相同、相互促进、共谋发展，有力地推动了天津工业的振兴与发展。

民国初年，司法工商两部颁布了《商事公断处章程》，章程明确指出商事公断处为商会附设机构，对商事争议“立于仲裁地位，以息讼和解为宗旨”。《商事公断处章程》颁布后，广州、北京、上海等地的商会设立商事公断处。商事公断机构专门化的趋势，十分有利于大量商事纠纷的理结，强化了商会的司法功能，增强了商会的凝聚力。创建于20世纪20年代的天津商事公断处，系附属天津商会处理商人争议的仲裁组织。在其成立之前，天津商会设立了临时公断处，委托商会会董王君直、周寅初、杨西园、王兰亭、张荫棠、刘介臣6人为临时公断处案件评议员，处理商会会务停顿期间，未结与新接的诉讼案件。公断处的审查员也都由商会的会董们担任[①]。商事公断处的设立，维护了商人的正当权益，为中国近代市场经济的发展与繁荣奠定了坚实的社会基础。

继多家同业公会成立之后，天津法租界华商也纷纷呈请设立紫竹林华商公会，他们认识到公会组织的重要性：“津埠法界自通商以来，商务即形发达，南省侨商每多托足。近且华洋交易，月异而岁不同，俨然于津埠商场外独标一帜。但各商家自为政，势同散沙，且处于外人权力之下.”“当此商务竞争时代，使无团结机关而联络之、振兴之、维持辅助之，其终不遭失败者，盖儿希矣。”针对当时在津的英、法、日等洋商均设有商会，华商们显得转付阙如，相形见绌，生怕外人对已有蔑视之心，以致孤立无援租界商人见此，上书表示：“破除私见组织公公团，详拟章

① 《汇编》(1912—1928)第1册，第326—327页。

程，依据法理，以勉尽商人之天职”①。他们依照总商会的宗旨和章程，于 1920 年依法选举会董、正副会长。

杨柳青镇位立于距天津城不远的西郊，商业繁盛水旱交通发达，根据《商会法》关于一个区域可以设置两个商会的规定，按照栾具、抚宁等地之例，经天津总商会同意，1923 年杨柳青商会正式成立。

北洋时期，随着近代市场形势的变化，这一时期的附属组织除了以前的商团外又增加了天津工务分会商事公断处、租界华商公会、杨柳青商会等组织。商会与它们之间不断地进行着分化与整合。在分化的过程中，商会与它们通过经费交叉、人员交叉、行政参与的互动关系形成一种以商会为中心的组织系统造成组织间很强的相互影响和相互作用，以及广泛的互动内容。同时，它们相互之间又存在着渗透、联系、制约、监督的关系。

由此看来，北洋时期天津商会已成为新型的直属与附属系统结合的纵横向网络交织的复合组织系统。随着子系统数量的增加和相互作用水平的提高，其内部结构变得较前复杂，信息流通量也较前加大。同时，商会组织系统概念的义域也随之丰富和拓宽了。在清末民初的单一的纵向组织关系阶段，商会的组织系统概念和范围具有相对的稳定性；在北洋时期的复合的纵横关系网络的阶段，商会组织系统的概念则是一个相对模糊和灵活流动的概念，具有较大的弹性。在实际发展中，它既可正向纳入其他组织向外延伸，也可以反向排除其他组织向内收缩。因此，我们应把这一时期的商会看作是处在动态建构过程中流动变迁的组织系统。由于商会组织的向外延伸和整合，使商会组织结构

① 《汇编》(1912—1928)，第 1 册，第 338 页。

得到增生，从而扩大了商会的功能。

3. 国民党时期商会组织系统的演化

国民党时期，天津商会组织系统构建发生了变化。根据国民政府的规定天津商会的直属基层组织由过去的一种分为两种：一种是同业公会，共有 65 个行业会员，约 1227 家；另一种是不够设立同业公会资格的工厂和商店，可直属市商会作为商店会员，约二百家左右。然而，商会与同业公会之间的关系与北洋时期截然不同。1929 年，津商会催促各同业公会各行董迅速依法改组的函文中指出："统限文到一个月内一律宣告成立办理完竣，并经筹备会议议决，公推杨君晓林、刘君秉纯、王君荫龄、张君毓同为组织员，以备各业咨询随时指导"[①]。"如果各业再为因循，延不组织，逾限之后，本会即当按照法定程序进行办理，不能长此久延，敬希各业特别注意，切莫自误"[②]。商会在下达同业公会的函文中常常用训令一词，遭到会员的极力反对，他们说，"近来，该会对于会员，竟用训令，俨然政府对于属员之口吻，且该会用训令，既未经委员会议通过，更未经会员大会通过，是既违商法之规定，又无别地前例可循。"[③]1932 年，各同业公会关于尽快设立分事务所的呈请，因遭到商会的竭力反对未果[④]。由此不难看出，商会与同业公会之间是一种严格的上下级组织机制。按照商会章程规定，先后成立了天津商会公断委员会、天津商会赋税研究委员会。显然，直属商会的多种行业之间结

① 《汇编》(1928—1937)，上册，第 200—201 页。
② 《汇编》(1928—1937)，上册，第 200—201 页。
③ 《汇编》(1928—1937)，上册，第 75 页。
④ 《汇编》(1928—1937)，上册，第 204 页。

成了庞大的组织网络系统。

依据天津商会章程，由商会常务委员议决后成立的天津商会的附属组织是：提倡国货维持会、劳资问题研究委员会、设计委员会、公断委员会、财务委员会、国货审查委员会。国货维持会是在天津商会1933年积极响应上海市商会倡议声中诞生的，广泛吸收各界人员入会。继而天津商会又组织了国货审查委员会。随着社会经济的变迁，以上各种组织之间连接为以商会为中心的网络组织系统，造成组织间一种相互影响和相互作用的广泛互动轨迹。

与商会保持联系的其他社会组织，主要指华北工业协会、天津市慈善委员会、天津青年会西北筹款会、河北省各省水灾筹赈分会、天津临时学生联合会.天津市各业工会救国联合会、天津市商民救国会、天津反日救国联合会及天津市地方协会等。虽然这些组织多半是民间自设，但须呈社会局批准。随着我国近代工业的发展和工人运动的兴起，资产者与工人的矛盾日益尖锐。因此，解决劳资纠纷就成为当时突出的社会问题，天津商会决定与华北工业协会的会员企业的资方代表、劳方代表，共同组成专门从事劳资纠纷调解事宜的机构——劳资仲裁委员会。协会推定久大精盐公司经理范旭东、宝成纺织公司经理屠振初加入仲裁委员会。又如天津商人自动对日绝交委员会因未报官方，开始工作不久，便被政府宣布由天津商民救国会替代。商会与以上组织之间保持了一定的协作关系，是一种不同功能组织间结成的社会运行机制，为人们各种利益的表达和实现提供了行为基础。有一点需要说明的是，此时期由于国民党政府的严加控制，天津商会的中枢地位已经黯然失色，一定程度上限制了商会功能的有效发挥。

尤其值得提及的是，以著名实业家范旭东等为核心的华北工业协会。随着民族资本工业日益成长壮大，1928 年 7 月 3 日，由华新、北洋等 6 大纱厂、永利碱厂、启新洋灰公司及大丰、寿丰面粉公司共同发起成立工业组织——华北工业协会。其立会缘起明确提出经济乃政治之基础，“产业不发达，政治断难能望清明，互相因倚，有若机捩”，“乃是数十年政局动荡之主因”，并指出“自蒸汽机发明世界生产事业遂生剧变”。我国则因家庭式之经营，国民处专制淫威之下，造成“无团结力，无进取心”，而列强则“挟其汽动力，如倾山倒海冲锋而至”，以致“五千年来自给自足之生产组织，破坏殆尽”，造成我民族饥寒交迫的局面。所以吾人认定资本事业与技术劳力为同目标，同心努力，提携迈进，是吾人对国家之义务，特就黄河以北初试其端，设立华北工业协会，以谋划广阔疆土新兴工业之发展[①]。华北工业协会会员数从开始的三十余家，发展至五十余家企业，地域范围涉及平津两市及冀、鲁、豫、晋、陕、甘、辽、吉、黑、热、察、绥等北方 15 个省市区域，总会设于天津。各省区有 10 家会员请求可设分会。该会拟定章程 22 条，申明立会目的是：

甲、研究建设中国工业之方案；

乙、协定促成工业之进步；

丙、受理会员委办事项；

丁、办理或向官厅建议关于会员公议一切事项。

著名爱国实业家范旭东（久大精盐）为会长，余啸秋、林虎侯等 9 人为干事，平津冀和山东鲁丰纺织公司、辽宁纺织公司等骨干企业三十余家为会员，主持这些真正意义上的蒸汽和电能为动力的机器大工业的近代企业家共 46 名，其中不少人为留学欧美日本的技术专家和优秀管

① 《汇编》(1928—1937)下册，第 1440—1441 页。

理人才，初步显示了华北近代工业的产业构成和新型企业家群体阵容的齐整。华北工业协会的设立，标志着华北近代工业迈上了新台阶。

1937 年平津及华北沦陷后，华北工业协会为避免被日寇利用而宣布解散。

4. 组织网络的构成原则

任何组织系统都是按照一定的基本原则构成的。天津商会与它的附属组织组合成一个庞大的组织网络系统，除了它们具有共同的系统质之外，值得我们注意的是，它们的组织构成原则具有共同性：即民主与自愿、经济与政治实力的原则。

民主与自愿的构成原则，即指充分尊重个人意愿，不加政治或经济的绝对强制性，是商会与附属组织共同的民主构成原则。这些附属组织的设立虽然不同程度地经官方的劝导，但究竟是否设立，设立的日期与地点，由谁发起创办等，并非由政府强行命令规定，而是由各组织团体视具体情况而定。鉴于各地纷纷设立商事公断处的情况，天津商会对设立商事公断处的重要性早有所知，并呈文请求设立商会判断事务处，但因当时正忙于他事，随后又考虑到部颁公断章程“有与地方习惯、且与商会名誉不甚相宜之条件”，提议“暂缓办理”，直到 1924 年才成立天津商事公断处[①]。无论是哪一个附属组织的领导都是采用无记名投票法选举产生的，而不是由政府下令指派。就个人而言，加入或退会与否，选举或不选举某人以及赞成或不赞成某项决议，都是由商家自觉自愿地选择，而不是采取硬性强加。

---

① 《汇编》(1912—1928)第 1 册，第 323—262 页。

尊重多数人意见的原则。实行民主选举制的目的和实质，无非是要尊重大多数人的意志。天津商会章程对会议也有所规定：凡遇有紧要大事均得全体同意或大会通过方可决定，从而确认广大会员的参与权。在召开全体大会时，会员不论地位高低，资历深浅，均与正副会长、会董一样拥有平等的发言权，以多数同意取决。商事公断处的公断程序中规定：公断判决应取多数之意见可否，同时评议长有决定之权[①]。

经济与政治实力构成的原则，即指根据资产资财厚薄和纳资多寡，决定各附属组织系统内部的构成和权力分配。尽管制定了种种务求详尽的民措施，实际上这种情况在商会本体组织中反映尤为明显。根据《天津商会档案汇编》记载，清末天津商会历届会董中经济实力雄厚的盐、粮、钱商和买办以及洋布洋货商居大多数，占会董总数的85%；北洋时期天津商会会董的组织结构虽然有了明显的变化，买办和洋布洋货商的比例有所下降，新兴实业家崛起，但是能够跻身于商会上层的，还是那些有经济实力的盐、钱、银行、洋布洋货等行业的商人，他们的人数占50%左右[②]；即使其他行业担任会董的也都是行号巨东或经理人，如北洋时期银行界占有的6名会董中，阮寿岩、王郅隆、卞寿孙、叶兰舫等都是金融界的巨子。在《商事公断处章程》中规定："按评议员之资格，应以资本最大之商店经理或铺东选任之。"一般中小商人同样处于无权和受压迫的地位。经济实力之所以能成为制约商会组织系统内部结构的因素，主要归结为商会组织的出现是市场经济的产物，是适应商品经济发展的需要。资本主义社会，资产者拥有资本的多少决定着他

① 《汇编》(1912—1928)第1册，第321页。

② 胡光明：《论北洋时期天津商会的发展与演变》，载《近代史研究》1989年第5期。

们社会地位的高低。其次,商会等组织要参与地方经济和公益事业,就必须拥有相当的经济实力。因而,商会理所当然地要照顾那些能为其提供更多经费的各行业领袖的利益,赋予他们更多的权力。

经济的原因固然很重要,政治的因素也不可忽视。盐商、银行商的背后因有北洋军阀作后台在商会占有重要位置。北洋时期,在废除引岸专商制度的盐务改革中,长芦盐商与北洋政府采取了一致的态度。长芦盐商制是一种由封建政权特许的垄断专卖制度,按照这种制度,销盐商人在取得政府发给的销盐特许证——引票后,每年到指定的销盐区销售一定数量的食盐,同时向政府交纳定额的课税。盐商依靠这种独占的特权,一方面讹诈灶户,大秤强买或拒收;一方面讹诈人民,掺沙掺土,加价出售,同时贿买或报效官府。因此,当改革引岸专商制一出台,触动了北洋政府与长芦盐商的经济命脉、长芦晋益恒等 96 家立即联名上书,强烈反对,主管财政与盐务的周学熙、张弧、齐耀珊与盐商持在同一立场①。

通过以上分析我们可以看出,民主与开放经济与政治实力的原则是一个既对立又统一的组织构成原则,它不仅制约着天津商会组织系统的构建过程,而且影响了商会与直属系统、附属系统内的复杂而有序的组合排列,不断寻求新的平衡,形成自己的层次和等级结构,如果说,民主开放的原则赋予了商会组织一些民主色彩,那么,经济与政治实力原则告诉我们,商会的权力是由大资本家所操纵和垄断,一般中小商人很难享有真正的发言权,商会的民主性又由此被侵蚀。

商会与各附属系统的运行机制,则主要表现为与各组织间的动态

① 胡光明:《论北样时期天津商会的发展与演变》,载《近代史研究》1989 年,第 5 期。

联系和互控关系，商会通常起着控制中枢作用，它对直属组织的控制主要表现为双向信息的流动；与附属组织的关系，除相互间的双向信息流动之外，又增添了人事渗入和行政参与的控制；对有的组织还增加了经费补助的控制渠道；如商团、天津工务分会、商事公断处等。

以天津商会为中心的对外横向联系的组织系统实际被整合进一个更大的社会组织系统，是一种关系更为复杂、范围更加广泛的网络系统。

天津商会组织系统与其他新式民间社团联结成的社会网络，如直隶绅商金融维持会直隶救国储金团、华北工业协会等与商会相互作用而发生的整体而有序协作，形成一个组成部分间存在不同程度功能联系的社团合作网络。首先，在社团网络中，建立联系的各个主体具有某种共同的社会、生理或心理特征的工商者和企业，联系纽带主要是同类意识和共同利益。因此，这些组织的合作效应构成了天津商会系统对外发挥功能的重要机制，商会组织系统实际上已构成了这些组织的中枢。换句话说，沟通是商会与这些组织的重要运行机制。它们之间进行的是一种信息、关系、资源、情感的交流，按照共同的利益需要，在自愿互利的基础上，达成一致的“行动的协议”。所以，通过相互的启发与交换，形成共同的新思维和新观念，有效地参与和影响政府的政策制定。商会是这些组织进行活动的中心，如某个工商企业需要提供经济技术信息、市场商情等，商会为满足工商企业的要求，不仅可以提供服务，而且可以帮助他们建立信息交流关系。

其次，组织网络系统内的各个组织是建立在平等基础上的横向联系，各自享有同等的权利和义务。它们又都是互动的中心，都可以自己为中心去扩展平行的横向间的联系。网络中的成员在不同的问题和利益方面都可以结成一个联系网络。

从地域角度考察天津商会组织系统的范围主要由两部分组成：一部分是城区部分，以商会组织为中心的直属系统、从属系统以及其他民间社团的协作运行；另一部分是县镇部分，以商会为中心的各县镇分会之间的协作运行。因此，天津商会组织系统运行的总体特征是以商会为辐射中心，从直属到附属系统以及其他社团的逐级放大的有序系统的协作运行。

如果说在清末的一段时期，商会联络工商的活动还只是限于本县、本府和本省，那么，在民国时期则已逐渐发展到全国范围。之所以清末商会联络工商的活动主要限于一县一府，至多也只是在本省范围，是因为当时尚未成立全国性的商会组织，没有一个协调和指导全国各地商会的共同机构，并在联络全国各省工商方面发挥领导作用。因此，除少数重大事件外，各省商会日常只能各自独立开展这方面的活动，其范围和影响自然也就只能限于本省，具有一定的局限性。对这一局限性，当时已有一些商会有所认识，“商与商集合而找商会，其在今日明效大验”，若会与联合而成大会，效力之大，必有十倍于今日商会者，因此1907年在上海举行第一次商法讨论会时，即有商会提出设立华商联合会的动议，并受到各商会与会代表的大力支持，而且还拟定了华商联合会简章。但是，由于种种原因，华商联合会在清末一直未能正式诞生。

1912年底，中华全国商会联合会正式成立，各省分设事务所，上述情况即有所改变。自全国商会联合会成立后，不仅各省商会有了共同的最高领导机构，而且全国商联会还编辑出版《中华全国商会联合会会报》，拥有全国性的舆论阵地。于是，商会的许多活动都由清末的各行其是，转变为全国范围的共同行动。与此相应，联络工商的活动也从一省扩大到全国范围。当时，商界中的有识之士对于这方面的活动仍十分重视，认识到中国工商业者势涣力薄的状况尚无根本性改变，依然阻碍着实业的进一步发展。“其势既涣，即其力亦薄而不雄。力薄则不能制人，势涣则为人所制，此自然之理也。虑为人所制而思有以制人，舍集思广益，共励进行，别无良策”①。中华全国商会联合会对促进各省工商的联络，增进工商业者在全国范围的联合也非常关注。在全国商会联合会的代表大会上，曾多次讨论过这一问题，并提出了有关的议案。影响尤为突出的是，中华全国商会联合会通过组织各种全国性的活动，在实践中使全国工商业者的联络和交往，在原有基础上进一步得到了明显的加强和扩大。

上述特点表明，中国近代商会的组织产生和发展，逐渐建立了纵横向结合的组织系统网络，提供了包容范围更广泛，联系渠道更多样，更具有开放性和自主性的组织网络形式。近代天津商会与当时的政府保持着既联系、又矛盾，甚至在对抗中进行着网络系统的运行。通过商会组织系统网络的运行，为资产阶级构筑起一个可与帝国主义和政府相周旋的阵地。

二、商会与国内其他商会互动网络的建构

人类群体生活的需要，决定人们在实践中必然要进行交往。互动就是人们在交往实践的过程中发生相互联系、相互作用和影响的实现方式。交往是人类的一种机能，又是人的存在方式。交往普遍存在于

① 《汇编》(1912—1928)第1册，第759页。

个人与个人、个人与群体、群体与群体之间。正是各层次主体、各种形式和领域的交往才建构了人们的社会互动网络，把人们联系组织为社会整体。诞生于20世纪初的天津商会，伴随着商会组织的凝聚力和活力的不断加强，与国内其他商会的交往日趋频繁，初步呈现出一个经济活动相互交错的网络状态。

1. 天津商会与国内其他商会互动网络的建构

天津商会与国内其他商会互动网络的主要内容概括地分为两类：一般性的和专项性的。一般性的互动内容主要指商会间对有关组织改选变动、商务商情、科技信息等情况的相互通报；专项性的互动内容主要指涉及与市场经济、商人权益、民族利益有关的一切需要其他商会协助或者共同联合完成的活动。

第一，通报组织状况。清末，各地商务总会纷纷成立，当时天津商务总会收到了34个商会有关各自商会成立情况的来电。北洋时期，各地商会间的来往愈加频繁。1917年，各地商会进行改选，当时有47个商会与天津商会相互通报改选情况。

第二，互通商情信息。民国初年，其他城市的商会与天津商会经常互通各自的商情信息。如武昌商会请天津商会介绍筹备参加巴拿马赛会经验时说："贵处开放最早，乃商货荟萃之区，精华所在，品物繁多，遴选特色预备出赛，当然易如反掌——务祈指示周行，以便趋步后尘。"①津商会会长立即将自己筹备参赛的情况和参加人员名单提供给对方。

典当业在当时起着为社会提供资金的作用，因而典当业的正常营

---

① 《汇编》(1912—1928)第2册，第2409页

业对维持市场的稳定起着相当重要的作用。天津的典当业多是实力雄厚的长芦盐商所设，在全国首屈一指，而各地典当业每遇到问题，一定会请天津商会帮忙。辛亥以后，河南原有的典当业多半倒闭，河南省总商会致函天津商会“请告之当地典当业业规”。1921 年，山东省当业公所报告总商会，各县典业日渐凋敝，呈报停业闭歇的已达三十多家。山东邻省直豫皖典商也很多，济南总商会认为，在这商战激烈之时仍故步自封，不向别人取经，“其势必至自困”[①]。于是，山东省总商会恳请天津商会帮助调查，并通报临近各省典当业的状况以及近几年的改进措施。商情信息的传播加强了两地商会间的联系。

第三，共同协调纠纷，维护市场竞争秩序。市场经济的本质是竞争，竞争必然会导致优胜劣汰。这里能否保证每一个市场主体都能在平等的条件下竞争，成为经济环境是否公平的主要标志。而要保持社会经济条件的公平，就必须依靠市场中介组织——商会发挥沟通、协调、公证和监督作用，才能建立市场竞争中的公平与和谐的秩序。北洋时期，天津商会与各地商会相互联络，共同采取有关措施，坚决制止不法行为，较好地起到维护市场竞争秩序和改善市场环境的作用。在奉天县客居的津埠木商采买各种木料，历年称赞妥便。1918 年，安东各料栈擅改旧章，欺蒙外客。津商会就津木商难于接受此种做法，与安东商会函商，要求对方加以改正。最后经过两方商会的努力，津安主客双方重签协议[②]，平息了两地商人之间的纠纷。从 1918 年夏开始，上海绸缎商家纷纷“互相减价贱售，倾轧无已”，“为此无意识之竞争，固不料

① 《汇编》(1912—1928)第 2 册，第 2408 页。

② 《汇编》(1912—1928)第 2 册，第 2454—2455 页。

相持数月，竟至牵动全局，险象丛生”①。因停机使得数十万机工时有“衣绝无食”“服毒自尽”的可能。后经上海商会与绸缎同业公会出面协调，才出现转机。丝绸在北方的销售，尤以天津为多。但是津埠为北方商业枢纽，能否及时采取措施，刹住价格下跌，尤为重要。上海商会请求天津商会一定要出面调解，担心“兹已乘此潮流，相率效尤，深恐蔓延日益，大局益难收拾。是津埠一隅之害犹小，而延及北五省之为祸甚大”。天津商会毫不犹豫地予以配合并采取措施，通知各绸商共同讨论，在天津商会内，设立绸缎业同业公会，以便进行行业管理，“以维大局而安绸业”②。

第四，联合抵制关税。商会之间的互动作用，就是借助于群体的力量，形成一个集合点，对政府施加压力，使商人的主张得到政府的更多考虑。1922 年初，天津商会为争取关税自定等问题希望得到各商会的支持，“本埠各商鉴于外交紧迫，曾以自觉之决心，自行改定关税，务希贵处同一主张，以免国难而正公理”。全国商联会和各地商会纷纷予以赞同。立即在京召开商联会大会，讨论全国关税问题，形成一致意见③。政府在商人们的一片请求与抗议声中不得不做出让步，对其政策进行了部分的调整和修正。

第五，缓解金融危机。民国初年，国内社会不稳定以及政治、经济体制的不合理，导致金融市场十分混乱，银元严重贬值，扰乱了市面与人民生活的正常秩序。整顿市面成为各地商会的紧迫任务。上海商会来电：“此事关系全国商民公共利害，救人即以自救，应请贵会一致主

---

① 《汇编》(1912—1928)第 2 册，第 2429 页。

② 《汇编》(1912—1928)第 2 册，第 2429 页。

③ 《汇编》(1912—1928)第 3 册，第 3495 页。

张，督促政府讯电照办。”[1]天津商会会长卞月廷回信说：“敝会业经屡次开会筹议平价，遏止恶币办法，并呈省长施行禁止入境命令在案。刻正从事分头调查，一俟得有结果，必当严重与当局交涉，期维市面而利民生。”据《天津商会档案汇编》统计，各地商会为此事与津会来往信件竟达29件之多，相互沟通取得共识，为各地商会采取有效的一致行动与相应的对策起了积极作用。

第六，运奔粮食调配。粮食问题是关系国计民生的大问题，商会始终十分重现粮食运销。因此，每年办理平粜时，各商会之间都会即时地将粮食的品种、质量、采购地价格以及运价信息相互通报。尤其是灾荒年，更需要各地商会间的密切配合与支持。1920年，天津遭旱灾，商会为了解决民食缺乏，多次请奉天总商会迅速调拨米麦运往天津。同时，商会又派代表杨晓林、夏彦藻与安徽省商会协商南粮北运问题。1924年河水势盛，天津商会请上海商会立即调集小麦进津，得到上海商会、江苏省商会的大力支持。同样，他省遇到灾情，天津商会领导层也会尽力襄助。1921年9月，上海、江苏省的四十余县被大水围困，上海面粉厂在天津采购的小麦被天津海关扣住。当时，天津也面临严重的汛情，天津商会会长不顾一部分粮商“拒绝小麦出境”的主张，立即征得省长、天津海关监督各方面的同意，组织小麦运入沪地，以解燃眉之急。

第七，商人民族意识。商人民族意识和商人群体意识是当时特定历史条件下的反映与要求，它使多个群体行动起来，形成无数相互交错的力量。商人的民族意识同近代知识分子一样体现为一种强烈的御侮救亡意识，所不同的是，商人更关注的是外国的经济侵略以及由这种侵

---

① 《汇编》(1912—1928)第2册，第1303页，

略造成的民族利权外溢、已利被夺的危迫情势。这种民族意识直接催生了商人的合群意识，表现出固结团体的愿望。如天津绅商指出："商战竞争之世界，优者胜而劣者败，此定理也。吾国商界不能不立于不败之地，以无公共之思想，故其势常孤，势孤则胆怯，胆既怯矣，虽占常胜之地，欲其不败也可得乎故有公共之思想者能尽公共之义务。"①如甲午、庚子两次赔款以来，国家财政支绌，负担繁重，天津商会会长王竹林等人共同议决，首先在全国发起"筹还国债运动"。据统计，全国支持天津商会的函电达 42 件②。正如长春市商会会长所说："一自贵会首倡筹还国债，闻风兴起者，踵接于宇内。本郡僻处东隅，适当要隘，切肤之灾，益不敢忽。爰集合同人，组织分会，章程草订，职员推举，从事劝集款项，以为贵会之应。"③又如 1905 年 5 月 10 日，上海商务总会首倡全国抵制美货，天津商会接到上海"拟相诫不用美货，暗相抵制"的来电后，当即由商会总理王贤宾亲笔复函上海商会，表示"止经迭与各行董事妥议，是以复电及墨信，有皆愿遵照沪商条款切实抵制之策"④。6 月 28 日，商会不顾直隶总督袁世凯的阻挠破坏，举行集会，商议抵制办法，号召商人"切实举行不购美货"并议订法规，如有违者认罚银 5 万元⑤。抵制美货的运动迅速从各通商口岸扩展到许多中小城市以及市镇，形成全国性的规模。十几个省的大中小城镇和乡村各种集会多达三百多次。后因美国政府与清政府软硬兼施的威逼，抵制美货运动暂

① 《汇编》(1903—1911)下册，第 1882 页。
② 《汇编》(1903—1911)下册，第 1939 页。
③ 《汇编》(1903—1911)下册，第 1934 页。
④ 同上 1878 页
⑤ 《大公报》1905 年 6 月 20 日。

告沉寂。

第八，维护商人权利。北洋时期，随着经济实力和社会势力的逐渐加强，天津商会成为北方一支不可忽视的政治力量。绅商们开始具有了参与政治决策的责任感。1912 年 8 月，袁世凯政府颁布《参议院议员选举法》和《众议院议员选举法》，把工商界排除在选举范围之外。选举法颁布后，立即遭到工商者的强烈反对，如天津商会在致上海总商会电文中写道："商界无选举权，南北各商会应合力并争，以保商权，请贵会联合南洋各省商会筹议办法。"①"众议院选举必须全体国民联合组织——祈贵会联合各省商会致电政府。"各省商会对天津商人的倡议立即做出响应，河南商务总会回电："一切均请贵会竭力主持，敝会唯有执鞭从后，致进行。"山东、奉天、山西、陕西、长春、广东、哈尔滨等数十个商会纷纷表态支持。天津商人与各地商人的互动行为形成一种"合力"，对政府的决策颇具影响，使商人从既无选举权和被选举权又无议席，转变为拥有选举权被选举权并占有一定比例的议席。

第九，力争商会生存权。1929 年 3 月初，国民党第三次全国代表大会取消商会的提案一出台，全国舆论一片哗然。数万同业公会、数十万商会会员，为维护自己的合法生存权掀起了声势浩大的斗争高潮。天津等商会历陈商人筹款支持北伐的业绩，指出取消商会为背信弃义之举。3 月 25 日，天津商会向周边各商会发文通报该情况，不久就收到了河南以及河北各县等商会积极支持抗议国民党取消商会函电 33 件②。在全体商人态度坚决、协调一致的巨大声势面前，国民党政府取

---

① 《汇编》(1912—1928)第 4 册，第 4411 页。

② 《汇编》(1928—1937)上册，第 473—518 页。

消商会的议案终未通过。

以上是天津商会与其他商会互动的几个主要方面。但是,无论是群体还是个人之间都必须通过交流的形式才能达到有效互动。根据《天津商会档案汇编》记载,近代天津商会与其他商会保持了多层面的联系:其一,最主要、最常见的联络是商会组织间或是商会领导人之间通过大量的书信、电报、电话等方法及时地传递信息、互通情报;其二,经常采用举办座谈会、讲演会等形式,相互进行直接交流与沟通;其三,是一方商会派出人员与对方进行直接交谈,陈述各自的观点,得到对方的认同与支持;其四,是利用报刊等新闻媒介。清末,天津商会不仅深受国内各地商会欢迎,而且也得到国外商界的关注。

2. 天津商会与国内其他商会互动的原因

天津商会在与其他商会的有效互动中,不仅由于经济利益和政治利益的一致,而且还会因各方面因素的影响,造成商会间互动频率的加快,互动内容的增加。20 世纪初至 30 年代中期,是近代中国商会发展最活跃时期,同时也是天津商会与其他商会来往最频繁时期,主要原因不外乎有以下几点:

第一,双方共同的经济和政治利益促成了天津商会与其他商会的联合。近代天津商会作为中国经济社会的中介组织,同时也是一个利益集团,它力图保护其成员的经济利益,维护商人的基本权力,保证他们参与政治决策的权利,实现自己的经济和政治的目的。需要明确的是,利益集团的起源和行动的深层原因在于每一个人的逐利天性和他对于手段的理性选择。马克思说过:“人们奋斗所争取的一切,都同他们的利益息息相关。”在个人追求自身利益时,客观上需要结成各种社会关系，与他人通力合作，一起通过集体行动的努力使利益分配向有利于自己的方向转变。商会之间互动组织网络的构建可能有多种原因和基础，但共同的物质生产活动，无疑是一种最常见和有效的整合纽带。因此，许多集体行动的组织与各自为政的独立组织相比，能够更好地达到目的。

第二，应付外界环境是促进组织之间相联系的一个重要的因素。当外界环境出现危机、一个组织很难达到其政治和经济目的或目标时，就给他们寻求组织间的合作创造了机会。这不仅是增加它们自身影响力的一种方式，也是一个较弱组织通过与较强组织相联系，力争生存的一种途径。如前面所提到的天津商会在处理协调商务纠纷、缓解银元危机、联合抵制关税、抵制美货运动、力争商会生存权等问题时，与国内其他商会形成了一种联盟现象。又如，30 年代日本帝国主义不断侵扰中国，激起了中国商人爱国之心，天津商会主席张仲元说："各地工商极感不振，值此民生憔悴，列强侵略日急，倘不迅谋挽救，力求进展，则前途危象更将不堪设想。"[①]为了与洋商抗争，求得生存，他们把聚焦点放在与各地商会的联络上。正如天津商人所说："我国大资本家必皆乐为联合，更可大事扩张其势力，且将可以左右全国之金融抵制外人经济势力之入侵，于国家于前途盖其有关系也。"[②]外国商人的压力成为国内商会联盟的动力。

第三，政府新政策的推行为组织间的联系提供了广阔的空间。辛亥革命以后，南京临时政府和北京政府继续推行有利于私人资本主义

① 《汇编》(1928—1937)上册，第 1326 页。
② 《汇编》(1912—1928)第 1 册，第 565 页。

工商业发展的政策，中央政府控制权的进一步削弱，成为20世纪初绅商团体蓬勃发展和相互合作的重要原因。迅速发展起来的民族工商业，从地域上讲，逐渐遍及近代中国更为广阔的地域，增强了从沿海、南方向内地、北方扩展的趋势。民国初年，北洋政府所颁布的各种经济政策和法令条例，促使天津的地方政权也采取一系列有利于实业发展的措施，天津的工商业也有相当的发展。随着近代企业的崛起和壮大，天津总商会在社会上崭露头角，活动频繁，并与外界建立了广泛联系。政府有利于工商业发展的政策为国内外商会相互间的联系与合作创造了良好的外部环境。

第四，近代商人强烈的发展意识也是商会寻求合作伙伴的主要原因。人们社会交往的必然性决定了人们思维交流的必然性。人们进行思维交流是为了达到思维互补，即人们通过思维交流，能够互相借助他人的思维成果，扩展自己的思维领域，能够相互从认识中取长补短，或从他人的认识中得到启发。天津商会提倡的“衡量优劣，比较精粗，互受观摩，共筹竞进之谋”正是这一意识的体现。正如一位商人呼吁：“今则一息尚存，苟能群策群力，收回我已失之权利，发挥我无尽之蕴藏，与彼角逐于经济竞争之世界，争存于惨淡猛烈之剧场。”[①]。20年代，军阀混战，政局不宁。商会主席张仲元指出：“顾挽救之道经纬万端，然目前急务尤以开拓海外贸易为唯一要图。”[②]因此，力谋向海外发展，寻求合作伙伴成为当时天津商会的主要目标。1916年，天津商会会员企业在南洋设立中外代理处的竟达18个[③]。

---

① 《商业发达论》.《江苏》第3期。

② 《汇编》(1928—1937)上册，第1326页。

③ 《汇编》(1928—1937)上册，第1326页。

3. 天津商会与国内商会互动的特点

近代天津商会与国内各商会间的互动关系主要有以下特点：

(1)地缘性。系指由于相邻的地域环境和比较高的互动频率，以一个主体为中心展开与外界的接触与交往，在这种接触和交往中，必然会形成一个地缘性的互动圈。例如清末至北洋时期，北京、沈阳、呼和浩特、包头、石家庄、保定、济南、太原、唐山、张家口、秦皇岛等北方地区的商会，因靠近天津与天津商会有着频繁来往，关系稳定、彼此依赖性较强，进而形成了一个基本以天津商会为核心的互动圈。

(2)合作性。与同类主体保持相互接触与交往的过程中，它的特点是突破地域环境的限制，强调的是以"合作"形成的频繁互动。合作性互动又分为两类：一类是在维护商人经济利益或是在争取商人政治权利的活动中，以一个商会为主，请其他商会予以协助共同达到一个目标，商会之间互相作用，达成共识，彼此形成默契与配合。另一类是以一个商会或几个商会围绕某一事件或某一方面的需要，平等互利地共同参与其中，商会彼此间的交错互动，为实现共同的目标形成了大规模的联合。这种合作式的互动构成一种松散的互动圈。他们根据不同阶段的目的，具有经常性、临时性和同步性的合作特点。天津商会与国内许多商会，如上海、江苏、汉口、南昌、宜昌、广州、汕头等商会均保持了密切的关系，遇有重大行动将会互相呼应。如 1912 年天津商会反对袁世凯排斥商人选举权，1915 年有商人参加强烈反对袁世凯的"二十一条"，得到商人支持的 1919 年的"五四"学生运动，都是全国商人"合力"的行为。除此之外，天津商人充分利用整体的力量参加了 1916 年的劝阻"护国战争"、1918 年的调解"南北议和"、1925 年的"五卅"运动等均在全国颇具影响。因为天津商人深深懂得:只有群策群力联合全国商人一致行动,才能胜利有望。近代商人的合作行为是商人们共同思想观念社会化的体现。

(3)联盟性。根据近代天津商会与国内各商会间的互动关系,大致可分为横向与纵向两种联盟构成方式。

所谓商会横向的联盟构成方式,是指主体的双方除了经常进行一般性的相互传递信息以外,主要集中在某个专项问题上发生的相互作用。比如天津商会与各地城镇商会在“调配市场紧缺资源”“平息金融危机”“反抗不合理的税收”“防止粮食风潮”“力争商人席位”“维护商会生存权”“维护民族利益”等与商人利益息息相关的诸多方面,他们相互积极配合,力求影响政府的决策符合自己的利益,追求其共同目标的实现,采取一致的行动。事实上,商人的联合行动在保护和发展市场主体的共同利益方面确实起了不可忽视的作用。

所谓商会纵向的联盟构成方式,是指由一上级商会发起和倡导并由各地方商会参加统一活动而发生的相互作用。1914 年,中华全国商会联合会成立,天津商会成为全国商联会整体网络中的一员。天津商会在全联会的动员和引导下,参加了“币制改革”事件,组织了“筹还国债公会”“商界国会请愿活动”“修改商会法”“加入国际商会”等活动进而密切了天津商会与各省市商会的组织联系。清末至北洋时期,位于天津城市周边的归属直隶省商会所辖的各县镇,如唐山、秦皇岛、赤峰、昌平、房山、石家庄等数以百计的商会因为当时直隶事务所的领导职务由天津商会会长卞荫昌兼任,因此,它们与天津商会不仅日常信息交流非常频繁,而且对待每一事件的态度与天津商会总是有呼必应,紧随其后,遇事须征得天津商会的同意或审核。与其说它们与天津商会是一种横向联系，不如说更近乎是一种上下级的领属关系。因而，天津商会与全国商联会天津商会与直隶各县商会的互动关系应看作是一种纵向的联盟关系。

4. 天津商会与国内其他商会互动的作用

商会之间的往来是近代市场经济体制的内在要求和经济发展的需要总体上讲，天津商会与国内其他商会的互动关系在推动华北市场经济的增长、促进区域经济文化的交流、利于商人认同意识的加强等方面起了十分有意义的作用。

推动区域市场经济的增长。近代以来，天津一直在发挥着北方地区经济中心的作用，即华北、东北以及西北地域的农副土特产品经过天津运入世界市场:天津市场再把国外输入的和本城市生产的机械产品输送到华北各个区域，形成了一批以天津为物流指向的初级市场和次级市场的北方区域市场经济体系。进入 20 世纪后，伴随天津商会与各地商会相互往来，不仅聚集了天津经济中心的功能的优势，而且强化了天津市场经济网络的功能。1921 年，北洋政府财政部在京绥路内创立货捐，严重影响华北、西北市场，使“各行商业完全停滞，商人损失生命财产不可计数”[①]，“嗣经绥远等十余处商会在京集议，合力反抗，复经请愿各部院亦在案。今已多日，尚未生效，迭请天津速派代表相与协抗”[②]。为此，天津商会的转运业公会公举首董祁筱田立即赴京协助归绥总商会和西会的代表力促财政部尽快取消货捐。政府货捐献税的缓

---

① 《汇编》(1912—1928)第 4 册，第 3986 页。
② 《汇编》(1912—1928)第 4 册，第 3987 页。

征挽救辽西北铁路沿线各县镇商务，确保了天津与归绥地区商品贸易渠道的畅通。近代天津商会对其他商会的支持，无疑推动了华北、西北区域市场经济的增长。

促进区域文化的交汇。天津是华北区域的优势经济区，不仅能够聚集和辐射各种经济能量，而且是华北区城内带动其他城镇经济增长的龙头和引擎。一定的文化是在人们一定的经济活动基础上产生的。因此，经济与文化，二者互相渗透，互补互应，如影随形。北洋时期，天津商会与其他商会的互动关系不仅加强了区域经济的交往，而且也导致了区域文化的交汇。天津商会为了唤起商人办实业的兴趣，向直隶各县、山西、上海、北京、无锡、山东等地商会征集名优土特产品和手工业产品，举办了各种商品陈列会、工业观摩会等，使各种具有典型意义的地域特色经济与文化在天津交相辉映，不仅繁荣了天津经济，而且丰富了天津文化的内容，使其更具有包容性。同时，天津商会还积极鼓励工商企业将产品带到北京、上海等地展示天津的经济发展与文化特质和势能。

利于加强商人的共识。团体的共识是通过相互感应取得的结果，也就是说认同是群体事业存在和发展的关键。互动是为了达到认同；认同是互动的结果，认同是在互动的过程中完成的。根据有关档案资料的记载，天津商会与其他商会的相互认同归纳起来主要表现在以下两个方面：

(1)商会成员对法规的普遍认可与遵守。1912 年后，商会积极参与有关经济法规、章程以及条例制定的活动越发活跃，天津商会代表与各地商会代表一道提请政府从速制定的法规有：商律、矿律、商会法、公司法、交易所法、商埠章程、注册章程等。在全国商联会的组织下，商会代表又参与了《商会法》的修改，使其参加经济立法的活动效果更加显著. 商会积极多与有关法规和章程的制定，并将其作为自己的行为准则和价值判断尺度，规范内化了中国商人对法规共同的认识行为。

(2)天津商会与其他商会在培育市场经济、约束市场主体行为. 维护市场秩序、规范市场交易规则、平准物价、调解纠纷、平息金融危机、保护和发展市场主体的共同利益等方面取得共识并采取了一致行动，促进了以自由平等竞争为基础的近代市场经济体制的建立。

总而言之，商会的互动无疑是商会组织间联结最行之有效的形式之一。任何时代任何主体任何个人的活动都是以社会实践发展为基点的。主体互动的内容和方式归根结底是由社会实践的发展水平决定的。天津商会与其他商会的相互交换、相互作用、频繁互动以及生生不息的自组织运动是社会整体性要求的反映，是不依个人或群体的意志为转移的客观规律。

三、商会与外国商会互动网络的建构

当中国被西方列强带进了世界性的互相交往的大环境之中，先进技术、思想、组织形式的迅猛传播，使中国的精英们探索着如何改变他们的命运。20 世纪初，在外国商会的影响下，中国商人开始愿意与外国商会交往。尤其是 1910 年的日本和美国实业团对华的正式访问，渐渐唤醒了中国商人对外开放意识[①]。位居京都之门和华北通商大埠的天津商会的交往，不仅遍及国内各大商埠、中小城市，而且延伸到了英、

① 虞和平:《商会与中国早期现代化》，上海人民出版社 1993 年版，第 123 页。

美、日、法、德等国家，初步呈现出一个横向经济活动相互交错的立体网络型运动状态。

1. 天津商会与外国商会互动网络的建构

一般地讲，商会之间交往的基本内容包括物质、精神和制度三大部分。而每一个商会之间的相互交往内容取决于其内部的物质基础、性质以及内部交往的发展程度。商会作为中国近代经济社会的中介组织，是为市场主体正常进行市场交易而从事服务活动的机构。因此，国内外商会之间的互动主要涉及了与市场经济有关或者与商人权益有关的内容。根据《天津商会档案汇编》记载，近代天津商会和商人主要通过以下几个方面构建与发展了与国外商会和商人之间的联络、交流、合作，与国外商会保持了多层面的网络联系

首先，互通科技与商情信息。民国以后，天津的民族工业呈现出强劲发展的势头。天津商会的领导层为了增强民族工业市场的竞争能力，为企业从外国引进先进机器设备和生产技术，积极主动与发达国家的商会进行多方面的联系，相互交流。他们在致巴黎总商会执事先生的一封信中写道："敝国之工业、商业及交通事业，迩来颇有发展之佳象，而且到处皆采用欧法，因之社会对于电器机械制造品之需要甚大，此特请贵会，将贵国制造之电器机械制造品之目录及样书，惠我一份。"并表示："如贵会将来有赐顾时，敝会当乐为贵会尽力也。"[①]1917 年 7 月法国领事馆领事致区直隶实业厅，派本国农学技师雷苏尔灵参观了直隶农具陈列室，看到各种农具颇具研究价值，希望商会将所有农具图

① 《汇编》(1912—1928)第 2 册，第 2164 页。

式照片绘具寄给他们[1]。20 世纪初，德国柏林商务总会拟联络环球各地商情，来函调查津会宗旨及其章程办法，日方商会多次来函请协助调查天津工商业与市场的情况，对此津商会不仅逐一函复并派调查员协助调查。中外商会间的科技与商情信息的传播，不仅有利于加强科学技术在世界范围内的传播，而且强化了天津商会与外国商会组织间的信息联系。

第二，积极开展国际间的商业贸易活动，组织商品博览会。清末至国民党时期，天津商会为组织会员参加美、法、日、英、新加坡、泰国等国家举办的丰富多彩的大型世界博览会、展览会做了大量的工作。尤其天津商会与法国商会之间的关系较为密切。1922 年 5 月 5 日天津旅华法国商务支会的会员应天津商会邀请，参加了天津商会举办的“直隶实业观摩会”。1923 年，天津商会会长严智怡、副会长卞荫昌、张仲元等人写信给法国领事馆，感谢天津法国商会三次组织会员参加“直隶实业观摩会”。不仅如此，天津商会董事杜克臣、夏琴西、张春华等人出席了天津法国商会于 1923 年在天津法国球房举办的“出品货样陈列展览会”。1926—1929 年，天津工商界的代表数次赴巴黎、河内参加法国商界举办的世界工艺展览会、商业博览会以及万国博览会会。

第三，组团互访。在中国商会产生以前，外国商会已不断派团远渡重洋来华考察商情。20 世纪初期，日本、美国、英国等国的商会正式派出代表团前来对中国商会进行访问与经济考察，并且邀请中国各城市商人组成的实业团进行回访或参加博览会，标志着中外商会互动关系的开始。天津商会也从此与美、英、法、德、日本以及南洋等国家的商会

① 《法国外交部档案馆驻天津领事馆卷宗》，第 47 号卷。

网络关系逐步建立。

清末,天津商会就与美国商会建立交往。1910 年 4 月,美国实业团接到了以上海为首的 19 个商务总会联合发出的邀请函。同时北京、天津、营口、烟台、厦门等城市商会立即做出积极的反应,选派代表送样品赴沪参展陈列。津商会得知美商来津,立即向政府请求拨款进行准备:"伏思津郡为京畿第一门户,北洋为通商大埠。今年以来商务发达,则与上海相峙,该美商既结队前来考察,似不能不格外联络,借结敦盘之好……唯需款甚巨,现在财力艰难……念畿辅重镇,邦交所系,协拨款数万两以为补助"同时还请示应如何接待美国商团"方足无愧东道而崇国体"[①]。美商考察团于 10 月 10—12 日抵津,受到了津地商人的隆重欢迎。天津商会派专人赴河北会同保定南会到车站迎接,总理王竹林提前制作纪念品、订雇马车、小火轮:总督和官、学、商界都设宴欢迎,安排他们参观了实习工场、唐山路局制造厂、开平煤矿、滦州煤矿、启新洋灰公司、商品陈列所、工艺所、敦庆隆绸庄,还参观了高等工业学堂:私立第一中学堂、北洋大学堂、路矿学堂等。在津期间,美商与天津商务总会畅谈了"进出口情形及如何使两国商务日后益形发达"[②]。1915 年初春,正值美国巴拿马赛会期间,中国实业团应美国商会的邀请抵美。天津商会驻欧美各国的商业调查员卞肇新,因其"对于实业富有经验,名望素著",成为天津商会推举参加该团赴美考察的成员。年仅 26 岁的卞肇新是代表团中最年轻的一位。1934 年天津商会决定派代表赴美国,参加芝加哥博览会,为此通知各厂商:"本年赴会,尤应慎选出

① 《汇编》(1903—1911)上册,第 1131 页。

② 《美国实业团来津游览论》,《大公报》宣统二年九月十二日。

品，务求精美，以博令名而扬国光。”[①]天津商会的代表为这次博览会带去45家企业的精品。

20世纪30年代初，最早与中国有商务关系的英国商会再次由前孟鸠斯特（曼彻斯特）商会会长潭卜森爵士为团长的英国远东经济考察团来华进行访问。1930年12月29日，英国远东经济考察团抵达天津，政府与商界分别宴请款待，总商会会长张品题致欢迎词：“现在敝国内战已经平息，此后即将入于建设时期，贵调查团恰好于此时惠临敝国。我们希望贵国对于敝国将来建设及其善后，请尽量予以友谊上之精神的援助及物质的赞助。”“鄙人确信敝国发展，不但与做国且与世界各国均有莫大便利。因为敝国人口几占全世界四分之一，只要个人购买力稍有增加，就可以予世界各国许多事业，而贵国定可享受大部分权利，世界失业问题亦可从此而解决矣。”他表示：“鄙人相信大多数中外商人笃守信义，愿意公平交易。”而对于那些不按商业正轨的少数商人，两国商会应当本着公正无私的精神，不但不予袒护，并要加以制裁，免得连累良好商人[②]。最后他希望：“今晚天津英国商人多半在此欢聚一堂，鄙人认为最庆幸者，就是中英商人日增（臻）亲睦。”[③]商会派专员陪同宾客考察了天津主要的工商业。

其实，天津商会与法国方面的交往在民国初年已见端倪。1930年6月，德国实业代表团前来天津考察商情，并与天津商界人士举行了会谈[④]。1931年10月法国上海的商业顾问萨森（Sassines）给法国驻天津

① 《汇编》（1928—1937）上册，第1295页。

② 《汇编》（1928—1937）上册，第1312—1313页。

③ 《汇编》（1928—1937）上册，第1312—1313页。

④ 《汇编》（1928—1937）上册，第1299—1302页。

领事的信中提到，“法国希望派一个商业代表团到天津”。驻天津的法国领事在信中回答道：“天津商会非常欢迎这样代表团的到来，他们认为，这是一件非常有意义的事情。”[①]因而，法国巴黎总商会商务代表团先后多次来津考察商情。天津商会派商业调查员常驻巴黎等欧美国家。

天津商会与日本的交往是最频繁的。1910 年 5 月，日本商业会议所组建日本实业代表团来津做过考察与访问。1911 年，正值天津商会推选代表参加访日实业团时，驻津代理总领事高桥新治照来函称：“天津为贵国众商埠中重要之商埠，较居上海之亚，实北洋第一要港，内外眉目染于其中，我国实业界平素所重视者。请贵大臣对于天津代表者选定适当代表，其人品地位名望不耻其津郡代表者所盼。”“恳请格外分神赞助此举。”[②]宋则久等 4 人作为天津赴日考察代表，他们收集了各大工厂、公司、陈列所、教育品制造所、实习工厂、各类工业学堂、农业和水产学堂、商业学堂、商会、工商研究总所、敦庆隆绸缎店的新建筑物照片共 62 张，制作赴日考察纪念册。在此之前，天津商会总理王竹林被派往日本做前期准备工作。1915 年 4 月 10 日，天津商务总会与天津日本会议所在天津商务总会内联合组织举行了规模比较大的“中日两国商务恳亲会”，为倾销日货，打开中国市场寻找机会。除了天津商会的大多数会员与日本的 73 位商家和公司代表参加外，23 位中日官员应邀出席了此会[③]。30 年代中期，天津商会常务委员王文典随同市长前往日本考察，先后参观了东京、名古屋等 15 个城市的工商企业。回

① 法国外交部档案馆：《驻天津领事馆卷宗》第 50 号卷。

② 《汇编》(1903—1911)上册，第 1123 页。

③ 《汇编》(1912—1928)第 2 册，第 2297 页。

国后，他切中时弊地指出我国工商业落后的原因："在此20世纪良堪忧虑！极盼以日本工商业情形为殷鉴，择其善者而从之，不善者而改之。"[①]他希望中国"政农工商打成一片，国家银行尽力援助农工商界之金融，对于工商业务奋勉振兴"[②]。

天津商会与南洋的交往频率最高、规模也比较大。南洋地区靠近中国东南沿海，聚居着大量的海外华侨。因此，南洋成为与我国、文化经济发展水平、社会形态、民族心理等各方面比较接近的地区。正是这个原因使得中国商人与南洋地区的商人形成了一个频繁交往与接触的经济贸易圈。早在1909年，高阳商会与天津各县工厂就送物品赴南洋参加赛会[③]。民国期间，中国各地商会的代表先后去南洋市场进行过商情调查。1916年，天津企业在南洋设立中外代理处竟达18个[④]，以便于开展两地之间的贸易促销。1931年底，为了熟悉各地实际情况，掌握对外贸易标准，商会推举执行委员王锡纶和会员周绍熙同去南洋群岛考察商务，并访问了新加坡、马来西亚、泰国、缅甸以及中国香港等国与地区的中华商会。他们将带去的九十多个国货精品在新加坡中华商会会址举办了展览会，受到当地华人的热情欢迎，"原发通知300份，讵开会时竟到侨胞七百余人，所有带去货品当场几将售罄"[⑤]。新加坡商会总理李春荣先生登报尽力宣传，给予极大的支持。更激动人心的是，英属马六甲中华总商会、荷属棉兰中华总商会以及其他社会组织主

① 《汇编》(1928—1937)上册，第1322—1326页。
② 《汇编》(1928—1937)上册，第1322—1326页。
③ 《汇编》(1903—1911)上册，第871—874页。
④ 《汇编》(1928—1937)上册，第1326页。
⑤ 《汇编》(1928—1937)上册，第1327页。

动纷纷来函并派代表接洽，邀请天津去当地开同样的展览会。新加坡的八九家专售国货公司表示愿意推销天津的新产品。他们还向王锡纶建议将工厂设立在当地，收效会更加卓著，也希望联络河北省工商业在该地成立百货商店，使货物易于畅销，便于华侨购买。同时，南洋的物品也可行销内地。王锡纶的 7 个月南洋访察，与之建立的贸易联系，无疑会给天津的工商业带来转机。正如王锡纶所说："果能对于国货精益求精，实事求是，则海外销路不患不畅。"30 年代前后，天津商会为数不少的所属企业通过华人在南洋地区建立了销售网络。

第四，寻求中外商人间的合作。1922 年，驻津的英美两国商人为寻求进一步发展的机会，欲与天津商人建立长期稳固的联系，他们主动提出在天津选择相当地点，组织中英美商人实业联合会，"借娱乐谈商务，既消除隔阂，又可共同发展，实属美举"①。天津商会总理对此表示："此为联络中外感情，发达实业起见，组织中英美实业联合会，为在津中外商人会议之所，以便随时接洽，互通声气，与实业前途关系甚巨。"②天津 9 家银行饶有兴趣地踊跃报名。据记载，共计 33 个团体与个人愿意加入此会。尽管卞洁卿、吴秋舫、李颂臣等绅商与在津的英美洋商会共同组织"中英美实业联合会"，实际上是一种不平等的合作，但毕竟可看作是中国商人为寻求与外国商人建立经济合作关系的一种尝试③。

第五，利用报刊等新闻媒介进行沟通。清末，天津商会创办《天津报》，后更名为天津《商报》，以开通商智为务，联合商界振兴商务为宗

① 《汇编》(1912—1928)第 3 册，第 2643 页。
② 《汇编》(1912—1928)第 3 册，第 2642—2643 页。
③ 《汇编》(1912—1928)第 3 册，第 2642—2643 页。

旨,以冀互通声气,共同进步。《商报》国内的“购阅者为数甚多”,不仅深受国内各地商会欢迎.而且也得到国外商界的关注。如北京的比利时商务会所致天津商务公所的信中写道:“适闻贵公所将出天津《商报》,谅必情关商务,以挽利权实与商界中大有裨益也。现拟购贵报一份,寄往敝国俾得参考商情实属两益。”[①]根据档案记载,当时天津发行的 8 种报纸杂志实为海内外商会互通信息的重要媒体[②]。又如天津法国商会为了加强中法商人间的联系,创办了一种定期的“商人信息”内部刊物,主要内容是介绍法国商人和天津商人经营的主要项目,起到了一种中介作用,促进了中法商人间的商业贸易。

天津商会与外国商会的互动联系是通过多种途径建立的。根据《天津商会档案汇编》记载,近代天津商会与外国商会通过以下四种机制建立的联系:第一种是直接通过大量的书信、电报、电话等方法及时地传递信息、互通情报,成为当时商会组织间或者商会领导人之间最主要最常见的联络形式。第二种是商会经常定期举办各种形式的报告会、座谈会、讲演会,为了使商人了解和熟悉世界市场的行情,邀请熟悉中外商情的政、商界知名人士作讲演,相互进行直接交流与沟通,试图开阔商人视野,拓宽他们的经商渠道。第三种是商会通过互访的形式进行直接交谈,陈述各自的观点,取得对方的认同与支持。第四种是商会利用报刊等新闻媒介,介绍商业、贸易等情况,促进企业和商人之间的贸易资讯交流。

总之,近代天津总商会采用通讯、会谈、互访以及出版报刊四种方

① 《汇编》(1903—1911)上册,第 160 页。

② 法国外交部档案馆:《驻天津领事馆卷宗》,第 49 号卷。

式与外国商会建立了多层面的网络联系。无论是商会还是商人之间的互动只有通过这种稳定的系统机制，才能给双方带来有效的联系。由于天津商会与国内外商会多层面的交流与联系，不仅使商会的各种社会功能得以强化，而且增强了中外商会间的相互影响和相互作用，为商会经济组织中介功能的充分发挥拓展了广阔的空间。

2. 天津商会与外国商会互动联系的基础

一般说来，各个商会之间的互动联系中发生的所有事件都能从利益因素中找到最终答案。就是说，只要我们将整体利益具化为经济利益、政治利益、文化利益，就会立刻察觉到中外商人互动过程中合作和冲突的基础根源所在。天津商会在与外国商会的有效联络中，不仅由于经济利益和社会利益，而且还因外界环境的压力，甚至因各国商人间的利益冲突也会造成商会间互动频率的加快。国内外商会相互联系基础的建立主要体现在如下几方面：

第一，经济利益的驱动。商会间实现有效的互动联系需要有一个经济利益作为基本条件，如果两个商会间具备了这个条件，互动联系则是有效的，并能形成稳定的联系；相反，如果两个商会之间不具备这个条件，互动联系则就可能中途停止，或产生冲突。20 世纪初至 30 年代中期，是近代中国商会发展最活跃时期，同时也是天津商会与国外商会来往最频繁时期。那么，促进中外商会双方相互作用的条件是什么呢第一个原因是组织间的互动联系可以满足双方各自的经济利益。例如天津商会会长张品题在一次对外的讲演中说道："天津商界同人愿与贵商会诸君通力合作，以谋天津市之日臻繁荣也。”[①]法国的经济代表团的商业顾问在信中提及，他们之所以愿与天津商人打交道；其目的就是在中国振兴法国的商业，以维护他们自己的利益[②]。因为诸多集体行动的组织与各自为政的独立组织相比，能够更好地达到目的。天津商会与国外商会之间互动联系的建构可能有多种原因和基础，但共同的物质生产活动与追求共同的经济利益与政治权利，无疑是一种最常见和有效的整合纽带。

第二，外界环境的压力。应付外界环境是促进两个商会之间相互联系的一个很重要的因素。当外界环境出现危机、商会很难达到其政治目标时，这就给它们寻求相互间的合作创造了机会。这不仅是增加它们自身影响力的一种方式，也是通过商会间的互动力图竞争获胜的一种途径。30 年代日本帝国主义对中国的不断侵扰，激起了中国商人爱国之心，天津商会主席张仲元说：“各地工商极感不振，值此民生憔悴，列强侵略日急，倘不迅谋挽救：力求进展，则前途危象更将不堪设想。”[③]为了与日本国抗争，求得生存，天津的商人把聚焦点放在了与欧、美商人的合作上。与此同时，法国商人企图与中国商人联手共同对付德国和日本商人的竞争。1934 年，天津商会邀请法国商会参加在北洋大学举办的展览会，法国的商业顾问表示：“我们参加天津展览会的目的是为了与我们的对手竞争。”[④]不言而喻，来自共同竞争对手的压力成为中法商会加强相互间的合作，以图实现中外商会结成联盟的动

① 《汇编》(1928—1937)上册，第 1312—1313 页。

② 法国外交部档案馆：《驻天津领事馆卷宗》第 50 号卷。

③ 《汇编》(1928—1937)上册，第 1326 页。

④ 法国外交部档案馆：《驻天津领事馆卷宗》. 第 50 号卷。

力。

第三,双方利益的冲突。活跃的中外市场经济必然促进中外商务频繁往来。在相互来往的过程中,受强占中国市场利益驱动的近代中外商人之间,时常充满了摩擦、碰撞、矛盾和冲突,因而,诉讼也随之增多,如伪造钱币、欠款纠纷、违约纠纷、商标侵权纠纷、期货生意等接踵而来。协调与解决商人冲突或纠纷是中外商务往来的重要内容之一。天津商会上层人物花费了不少精力出面与国外商会打交道。1915 年,天津华商宝源货庄等 45 家商行因日商天记洋行以假番纸骗取货物,价值 5 万余两,天津商会会长卞月廷要求日本商会:日商行为已构成刑事犯罪,必须一面赔偿众商号的损失,一面惩奸芟宄,保持社会公共安宁。日本商会答复:愿意拟订维持办法,妥善补救,并让华商各家推举二三位代表届时与日本商会共同决议办理。1922 年,日本商人平野秀三骗取天津商人数十万元,潜逃回国。在津商会强烈谴责下,日本商会协助追令平野秀三从速还款。在《天津商会档案汇编》记载数十起中外商人纠纷案中,天津商会通过仲裁和解决商人纠纷方式进行着两国商会间的沟通和联系。

概言之,天津商会与外国商会互动联系的基础,决定了天津商会在与外国商会网络建构中的重要角色,它不仅是国内商人与政府联系的中介,而且也是天津商人与各地商人的协调者、监督者,更是强化天津商会与外国商会建立国际商业贸易网络的推进者。

3. 天津商会与外国商会互动联系的方式

新事实上,商会互动联系既有和平形式,也有冲突形式,既有官方往来,又有民间往来,甚至还有文明与冲突的交织。商会相互作用的方式是根据其在一定的环境中相互依赖的程度，即相互之间的关系所决定的。根据《天津商会档案汇编》记载，近代天津商会与外国商会网络互动的联系遍及亚洲、欧洲及美洲，在它们交往互动的过程中大致形成以合作关系、交换关系和冲突关系为基本关系的如下两种方式。

第一种互动方式为交换与合作的融合。19 世纪末至 20 世纪初，天津的德国商会，一方面出于与日本占领中国市场抗衡；一方面出于对本国产品的改进，以便达到其产品质量优良，色调、样式以及结构等适销中国市场的目的，同天津商会建立起亲密的交往。他们主动学习汉语，研究中国商人的性情和习俗，与天津商人一起搞市场调查，一起深入内地调查产品质量、销售情况。为了赢得中国商人的好感，他们尽量放宽对天津商人的贷款期限，使得“中国商人亲密地看待德国商人，离开其他外商之手，频频地趋向于德商之门”。而对日本肆意侵扰中国的行径，不断激起天津商人的愤慨。为了与日本抗争，求得生存，天津商人把注意力放在了与外商的合作上。应付外界环境是促进组织之间相联系的一个很重要的因素。外界的压力构成促进天津商会对外联盟的动力。当外界环境出现危机，一个组织很难达到其政治和经济目标时，这就给它们寻求组织间的合作创造了机会。互动交往是一个较弱组织通过与较强组织联合，力图生存的一种途径，也是较强组织联合较弱组织挑战于对手的常常采用的方式。

第二种互动方式为交换与冲突的交织。1912—1936 年，资本的迅速集中和发展增强了天津民族资产阶级的力量，代表资产阶级利益的天津商会社会活动频繁。五四运动以前，因中国与日本在地缘、文化、习惯、资源的天然联系，两国商人之间的联系要比与欧美商人之间的联系密切得多。五四运动以后，天津商人抵制日货运动空前高涨，中、日商会领导层多次会晤，试图缓解两国商人的僵持局面。1923 年 8 月，天津警察厅长杨以德以个人名义联络中日绅商进行磋商。天津总商会会长卞月廷坚持强调：中国商人不买日货，皆出于爱国义理；再者，商民自己决定不买日货，商会采取此法，完全出于商人要求，确系善意保护商人。几天后，卞会长再次与日商会长谈判，卞明确提出，中日两国绅商应该要求本国政府与国民不要走向极端，请日本各大绅商转请日本政府改变其侵略中国的政策①。为了尽快解决争端，天津商会共举鲁嗣香、李伯勋东渡日本会谈。1924 年数十位日本商会会长再次组团到上海视察日货滞销情形。天津商会立即派鲁嗣香、王伯辰、黄丹甫、李伯助、杨植民等五人到沪会晤②。天津商界人士针锋相对，毫不畏惧，表现出近代中国商人的强烈民族意识。交换与冲突始终是中日商人在互动过程中相互交织，并以冲突为主的一种方式。

商会间互动联系的实践证明，目标与利益一致所引发的合作与交换相结合的互动关系是近代国内商会彼此通常采用的、具有稳定性内涵的固定选择方式。然而，中外商会各自从自己的利益与目标出发，企图通过交往的方式，扩大其经济影响力，换得自己的利益与目标的实现，这就决定了它们之间潜在竞争性危机的存在，因而所引发的交换与冲突交织的互动关系是中外商会彼此通常采用的、不具稳定性内涵的临时选择方式。以上所描绘的天津商会与外国商会的两种互动联系的方式，可以说是近代中国资产阶级对外交往的一种基本方式。

综观民国时期的天津商会与外国商会的互动联系的过程，我们注

① 《汇编》(1912—1928)第 4 册，第 4903—4904 页。

② 《汇编》(1912—1928)第 4 册，第 4914 页。

意到有如下几个特点：

互动联系的外向性。任何一个人类群体，任何一种文明，任何一种生产力的存在和发展都离不开内部和外部的外向交流。保持外部的动态互动，提供与外界"交换能量"的环境，扩大文明交往的范围是发展生产力和文明成果传承的保证。作为近代市场经济的中介组织——商会在与内部和外部的竞争和依存中，不断打破民族和国家的壁垒，与世界逐步建立一种新的联系，在互动的过程中，两者之间起到在制度、思想以及文化间的相互影响和作用。随着近代天津商人开放意识的逐步加强，他们谋求向国外发展商业贸易。天津商会主席张仲元指出："顾挽救之道经纬万端，然目前急务尤以开拓海外贸易为唯一要图。"[①]天津商会提倡的"衡量优劣，比较精粗，互受观摩，共筹竞进之谋"，正是商人对只有通过相互交流才能互相借助他人的成果扩展自己的领域的开放意识的体现，正如一位商人所呼吁的："今则一息尚存，苟能群策群力，收回我已失之权利，发挥我无尽之蕴藏，与彼角逐于经济竞争之世界，争存于惨淡猛烈之剧扬。"[②]由此，近代商会突破中世纪商人的封闭性，挣脱了百年来传统与西化在情绪上加诸的羁绊，走出国门与更大范围内的商界实现利益认同的交往、联合，构成近代商人独具的外向性。

互动联系的多样性。互动的开放性，必然导致互动的多样性。互动作为人类的实践活动，因社会变迁的复杂性和多变性，在联系形式上表现为多样性。根据《天津商会档案汇编》的记载，天津商会与国外商会的互动联系的主要形式，如通过书信、电报等方式进行联络，通过举

① 《汇编》(1928—1937)上册，第1326页。

② 《商业发达论》，《江苏》第3期。

行会谈、座谈会、发表演说等，组团互访、调查商情、实地考察、设国外长驻机构等，利用报刊、媒体以及谈判等。互动的多样性与商会的地域和利益追求手段的相异性有密切的关系，导致了商会多样化的交往模式。正是互动联系的多样性成为近代商人充满活力、竞争力的源泉互动过程中的官方性。官方性是近代中国商会互动过程中的又一特点，通过商会之间的交流而展开的商人经济外交，往往是政府之间正式外交的补充。因此，中外商会来往不仅仅是民间的来往，而且带有极强的官方色彩。近代中国商会与外国商会的往来中政府的作用不可忽视。例如，每一次外国商会代表团来访天津，天津商会都要呈请政府批准，包括接待的日程、人员、参观的地点均由政府的官员亲自过问和安排。几乎每次中外商会的会议，政府的官员都会出席。根据《天津商会档案汇编》记载，从清末民初—北洋时期—国民党时期的三个不同的历史时期，政府与商会的关系表现的也有所不同。相对来讲，北洋时期政府留给商人的自由空间比较大，而国民党政府对于商人活动的干预明显增多。

由上可知，随着近代中外商会之间交往关系的日趋加深，互动联系的特点由自发性向自觉性演进。具体地讲，在规模上从封闭走向开放，在活动程度上从自在走向自为，在活动范围上由国内走向世界，在交往基础上从情绪化走向理性化，由对立、对抗走向对话与合作。

4. 天津商会与外国商会互动联系的影响

总体上讲，中外商会相互交往的扩大是近代世界市场经济体制的内在要求和商业贸易发展需要决定的。近代天津商会的互动联系不仅成为中国与国际贸易商业网络的主要连接点，促进了天津城市经济的崛起，还逐渐更新了中国商人的观念，使他们成为趋新求变的追求者。

商会的对外交往有利于进出口贸易的扩大。产业结构的调整和优化是近代中国经济发展的一项重要内容，进出口贸易量的扩大和外资的引进为实现国内产业结构的调整和优化营造了一个有利的环境。出口方面：1919—1935年是天津商会对外交往较为频繁的时期，根据《海关年报》统计，一向以传统产品为主的大宗出口商品的种类、数量以及进出口的贸易量大幅度增加。1924年天津的地毯出口量猛增，为我国地毯出口总值之冠。天津总商会长卞月廷致澳洲驻华商务专使的信中写道：本地销量占地毯总销量的2/10，国外销量占地毯总销量的8/10。同时，部分机制产品已经纳入天津出口商品的行列①。进口方面：19世纪末，进口天津的物品向以生活消费资料为主，生产资料比重很小，机器进口仅占天津全部进口商品总值的1.3%。民国以后，津商会积极鼓动各界人士创办实业，大中型企业引进国外先进设备的需求量激增。1911—1920年，机器设备平均进口额约100万两。20年代以后，竟超过230万海关两。

商会的对外交往有利于外资引进。20年代以后，国内市场进一步开放，外商投资集聚天津市场。外商在津开办的工业企业达90家②，资本总额约3000万元。18家外国和中外合资银行设在天津，其中总行设在天津的4家银行资本总额为5700万元，外资介入中国领域力度的增大，不仅利于更多地引进外国资金、技术、设备和管理理念，而且外资企业成为执着追求至强至富的中国企业家模仿的对象。外资企业的

① 姚洪卓，《近代天津对外贸易（1861—1948）》，天津社会科学院出版社1994年版，第131页。

② 《天津历史资料》第19辑。

展示与带动，提高了我国近代经济的发展和产业的整体水平。

商会的交往有利于我国企业参与国际合作和国际竞争。天津商会力谋与外商合作，提高国际竞争力。1915 年 4 月 10 日，天津商务总会的会员企业与日本的 73 位商家代表出席了“中日两国商务恳亲会”[①]。1922 年 8 月，天津英美洋商会主动提出组织中英美商人实业联合会，天津商会总理对此极表赞同：“此为联络中外感情，为在津中外商人会议之所，以便随时接洽，互通声气，与实业前途关系甚巨。”天津的银行家与商家兴趣浓厚，踊跃参加，加入此会的团体与个人共计 33 个。正如天津商会主席张仲元说：“顾挽救之道经纬万端，然目前急务尤以开拓海外贸易为唯一要图。”商人的开放意识和行为加快了近代中国经济步入国际市场轨道的进程。

商会的对外交往有利于加快城市工业化步伐。20 世纪初，天津商会为会员企业在吸取和掌握西方世界现成的先进生产力和经济管理方式提供了方便。作为天津主要支柱企业的周学熙实业集团、范旭东化工集团、寿丰面粉公司都广泛引进和利用了当时发达国家的技术设备和先进的管理制度，成为一代民族工业的典范。东亚毛呢纺织有限公司的创立者宋棐卿在创办企业的过程中，除了参照西方企业的经营管理方法，不断完善企业制度以外，还出国购置新机器，派科技人员出国专攻毛纺技术，使“抵羊”牌毛线在激烈的竞争中站稳脚跟，把英国的品牌毛线赶出了中国市场。据不完全统计，1912—1928 年期间，天津商会会员企业约达 2471 家，资本总额 3000—4000 万元，涉及行业 66 个，

① 《汇编》(1912—1928)第 2 册，第 2297 页。

工业人口达 4 万余人[①]。先进生产力的引进、扩散与传播，缩短了国内开放城市与世界先进城市生产力水平的差距，从而使天津成为北方地区最大的工业基地。

商会对外交往有利于西方新观念的输入。对外开放逐渐改变了中国商人的价值观念、思维模式和行为模式。民国初年，中外商会交往渠道的不断拓宽，相互交换，相互影响，给商人们带来了观念的变化与更新。沉淀于近代中国商人心际的危机感，使他们不断地自我审视，自我更新，激发出一种追求国家富强的心理态势。观念的变革是行为变革的先导。民国初年，天津商会积极推荐和组织会员企业的名优产品走向国际。1926 年 8 月，永利制碱厂的“红三角”牌纯碱在美国费城参加了博览会，获得了金质奖，为国家赢得了荣誉。1934 年，天津商会带去 45 家企业的精品赴美国参加芝加哥博览会。积极参与国际交流的行为增强了天津商人在竞争中获得生存的理念。天津商会提倡的“衡量优劣，比较精粗，互受观摩，共筹竞进之谋”，正是近代商人这一理念的心理体现。因此，从某种意义上讲，商人的开放意识对于中外商会和商业网络机制的建立和发展也是一个重要的关键。

但是我们不能忽略的是任何社会行为都离不开社会总体运动对它的影响。任何历史事件都会受到历史条件的制约。近代中国商会与外国商会之间不是一个孤立的互动关系，而是历史整体进程中的产物。因此，始终置身于外国资本主义对中国主权分割下的半殖民地社会中的中国绅商阶层，在对外交往中失去了应有的平等性，不能拥有独立对话和发展主权的地位。

---

① 宋美云：《北洋军阀统治时期天津近代工业的发展》，《天津文史资料选辑》第 41 辑。

上述许多事实证明，中外商会互动网络的建构无疑是中外商人组织间联络最行之有效的形式。近代天津商会与外国商会的互动联系不仅促进了天津的商业发展，也为天津加入国际商业贸易营销网络乃至北方和中国的经济发展带来了明显或潜在的成效。这是任何单独的组织或个人根本做不到的。同时，历史也深刻地告诉我们，无论是国家、地区，还是团体、个人，只有保持开放和进取的状态，与外界不断地保持互动联系，才能融入国与国、地区与地区、组织与组织以及机构与个人的多元互动和多向交往的主流中，扩大交往的范围，创造出独有的辉煌。

第五章　商会与市场经济(上)

推动经济增长的力量来自生产力和生产关系两方面的因素。过去中西方的各种经济理论,主要是通过生产力即物质生产要素和科学技术的发展说明生产力的提高和经济的增长,往往忽视社会经济组织在经济增长中的作用。而现在却特别强调社会经济组织在经济增长中的作用①。同样,在考察近代市场经济时,学者们很少把社会经济组织对其所产生的重要影响做深入研究。商会是市场经济发展的产物,是市场经济体制的一个重要组成部分。作为市场主体的中介桥梁——各通商大城市商会和以此为枢纽的商会组织网络对市场经济影响最大,并反过来成为推动市场经济健康发展的重要力量。

近代天津商会在促进以自由平等竞争为基础的市场经济体制的建立,在培育市场经济发育、约束市场主体行为、整顿市场秩序、规范市场交易规则、注重商情调查、调解商务纠纷、平息金融危机及保护和发展市场主体的共同利益等方面都采取了有力的措施。

---

①　[美]道格拉斯·C. 诺斯著,陈郁等译:《经济中的结构与变迁》,上海三联书店 1991 年版。

一、整顿市场秩序

位于沿海的近代天津成为中国与国际市场的对接点，带动了工商业与市场的发展，近代市场体系由此建立。随着市场需求的急剧变化和市场竞争的日益激烈，商会成为通过市场机制实现社会资源优化配置的重要媒介。有人把商会组织在市场经济中的作用比作润滑剂、协调器、保险阀。这形象地说明，商会组织具有减少市场主体之间的摩擦、维护公平竞争秩序、规范市场主体行为、建立近代市场机制等方面的重要中介作用。

1. 维护公平竞争秩序

市场经济的本质是竞争，竞争必然会导致优胜劣汰。这里能否保证每一个市场主体都能在平等的条件下竞争，是经济环境是否公平的主要标志。而要保持社会经济条件的公平，就必须依靠市场中介组织——商会发挥沟通、协调、公证和监督作用，才能建立市场竞争中的公平与和谐的秩序。近代中国市场经济发展中，天津商会不仅负有为工商企业开业注册、资产登记职责，更有管理市场、平抑物价、坚决制止不法行为等权利，较好地起到了维护市场竞争秩序和改善市场环境的作用。

近代天津商会积极采取制止同行业之间相互跌价不正当竞争行为的措施，较好地起到维护市场竞争秩序和改善市场环境的作用。

民国初年，正值民族工业呈上升趋势，各种产品销售旺盛，由于市场法制不健全和市场管理不完善，商家大打价格战。从 1918 年夏开始,上海绸缎商家纷纷“互相减价贱售,倾轧无已”“为此无意识之竞争,固不料相持数月,竟至牵动全局,险象丛生”[①]。经上海商会与绸缎同业公会出面协调,才出现转机。丝绸在北方的销售,尤以天津为多。但是津埠为北方商业枢纽,能否及时采取措施,刹住价格下跌,尤为重要。中华国货维持会请求天津商会一定要出面调解,担心“兹已乘此潮流,相率效尤,深恐蔓延日益,大局益难收拾。是津阜一隅之害犹小,而延及北五省之为祸甚大”。天津商会立即采取措施通知各绸商共同讨论,在天津商会内,设立绸缎业同业公会,以便进行行业管理,“以维大局而安绸业”[②]。

1921 年初,天津电车公司借口铜元贬值增加票价,引起市民激烈反对,天津商会立即予以支持。该公司因管理不善经常发生撞伤撞死行人事件,津会几乎每次都出面帮助调解,给予电车公司大力支持。这次因轻质银元投入市面造成电车票价上涨,天津商会为此立即呈请省长设法禁止。不久,市面很快恢复平静。6 月,电车公司不顾公众利益再次提高票价。津会当即提出警告:如果票价持高不降,“将采取最后对待方法”,电车公司只好做出让步。但是市面银元价格仍在低落。1922 和 1923 年电车公司票价又有上涨举动,商会推举陈西斋代表出面交涉,鼓动在车站设演说团劝阻华人乘车,后被警察厅逮捕拘押,直到 1925 年大赦才被保释出来。他们认识到只有收回电车公司,才能从根本上稳定车票价格。曾在 1905 年电车公司与地方政府签订的合同中规定:二十年后可以买回电车公司。天津商会会董张荫荣、高聚五等

① 《汇编》(1912—1928)第 2 册,第 2429 页。
② 《汇编》(1912—1928)第 2 册,第 2429 页。

建议联合各界招股收回商办。1927 年 8 月，津会派出张品题和高聚五与天津电灯电车公司商议收回事宜。收回工作虽因遭法、意、日三国领事干涉而停顿过，但电车公司最终被收回。与此同时，津商会还对脚行任意抬高脚价、依势强索脚价案进行了处理。商会一系列平抑价格的举措，避免了市场的混乱。

买空卖空系交易所中商人利用期货买卖方式进行的一种投机活动。买空是预料证券或商品行市将上涨时买进期货，并不收进实物，企图在到期前，能以较高价转卖，从贱买贵卖中取得差价利益。卖空是预料行市将下跌时卖出期货，也无实物出售，企图先以高价卖出后，再以低价买回，从而获取差价利益。它不仅危及商家倒闭，而且牵动市面，扰乱金融。1920 年以后，以天津为角逐点的北洋军阀各派系之间互相倾轧，处于拉锯状态。一些投机商人用空盘赌赛，买空卖空，他们不用现款，只凭行市涨落而定赔赚，影响天津市面，金融奇紧，以致生意萧条。获益者为数不多，被害者实繁有徒，而各行商业受其牵累，倾家荡产，杀身废命者屡见不鲜。尽管契约法律认为此种买卖行为无效，现行法例中有明文规定，但奸商不惜触犯法律，牺牲名誉，公然以证券物产等项作赌赛资料，从事非法投机事业。商会的会董们对此深恶痛绝，他们一致认为："无识商人，群焉兴起，贸然从之，风靡一时，世面为之骚动，津埠市面亦大受影响。以致金融无活动之希望，受其累者不可胜数。"据商会调查，钱业以老头票、中交钞票、俄票买空卖空；粮业以米面买空卖空；布业以棉纱买空卖空；棉业以棉花买空卖空。会董们指出："以津埠繁盛重要之区，成为赌博之场，于商务上有百害而无一利，卒之不可收拾。"他们深感商会负有维持商务之责，"有害于商务之举动，当也乐为铲除之，以廓清商界"。会董们一再申明买空卖空所生之权利义务,无论已往将来,按照法律一概不认为有存在之效力。因此,天津商会贴出告布,严行禁止:“一经察觉或被举发,即当依法送究,按律办理。”①这才使骚动的天津市面出现缓和。尽管如此,1924 年,天津中日双方买卖棉花酿成的风潮,仍严重干扰了整个市场。商会对商业不法行为的坚决取缔,可以起到降低风险、节约成本的作用。

由于政府新近颁布的《物品交易所条例》中的一些条例,给买空卖空的投机商人以可乘之机,天津商会对此提出修正意见。他们认为《条例》第五章交易的第二十五条:“物品交易所之买卖分现期、约期及定期三种规定,均不符合天津市场商情交易习惯。因为天津市场一向系实物交易,如斗店、粮店各家,则囤积粮谷米麦,交款取货,皮毛亦系如是。盖系天产,收成之丰歉谁能预卜天道故向无约期、定期之事实及惯例。至棉纱、棉布虽有定期、约期之往例,实原于路途遥远,更因出于制造,非全依天力,人为尚有可能。前两年来稍有蹈空之风,结果亏损三四千万元巨款,该业几乎全行倒闭,至今未能清结。”②商会又针对“羌帖投机买卖相习成风,几如赌博,为累全市,言之不寒而慄”,指责此种约期、定期载于条例之上,不啻诱导各业商人以实物交易者均趋一途,而为买空卖空之举,各行商群相骇汗,危惧万分。津商会对于《条例》第四十三条也提出异议:凡在物品交易所以外,照交易所之公定市价专计盈亏,空盘买卖者,处四等以下有期徒刑或三千元以下罚金等语。商董们认为,依此条例而论,“交易所外则不许买空卖空,交易所内即可专计盈亏,空盘买卖,不啻特许交易所内可任意行动,有失法律之均衡,更有垄

① 《汇编》(1912—1928)第 2 册,第 2073 页。

② 《汇编》(1912—1928)第 2 册,第 2074 页。

断之嫌疑”。将影响市场前途，交易势必空虚，后果不可收拾。再者天津旧有商情习惯，即以实物交易，实为善良风俗。法律应负维持崇尚之责，焉能背乎此义，明定约期、定期，使各行商反实为虚。呈请政府修正《物品交易所条例》一文维护了商人的利益，减少了商家风险资本，从而避免了金融市场的畸形发展。

商会为了切实杜绝行业买空卖空的商业行为，要求有嫌疑之行业制定公约，对其实行监督控制。怡和馨斗店8家同业代客买卖期粮，特立《公约》八条，以便共同遵守。所定公约规则如下：

第一条　各店代客买卖期粮，掣给双方批票为三联单格式，单内文辞应取一致。

第二条　各店代客买卖期粮，应向双方各取押金，暂定按每石银币五角，以作担保。

第三条　各店代客买卖期粮，双方所交押金，应由店给买卖主按月利八厘出息，以昭公允。

第四条　各店代客买卖期粮，批期在一个月以外者为期粮，若在一个月以内者不在此限。

第五条　上列规则有违背者，公定罚银币二千五百元，以充公费，但仍不能脱离此约，应继续遵守。

第六条　各店如有违章情事，首先查明报告者，公定提给罚款一成，以示鼓励。

第七条　在此项规则未定以前，各店代客买卖期粮取何手续，不加干涉。

第八条　此项规则自公约盖章签押之日起实行，此项公约共缮一式八张，七店各执一张为证，其余一张帖呈天津总商会备案，以昭大信。

津商会对市场中一些商人违规投机实行监督机制和对一些容易造成市场混乱的政策条例的批评,进一步证实了商会不仅有力地起到维护市场秩序的作用而且保证了市场决策的正确,防止失误,以便达到预期的目的。

2. 规范市场交易原则

市场管理本身就是一件复杂的事情,如果缺乏制度保障,不能建立行之有效的行业监督机制,就难以管好市场,商会在这方面也就难以发挥重要的作用。《商会简明章程》和《商会法》是政府为工商界制定的重要经济法规,对商会的权利有明确的界定,有利于保护商人的合法权益。如商会有权依据市场交易规则,与同业公会共同制定一些行规或公约等规章制度,进行集体的自我约束,监督市场违规行为。清末宣统元年,天津商会要求染行商共同制定行规,避免杀价争利,以致倒闭。当时正值"市面萧疏,商家荒闭,指不胜屈",皆因"行规紊乱无章"。"当此我国与外人挽夺利权之际,正是商战之场,如果行业不尽力研究设法整顿,则染商将来腐败不堪设想。"[①]所以重整行规势属必然。为了避免奸巧之徒,阳奉阴违,搅乱行规,行规定有分别议罚条例,并规定所有罚项款目尽归学堂经费,以尽义务。"若有故意不遵罚者,应由行董禀请到会评议,如评议不遵,请转送县尊从严究办,以杜奸猾而救商业,则商行不难蒸蒸日上矣"。斗店业要求同业在为代客买卖粮食时,严格"不准自行批粮及影价中饱"之事。1927 年,津北集同顺永斗店借口同业竞争,任意自行批粮,并有影价之事,遭到商会会董杨西园的指责。

① 《汇编》(1903—1911)上册,第 856 页。

“认定同顺永斗店有违向章，理应受罚。当将议决情形，备函证明，并附罚款捐条一纸”，须在津商会备案，“以维商规而儆将来”。经天津粮店公会召集各店领袖立即讨论，决定“以后各店如再发生此类事实，也应援例办理”。商会以此反对不公平竞争，反对在销售价格和市场划分方面搞垄断性的串通共谋，充分发挥其利益调节功能。

作为近代商业都市的天津，奸商投机钻营，作伪诈骗，严重损害了商人们的合法权益，致使外地客商不愿来津。为保证国家税收，保护客商的正当权益，天津商会对一些不法的商贩进行了整顿，例如报单局诓骗案就是一个例证。报单局是专为外地到津运销货物的客商服务的，主要负责代办经营报关纳税事宜。庚子之前，天津仅有殷商十余家，而庚子之后则猛增到百余家。随之，开办报单局者也由过去可靠的一二家猛增到百余家之多，但多“良莠不齐；大率惟利是图，罔知顾虑”[①]。修改磅码，涂改税单，以致被海关、常关查出的没收案时有发生。对此，天津商会认为必须“严定章程，示以限制”。从 1906 年天津商会开始整顿，呈准袁世凯，凡开办此业者，必须是殷实的土著良民，只有取得殷实铺保，呈明商会注册挂牌方准营业，并需随时知照新旧两关注册；还须拟定章程，规定财务监督和倒闭赔偿等办法，以达“上益国课，下便客商”[②]。商会整顿行业、制定行规、严定章程的举措，无疑对混乱的行业状况起了一种制度规范化的作用。

3. 严禁假冒伪劣行为

在激烈的市场竞争中，商家特别看重自己的店名、信誉以及产品质

① 《汇编》(1903—1911)上册，第 799 页。

② 《汇编》(1903—1911)上册，第 800 页。

量，严禁假冒伪劣行为。尤其老店名牌更是如此。凡接到商人揭发一些奸商为了骗取钱财、假冒店牌与商标之案件，天津商会总是尽快处理，坚决制止。在乾隆年间创立，有二百多年历史的天津广茂居酱园，因讲究质量，销往全国各地。1917 年，此店发现天津又开了一家京都广茂居，店主请商会主持公道，从严取缔。天津商会 11 月开议，判定京都广茂居改名，限 3 天内答复，并要求迅速把原来的牌匾换下，宣布原图章作废，奸商伪造销售假酒之事也屡屡发生。1921 年春，春永堂药店假冒同仁堂药店牌号出售虎骨药酒，商会立即布告各商："查伪造假冒，律有专条""嗣后购用此项药酒，务须认明同仁堂确实商标，倘再发现伪造假冒情弊，准由该商随时扭会呈请依法重惩。"[①]商会运用诉诸法律和调解的方法，迫使仿冒者停止侵权。

天津是一个工商业城市，作为商业延伸的对外贸易对其发展具有至关重要的作用。进口商品主要是工业品，出口商品则多为工业原料和农副产品，如棉花、谷物、药材、肥皂、皮毛、草帽缏、猪鬃等。在 20 世纪初以前，天津港的货物输出量虽时有波动，但总的讲，品种、数量在不断增加。如 1869 年草帽缏开始由天津出口，质量上乘的主要运往美、英、德，质量差的则运往南方各埠。1880 年后猪鬃由天津出口，19 世纪 90 年代后出口量逐渐上升。"尽管外国货在天津贸易中占有很重要的地位，出口业还显然是本地最重要的、最有特色的商业，而且日益博得本地商行的好评。出口贸易在极端恶劣的条件下，十年中几乎翻了一番，那来日的发展自不待言。"[②]时人评论：按照这种势头发展，前景是

① 《汇编》(1912—1928)第 2 册，第 2140 页。

② 许逸凡译：《天津海关十年报告书(1892—1901)》，载《天津历史资料》第 4 辑。

不可估量的，并且对外贸易的发展势必带动天津及腹地商业的发展。但这种发展却受到了“不诚实贸易”的影响。当时出口商品中的假冒伪劣现象（缩短尺寸、掺水掺假、以次充好等）严重影响了对外贸易，如中国出口的草帽缏，长度本应为 30 英码、或 60 英码，或者是 120 英码。可是随着外贸额的增长，尺寸却逐渐缩短，或者 25 码或 50 码或 100 码，各种都大约缩短了 1/6 的长度，“而商人购买草帽缏全凭货样，草缏未到，货已购定，货不及样，不独贩运草缏者大受亏折，即购买此缏者亦所失必巨”①。因此，欧美各商家议定：自 1909 年 1 月日起不再销售不及尺寸之草帽缏。“由于有意识的粗制滥造并且用劣等草帽缏，已经毁坏了这项可能成为——如果改正了缺点也会成为一种持续增长而且有利的业务”②。针对这种状况，农工商部札饬天津商会会同各省商会，设法改良。天津商会接受驻德商务随员水钧韶的建议，以图补救：第一，联合草缏商人设立总会，或附设于上海商会之内；第二，商会就出产地分立草缏调查局，根据不同情况指导生产，以免利源为他国所夺；第三，在草缏产地设立制造草帽公司、利用原产草缏制成草帽直接出口外洋。这样就由出口原料品转为出口工业制成品，又为商务开一利源。经过整顿，草帽缏的出口贸易额有了较大增长。

商会为禁止商人假冒等不良行为，对会员采取监督、调解、自我规范的做法，赢得了商人的普遍赞同和拥护，保障了正常的生产和销售秩序。市场活动需要各方面的信息，借助商会组织的规章制度就能比较方便地获得所需信息，使天津商业秩序得到好转，维护了广大商民的合

① 《汇编》(1903—1911)上册，第 1116 页。

② 许逸凡译：《天津海关十年报告书(1892—1901)》，载《天津历史资料》第 4 辑。

法权益,有利于天津市场机制的有效运作。因此,商会在市场经济发展中的突出作用不可低估。

二、缓解金融风潮

我们在整理和编纂《天津商会档案汇编》的整个过程中,发现大量的档案资料记载了天津商会在平息各种金融危机中所采取的对策与由此产生的效果,这是因为平息金融危机直接关系到市面的稳定,直接关系到整个商人的经济利益,是商人最为关心和敏感的问题,也是直接影响整个社会生活乃至政局变化的重要因素之一。清朝末年至北洋军阀时期,由于国内社会的动荡以及政治、经济体制的不合理,导致了这一段时期内连续发生几次比较大的金融风潮与危机,加剧了市场的不稳定和混乱。随着时代的变迁,从天津商务公所到天津商务总会再到天津总商会不断有所作为。因此,稳定金融市场、维持流通秩序就是其“作为”的重要组成部分。

1. 防止现银贴水风潮

庚子之后,由于侵华联军在天津大肆烧杀抢掠,繁华的商业区变成一片瓦砾。据估计,天津官商各业被抢掠的现银,至少在1000万两以上。造成天津金融市场空前混乱,现银极度短缺。严重的现银贴水风潮爆发后,天津“各行商人倾家失业,疮痍满目,民不聊生,市井萧条,商家疲困,实属数十年来所罕见。各行铺家纷纷歇业者不可胜计,钱业店铺尤甚,竟有百余年或数十年之生意一旦歇业者,非系容心(之)为,实是时势所迫耳"[①]。同时,由于战乱和金融阻滞,在天津金融市场上占有举足轻重地位的山西票号,大量收回放款,其数也在1500万两以上。设在天津的外商银行和洋行,更是只收不放,进一步加剧了天津银根奇紧的状况,致使"商旅闻之而裹足,百物为之腾涌"[②]。

诞生于此种危急局面中的天津商务公所提出了挽救市面的四大政纲,即推缓新旧欠、倡行钱票、设立银行、厘卡规复旧章。四大政纲立即得到袁世凯允准,并于1903年5月集银35万两设立了志诚银行,投放银元数百万枚,废止总价值两千余万两的拨码,由40家殷实钱商开写银钱票,还推缓新旧欠款总额约五百余万两,发放官款七十余万两维持各业等,终于使风潮稍以缓和。因现银短缺导致贴水风潮爆发的最主要原因并未解决,尽管这四大政纲的实施在当时发挥了一定的作用,但毕竟难以从根本上挽救金融停滞的危局。

1904年正值天津商务总会成立之时,市面"窒塞如故,倒闭如故",形势仍然相当严峻。1904年5月24日,天津海关道唐绍仪奉袁世凯之命张贴禁止运现银出关的《告示》。这种因噎废食的办法是一种治标而非治本的办法,大大断绝了天津现银的来路,后又稍做变通,规定每次运银不得超过5000两[③]。这种银根严重紧缩的局面,为各炉房非法牟利提供了机会。当时各炉房在熔铸法定九九二色行平化宝银时,就点铅掺铜,使天津开埠以来40年间享有很高信誉的行平化宝银,由九九二色降至九六五色,每1000两即亏银27两。不仅津埠各商受害匪浅,即上海、广州、武汉等与天津往来各口,亦同受其害。上海商家为减

① 《汇编》(1903—1911)上册,第332页。
② 《汇编》(1903—1911)上册,第328页。
③ 《汇编》(1903—1911)上册,第347页。

少损失,申汇汇水日涨。到 1908 年秋,致使震动中外的银色风潮爆发。当时,全津各客商铺户,中外银行,均将收存现银暂不兑换,期望银色提高时再行出兑。档案记载,仅 7 家外国银行积存现银即有一百二三十万两。谁知越积越多,银色反而越来越低。至秋节临近结算账目时,所有客商欠款因银色不足,债权人拒绝收款,“直到 8 月底仍无转机,客商买卖不停而停,人心惶恐已极”①。此前,津海关道为减少关税损失,曾于 1908 年 2 月 14 日发布行平化宝银色低溯,中外各商的纳税必补足九九二色,方准照收的告示:最关键的就是在原税额基础上加 20%的关税由原来的行平银 105 两=关平银 100 两,改为行平银 107 两=关平银 100 两。《告示》的出台引起天津洋商会和驻津领事团的纷纷抗议,一致要求停止关税加征,并将已加征部分退还外商,使局面更为复杂化。

新成立的天津商务总会面对此种危急局势,最需要解决的问题就是如何改变现银短缺的状况,解除贴水风潮,使天津市面恢复正常的商业往来。天津商务总会决定采取三项主要措施:

一是仿照上海设立“众商公估局”,整顿银色,规定由公估局“公估银两,以估码截记为准,估定后无论华洋官商,一律通用”。本来,为了解决天津银钱市场银色庞杂,客商之间常为此纠缠不休的问题,早在 1905 年 12 月间,天津商会即提出了仿照上海,设立众商公估局,以九九二色为准,估定杂色银,钤记行使,并举荐王铭槐总理其事,结果被袁世凯驳回:意在勒肯外来商民从中渔利的一种手段;但是,市面银色渐渐低落,握在商人手中的现银越积越多,不能济市,危机迫在眉睫,非创

① 《汇编》(1903—1911)上册,第 361 页。

设公估局不能救此危局。1909 年，天津商务总会督办众商公估局成立。开办经费由众钱商先行垫付。天津众商公估局开办三天，即估银 33.7 万两，使危机日趋缓和。

二是恢复钱商公会。道光初年设立钱号公所后，因庚子事变的打击，中外驰名的大银市被迫取消，公所业务活初亦同时中止，买卖银洋的洋厘和京申汇兑行市，均由钱业之外伙专以卖银洋为生，买空卖空，把持市价，银钱涨跌，皆出其手。为了防止流弊起见，于 1908 年 10 月中旬，恢复天津钱商公会并附属商会，以便行改良各事，随时集众研究，并议定章程细则 18 条，使钱业走上正轨。随后于 10 月 21 日发布通告，命令各钱商不得加贴水买卖番纸(即外商银行华账房所开支票)，如有违者，按所得贴费加百倍议罚。1909 年 5 月 19 日起，开办了京、申电汇各项汇票行市，逐渐使天津的贴水风潮得以缓解，成为天津银钱市场趋于平稳正常的标志。

三是解决外商银行积存的低色化宝银问题。银根紧缩时，天津许多银炉掺铅掺铜熔铸法定九九二色行平化宝银，使长期享有盛誉的天津行平化宝银由九九二色降至九六五色，每千两亏银 27 两，致使津商以及与津埠往来的申、汉等地商家均受其害。在津的外商银行，也积存了不少这种低色化宝银，其中仅 7 家即积有现银近 130 万两。为消除低色化宝银的危害，天津商务总会决定将其重估改铸。但在商议亏损补赔时，与外商银行出现了分歧。双方争执不下，津商会曾多次据理力争，后因海关道蔡绍基妥协退让，商会改变了态度。经商会总协理劝导，实代外国各银行赔补色行平宝银 7143 两 2 钱，均由各殷实钱商暂行借垫。此外，津埠外商还要求天津关退还因银色降低而在征收关税时每百两加征的 2%的关税。经过多次交涉，天津商务总会最后同意向各殷实钱商借银 1.5 万两将此案了结,使天津的进出口商业市场逐渐恢复正常。

2. 竭力制止铜元涨落

清末的铜元危机,主要是因为铜元急剧贬值,泛滥成灾,致使市面一片混乱,严重影响了社会与经济生活的正常进行。铜元的贬值和泛滥,不仅是天津,而且也是当时全国各地所普遍面临的难题。其原因在于官府漫无节制地滥铸铜元,以解决财政拮据,致使铜元数量与日猛增,铜价贬值,各地商人拒收铜元的现象屡屡发生。

自 1902 年 8 月起至 1904 年间,天津市面流通的铜元一直保持了升位的态势,每 1 银元,均合铜元八九十枚。1905 年下半年,外省铜元大量涌入津门,天津造币厂的铜元积压严重。据档案记载,至是年 10 月 26 日积压铜元已值银 40 余万两,“亟应设法疏销”。但是袁世凯政权既不顾货币发行量的客观限度,又不顾进入流通的现银与铜元的适当比例,只顾攫取大量涌现的现银,因为这是他们用于练新军、办新政的主要财源。因此,1902 年开铸铜元后仅仅四五年间,疯狂滥铸的铜元已到了失去控制的程度,铜元价值一落千丈。1908 年,天津市面上的铜元较诸 1903 年贬值达千余文,使各阶层民众和商人都不堪其累。为此,天津商务总会也根据当地的实际情况采取了许多缓解危机的措施。

天津商会在庚子后十年间,不仅一直主持铜元的具领和向各商家发放,而且负责银钱市场上每日开盘价格的审核与上报。商会最早提出了严禁外地铜元入津的建议。为了增强铜元的辅币地位,1909 年商会又提出开铸五文以下小铜元的建议,“庶于国体、商民两有禆益”。

1908年初铜元贬值至每1银元150余枚，商会会行各董共同议决，全津各行商业一律停止使用铜元，改为银元（含银两）交易。天津商务总会总理王贤宾草拟《挽救银元危机办法三条》：最先提出停铸铜元，请官府"将停铸情形出示晓谕"，"嗣后铜元如不敷用，应由众商查看情形开议，请由职会转禀续铸，划定铸数以资接济"。该年年中，铜元危机达到高峰，商会提出了限价措施，议定市场钱盘价格每洋1元兑换铜元不得超过130枚。其次，禁止外省铜元入境和私铸私贩，请直隶总督札饬巡警及各局，严禁沿海各口私运铜元及内地手机私铸，"一经拿获，照例究办"。其三，筹设官钱局，行使银元铜元纸币，"准由各商民用铜元向钱局兑换两等纸币，以资津埠流通[1]"。这些措施都得到了地方官府的支持，因而得以顺利推行。特别是统一行使银元铜元纸币，不仅可以在一定程度上防止铜元进一步贬值，而且能使商家减少损失。在此之前，商家"置货以银，出货收钱，银钱相衡，亏累实非浅鲜"。统一行使银元铜元纸币后，"凡出售各货均改银价，或可稍资补救。拟银洋十角为一元，如给铜元随银洋市价核收，庶买卖两不吃亏"[2]。此后两年间，天津银钱市场的相对平静，不能说与上述措施没有关系。

由于铜元日跌，银盘日涨，京师商会与天津商会采取了发币收买铜元以平减银价这一完全相反的办法，结果却出现了新的混乱。天津商务总会对京师发币收买铜元的做法提出了直接的批评，认为"以有限之银款买无限之铜元——势必明暗两价，流弊滋多，商民愈困"。这是一种"几似抱薪救火"的做法[3]。针对这一情况，天津商务总会又经直隶

---

① 《汇编》（1903—1911）上册，第444页。
② 《汇编》（1903—1911）上册，第448页。
③ 《汇编》（1903—1911）上册，第457页。

总督同意,提出了废止现行铜元代之以铜元官票并重铸制钱的办法大纲十七条。其具体措施是在京师设立兑换所一处,于天津、保定等凡顺直行使铜元之埠,设立分所,以便就近兑换。各所均填写铜元纸币,限期收买铜元,逾限后专行铜元纸币,不得再使现铜元,以杜私贩私铸。如商家有旧行铜元票者,准以此项官票兑付。另还规定此铜元币准在各所兑换银纸币,各埠银号钱庄均应行使银纸币,以期流通①。稍后,天津商务总会还提议:"所有京津两埠一切官商交易,均以银为本位,使铜元涨落不关出人,则未受病之州县不能再病,已受病之京津已不觉其病矣。"②

辛亥革命前夕,铜元危机在天津又趋严重。与以前所不同的是,此次危机系因铜元停铸和大量外运,致使天津市面上铜元短缺,价格逐渐上扬。1911 年 9 月间,银元与铜元的兑换比例,由先前的银 1 元兑换铜元 130 枚(这一兑换比例系 1907 年天津商务总会所定)变为兑换 110 枚。众所周知,无论是铜元的贬值还是价格上扬,其结果都会造成市面混乱与社会动荡。天津的铜元价格上扬之后,"人心惶惶,浮言摇动,市面益形恐慌"。有的地方铜元短缺严重,如在杨柳青镇市面上竟数日不见铜元,"人民持银元兑换者,遍街市无觅处"。天津城董事会表示,"敝会有维持商务讲求治安之责,理宜设法维持。惟念成立未久,信用未坚,又兼能力薄弱,远不若贵会之识见高超,魄力雄厚"。请求天津商会约集钱业"探其受病之源","研究维持善法"③。可见,各界对商会维持市面的威望及影响非常重视。

① 《汇编》(1903—1911)上册,第 458 页。
② 《汇编》(1903—1911)上册,第 465 页。
③ 《汇编》(1903—1911)上册,第 467 页。

于是，天津商务总会针对津市钱币繁杂，私赌私贩成风、铜元行市涨落不测、百物昂贵、人心不定的情况，除继续履行调查职责以外，决定：首先发通告，规定每银 1 元仍兑换铜元 130 枚，由商务总会负责主持，以 5 元为度，接济人民日用之需，不准多换，倘有影射多换渔利，一经查出，“定行从严罚办”。①

其次，请准开铸铜元，由直隶总督札饬造币厂，先行赶铸 500 万枚，速发大清银行转交商务总会，以便按规定兑换。后因 500 万枚仍不敷用度，天津商务总会又请由直督“迅予檄饬造币厂，按日铸发铜元 60 万枚，以 1 月为限，限满再由职会察看情形禀请钧核”②。这一措施得到了直隶总督和造币厂的支持，在当时产生了重要影响。

其三是改变以往准予并鼓励铜元外运的作法，严禁大批铜元出境，以保市面。经直隶总督饬令，天津海关道、铁路局转饬各关卡、车站一律严密稽查，对违反规定者予以严究。

上述办法有效地防止了铜元缺乏。但是几个月过后，天津商会提出关卡不要留难铜元运出的条文，以解救天津市面铜元贬值危机。1920 年初，天津商会因滥铸私运成风造成轻质铜元充斥天津市面的险象，再次出面排除。

国民党执掌政权后，铜元危机并未平息，铜元兑换价格突然暴跌，市民异常恐慌。天津总商会认为，铜元跌价关系细民生计，对地方金融影响甚重，自应防止。天津商会和钱商公会多次配合政府当局解决铜元危机，与政府和公安局多次商榷解决办法。1931 年，市长周光龙派

① 《汇编》(1903—1911)上册，第 470 页。
② 《汇编》(1903—1911)上册，第 473 页。

秘书周振声、社会局长邓庆澜,希望商会与银钱两业公会参与协商出台遏止铜元暴跌办法。经过详密研讨后,拟制出治标治本六项办法:

(甲)治本办法:实行十进位新辅币以废除旧币。其进行步骤如下[①]:

(1)请本市银钱两业公会合组机关,发行十进位之铜元票暂以替代新辅币,由市政府市商会监督办理之。

(2)分期收回旧币,公家如无此款项,可指定担保向银钱两业贷款办理之。

(3)由天津造币厂以收回之旧币另行鼓铸十进位之新辅币,视市面之需要,定鼓铸之数额。

(乙)治标办法:一面限制入境数额,一面发行普通铜元票使铜元换算率增高,以杜绝外埠劣币之来源,其办法如下:

(1)限制铜元入境数额,所有行旅携带准以若干为限,如超过限数予以充公,庶于查禁贩运之中仍寓便利乡民之意。

(2)由银钱两业公会合组机关,发行普通铜元票,使铜元换算率逐渐增高,以杜绝外埠劣币之来源。

(3)发行铜元票机关成立后,依照省兑换率之高下,斟酌本市需要之情形,以定发行额之标准,并于每五日或每星期规定兑换行市一次,全市共同遵守,以免低昂之操纵。

1935年,为了解决铜元不敷分布之问题,天津商会主张筹备发行铜元票,与银行代表通过了《河北银元票发行准备库组织章程》,请中国银行、交通银行、中央银行天津分行垫借发行铜元票准备金二十多万。

① 《汇编》(1928—1937)上册,第744页。

市政府在商会和同业公会的密切配合下，急做有效处置，基本上控制了铜元危机的发生，社会局面得以安定。

3. 缓和钱庄倒闭风潮

在由上海发端而震动全国的“钱庄倒闭风潮”中，天津商会做了力所能及的工作。一是理结债务和纠纷；二是请官府借款以解燃眉之急；三是向钱业放款。这次风潮大致可分为两个阶段：第一阶段从宣统二年七月起至武昌起义爆发；第二阶段从武昌起义至清朝灭亡为止。京、津、沪等地金融危机的恐慌，以至津沪两地的商业往来也陷入瘫痪。

1910 年 6 月 15 日，震惊中外的“橡皮股票风潮”爆发，此风潮席卷大上海，掀起汹涌狂涛。上海的正元、谦余、兆康等三大钱庄因受影响相继倒闭，不仅波及了上海同业，而且很快牵连到天津。最先卷入风潮的是八大家之一的石元士。他所经营的万庆成洋布庄周转银七十余万两，被正元号东家陈逸卿挪用，加上在天津赔的 14 万两，亏欠总额为八十四余万两。津沪两商会不断往还函电，竭力维持，终因亏赔过巨而歇业。至同年 10 月 9 日，上海源丰润总号倒闭后，京津两地的源丰润、新泰号均遭倒闭，出现“汇兑不通，庄票汇票一无效用”。全国 17 处分号亏赔总额两千余万两。天津的分号赔银九十三余万两。在这一事件中，沪商各号亏空天津众商总额共二百余万两。这无疑对天津工商界是一个沉重打击。正如天利钱局经理边春生曾说，人人皆有“天塌砸大家”的感觉。

一波未平，一波又起。1911 年 3 月初，在全国各埠设有 24 处分号的义善源银号突然倒闭，北京、天津、保定三处分号因受牵连纷纷关门，仅津、保分号亏银总额就达六十八余万两。一月后，天津长芦盐商亏欠洋债八百五十余万两纠纷案爆发，被查抄的王贤宾、李宝恒、何福成等十大盐商经办的直豫61县引岸，被收归官办，震动了京津和直豫两省，使清政府的财政直接受到严重威胁。

面对因申地风潮“日形动摇，人心恐慌”的津埠市面，天津商务总会为减缓对市场的冲击，一面规定“各外行所欠内行票款，如未到期，不得迫追，以免牵动。如内行一时需款，可持房地各产契据及殷实外行票据或货物，呈由职会转向各官银号借款，以资接济，庶牵连排挤之事借可稍免”[①]。一面天津商会又召集各行董讨论对策，商量结果分三步：先由天津商务总会配合上海、京师两地商会共同携手理结源丰润、新泰号和义善源等倒闭后的债务、商务纠纷，并同上海商会一起维持景德和、万庆成等洋布庄继续营业；然后开展市场调查，呈请官府拨款100万两，维持市面；再与直隶、大清、交通、志成等四银行，成立“裕津公记银号”，具体组织向钱业的放款工作，以渡过难关。商会挑战金融风潮的实践证明，天津商会在控制金融危机对商民的侵害程度所付出的艰辛努力，获得商界与政府的一致认同。

4. 平息中交两行停兑风潮

民国初始，北洋政府一手策划的中交两行停兑风潮危及市面，这对商会组织来讲又是一次严峻的考验。辛亥革命后，袁世凯掌权，将中国、交通两大银行视为己有。每当政府财政罗掘俱穷时即令该两银行为其垫款并滥发纸币。1916年，中国银行向北洋政府贷款2200余万元，发行钞票4600余万元；交通银行为其垫款3800余万元，发行钞票

---

① 《汇编》(1903—1911)上册，第620页

3680余万元。两行大量发行纸币，但发行准备却相当不充分，银行现银以“垫款”“贷款”的形式提供给北洋政府，中国、交通银行现银储备量急剧下降。1916年4月初，天津、北京、上海等大城市的中国银行均出现过挤兑情况。为保留并控制中国、交通两银行的库存现银，袁氏政权密令中国、交通两银行各地分行立即将库存现银集中北京，这一消息传出后，各地人心浮动，挤兑之风愈演愈烈。1916年5月12日，北洋政府最终不顾信用向中国、交通两大银行下达“停兑止付”命令：“由财政交通两部转饬中国、交通两银行，自奉令之日起，所有该两行已发行之纸币及应付款项暂一律不准兑现付现，一俟大局定后，即行颁布院令，定期兑付，所存之准备现款应责成该两行一律封存。至各省地方应由各将军、都统、巡按使，凡有该两行分设机关、地方官务助酌拨军警监视该两行，不准私自违令兑现、付现，并严行弹压，禁止滋扰。如有官商军民人等不收该两行纸币，或授受者自行低减折扣等情，应随时严行究办，依照国币条例等九条办理。一面与商会及该两行接洽，务望同心协力，一致进行。”①中国、交通两银行各地分支行随即执行、遵令停兑，只有中国银行上海分行例外。当时担任中行上海分行的领导清楚地认识到：如果遵令停兑止付，中国银行上海分行从此信用倒地，不但营业难于维持，恐最终难免倒闭下场，更为严重的是与中国银行上海分行资金往来密切的数十家银行与钱庄也将受牵而难逃厄运；如果抗令不遵，则势将触怒当局，可能被追究严办。或遵令“停兑止付”或抗命“照常兑现”，两条路何去何从他们义无反顾地选择了后一条道路，决定维护整个金融资产阶级的利益，坚决抵制“停兑止付”命令。在江浙金融财团

① 《汇编》(1912—1928)第1册，第965页。

的各银行、钱庄及其他金融机构的支持下，在上海各界的声援下，中国银行上海分行抵制“停兑止付”命令的斗争如火如荼。

与之相反的是，中、交两行的天津分行却态度坚决地按照政府令宣布停止兑现，天津地面立即“人心恐慌，市面金融滞塞，大有停市之势”。为了推缓这次停兑风潮的到来，5月12日，天津商会已经召集各行业商董筹划维持办法。天津商会集合钱业绅商，首先发起成立直隶绅商金融维持会，拟具《简章十四条》及《办事规则十条》。直隶绅商金融维持会决定先由直隶省银行筹集款50万、长芦绅商和各行商凑集100万元、中交两银行50万元，共200万元现款备作基金，以兑换直隶中、交两行发行盖有直隶和天津字样的钞票504万元的纸币，外省及北京中交两银行钞票不包括在范围之内。天津商会推选了21名绅商代表到巡按使公署进行交涉，强烈要求以直隶省的田赋税等项收入及滦矿股票154000股作为担保。绅商代表们提出，津维持会奉令将滦矿股票存入直隶省银行，就应拥有滦矿股票权。直隶财政厅不太愿意将股票权移交维持会，以备军饷不足时动用。直隶金融维持会会长、津商会会长卞月廷坚持认为，因为当时说好滦矿票权是要交维持会的，如果没有维持会就不可能发现此项股票，也不会把它存放在直省银行。此滦矿股票应由直隶省银行开出存条，再由维持会开具收条。省银行代表认为，已经发给财政厅收条，不能再发。卞月廷态度十分强硬，“你们如果不办，本会明日即不维持”。直省银行被迫让步。不仅如此，直隶金融维持会的绅商们又利用他们与政府间的人际网络关系，通过写信，与一些北洋官僚徐世昌、曹锐、王世珍联系，求得他们对商会行动的支持，如徐世昌在给他们的复信中说道:“唯兹事艰巨，且其因应对待之际，处处均须官吏扶持。刻已作函,切托经帅矣"①。直隶金融维持会成立后,向社会公布了兑换纸币办法。据档案记载,5月20日至30日,10天内兑现189626元,可以流通市面的盖章钞票258262元②。5月底至6月初,维持会连日开会筹议挽救之策,决定劝说各商购买由直隶省银行发行300万元的公债票,换回中交两行钞票以及该行外债抵欠,借公债票的流通,救活市面。经过天津商会绅士们的种种努力,中、交两行停兑风潮终于得以缓解。不久,因直隶金融维持会完成历史使命,被政府宣布解散。

1928年6月,国民党军队占领天津。受国民党政府命令兑换钞票之影响,如天津华威、丝茶、边业、劝业、农工、蒙藏、中国实业银行、中华汇业银行所发之银元钞票及角票,持票人纷纷向各该行兑现,一方面钱摊复乘机折扣,从中渔利;另一方面多家银行因准备金不足发生停兑,以致平津两地同起挤兑风潮。商会为了防止险象发生,派出人员到各银行检查现金准备情况,而且奉命政府到各银行查复钞票停兑情况。同年12月,银行同业公会开会议决措施③:

先由商会内各银行暂筹备50万元,归中国、交通、盐业、金城、中南、大陆六行公同组织委员会调度。如本埠发行钞票现尚兑现之银行,有因应付钞票不得不请求救济者,可提出相当担保品,经该委员会之认可,酌量借款应用。

再由银行同业公会致函汇业银行,请其先尽角票兑现,一面再行整理银元钞票及其他债务,该行兑付角票时如须另借地址等事,亦可由银

① 《汇编》(1912—1928)第1册,第1009页。
② 《汇编》(1912—1928)第1册,第1016页。
③ 《汇编》(1928—1937)上册,第874页。

行同业公会协助。

最后由银行同业公会致函华威银行，请其即日恢复兑现，倘有困难，亦应先尽角票兑付，俾贫民劳工免受损失。

由于天津商会增强了注意市场危机的预测和缓解功能，在 1929 年世界经济危机的冲击下，天津和华北商业市场不断发生恐慌，尤其是银行倒闭案时有发生的情况下，它与同业公会一方面积极融通资金，并协助组织公库，增强了对危机的抗御力；另一方面则不断组织监督检查各银行准备金的情况，终于制止了因银行倒闭导致市面混乱的结果。

综上所述，清末至国民党时期的四十多年间，天津金融市场一直是波澜起伏，危机四起，由于天津商会想方设法，积极采取种种举措，上下奔走于中央政府和地方政府之间，才使此起彼伏的金融危机趋于缓解。除了在上述金融风潮中起了十分重要的作用之外，在 1911 年的长芦洋债风潮、1920 年日金棉纱棉业风潮、1921 年的中交挤兑风潮、1926 年的维持直隶省钞等一系列的各种危机中，天津商会领导者们同样有非凡表现，他们采取了既与政府相互配合又与政府斗争的周旋策略，不仅维护了国家主权，也维护了商权，使商人的损失尽量减少到最低程度，维持了金融业的平稳发展，铺垫了天津工商业顺利发展的道路。毋庸置疑，近代天津多次金融危机的爆发，如果没有天津商会竭力地上下沟通、护卫商界利益的实际行动，其后果将不堪设想。

三、倡导振兴实业

众所周知，保商权、扩商权、开商智，即辅助政府促进工商业的发展是商会的宗旨和任务。1904 年，天津商会成立之初，在《设立天津商务总会应行办法刍议》中明确指出:“凡商人有能开办矿务,建造机厂,制作货物流通中外各国,藉得收回利权者,由本会详请商部或奏请朝廷给予匾额,以示鼓励。”接着,1905 年创办《商报》、1906 年创设中等商业学堂,其宗旨就是开商智、振商务、兴实业。1909 年、1910 年天津商会两次禀请商部、农工商部,要求设立直隶天津商业研究所,设立宗旨是“研究物品,讲求制造,除商弊,利商益,振兴商业”。由此表明,天津商会从诞生之日起,就已经把振兴商务、兴办实业作为己任。

根据档案记载,天津商会确实是兴办实业的有力推动者。按照商部的规定,各企业注册都要经过商会呈转和考查来完成。据不完全统计,到 1911 年前,天津民族资本工业厂家已发展到 107 家,其中注有资本额的 53 家,资本总额为 6708405 元(资本在万元以上的有 28 家),涉及矿业、机器制造、水泥、交通运输等重工业和纺织、面粉、榨油、烛皂、火柴、皮革等 16 个行业。

1912 年开始至 1928 年天津民族资本厂家约有 2471 家,总资本额约 82427000 元,涉及 66 个行业,工业人口约 4 万人。这与 1911 年前的天津民族工业做一比较,厂家增加了 23 倍,资本额增加了近 12 倍,行业增加了 4.4 倍。根据作者所接触到的资料,对北洋时期的天津民族资本工业的情况,列表统计如下①:

① 宋美云:《北洋军阀统治时期天津近代工业的发展》,载《天津文史资料选辑》第 41 辑。

北洋时期天津民族工业统计表

类别	行业	厂家数	资本额(元)	百分比
纺织业	14	1407	26870532	30%
化工业	19	285	11194840	40%
面粉业		29	5192000	6%
食品业	8	105	3368300	5%
矿业		32	12700000	16%
机器业		130	90100	0.8%
五金业	4	181	220641	1%
日用品业	5	181	71750	0.7%
瓦斯		2	2000000	2%
水电业	2	12	1622000	15%
建筑业	2	8	12102000	15%
文具业		72	8782	
服装业	3	70	20000	0.2%
印刷业	2	51	36620	0.3%
造纸业		3	2500000	3%
农垦及渔业	2	2	2000000	2%
其他		24	2439435	3%
总计		2471	82427000	100%

根据表中的统计数字，从资本来看，资本额最多的是纺织工业，其次是矿务，第三是建筑与建筑材料工业，第四是化学工业，第五是食品工业，从厂家数来看，最多的是纺织工业，第二是化学工业，第三是食品工业，从行业数来看，第一是化学工业，第二是纺织工业，第三是食品工

业。纺织工业、化学工业、食品工业的总资本额约4461万元，占民族工业总资本额的55%。从建厂的速度来看，1912年到1928年17年间平均每年建厂145家，而1900年到1911年平均每年建厂不过是9.9家，增长了14.6倍。不论从哪个方面看，都显示了天津民族工业在这一时期全面发展的速度。

以上分析显示，从20世纪第一个十年起至20年代末，可谓天津近代民族工业全面发展的鼎盛时期，社会生产力明显提高，制造业品的输出明显增长，近代民族资本主义工业的比重占了主要地位，为天津作为华北区域经济中心创造了条件。17年间，民族工业之所以能有这样的发展，不能不说天津商会起了至关重要的作用。

第一，大力提倡国货。天津商会成立之后，就投入到抵制洋货运动中。1905年反美运动，是天津资产阶级首次登上政治舞台亮相。当天津商会接到上海商会发来抵制美货的电报后，立即召集全体行商大会，会议决定“无论大小行商，务使一律不购美货”。抵制美货运动使输入天津的美货数量明显减少。天津造胰公司、天津麟记卷烟公司等企业利用这一大好时机先后建立。在抵制日货的运动中，商会会董宋则久提倡和推广爱国布，抵制洋布，给日本纺织业造成威胁，带动了天津织布业的发展，直隶省生产的爱国布销往东北三省、西北各地以及南方地区，甚至还向俄国出口相当数量。

辛亥革命以后，天津商会把维持国货作为当前之急务，掀起提倡国货的热潮，各爱国团体纷纷组织国货公司和国货贩卖团，努力开展劝用国货等活动。一时间，国货运动蔚然成风。20世纪初期，内地棉花出口逐年增加，日本等国的洋纱、洋布垄断了天津棉制品市场，刺激了许多中国商人，他们切身感到“利权外溢乃一大漏卮”，必须自筹纱厂方能挽回利权。天津商会认为:“欲图抵制洋纱,自以由商倡办机器纱厂较为得计。”[①]裕元纱厂在倡议书中写道:“即以直隶而论,不乏产棉区域,棉质韧度虽短,代价则甚廉.纺制粗纱足堪使用。惜企业家多未注意,致每岁贱值输出外洋者甚伙,经彼一番制造,成为棉纱回销我邦,所获甚巨。何啻太阿倒持授人以柄,是天予我丰厚出产自不能享,徒供他人而利用之也,岂仅可惜,亦殊可耻。”[②]

尤其是五四运动期间,天津总商会抓住这种有利时机,大力提倡国货,积极宣传抵制日货,使日本商品在华销售锐减,为民族工商业的发展创造了有利条件。1919年5月间,天津总商会即连日召开各行商特别会议,筹备提倡国货办法。议定凡公司、工厂以及个人制造之国货,均请赴商会声明,由商会检索核实,发给证明书,以俾行销。总商会还附设提倡国货事务室,“各公司、工厂如有成品优美者,本会酌量给奖,以资鼓励”。在此期间,天津总商会还向全津工商各业发出提倡国货布告,申明:“旷观世界潮流,物质文明日益进化非实业振兴不足以图存,非维持国货不足以振兴实业……为今之计,拟先从事调查国货,予以辨明,辅助销场,已有者可以坚持其业。”其具体办法是,经商会检查核实为各种国货者,发给证书,并汇集编制国货土产录,“广告社会以资推销”。天津总商会的这些措施,有利于扩大国货销售渠道和占领国内市场。

抵制日货发展民族工业已成为社会各界共同的呼声。各种报刊纷纷发表评论。当时的《南开日刊》大声疾呼中国人如果“能够不靠外来

---

① 《农商公报》第2卷第9册,1915年12月。

② 《大公报》1915年12月5日。

的工业品可以自存，那么中国人方才有经济上的独立权，方才有主张国民自决的勇气，方才有实行国民自决的力量”。因此，必须“快快地趁这个时候兴办各种的大工业”。《益世报》也刊载专文呼吁振兴实业，指出抵制措施“非永远持久之策也”。以上论述表明世人已经清楚地意识到，迅速发展民族工业是富强中国的根本措施，较诸一时的抵制日货更为重要。

在总商会的组织和社会舆论的呼吁之下，天津工商业者纷纷集资创办新式企业。在这一时期内，天津的民族工业前后出现两次建厂高潮，第一次是 1915 年，第二次是 1920 至 1924 年间。天津民族工业设厂的第一高潮是在“挽回利权，兴办实事”社会舆论的激励下出现的。为此，从 1915 年开始陆续建立纺纱厂，裕元、华新、恒源、裕大、宝成、北洋等六大纱厂先后建成。这样既可以利用直隶等地原棉充足、纱销畅旺，又可以节约费用，与外商争夺利权。由于第一次世界大战爆发造成的空隙以及五四运动时“抵制外货，爱用国货”的提倡，使民族经济得以进一步发展，日本货的进口受到阻遏，美、英其他帝国主义国家物品的输入量锐减，如 1913 年外国进口纱从 1916 年的 620774 担减少到 1925 年的 120718 担[①]。正如海关报告中所说：“年来国内虽屡有战争及政局上之变动，而天津一埠之工商业之发展日有进步，渐可与沪埠颉颃。十年来(1914—1924 年)进步情形最可令人注意者，为外洋入口匹头棉纱之跌落，其价格亦由渐增而折至最近之骤跌。”六大纺纱厂与洋纱的有力竞争确实起到了挽回利权的作用。同时，由于当时人民爱国抵制日货的刺激，使天津民族资产阶级踊跃投资企业，于 1920 年前后

① 天津特别市社会局编:《天津工商业》，1930 年版。

掀起了第二次兴办实业的高潮。从 1915 年开始以后的 14 年,天津兴办的民族资本企业共 1183 家,占这个时期厂家总数的 87%。民族工业建厂热潮的兴起,同全国及天津人民群众反帝斗争高潮的一致性,充分说明五四运动期间天津总商会提提得国货的劝导,对促进天津民族工商业的发展产生了积极影响。

第二,提倡技术进步。由于中国近代化起步较晚,近代科技发展水平低,民族机器制造工业落后,决定了技术进步与中国近代化天然地联系在一起,惟其如此,才能变晚起步之劣势为高起点之优势,这也是后发型工业化国家不可缺少的重要条件。自近代工业发轫开始,技术进步贯穿于整个中国近代工业化的过程中。全国各个工业领域都程度不同地在设备、原料、技术、人才等方面实行对外引进,加快技术进步。19 世纪,由于缺乏企业生产经营经验和近代科技管理人才,对外引进多为盲目性、被动性。进入 20 世纪,随着近代科技人才的次第造就,生产技术和管理经验的积累,对外引进进入理性阶段,变前期的被动接受为主动采用,引进质量明显提高。天津商会的领导人纷纷以振兴本国民族工业为己任,但他们并不抱残守缺,而是放眼世界,大力倡导引进西方先进的技术设备、制造工艺、经营管理经验、专业人才以及优质原料,并积极付诸实施。

20 世纪二三十年代,在技术水平、管理经验进一步积累的基础上,伴随着近代科技人才的大量涌现,并在企业内产生积聚效应,也随着如火如荼的国货运动的蓬勃开展,对外引进水平更高,成效更大,开始跃上了新台阶。民国以后,天津的民族工业呈现出强劲发展的势头。工商人士普遍感到企业缺乏竞争力的主要原因之一是设备老化,从而影响产品的质量,也影响了产量、生产成本和生产效率,因而,引进新式或较新式设备逐渐成为民族企业家的共识。这方面感触颇深的天津商会决策者们积极主动与发达国家的商会进行多方面的联系，相互交流，主动与法国巴黎、德国、美国总商会先后取得联系，因“敝国之工业、商业及交通事业，迩来颇有发展之佳象，而且到处皆采用欧法，因之社会对于电器机械制造品之需要甚大”，希望得到国外商会的支持。中外商会间的科技与商情信息的传播，不仅有利于加强科学技术在世界范围内的传播，而且强化了天津商会与外国商会组织间的信息联系，加快了国内民族企业的发展。如天津纺织工业中的六大纱厂，先后引进了当时最先进的美、英等国的纺纱机、透平发电机、新式锅炉等设备，创造了较高的生产价值，直接进入了现代化大机器工业阶段。笔者根据《天津商会档案》《天津同业公会档案》及有关资料，对六大纺纱厂引进外国设备的情况作了统计，列表如下：

北洋时期天津六大纺纱厂引进国外先进设备统计表

企业名称	设厂日期	资本额	机械设备	动力设备	进口机总值(元)
裕元纺织股份有限公司	1915.11	560万元	纺纱机75000锭 (美国) 织布机1000台 (英国、日本) 合股机900锭	蒸汽锅炉4座 (英国) 引擎马达185座 (美国) 透平发电机4座 (美国)	约669万

续表

企业名称	设厂日期	资本额	机械设备	动力设备	进口机总值(元)
华新纺织股份有限公司	1916.8	1000万元	纺纱机22000锭 打花机、清花机、松花机556台	电机锅炉2座 电台1座 马达120座 马力500匹 透平发电机3座	约159万
恒源纺织股份有限公司	1920.5	300万元	纺纱机31000锭 织布机2000台 (英国、美国)	立式水管锅炉5座 透平发电机2座 三相交流发电机3座 马达202座 (美国)	约250万
裕大纺织股份有限公司	1920.5	300万元	纺纱机35000锭 细纱机、粗纱机 钢丝机共276台 (美国)	发电机3座 马达60座 锅炉4座 (美国)	110万
北洋第一商业纺织股份有限公司	1920.1	200万元	纺纱机20000锭 (美国)	蒸汽水管式锅炉1座 三相交流发电机2座 (美国) 引擎马达68座 (美国)	

续表

企业名称	设厂日期	资本额	机械设备	动力设备	进口机总值(元)
宝成第三纺织股份有限公司	1921.6	300万元	纺纱机27000锭 摇纱机、合股机等250台	锅炉3座 透平发电机2座 电台1座	

从表中的统计可以看出，六大纺纱厂的资本规模都在百万元以上。它们都拥有美国、英国、日本、瑞士等资本主义国家最先进的纺织机械设备，并且全部采用了电气动力设备，也是欧美国家的新产品。为了适应企业规模扩大的需要，跟上世界技术水平的发展，企业的机器设备不断更新和扩充，从最初采用的引擎发电设备，改用美国等国家生产的三相交流透平发电机，进入了透平发电时代，如裕元、华新、恒源，宝成等企业。据史料记载，企业引进的机械总值一般都在百万元以上，有的多达六百余万元。由于企业广泛利用发达国家的先进技术，发展新工艺，具备了先进的生产力，直接建立了以电气动力为标志的机器大工业生产体系，在较短的时间内，实现了资本主义经济结构的变化，使天津纺织工业加速迈向近代化。较受欢迎的天津织布业也引进了日本先进的平面织机、电力提花织机等先进机械，织出的布匹达到同类洋布的水平，成为洋布有力的竞争对手。

天津东亚毛呢纺织有限公司的创立者宋棐卿在创办企业对外引进的过程中也有相同的经历。1921年，宋棐卿完成了他在美国的高等学业后回国，他雄心勃勃，不满足于像父亲那样只做一个一手进货一手出货的商人，决定投资实业，以自己的产品称雄于市场。在从事商贸期间，他看到英国“蜜蜂牌”“学士牌”毛线在中国市场十分畅销，遂拟仿制，从英国进口了一部纺制毛线的纺机。他虽留学美国，但所学为工商管理，并不谙毛纺技术，不期购进的是一部已淘汰的粗纺机，用之纺出的毛线没有弹力，根本无人问津，这种局面在他胞弟宋宇涵出国专攻毛纺技术学成回国后，迅速得到了改变。东亚毛纺厂筹设期间，宋宇涵即被哥哥委以出国购买机器的重任，由于事业初创，资金短绌，宋宇涵在多方看货比较后，以较低的价格购进英国博得运毛纺织品公司刚更换下来的两套机器，性能尚佳，式样尚新，运回国安装试车一举成功，纺制出 100 号、200 号等四股、六股绒线，取得了价廉、优质之效。当东亚渡过创业最困难时期，资金紧缺局面一缓解，宋棐卿立即派弟弟出国购置新机器，东亚正是靠不断追求技术进步，产品“抵羊”牌毛线很快在竞争激烈的毛线市场站稳了脚跟，走向全国，并把英国“蜜蜂牌”“学士牌”毛线挤出了中国市场。

大胆引进国外科学技术人才，是搞好企业经营管理的前提条件，从而使民族企业不断地开发出新产品，提高产品档次，也是商会会员企业采用的一种方法。列宁说过：“任何管理工作都需要有特殊的本领……要管理就要内行，就要精通生产的一切条件，就要懂得现代高度的生产技术，就要有一定的科学修养。”[①]近代天津工商人士在经营企业的实践中深深懂得这个道理。商会会董宋则久于 1905 年 10 月开办天津造胰公司时，曾聘用日本东京大学工科毕业生张星五为董事，严智怡为工程师(后张氏退出，严智怡为董事，仍主持技术工作)。聘用日本工头，学习日本人的管理方法。由于技术先进，管理方法合理，所出产品总是尽数售出，年年获利。1908 年即增资 15000 元，全部改为机器生产。

① 《列宁全集》第 30 卷，第 394 页。

1911 年又续招股份 3 万元，资本总额已达 5 万元。该厂所创制黑胰，获商部准以专利 5 年。他不仅采用请进来的办法，而且还派人到国外学习。他创办的工业售品所下属的几个织布厂，就派人去日本学习制绒衣料的技术，回国后指导自己工厂的产品改良。经过宋则久的不懈努力，工业售品所后改为国货售品所，产品品种从 1913 年的 300 种到 1926 年已增加为 8000 种。天津的裕元、恒源、华新等六大纺纱厂先后都聘请了富有经营管理能力以及训练有素的专业人才担任厂长。有的纱厂不仅从国内聘用，而且还从国外聘用技术人员指导生产，恒源纺纱厂从江苏聘用中国技师 2 人，技术职员 27 人，华新纺纱厂聘请了日本的松田金丘卫任纺织技师，美国留学生薛代章任电机技师；裕元纱厂请了日本的代谷贤三为总技师，经营顾问、工厂主任以及各车间教导工也都由日本人担任，并从保定职业学校招进一批纺织专业的学生负责管理工作，在他们的指导下，展开了一系列的生产技术、工艺组织的改革，有效地组织、指导和调节各个工人的协作劳动，积累了比较丰富的经验，提高了企业的生产能力。因此，裕元厂生产的粗、中、细支纱都达到当时较高水平，某些产品的质量甚至超过进口棉纱，其中“蓝虎”名牌纱产品长期稳定，并创新“八仙”牌棉纱及“炮车”牌布匹，一直畅销直隶省内外，“几乎库无积存”①。

引先进技术进入农村，是商会大力推动农村工业发展的一件行之有效的事情。天津商会管辖的县级商会建立伊始，首先的工作就是调查各县商务情况，设各种示范工厂，推动手工业和工业生产。

自 20 世纪初，直隶省的农村工业，陆续从国外引进了一些效率较

① 《恒源纺纱厂档案》146 卷—13 号。

高的工具，如铁轮织布机、轧花机、弹花机、针织机等，这些工具使生产效率成倍以至数倍地增长。商会在引进和推广这些先进的生产工具方面起了重要作用。商会或组织南人购买此类工具回农村介绍给农民，或组织商号为农民提供信贷，同时商会还负责产品的运销。最典型的范例是高阳县新兴织布业的崛起。1907 年高阳商会成立后，主要从事的工作有这样几项：一是调查布业事，即自从提倡改良土布，织业发达，随时派员调查，如有织工精密别出心裁者，注册存记，以资鼓励而期进化。二是工艺会期事，即每月朔望，调查织业员会同各议员，招待织业工艺人等，齐集商会、研究所，讨论各项织工，品评布质，考核经纬用线码数，特别新样，比较优胜，以定等级。三是推广保护事，即高阳以织纺为生计，惟布行为大宗，扩充布业为第一要义。本县布运售东三省、古北口、山西、河南一带，凡遇关税，以土布完纳，不令滞难。外商购贩格外招待，价格较廉。布分等次，不使同行稍有争执，以昭推广保护之义①。

为推广铁轮机，高阳商会“不用巨大之经费扩充工业，贫民不用分文之资本借助营生。因齐集绅商，提议由绅商筹办制造轮机，并由各商购办本国线纰，令织户按斤领线，每集按斤交布，按市价给予手工。贫户不用资本而能织纺，各商收布不用担负而有售主，商民一体，风气渐开，民皆鼓舞”②。从高阳织布生产的流程中，我们不难看出，高阳的土布生产方式是一种包买制的生产方式。中国近代农村工业中的包买制最初出现时，它不仅是商人的赢利的工具，同时还是政府。地方士绅和

---

① 《汇编》(1903—1911)上册，第 241 页。

② 《汇编》(1903—1911)上册，第 227 页。

实业界人士推广新技术以发展实业的一种手段。也正是这种包买制方式,才更农村织布业中使用铁轮织布机和机纱较快地达到普及的程度。

为了与外商争夺农村织布市场,天津商务总会在高阳县号召使用国产铁轮机。1910年,天津商务总会向高阳商务分会推荐天津九诚铜铁厂张国珍自制织布铁轮机的函中写道:“现有九诚铜铁厂张国珍自制织布铁轮机,灵便利用,直与外洋无异,亟宜互相维持,以资提倡。查尊处织布工厂林立,均以铁轮机织布,与其购置外洋利权外溢,何若购置华制共维实业。”[①]由商会组织直接扶持资助农村工业,无疑推动了近代农村经济的发展。

就天津近代企业的总体技术而言,机械化程度还是比较低的,这与当时的社会环境有相当密切的关系。尽管如此,天津近代企业的技术进步还是值得称道的。正由于客观形势的不利,才显示出近代企业技术进步的可贵。再则,于客观效果上,它毕竟促进了天津各工业部门的集中发展,使一批著名的工业厂家增强了竞争实力,还使一批中小企业摆脱困境,以技术的实力为基础扩展了市场占有率。

第三举办大型商品展览会。随着国家对工商业的不断重视以及所颁布的各种经济政策和法令条例的出台,天津的地方政权也采取一系列有利于实业发展的措施,促使天津的工商业有相当的发展,成为华北区域的工商业中心。近代企业家的崛起和壮大,使怀有“振兴实业”“挽回利权”的天津总商会的领导深刻地认识到,只有提高生产技术水平和产品质量,才会有市场竞争实力。如果无所作为,不求进取,不仅不能立足于国内市场,而且势必难以逃脱优胜劣败、自然淘汰的法则。因

① 《汇编》(1903—1911)上册,第1325页。

此,他们比任何人更重视产品的质量、品牌、市场销售量等。他们认为,“聚百货而图畅销,则经济赖以活动”,就是希望工商界人士通过一定的方式或场合,相互进行交流,让其思想、观念交互作用,相互影响,相互促进,进而扩大天津商品的市场占有量。其实早在1907年1月,天津商会禀请天津道、天津府,要求在天后宫举办商业劝工会,“是振兴商务,首重劝工”。劝工会召开的消息一经传出,“商情颇形踊跃”。商会认为这也是联络工商的好机会,应仿照博览会成章,举办天津商业劝工会,自系商市之一大观,不惟工业以比较而精,即商情亦以团结而胜①。他们还提议每年三、腊两月在天后宫,六、十两月在公园开办特别大会,会期为一个月。参加劝工会的有洋货商、药材商、铁货商等十个行业426个商号。民国以后,商会以“于以见制造之进步,工业之精美,更得诸大实业家欢聚一堂,互相切磋,前途之拓展当可预卜”为宗旨,先后多次主办各种展览会,为了防止伪劣产品参加,天津商会主持成立了国货审查委员会。1915年8月津会举办了国货产品陈列会。在1916年10月1日至31日开办的国货展览会上,参加展览的品种达12类,共达397种,大会颁发奖状以资鼓励,其中一等奖40个,二等奖7个,三等奖56个。1919年举办了直隶省手工业品展览会。尤其是1922年的直隶省第一次工业观摩会规模盛大,参加者来自全国各地1234家企业,展览会涉及农产制造类、食品类、织染类、建筑与土木工程类、手工制造类、图画类、机械类、矿学类、化学类、电学类。所设奖项分别为超等奖、优等奖、一等奖及中等奖。经国货审查委员会审定:超等奖49家,优等奖147家,一等奖534家,中等奖1234家。除此之外,商会还

① 《汇编》(1903—1911)上册,第811页。

积极推荐企业参加在上海、北京等地举办的全国的或地方的国货展览会、商品陈列会等，在 1925 年上海举办的全国国货展览会上，天津获奖厂家达 135 家之多。

与此同时，商会还热衷于送会员企业的名牌产品参加国际性的博览会。1926—1929 年期间，天津工商企业的产品数次赴巴黎、河内参加法国商界举办的世界工艺展览会、商业博览会以及万国博览会。1931 年底，天津商会派人去南洋群岛进行商务考察，并访问了新加坡、马来西亚、泰国、缅甸、香港等国与地区的中华商会。他们带的九十多种国货精品在新加坡中华商会会址举办了展览会，受到当地华人的热烈欢迎，很快一售而空。消息传出，英属马六甲中华总商会、荷属棉兰中华总商会以及其他社会组织主动纷纷来函并派代表接洽，邀请天津去当地开同样的展览会。新加坡的多家百货公司表示愿意推销天津的新产品。天津产品走出国门无疑给工商业带来很大的转机，不久天津的产品在南洋的市场占了很大的份额，建立了销售网络。1934 年天津商会的代表为美国芝加哥博览会带去 45 家企业的精品。

引人瞩目的是商会还经常举办农村工业产品展览会，为工商业的原料供给提供了优质保证。如 1919 年兴办的天津县第一次物产会，征集天津境内农工产品，以天津西马路西宣讲所为会场。征集的产品共分 10 部，87 类，其中农林园艺品共 21 类，染织品 9 类，窑业品共 4 类（除玻璃外均与农村工业有关），美术及装饰品 10 类（其中刺绣品亦有不少是农村工业产品），化学医药各品 7 类（其中油 63 种，皮革类也与农村工副业生产有关），酿造及食用品 11 类（除汽水、罐头、纸烟外，余均与农业有关），工艺品及日用品 7 类，水产 4 类，即全部产品中有 8 部 55 类或纯为农产品及农村工业产品，或是城乡手工业生产品，在

1922 年的直隶省第一次工业观摩会的得奖名录中反映得更为清楚[①]：

产品名称	产地名称
白草帽缏	沧县、青县、玉田、大城、南乐、清丰
苇席、桑条器	安新县、迁安、宁津、抚宁县
粉条和粉皮	青县、景县、滦县、静海、大名、雄县、曲周、冀县、赵县、东光、蒿城、怀安等
甘薯粉、马铃薯粉	博野、赤县、山西、怀安
挂面	故城、高邑、山西、清苑、蒿城、衡水、冀县
烧酒	新安、徐水、定县、容城、唐县. 望都、延庆、涞水、元氏、衡水、临榆、大城、临城、邢台、大名
芝麻油、棉籽油、花生油、豆油	博野、昌黎、临城、高邑；任县、宁晋、新乐、故城、博野、静海；故城、宁津；完县、宁津、曲周、博野、满城、南通
罗底	东光、鸡泽和乐亭
白市布、提花被面、白标布、淡青斜纹呢、黑袍料布、提花线呢、元青线呢等	高阳、博野、沧县、赵县、曲周、滦县、涿鹿、乐亭、故城、迁安、新城、南皮、定县、清宛、蒿城、获鹿、冀县、广平、雄县、完县、玉田、临榆、怀安、无极、清丰、肃宁、栾城、满城、昌黎、沙河、大城、冀县、南和、怀来、大名、安平、交河、邢台、平山、元氏、束鹿、任县、邢台、长垣、遵化、易县、赞皇、安国、磁县等、
美棉、蜂蜜、烟草	天津、青县、邢台、临榆等

上述各地农产品的获奖情况，不仅证实政府对农业的重视，同时也部分地说明了农村工业生产和产品销售也被列入中国近代工业范围之内，其结果必然带动农村工业的发展。

① 《汇编》(1912—1928)第 3 册，第 3068—3108 页。

第四，力争关税优惠。就企业家来讲，最关心的是企业产品的销售市场如何。而企业的产品要运往市场，皆须通过常关。因国内外制成品的差别税制，引起一些难以解决的问题。根据关税规定，进口洋货和洋人手中的出口土货，在海关纳正税后，再纳子口半税，就可运销内地，通行无阻，无须再纳国内之统税。反之，本国商人贩运货物，却要逢关纳税，遇卡抽厘。两相比较，轻重悬殊。原属天津商务会总管辖的高阳商务分会 1907 年成立开始，总理韩伟卿即率同众会董，进行高阳土布产销情况调查，着手进行整顿。为了扩大商品销路，高阳商会首先争取了本境免税、天津钞关等税卡的减税凭照，大大增强了高阳土布的竞争力，其市场范围很快由黄河以北遍及华北、东北三省等广大地城。古北口、张家口、天津、北京、通县等地区是高阳土布销售的主要市场，而要到此终极地，中途要经过崇文门或通州税卡。就棉布而论，土布纳常关税较洋布为低。此规定开始实行，常关稽查员比较容易分辨既宽且轻的洋布与既窄而重的土布。但高阳土布是仿洋货而制成，此种布系采用细支洋纱而织成宽幅者，因此常有土洋相混之虞。由于某些华商为少纳常关税，试图以洋布充土布而蒙混过关，1908 年 7 月；高阳商务分会总理韩伟卿致函天津商务总会，恳求总会咨行税务处对布货出口经过各关卡给以凭照，以保商民利益。事隔几个月，高阳商人许鹿鸣因与张家口通桥税务处发生争执，许提出土布纳税应按规定：每匹九丈按五分纳税，每匹五丈按二分五厘纳税。高阳商会函请天津总商会转请按此税率批准。天津海关道批文："核与本关则例所差无多，准照通桥章程办理，以恤商艰。"[①]由于天津商务总会与高阳商务分会坚持不懈的

① 《汇编》(1903—1911)上册，第 1319—1320 页。

努力,高阳众布厂商最终不但赢得有关税卡划一的保证,而且又取得对其建议给发真货执照的认可。

民国以后,天津海关、常关两关通过任意增设局卡、改订估价等手法勒索工厂,增加税收致使中国幼稚的机器工业受到洋货充斥的严重摧残和打击。

力争机制洋货完纳正税是天津商会为保护其成员之共同利益的又一例证。1915 年 9 月,众织染工厂会董宋则久为振兴工业,呈请将机器仿制洋式货物援各省成例完一正税,沿途概免重征。天津商会主张:"维持国货为当务之急,现在商民知识开通,工厂林立,诚为实业一大进步。惟出品日精,销路不畅,推原其故,皆因税厘重叠,不能远销各埠。"①如果按照普通土货章程,逢关纳税,遇卡抽厘,工厂成本较重,商人赔偿过重。现在厂商为了扩充销路,援照他省各厂成例,凡制成货物运销他埠,应由津海关按值百抽五征收正税一道,给予运单,沿途经过各关卡,验明单货相符,即予放行,不再重征,以利实业发达。农商部批道:各工厂注册后,并说用何种织机及织成何种布匹,即可按照此项成例。当时织布商、机器商、机制面粉商等在天津商会的积极帮助下,获得减免税厘的优待。

商会系集体成员代表的又一例证是众织染厂争取降低海关估价请求之事。20 世纪 20 年代后,天津织染业因遭受水灾和军事影响,纱价跌落,引致工厂布价降低,津商会为此致函天津常关:"各货行销内地,均系国货,实与本国实业有莫大关系。倘估价太重,各商势必裹足不前,妨害工厂营业,影响及于生计。"经商会及同业公会共同讨论后,指

① 《汇编》(1912—1928)第 3 册,第 3564 页。

出因海关估价不能确实,销路停滞,务希海关准予改估。半月之后,海关给予答复:"所陈尚属实情,似应准如所请。"并令海关验估员重新详细核估,开出平均估价、分等估价表[①]。天津商会代表商人的请求暂时得到允准,但海关又称,待将来根据实际情况再做调整。这样的斗争对商会来讲常常是反复多次才会有结果,而无结果也并不罕见。

天津商会站在广大厂商的立场上,总是千方百计地呈请减免各种关税,甚至进行了坚决斗争,有力地推动和保护了中小工业的振兴与发展,表明了商会在发展新的社会生产力方面所做的贡献。

① 《汇编》(1912—1928)第3册,第3585页。

第六章　商会与市场经济(下)

一、注重商情调查

众所周知,商会开展商情调查的最终目的在于保护商界利益,稳定市场。为了使各行各业为数众多的工商户,对于何地产销何物以及行情涨落趋势等各方面的情况,能够获得大概的了解,做到心中有数而不盲目行事,并进而明了商务盛衰之故和进出口多寡之理,许多商会在创办之初就将其列为宗旨之一。清末商会呈请设立商务总会时,列举商会宗旨及应办各事,即将“商情调查”作为其中的一项重要内容。1906年,天津商务总会将“调查货色销路,以占盈亏”列为该会的一项重要宗旨。民国以后,天津商会专门设立调查股,工作主要为两类:一类主要是奉命会长令按年依次编辑工商业之状况及统计的调查;另一类主要是受工商业者委托,介绍或派员进行工商业事项并酌量答复的一般调查。有的商会还设立专门机构开展这方面的活动,如京师总商会成立了工商调查处,并拟定了简章,“专任工商调查事宜”。调查处设主任评议员二人,由总商会董事推选;评议员若干人,由各行商董推定;另聘有名誉调查员及办事员等。根据章程的规定,工商调查处办理以下各项事务:调查工商状况、编辑工商统计,调查工商各种法规、税则、金融事项,调查国货改良及制造事项,调查各国关于工商及国际贸易等。章程还就一般调查事项做了更为详细的说明,包括工商业之大势、商人一般之特点、商人知识程度、各行固有之特别情形、何行最为发达、各行之经理人、伙友以何地人为多、各货用户以何等人为多等 18 项内容。同时还特别说明,对于每个方面的调查也必须做到力求全面,以免失之偏颇。如调查商人一般之特点,应兼顾优点和缺点。就一般情况而言,京商以"重信用善酬客为其优点,保守怯进为其缺点",津商以"机敏勇进为其优点,嚣张粗野为其缺点"①。类似的调查,无疑对商人了解自己、认识自己具有积极作用。

商会的调查活动有些是自己组织的,有些是应上级商会要求的,有些是奉政府令进行的。实际上,清朝商部对商会的调查活动一直给予重视和支持。1906 年,江宁商务总会总理刘世珩呈文商部,阐明"欲实行保商之政,非将各行业详细调查,编列商册,不足以便稽查,而周保护"②。商部认为此举有利于振兴实业,且切实可行,当即批示全国各地的商会均可照此办理。次年,由商部改组而成的农工商部又札饬各省商务议员会同所在地区的商会,将"贸易之盈亏、制造之精粗、销场之迟速,以及一切关系公司利弊改良等事,调查呈报,以资考核"③。于是,全国的商会先后开展了较大规模的商情调查活动。

早在清朝末年,天津商会就十分注重对各行业的商务调查,实行定期调查前一年各业交易、资本情况。例如,宣统年间,商业银行与银钱

① 《汇编》(1912—1928)第 1 册,第 730 页。
② 《汇编》(1903—1911)上册,第 1007 页。
③ 转引自朱英《转型时期的社会与国家》,第 171 页。

业的资本及贸易情形纷繁错杂，为了查清银行业、银钱业的资本事项，天津商会对两年来华洋官商各行号的营业资本进行了统计调查，发放的调查表有《津埠银行调查表》《津埠票号调查表》《直隶省商银钱号资本营业统计表》等。

天津商会做过直隶各县市场商情的调查，内容包括集市、庙会、物产、地产以及行规等各种情况。如物产调查表中设置了种类、名称、产额、产地栏目。具体种类有：

调查类别	调查范围
制造类	棉布、竹木、服装、五金、锻冶、染织、染机数量，每一项还标明产地、原料、制作方法、发展历史、产品用途、数量、价目、销路及近年改良情况。
植物类	水产、农业、蚕桑等大部，详细记载产地种植、肥料、产量和销售情况。
矿物类	产地、数量、开采、冶炼、销路、运输等内容。
农业类	产地、种植、肥料、产量和销售等情况。
度量衡	静海、青县、沧州、盐山、南皮、庆云、河间、献县、阜城、肃宁、任邱、交河、宁津、景州、吴桥、故城、东光等各州县政府。

除以上调查，还有林业类工产类、食品类等等。

其次开展对直隶各地度量衡调查。庚子以后，天津商业中心地位日益提高，天津与直隶、鲁、豫、晋各省的贸易往来日益密切。但度量衡的长期不统一，给埠际贸易及国际贸易造成了极大的障碍。从清末到民初，政府一直致力于整顿度量衡，这项工作主要是通过商会来推动的。

为消除商业贸易的障碍，促进全国商业近代化，1907 年 10 月，政务处农工商部命各埠一月内查清各地度量衡情况并拟发新器。天津商会又奉直隶工艺总局令，调查天津及直隶各地度量衡情况。天津商会闻风而动，由于津埠"度量衡各处参差不同，即一乡一邑亦各适所宜"[①]，所以津商会当月移文各州县政府及津直各商务总分会，要求将县所属城乡集镇通行度量衡在一个月内，比较准确地列表移送商会。11 月，天津商会把全省划分为六个区段，分别派员采取分片包干的办法进行调查。接到天津商务总会移文后，1907 年 12 月磁州彭城镇商务分会呈报度量衡表，其中包括了大名府、冀州、广平府等共 23 个州县。1908 年 1 月秦皇岛商务分会移送天津总会度量衡调查表，调查了永平府卢龙、迁安、抚宁、昌黎、滦州、乐亭、临榆等 7 州县城及 33 个集镇的度量衡。

1908 年 2 月，天津商会又移文沧州、景州、任邱、阜城、交河、宁津、吴桥、故城、东光、清苑县正堂，保定、顺德商务总会，催促速报度量衡。此后，各地陆续上报了度量衡调查情况，收入《天津商会档案汇编》中的有：1907—1908 年天津府 6 州县 12 集镇度量衡表；1907—1908 年河间府 10 州县 88 村镇度量衡表；1908 年 5 月顺德府、正定府、赵州、深州、定州等共 32 州县 138 集镇度量衡表；1908 年 5 月承德、朝阳两府 5 州县度量衡表；1908 年 5 月宣化府 8 州县、张家口、独石口、多伦、围场四厅、易州及下属二县度量衡表[②]。至此，河北省上报度量衡调查情况的州县厅达到 114 个，涉及集镇村庄

① 《汇编》(1903—1911)上册，第 1022 页。

② 《汇编》(1903—1911)上册，第 1009—1070 页，

271 个。

这些调查不仅涉及府州县城和市镇,有些甚至深入到了村庄一级。1909 年,农工商部制定了统度量衡的方案,又通过商会对各地所需度量衡新器数目进行了统计,并调查了各地民用度量衡器制造厂商和材料产地等。被调查的府州县城和市镇,既协助政府查清了全省度量衡的混乱状况,同时又使各乡镇领到了新的度量衡器,使全省度量衡基本趋于统一。

此外,各地商会在自己力所能及的范围内,也做了一些整顿统一度量衡的工作。如高阳商务分会 1908 年 4 月会议议定:"集市各项出入以度量衡为准,本地通行各种度量衡,原器较准,街市通行尺用广尺,按营造尺较准,以十寸为率。市斗以漕斛较准,以三十桶为率。银市出入按库平较准,以九八四出入一律,以昭大公。"①

1914 年 3 月,袁世凯政府又颁布了《权度条例》,规定以国际标准与清末所定的"营造尺库平制"并行使用,并逐渐取代旧制;要求"公私交易、售卖、购买、契约、字据及一切文稿所列之权度,不得用以外之名称",以便划一,并颁发新的权度器具,以便各地仿制通行。这些政策及措施的实施都是通过商会推行的。由于种种原因,新的货市及库权制度的实行虽然需要很长时间,直到 20 世纪 40 年代,市场上的度量衡也没有真正实现统一,但商会对度量衡开展全面调查并推广使用标准度量衡的意义深远。

再次,商会对商情调查相当重视。1912 年底成立的中华全国商会联合会,其章程所列本会应行之事务范围的第一大项,即是"关于编查

① 《汇编》(1903—1911)上册,第 220—221 页。

商务事项”。具体办法分为四种:①各地产物、商情有需考察者,遴派专员前往调查,或委托该地商会代行调查,约期报告;②遇有各国商务应资考证事项,遴派专员前往调查;③编辑中国商务会报,将国内外商务事件按月刊行;④各地各商会按月报送的当地所产土货及他处输入之大宗物产、市价变动情形等调查报告,由该地的商联会事务所按月填表报告总事务所,然后在《中华全国商会联合会会报》上刊登,分送各地事务所。

民国后,各地地方商会竭力推动这项工作的进行。天津商会在开展商情、价格、捐税、会馆及社会经济等方面的调查活动产生了深刻的影响,调查的范围扩大,种类繁多,内容详尽。总体上,我们将它分为两大类:即综合调查和专项调查。综合调查类:市郊各镇社会经济八项调查的内容集中在人口、物产、集市、交通、商业、农业、商会等项事宜。专项调查类:价格调查内容包括原料价、地价、米粮价,土布价、鞋帽价、杂货价、茶叶价、棉花价、国布价、绸布鞋价、颜料漆胶价等。

产量调查包括烟酒产量、煤柴产量、水靛种植产量等,以及税率调查和会馆调查。

最有特色的是商事习俗的调查。在清末,全国各地的许多商会还曾围绕自拟商法活动,开展了大规模的商事习俗调查。1907 年,上海商务总会和预备立宪公会等团体联合发起自拟商法的倡议,得到各地商会的响应和支持。1907 年 11 月,全国八十多个地区的商会代表齐集上海,讨论有关事宜。会议决定:“以预备立宪公会主讨论编纂之任。”派专人编辑商法草案,各地商会则配合进行商事习俗调查,择要汇寄上海商务总会。由于中国地域辽阔,经济发展不平衡,各地商事习俗也判然有别,为使商法“合乎中国商业上之习惯”,确有必要事先进行翔实的调查。

从有关史料看,各地商会对这次调查商事习俗及拟定商法活动十分重视。例如,天津商总会曾专门制定了《调查商务习惯答案》,以问答的形式公布了有关商人的界定、地位、分类及各业商人之习惯。

民国建立后,中国商人与世界商人的贸易日趋频繁,天津是华洋聚集之地,通商事业日益繁盛,华洋诉讼案件纷至沓来,急需调查商人习惯。商人深感旧有的商业习惯与新的习惯越来越不适应,"查吾商界习惯,商业上之往来,向以端午、中秋、年终三节为结束,而尤以年终为大结束,端秋两节所蒂欠者,必至年终始清。时节愈长,积欠愈多,还欠与收账种种困难,至年终而加甚,此吾商民所习知夙见者也。现在民国成立改用阳历,向之所谓端午中秋者,有其日而非其时,五月初五已非干支建午之月,八月十五岂复团圞月望之时自宜趁此更改,将各业放账收账之期,每逢阳历月底结清,时间短促易于清偿。就商业上言,周转固较灵通,就社会上言,既不能长久拖延,事事渐趋于节俭,于经济问题自然饶裕,以人民之富,积而成为国家之富,可断言也。殊不知国民心理今昔不同,既皆醉心于共和,当不拘牵夫旧习。况乎世界进化日趋大同,断无商业往来仍存故态。以利益论,以大势论,民生国计会所议与西商一律于月抄结账,深合革新之宗旨,并系久远之良规。"[①]天津商会与各分会一致同意按照新规施行。除此之外,被列入津商会调查内的商业习惯如下:

① 《汇编》(1912—1928)第2册,第1981页。

天津地方商业习惯一览表

洋行批定土货习惯	倒闲商家清理外欠习惯	洋行定货习惯
津商与外客交易习惯	买货卖货回佣习惯	债权让与习惯
租房习惯	津地租约习惯及转移习惯	货栈习惯
商家为人担保习惯	洋广货批货习惯	戏院业纳租习惯
洋行批买蛋厂货物保险业习惯	商家注册习惯	

大量的社会经济调查,无疑有益于工商业的发展。在抵制洋货中,青年学生的积极性最高。他们检查时非常严格,有时激于义愤会有焚货的举动。在冲动中难免出错,因此一般商人对他们都有戒心,就是商会也在所难免。1923年南开大学学生几次到津会请求调查天津实业状况,津会并不热情接待,直到校方证明学生调查"纯为得商业真相",理论联系实际增强学习效果,并无其他用意,津会才将调查表送到各工厂、公司,而这些工厂和公司也不过填个厂名和厂址就算完事,丝毫不涉及产品的种类、产量和销售情况。随着帝国主义加深对中国的侵略,商会对学生的行动有了深一层的理解,对于他们的调查工作尽量提供方便。"五卅惨案"发生不久,南开大学学生又在天津进行调查,请求津会通知商家到时合作。津会明白来意后,开了介绍信,信中为打消商家的疑虑,再三强调这次调查的目的是要查清英日两国商品在我国的销售情况和社会的需要,藉图根本改革,俾资提倡,绝不是专为检查洋货而来。

很显然,民国时期商会开展的商情调查活动较清末,内容更为广泛,也更为详细,不仅反映了当时民族工商业获得了一定的发展,而且体现了商会对此项活动的认识不断提高,其作用和影响自然也更加突出。

南京国民政府成立后,商会的调查更加系统化、规模化。天津商会认识到,“兹以此项调查,不特关系新政,且在各业本身之健全及会费之规定,均有重要关系”“前以本市商业向乏统计,欲图整顿,苦难着手,制定表格,分行各业,依式查填在案”①。1928 年,天津商会和同业公会组织了大规模的工厂调查和国货调查,调查表所列项目繁多,适用于设备完善、规模较大的工厂和公司商号。后一段时期,所调查的范围更加广泛,如包括各县棉花采购数额、药材集散情况、市场物价、埠际产品交换等调查,甚至包括工商法规、税则、交通、金融、工业、商业、国际贸易和别处商人委托调查事项。工商业的调查录入了所有的工商业,小本经营也列入其中,商会对各业因受 1930 年战乱影响所受损失做了详细的调查统计。参与调查的人员都是商会的中坚分子,他们对当地工商界相当熟悉,驾轻就熟,能够“以孚洽之情感得洞彻其状况”。后来商会也常常协助政府经济主管部门进行各类调查。调查栏目如此之细,内容及次数如此之多,规模如此之大,在中国工商业发展史上是前所未有的。

二、仲裁商事纠纷

仲裁(arbitration)亦译“公断”。由当事人双方以外的第三者对民事、经济、行政等争议做出裁决。第三者可以是仲裁人,也可以是仲裁机构。当签订经济合同的双方发生纠纷时,应及时协商解决;协商不成

① 《汇编》(1928—1937)上册,第 206 页。

时，当事人任何一方均可向有权受理商事诉讼权的机构和组织申请仲裁。发生劳动争议时，当事人可以直接向当地的劳动争议仲裁委员会申请仲裁。清朝商部在 1904 年奏准颁行的《商会简明章程》第二十六条赋予了商会调处商事纠纷权。该章程第十五条指出：“凡华商遇有纠葛，可赴商会告知总理，定期邀集各董秉公理论，从众公断。如两造尚不折服，任其具禀地方官核办。”[①]因此说，商事仲裁职能不仅是商会保护全体商人利益的一项重要活动内容，而且是得到政府允肯的法律行为。

1. 商会仲裁机构之演进

商会评议处是商会为了调停商人纠纷所设立的仲裁机构。清朝末年，会馆与公所为了加强对商人的控制力，规范商人的经济行为，求得商业经营臻于极盛而制定了行业性的规约，这种规约将同籍商人整合在一个相对稳定的团体中，从而建立起有序的商业秩序，无疑对会馆的存在和以后的商人规范经营起到了一种示范作用。但是会馆可以依据所定行规制度对违反者予以惩罚。除此之外，再有商事仲裁权力的机构就是各地官府衙门了。在会馆与公所中，如何进行裁断，需依据商人的过失，可能给予何种惩罚等多种因素来决定。大体来说，如果此人所犯的只是细微的过失，仅需给予斥责等较轻的惩罚，当此人犯有较重的过失，可能会予以较重的惩罚. 如果要对违反行规者处以重罚时，通常也须经会馆与公所的董事集议后才能做出决定。但会馆与公所的裁断并不能完全令人信服，受罚者必然会求助于官府衙门判决，其结果是耗

① 载《东方杂志》第 1 年第 1 期。

时费资挫伤感情。由于法官不谙商情,不仅拖延时日,而且裁判结果常常是非不明,难昭公允。经年累月,法院积案颇多,影响民生甚巨,致使商民怨声载道,“以致商情不通,诸多阻滞”。1902年,袁世凯从都统衙门手中接收天津时,有不少有影响的商家连连投书吁请。他们深感原有的行会性组织——公所和会馆已不能适应市场的需要,呼吁模仿天津洋商会成立天津商人的组织。袁世凯为了稳定天津市面,筹集庚子赔款,于接收地面的当月设立了天津商务局。由于商务局办事不力,衙门气十足,根本无法真正保护商人的利益。

不久,天津仿照上海商业会议公所创设天津商务公所,代替商务局。《天津商务公所暂行章程》已显现出一些促进商务进步之功能。《章程》规定:各商家财产诉讼案,先由本行董事评议,如果不服,再由商务公所董事秉公办理,以免讼累。对于未入会的散商,遇有商事纠纷,同样也可赴公所处理。对欺压良善的土棍,商民同样送公所禀究,查实后,送交巡警局及司法部门治罪①。尽管设有公所,但商人并不满意,钱商宝丰源等19家商家的怨声道出原委:“窃敝行向有公所,凡有敝行一切兴革之事,齐集公所会议,嗣经理无人停办。现当商部札设商务总会以济时艰,凡属商民,同蒙利赖。惟查敝行为各行枢纽,不先整顿,无以资观感。”他们极力要求成立公会附入商务总会之中,以便随时获得保护②。因此,商会一经成立,就为商人所欢迎,商事仲裁的任务自然也就成为其主要职责之一。

为迎合广大商民的需要,商部在《商会简明章程》第十五款明确规

① 《汇编》(1903—1911)上册,第3页。
② 《汇编》(1903—1911)上册,第364页。

定商会具有商事仲裁权："凡华商遇有轇轕，可赴商会告知，总理定期邀集各董秉公理论，从众公断。如两造尚不折服，准其具禀地方官核办。"[①]于是天津商务总会在1905年禀报商部的《试办便宜章程三十条》的第二十五条规定："凡商家轇轕既由本会评议，一经各商赴会告知，应由总理等定期邀集各董秉公理论，从众公断。两造倘有不服，准其分别具禀商部或就近禀请地方官核办。"[②]如直隶的顺德商务分会、磁州彭城镇商务分会、秦皇岛商务分会、正定府商务分会、永平商务分会和任邱县商务分会等也将商事仲裁列入其立会章程中，以示重视。为方便理案，天津商务总会还设立了评议处，选举了四位资深、公正、素洽商情的会董担任评议会董。

对于商会是否应有商事仲裁权，有的人持有异议："裁判所万不可有，如两造皆系入商会者，稍有纠葛，可以约齐来会，择期大家评论。如两造不允，请自行上控，商会不便代详。至官府不能办结之事，万勿交商会办理，缘官府刑讯理处之俱穷，商会焉能处理也。且裁判昕须有侦探，须有巡查诸人员，非极精明者，未易胜任。"[③]然而天津商会成立后，尽为商民排难解纷，在其开办的前五年悉心"剖析各商债款、荒闭轇轕等案，无虑千百起"[④]。不仅得到清政府的首肯，就连当地的报纸也以一种赞赏的口吻把它列入津会的十大特色之中，尤其他使众多商会会员受到保护。"而未入会者也属不少，倘一遇亏损等事每致无所申

① 《汇编》(1903—1911)上册，第25页。
② 《汇编》(1903—1911)上册，第48页
③ 《汇编》(1903—1911)上册，第32页。
④ 《汇编》(1903—1911)上册，第87页。

诉”[1]。为此，许多商家纷纷申请入会。据天津商会统计，1905 年其会员数为 581 家，到 1906 年除歇业 59 家外，又新增入会 191 家，共计 713 家[2]。

商会商事公断处是民国初年商会遵照政府法令，以息讼和解为主旨的商事仲裁机构。司法工商两部于 1913 年 1 月 28 日颁布了《商事公断处章程》，该章程规定：商事公断处为商会附设机构，“对于商人间商事之争议，立于仲裁地位，以息讼和解为主旨”。公断处之评议场，由各商会总理或协理酌量事之繁简分别设立。公断处之经费，也由各商会自行承担。

公断处的设置：公断处长 1 人；评议员 9～20 人；调查员 2～6 人；书记员 2～6 人。除书记员外，余均为名誉职。评议员、调查员由各商会会员互选，以得票数多者当选，处长则在当选的评议员中互选。任期均以两年为限，连选得连任，但不得超过两次。

《商事公断处章程》授予商会仲裁权力在某种意义上是有所限制的。条文规定：公断处受理商事争议之案件包括两种：一是在未起诉前先由纠纷双方同意自行申请者；二是在起诉后由法院委托调处者。该章程还指明：商事公断处所做出的判决，只要一方不同意，即为无效，商事公断处无权令双方强制执行。公断处受理的诉讼案公断结果必须征得纠纷双方同意，如果纠纷双方持有异议，仍可起诉。若双方均已同意，须呈报法院进行强制执行。该章程最后对确有渎职行为的职员，将按情节轻重令其退职或取消其商会会员资格[3]。

---

① 《汇编》(1903—1911)上册，第 83 页。

② 《汇编》(1903—1911)上册，第 62 页。

③ 《汇编》(1912—1928)第 1 册，第 318—322 页。

《商事公断处章程》的颁布，表明商会行使商事仲裁权在法律意义上的肯定，具有明显的正规化、明确化、完善化的特点。所谓正规化是指政府正式确立商会有仲裁权力；所谓明确化是指对于职员的职责与分工有了明确详细的规定；所谓完善化是指章程对公断程序、权限等事项的规定较前更加趋于完善。但是商事公断处的自主性明显减弱，如对于决定强制执行案件，商事公断处没有独自处理的权力。

司法、农商两部将《商事公断处章程》出台后，各地商会人士纷纷发表意见，要求修改商事公断处章程。1914 年司法、农商两部联合制定颁行了《商事公断处办事细则》61 条。该细则明确规定了商事公断处的职责为“调处工商业之争议”和“商会之争议”[①]。但是，该细则对于许多商会提出的扩大商事公断处权限等方面的要求，也未采纳，仍然坚持公断处章程的有关规定。所以，《商事公断处办事细则》颁布后，许多商会仍然表示不满，要求修改公断处章程及其细则。1918 年 4 月，天津总商会的 14 名会董联名呈请修改公断处章程中的 9 个条款。他们建议修改的条款中包括“必须两造商人同意并自行申请，公断处才能受理的规定”，认为“公断处之性质既以息讼和解为主旨，在商事争议之发生，大约未有不以章程之主旨为然者，何须两造同意方能受理。鄙等以为既有公断处，遇有商事争议，无论一方双方即应受理，方能达到主旨之目的。若必须两造同意，似乎公断权限有所牵制”。其具体要求是：“将该款内之两造同意等字废去，更为于未起诉先由商人自行声请者”。另对公断处职员的设置、公断之后的强制执行、公断处职员渎职的处理等条款，提出了具体的修改意见。天津商会在自定的商事公断处章程

① 《汇编》(1912—1928)第 1 册，第 701—709 页。

中，既按部颁商事公断处章程的有关规定，同时又突破了部颁商事公断处的有关限制性的规定，另加一条，即“准据地方商业习惯及本惯例可以受理者”。这样，公断处即可将其作为“地方商业习惯”或是“向来惯例”予以受理，扩大和加强了商会的商事公断权。

由于《商事公断处章程》的“条文繁复，限制太严”，致使“有公断之名目无公断之权”①，所以在1925年5月召开的全国商会第五次大会上，直隶、天津、京师、汉口等商会再次提出修改《商事公断处章程》及办事细则的意见。再者鉴于当时商家债务累累，“乃法官多视钱财为细故，敷行了事，漫不经心”“宕延时期”。而当事人“轻则因此而空虚，重则因此而闭歇”②。尽管《商事公断处章程》及细则存在诸多急需修改之处，全国商联会还是督促未组织商事公断处之商会速“照章组织”，迅速解决商事债务诉讼案件，“并可补助法律之穷”③。1926年9月，应众商会的要求，北京政府公布了《修正商事公断处章程》及办事细则。

司法、农商两部《商事公断处章程》的颁布推动了各地商事公断处的设立。如1914年广州、1915年北京和1916年上海等地先后成立商事公断处的行动也被天津商会全体股员所认同，认为“商会判断事务处为商界最重要之机关，近闻北京商务总会已经成立，各省商埠亦有成立者。吾津于此项机关尚在筹备。而且也一直在筹备之中，但由于当时正忙于他事”“一时不克举办”“今股员等以商会判断事务处为必行之事，未便久延，而此中之权力，于商界全体极有关系，不容稍缓”“保商保民亦为我商会应尽之责任”。“今拟请总协理先生速为设法筹备，急谋

① 《汇编》(1912—1928)第1册，第627页
② 《汇编》(1912—1928)第1册，第336页。
③ 《汇编》(1912—192B)第1册，第335页。

成立，则吾商会幸甚，阖郡商民幸甚”[①]。过后，有的会董经过“细心详审”《商事公断处章程》，陈请总商会“惟就天津一方面而言，公断处章程有与地方商事习惯、且与商会名誉不甚相宜之条件，应将公断处暂缓办理”[②]。直至1924年司法、农商部颁布《商事公断处章程》及办事细则后，天津总商会才正式筹备设立商事公断处。当时正值天津总商会改组竣事，由于会务停顿，未结之案与新受之案颇多，遂成立临时公断处，委托王君直、周寅初、杨西园、王兰亭、张荫棠、刘介巨等六人为临时公断处案件评议员。1924年7月，天津商会召开公断处审查员会议，审订《天津总商会商事公断处章程》。审查委员会由卞白眉、萧润波、王君直、杨西园、孙俊卿、杨晓林、杜筱琴、高聚五、张品题9位会董组成[③]。

商会公断委员会是国民党时期在商事公断处的基础上调整设立的。1928年南京国民政府成立后，奉行“一党专政”“以党治国”的方针，企图建立大官僚、大买办资产阶级的统治。商会的各种参政活动为国民党政府所不容，在1929年召开的中国国民党第三次全国代表大会上，上海代表提出解散商会以统一商民组织案。消息传出，各地商会开展了维护商会生存权的斗争，终于赢得了胜利，合并了以中小商人为主的商民协会。在此期间，各地商会也由会长制改为委员制，商事公断处名称也改为公断委员会。其章程基本上继续按照北洋政府时期颁行的《商事公断处章程》的条款执行，部分条文做了修改：一是人员的增加，在北洋时公断处评议员连处长在内共10人，这时增加到21人，调查员由2人加到6人；二是任期延长，以前规定任期2年，1年改选半数，这

① 《汇编》(1912—1928)第1册，第322—323页。

② 《汇编》(1912—1928)第1册，第327页。

③ 《汇编》(1912—1928)第1册，第323—327页

时规定任期 4 年,每 2 年改选半数,不得连任;三是加快处理速度,原规定接受当事人申请书后 5 天内发出通知,诉讼双方到商会接受评议,此时规定 3 天内就要发出通知书;四是收费数额的减少,公断处所收费用不得超过双方所争物价的 2%,较原规定减少 1%,过去交纳特别会费的人才可以享受半价优惠,这次规定改为商会会员一律都收半价。1931 年天津商会公断委员会成立,通过了《天津商会公断委员会规则》[①]。该商会曾受理了一些案件 但后来由于会务的停顿,公断处活动亦随之减少。经过商会的多次呼吁,工商部决定于 1937 年再次恢复公断委员会。不久又因华北沦陷,会务停顿,直至 1940 年商事纠纷日起,商会决议强化商业管理机构,恢复公断委员会。

1940 年底,在伪天津商会董事监事联席会议上,为了对"商人间商事之争议以及法院委托调处之案件"做出"仲裁",经提议决定恢复公断委员会,推举屈秀章、年光尧、焦世卿、萧子丰、王西铭、王子寿、郭丽泉 7 人为公断委员会评议员,并公推屈秀章为主任,在呈请市公署获准后,积极筹备。但由于久经搁置,几无公断案件,遂将筹设一事延搁下来。直至次年冬季因有商人申请评议案件,先为强化公断机构起见,扩充了评议员名额,加推孙冰如等 4 人为公断委员会评议员,俟于 1942 年 2 月 11 日天津商会公断委员会恢复工作后,立即受理了鞋业分会与宝丰线店售鞋纠纷案[②],

由上可知,近代中国商事仲裁机构从最初的商会评议处、商事公断处到商事公断委员会,经历了一个由小到大、由非正规到正规机构的发

① 《汇编》(1928—1937)上册,第 100 页。

② 任云兰:《论近代中国商会的商事仲裁功能》,载《中国经济史研究》1995 年第 4 期。

展过程[①]，充分展现了商事仲裁是近代中国商会为保护工商者利益的主要职能之一。

2. 商会仲裁案件之概况

近代中国商会为了保护商人的利益，主动将调解商事纠纷作为自己的一项主要职责。作为具有仲裁权并保持一种制度连续性的商会商事仲裁委员会，以第三者居中的身份通过“听讼”和详细调查，对当事人进行裁判，使纠纷能够以和平的方式得以平息。历史事实证明，商会商事仲裁委员会是最方便最有效调解商人诉讼的民间审判机构。原因有二：一是历来商民畏惧“公庭”，认为“商会皆系商民公举之会员所组织成者，接近商情，衷无芥蒂，到场申诉能尽其真情，不因威而沉其意，案中底蕴自易披露。商会再加以国家权力之畀与，参以素来之商家习惯，商民即仰国法，复信公断无积压之苦，是非尽情披露，是诉讼之易于就审，便于当事人者”[②]。二是无论何时，无论面对利害冲突及其矛盾错综复杂的商事纠纷，商会总能凭借自己的强有力的威望，达到最终解决的结果，不仅受到商界人士的称赞，而且得到了政府的充分肯定。

为了便于对近代天津商会商事仲裁情况进行综合分析，根据《天津商会档案全宗》《天津同业公会档案全宗》记载，将现有的部分资料集中制成如下统计表：

① 任云兰：《论近代中国商会的商事仲裁功能》，载《中国经济史研究》1995 年第 4 期。
② 《汇编》(1912—1928)，第 2 册，第 2030 页。

1912—1928 年间天津商会受理部分商事纠纷案例一览表

	种类	案由	时间	发文	备注
1	钱债纠纷	请商会传议松木行公所追交累欠款函	1912.6.21	同益兴等商号	
2	钱债纠纷	诉陈西门外钱铺二十余家诓骗远近客商	1913.10.17	天津县补助自治会	
3	钱债纠纷	诉陈三津磨房公所保单纠纷案	1921.3.14	米业公会	
4	钱债纠纷	诉陈斗店信义堂欠债纠纷案	1913.9.2	庆长顺斗店	
5	钱债纠纷	津帮粮商成益号亏欠申庄债款八万余两	1921.1.6	上海商会	
6	钱债纠纷	申述亏欠津沪债款三十余万元抵还案	1921.10.5	成益粮行冯岩孙	
7	钱债纠纷	禀控和春和泰浮借坑骗二万余两案	1915.2.16	洽源晋丰银号	
8	钱债纠纷	举发和春和泰隐匿财产案	1915.3.9	商民张铁生	
9	钱债纠纷	诉讼京汉津浦京奉沿线煤斤涨价案	1918.2.6	商民高冠甲等	
10	钱债纠纷	请商会商会追查信义永皮毛庄合伙人责任	1926.5.26	商民安荩臣	
11	钱债纠纷	恩源成洋布庄亏累债务案	1926.10.12	众商号	

续表

	种类	案由	时间	发文	备注
12	钱债纠纷	陈述子女被人勾串兴借银钱案	1913.6.8	盐商黄昭章	
13	钱债纠纷	申述营业倒闭及以房产土地抵欠案	1917.1	沧州万顺祥	
14	钱债纠纷	禀控多伦昌盛号亏欠津商债务12万余两	1922.1	多伦玉兴泰敦庆隆等	
15	钱债纠纷	禀控天津成记洋行亏欠汇款十五六万两	1916.5.3	包头镇商会	
16	钱债纠纷	申诉天津慎昌洋行支店信义永毛庄在包头亏欠案	1916.5.11	包头商会	
17	钱债纠纷	申诉震发合号亏赔40万两请扣留本东原籍财产案	1921.1.27	京师商会	
18	钱债纠纷	诉陈山东泰安煤矿公司亏欠巨款拟将设备抵偿案	1916.12.16	德泰机器厂罗裕堂	
19	钱债纠纷	禀控高阳县富有面粉公司烧坏机器拖欠货款扣压其父赖账案	1927.12.13	商民孙玉德	
20	钱债纠纷	诉陈开办后煤井冒水股本耗尽被迫歇业情形案	1918.4.23	裕德煤矿有限公司	

续表

	种类	案由	时间	发文	备注
21	钱债纠纷	陈述清末以来垫款推销情形请恢复分销案	1924.12.8	开滦煤矿天津分销商19家	
22	钱债纠纷	历陈二十年来推销更新津地燃料垫款70万元请复原案	1925.1.22	开滦煤矿天津众商	
23	钱债纠纷	历陈滦县唐山包税二千七百元被骗情形案	1916.2.24	唐山商会会长刘子贞等	
24	商标纠纷	历陈汕头厦门掺和火酒假冒商标请予查禁案	1919.8.20	天津酒业公所	
25	商标纠纷	诉春水堂冒充该店药酒出售案	1921.12.14	同仁堂药店	
26	商标纠纷	请查禁沧州奸商假冒天津冬菜字号包装案	1923.5.8	酒业公所	
27	商标纠纷	汕头全潮酒税总局拿获天津假冒奸商案	1923.9.14	酒业公所	
28	伪冒纠纷	诉唐山一品香假冒天津牌号案	1916.9.17	丰深唐山镇商会	
29	伪冒纠纷	请严禁津地茶商够用掺茶案	1915.12.8	福州茶叶公帮福长兴	
30	伪冒纠纷	申述立店二百余年被人假冒案	1917.11.1	广茂居玉兰亭	
31	违约纠纷	诉陈协成合计两分号债权不遵成议扣留货物请予理结案	1918.5.4	德成机器厂	

续表

	种类	案由	时间	发文	备注
32	违约纠纷	禀控义兴隆鞋店破坏约则案	1915.6.28	天津切排工研究分会	
33	违约纠纷	诉陈华商各纱庄不展行契约案	1920.7.3	天津日本人商业会议所	
34	房地纠纷	陈请扩建工地交还原有房舍案	1912.7.26	三津磨坊公所	
35	房地纠纷	申述该馆请严禁外人强占案	1912.7.1	山西会馆值年众行帮	
36	房地纠纷	申述山西会馆为十三帮商人公建商馆他人无权强占案	1912.7.9	津商会	
37	房地纠纷	陈述会馆建立与改建情形请津商会评议阎守基占产不还案	1918.6.24	山西会馆董事李楚珍	
38	房地纠纷	天聚当等禀控山西杂货行独占会馆产业案	1918.8.18	天聚当等	
39	房地纠纷	指责广帮味良妄占两帮出资共建闽粤会馆案	1916.6.8	潮建两帮商人	
40	房地纠纷	旅津广带商人禀控闽粤商人霸占义地公产案	1916.7.10	旅津广帮商人	
41	劳资纠纷	诉德成机器厂倒闭拖欠工资案	1918.5.4	工匠李德善等	

续表

	种类	案由	时间	发文	备注
42	劳资纠纷	禀诉站长克扣工钱情形	1913.1.13	津浦西站五村脚夫	
43	劳资纠纷	呈请增加工资事宜	1922.3.26	天津鞋商研究所与鞋业各作全体工人	
44	劳资纠纷	呈请重行议定工价铜元核算大洋比价事宜	1924.3.15	津鞋商研究所	
45	劳资纠纷	呈控缝作工人要求增资的违法行为案	1924.6.18	鞋商研究所	
46	劳资纠纷	申述工徒刘锡锟走失请依保结追回该徒在厂费用事	1916.1.16	宜彰帆布公司李政庵	
47	劳资纠纷	协和帆布厂股东代表张留耕等与该厂经理吴少云纠纷案	1916.6.14		
47	华洋纠纷	申述华商石印局禁印纸币后生意均被日商承揽案	1916.3.20	张升甫等	
49	华洋纠纷	禀诉外商加息添租结合团体案	1914.9.4	天津洋布棉纱等商	
50	华洋纠纷	申述因疫症流行美国禁止我畜产入境案	1918.2.17	行商公所	

续表

	种类	案由	时间	发文	备注
51	华洋纠纷	请日本商业会议所追回骗犯平野秀三所骗巨款	1922. 3. 2	津商会请	
52	华洋纠纷	控告日商田记洋行以假番纸骗货 5 万余两茶案	1915. 1. 4	华商宝源货庄等 45 家	
53	华洋纠纷	禀控老德记破坏齐价条规文	1915. 2. 25	天津纸烟同业分销处	
54	华洋纠纷	商民苏官峰等因拖欠美商胜家公司机价被查封抵债情形案	1918. 8. 11		
55	华洋纠纷	陈诉昌黎、乐亭两县商人禁止洋行收买猪鬃事宜	1920. 3. 2	法商华顺洋行	
56	华洋纠纷	禀控美志诚洋行违约美领事馆狡赖文	1921. 4. 7	通化县商会	
57	华洋纠纷	禀控美利洋行违约欺压华商案	1923. 8. 24	津商李京滇	
58	华洋纠纷	禀控该账房孙丽生亏款 40 万元私逃请追偿案	1927. 7. 15	华义洋行华账房债权团	
59	华洋纠纷	禀控买办柯晓峰侵吞货款案	1928. 4. 19	天津西门子电机厂	

续表

	种类	案由	时间	发文	备注
60	华洋纠纷	举发勤康号亏欠应赔货价请核议抵拨案	1920.11.20	广大号洋布棉纱庄	
61	华洋纠纷	棉纱商号周润田与仇子良因货款诉讼案	1921.3.7		
62	华洋纠纷	禀控英商凯卫伦洋行定购纺织机一再狡赖拖延来往交涉函电	1919.2.10	王郅隆开办之裕亨纺织公司筹备处	
63	官商纠纷	禀控棉花干鲜果税局勒索商民案	1925.3.21	干鲜果同业公会	
64	官商纠纷	禀控第五统税局在本埠拦截商货案	1926.1.30	隆兴造胰工厂等六家	
65	官商纠纷	禀控第九统税局勒索统税手段案	1926.5.6	小王庄商民代表16名	
66	官商纠纷	控棉花干鲜果税局长苏体仁勒索手段案	1926.12.10	益丰瑞丰两货栈	

资料来源:《天津商会档案全宗》《天津同业公会全宗》。

上述表中显示,商事诉讼种类大致可分为钱债纠纷、违约纠纷、商标侵权纠纷、伪造汇据纠纷、房租地基纠纷、劳资纠纷、华洋纠纷、官商纠纷案件等。从仲裁的内容看,纷繁庞杂。

商会受理案件中钱债纠纷居多数。钱债纠纷一般包括债权债务纠纷和股东间的账目纠葛等，或由于经营不善、亏欠钱款被控；或由于商号倒闭，债务人为躲债而逃匿遭到债权人诉讼；或抵押钱款，期满不还；或一味拖欠致债权人诉讼。此类债务纠葛“大而累及全市商业，倒闭相望，小而损失各人资本，破产倾家”[①]。有的学者曾粗略统计过，1903—1911 年间天津商会理结的各类纠纷中有 70%为钱债纠纷[②]。

1909 年，在天津从事采购药材等货，运售广东、香港等处的河南商人所开商号全盛祥，积欠津商货款银 79900 余两之巨，因无力偿还而逃遁。天津药材商无处讨回债务，不堪蒙受如此惨重的损失，只得禀请天津商务总会受理此案。津埠药材商天聚号等在致天津商务总会的呈文中申诉说：“伏思商等开设药材局，所做生意向系批买各帮客货，转手售卖。今伊号（指全盛祥——引者）买货居大多之数，一旦私行逃走，坑骗货银，商等力薄如绵，将无法以抵偿他帮客货。值此市面奇窘，商业情形已成弩末，全盛祥坑骗巨款，商等力不能支，窃恐市面恐慌，全局因之摇动。”为此，请求天津商务总会查封全盛祥“全数财产备抵，以维商务而做将来”[③]。天津商务总会收到天聚号等药材商号的呈文后，立即派员查实，获悉有关情况确实无误，随后查封全盛祥所有存货及财产，并将其存货与财产变卖抵还债主，在一定程度上弥补了天津药材商所遭受的损失。当时，除津埠药材商对全盛祥提出禀控外，其他外地驻津商号如大德恒、大德通、源丰润、义善源等，也因全盛样欠款而蒙受了一定的损失，请求天津商务总会主持清偿。最后，天津商务总会又从中予以

① 《天津南会联合会报》，第三年（1916 年）第十一、十二号，《改良商事诉讼办法类》。

② 胡光明：《论早期天津商会的性质合作用》，载《近代史研究》1986 年第 4 期，第 216 页。

③ 《汇编》（1903—1911）上册，第 861 页。

调解,将变卖全盛祥存货及财产所得资金中的 1200 两,抵还大德通、义善源、源丰润等商号,从而使轰动津埠的一起欠债私逃案得以解决。这称得上是商会受理钱债纠纷案的一个成功实例。

其次,华商与洋商纠纷案较多。对于华洋商事纠纷,早在 1904 年奏定商会简明章程中就明文规定:华洋商遇有交涉龃龉,商会应令两造各举公正人一人秉公理处,即酌行剖断。如未允洽,再由两造公正人合举众望夙著者一人从中裁判。其有两造情事商会未及周悉,业经具控该地方官或该管领事者,即听两造自便。设该地方官领事等判断未尽公允,仍准被屈人告知商会代为伸理。案情较重者,由总理禀呈本部当会同外务部办理①。商会在维护华商利益方面一般也能取得成效。例如 1914 年英商怡和洋行潍庄向直隶大名府商号批买花生,开出 6500 两的汇票,后因货价跌落,怡和洋行电令止交汇票。大名商会受商家委托,向天津总商会提出诉讼,状告英商怡和洋行违反协议“陷害众商”。天津总商会受理此案后,一面由直隶交涉员函致英总领事转饬该行照价速拨,一面由大名商会调停众商,随即做出如下裁决:怡和洋行前定之货除已装运天津不计外,尚存七十余万斤,大名和顺永等 6 家花生商号认退 26 万斤,怡和洋行即交票银 6500 两,退货价款令取保一月之内陆续抽归。双方均表示服从,愿照此办理。尽管涉及有关华洋之间的纠纷案,商会的权力有时会显得无奈,但商会为便于理结类似纠纷的处理,于 1909 年会同天津日本人商业会议所拟定了《日清商事调停章程》专理中日商事案。

对于本埠与外埠商号间的纠纷,常常由两埠商会共同参与调解。

① 《奏定商会简明章程》,《东方杂志》第 1 年第 1 期。

据天津商会档案记载，1915 年，天津鲜货商裕顺合向昌平县峰山村韩凤等订购大枣 20 石，虽已先付定洋，约定寒露、霜降后交货付款，不料该年行市呈现涨势，货主遂将好枣偷偷卖与他人，以次枣五六石充顶，裕顺合董事褚聘三向天津商会提出诉呈，请转昌平县会同处理[①]。

遇到官商纠纷时，商会本着公平的原则，尽力维护商家利益。天津造币厂到 1924 年 11 月拖欠商业、大陆、保商、大成等 17 家银行银号债款，欠树德泉、魁发德等 51 家商号工料钱，合计 120 多万元，屡次追欠不能偿还。后来 17 家组成债权团，与造币厂订立合同，并以大业公司房地作保。12 月曹氏家族硬是赖着不肯交出大业公司房产以变卖归还商欠，津会派人前去交涉，直到 1925 年 5 月 29 日债款有了眉目，大业房产归官产清理处查封，债权团和造币厂另定合同，规定欠款以造币厂房屋地基、全部机器、原料作抵押，造币厂每月提取纯利四成五偿还，没有还清前，欠款每月七厘行息。

3. 商会仲裁案件之特点

综观天津商会理结商事诉讼纠纷案的整个过程，有如下几个较为显著的特征：

第一，通过“听讼”及调查平息纠纷。一般地讲，商会在接到本地商号当事人的诉呈或受法院委托调处后，指定双方于某日到会评议，其间需要经过详细的调查、取证，开议数次，反复在当事人之间进行耐心的交涉，最终做出公断，书具裁决书，通知双方若双方或有一方不服，可赴法院起诉。商会的商事仲裁只起调解作用，不具法律效力，但公断确定

① 《汇编》(1912—1928)第 2 册，第 2385 页。

后,呈报法院应强制执行。

第二,采用“变通”的办法解决钱债纠纷。商会认为遇到钱债诉讼,有的商业虽遇亏赔,但尚能继续营业。大多数债权人认为可以继续维持,而少数一二债权人持相反意见,起诉法庭,如果依法判决亏损商家立即清偿,此商家势必关闭。如果根据情况,判债务商家继续营业,分期还清,致使债权人继续享有债权。国体变更和壬子兵变,使天津债务诉讼日多,官方案件积压,津会 1915 年 10 月建议审判厅吸收商会理案的经验,坚持关键的两条:①对于因变乱而负的债应该采取变通办法,或者分几年还清,或者打折偿还。②尽量维持有债务商人的营业。津会处理钱债纠纷,不管双方是本地还是外地人,如果债务人不是诈骗和有意拖欠不还,只要有一丝希望,总是劝债权人做出适当让步,维持债务人的正常营业。货商泰来祥欠天津洋货商隆顺、庆祥等 11 家货款 18000 多两,因战乱频繁、灾情严重不能按时付款,天津商会出面劝说天津隆顺、庆祥等商号,同意泰来祥分期还付欠款,采用先付三成,剩余款项在以后的 3 年中分 9 次还清的变通办法,解决此案。同年处理东记号欠志大、宝丰等号的款项也遵循这个原则。天津商会仲裁中注意了理案方法的多样和灵活性,加快了诉讼案件的了结。

第三,依据商情调解商事。所谓“商情”就是商业习惯。依据商情调解不外乎就是根据商业习惯进行妥当的判断。根据习惯能够按照万物自然的秩序确定各人的权利与义务。因为只有习惯才与民众的感觉一致。因为商会人士拥有关于商人交易习惯,金钱借贷等种种具体情景的广泛知识和洞察力,所以商会在仲裁商业纠纷时会把自己熟悉的商业习惯作为判断的一种参照,达到容易使诉讼双方接受仲裁的结果。众所周知,在法庭审理民事案件时,注重证据,凡有证据者才予判决。

此种办法对于民事案件固属尽美尽善，但对于商事案件就宜考虑到商业习惯。因为近代中国商人交易，素凭信用。故商务案件，证据往往不足，若审判人非依证据为之判决，则当事人势必不服，无法达到平息纠纷之目的。因此商事公断处遇有证据不足之商务案件，不必拘泥证据，将以商业习惯为之鉴定，当事人双方愿意服从，加快了案件的了结。如遇企业破产案件，商会会详细调查货务者之财产是否能全数偿还，如何让债权者利益不受损，根据商业习惯判决，使诉讼尽快解决。如受理房产纠纷案，商会主张"宜按商情"，减少争端。商会认为"津地习惯，向系只许租主不住，不许业主不租，常载在租折。既未载在租折者，亦视为当然习惯。乃近来判决案多据于业主之请求，饬令商家腾房，惟思商业一经迁徙，多方不利，此项事故虽不如习惯之固执，亦须准酌商情。商家如不欠房租，不能遽令迁徙，或房东因困苦，证明不得已之情形，必须改租之处，亦须有一定期间，通知租赁之商家，以期便于再觅商店"①。采用如此留有余地的做法才便于案件的顺利理结。

通过档案原始资料的记载可以看出，近代天津商会在理结大量案件的过程中，明显具有以下几个特点：从仲裁组织看，经历了一个由最初设置的商会评议处到发展为基本上独立健全的商事公断处、商事公断委员会的过程；从仲裁性质看，经历了一个先从处理一般经济纠纷到社会、政治纠纷的过程；从仲裁范围来看，经历了一个单从处理一般商务纠纷到商会之间纠纷、官商之间的纠纷的过程；从仲裁地域看，经历了一个仅处理本地商人之间纠纷、本埠与外埠商人之间纠纷到华洋商人之间纠纷的过程。

---

① 《汇编》(1912—1928)第2册，第2032页。

综上所述,商会商事仲裁功能的发挥,弥补了商法的不足,是对商法的补充和完善。由于中国几千年封建专制制度的影响,法制观念淡薄,法律制度不完善,尤其是对被列为“士农工商”之末的商人及其行为更无健全的商法予以保护。商人间的纠纷无商法可依,多照惯例调解。商事仲裁机构的设立,在商法不太健全的情况下,起到了调息纷争、保护工商的作用,弥补了商法之不足。

商会商事仲裁的公正,化解了商人之间的隔阂与矛盾,维护了商人的正当权益,为商民合作创造了和谐的氛围。商会能以既谙商情又甚公正的评议员为之公断,“会董与原被告环坐一室,胶胶扰扰,无不尽之辞,不达之隐,卒之片语解纷”,这种和谐的气氛使“疾声速色势不相能”的涉讼双方能“以手加额如愿以去”,化干戈为玉帛,有效地促进了商人间的纠纷解决。

总之,商会商事仲裁功能的扩展,强化了商会管理社会的功能,为市场经济的发展、社会的安定起了重要的作用。

三、抵制苛捐杂税

恩格斯早在考察国家起源时就已经指出,为了维护国家的公共权利,“就需要公民交纳费用——捐税”[①]。捐税是一个国家财政收入最主要的来源。在阶级社会里,捐税是剥削阶级依靠政治权力掠夺被剥削阶级,为它行使职能、维持阶级统治的物质保证的一种手段。因此,赋税制度是国家政策的最主要内容,税制的良劣直接与经济的发展相联

① 《马克思恩格斯选集》第25卷,第432页。

系，它是为经济基础服务的。良好的赋税制度，可以保证国家财政收入，维持国家开支的各种需要，促进国民经济的发展，达到国强民富的目的。而捐税的征收管理工作又是税收工作的重要组成部分，它直接与纳税人相联系，是贯彻执行国家税收政策和制度的一个重要工作。所以税收征管工作的良劣，对于税收工作的全局，又可说是具有关键性的重要意义。商会肩负着维护国家与商人的双重利益责任。商会在协助地方政府征税派捐中，起了一种不可替代的作用。

然而，清廷、北洋军阀和南京国民党政府并不是出于维护国民经济发展的目的进行征税。因而，商会对于政府随心所欲地征税持坚决反对的态度。商会尽量防止政府将印花税、所得税以良税面目出现，反对营业税和奢侈品税的开征。对已经开征的税收，商会竭力反对提高税率、滥设关卡，要求放宽交税的期限，反对随意查账。每当商人和官府发生冲突时，商会居间调停。商会支持商人抗议政府滥征捐税，但结果又经常不能如愿以偿。

1. 反对清廷政府滥征捐税

清代税制沿袭传统税制，没有国家与地方税的划分。国家财政收入通过“拨解制度”，由中央任命的地方掌财官藩司征收钱粮后，除去定额开支存储外，全部解送京师户部，中央控制着全国财政大权，地方不得专擅。太平天国起义后，地方督抚以筹措军饷为名，开办厘金及各种名目的杂捐，其后洋务新政所需经费，督抚大吏也径自筹措支用，“拨解制度”遭到破坏，中央控制财权的力量削弱，地方大吏取得财权，使清代的税制发生了变化。《辛丑条约》签订以后，庚子赔款归各省分担，举办学校、巡警等新政的经费由各省筹措，各省大吏滥征捐税，税制因省而异,征收方法也漫无定制,遂造成清末的税制更加纷乱,各省税制更不统一,财政收支大权进一步由地方大吏支配。《辛丑条约》后,清政府为了确保如期归还赔款,将庚子赔款每年应还数额分摊各省,直隶分摊了80万两。直隶省内又按衙署关税分摊,因而普遍推行包税和牙行实质上的招标制[①],形成了"上自油盐柴米,下至麻酱灰石粪土,无物不税"的局面。仅据不完全统计,庚子后钞关新增税目计有:粮食、土布、棺材、20两以下货物内地税,10两以下小贩货物过境税等;属于旧税加征的计有:各种洋布(其幅度低者四五成,更多者三四倍)、靴鞋(一倍以上)、木炭(由一两五钱增至三两一钱二分)等等。据木商董事刘钟霖揭露,同治末年至光绪三十三年,木税加征竟达六七倍之多!仅崇文门一处,更定税则后每年加征达1/4,计银20余万两。由于商民们强烈反对,收木税的工部关与钞关于1910年5月9日合并,名义上免除了一货二税的苛扰,实际上的额外需索更难应付,档案中关于各类杂捐的记载,收集到的名目有房租、销捐、车捐、酒捐、学堂捐和古今少见的"钱捐"。天津县衙门的日常经费,均取给予各行商。如档案记载,栈行应县府囚粮料豆差(每年7千元)、炭行应县衙烧炭(每年木炭20万斤)、三津磨坊应驿马麦麸差(每年银元150元)、颜料行应县署油工差(每年140吊)、洋布行应囚衣差(每年布匹70丈,后改折银元100元)、杂货行应县署纸差、茶商应县署上官茶(每年100余斤)、杉槁竹货商应县署棚差、铁商应囚犯铁索差(每年银元210元)等等。各行牙纪的勒索也是十分惊人的。如御河鲜果牙纪杨金波,他每年的收入为白银十余万

---

① 天津的牙纪招标普遍实行是在民国初年以后,清末时虽未明确规定,已具有招标制特点,如御河鲜果牙纪杨金波取代前任王敲等案例,均可证明。

两，报效官府者仅制钱1万5千吊，合银不足5000两，只占1/20。

关于各关卡加征捐税的具体情况，天津商会曾于1910年7月做过一次系统调查，其中说："收地方税之工部关，专收竹木税，有同治十年重修税则章程，庚子后加征太巨，然新钞两关均抵国债，涓滴归公。工部关之税，每年约收银十万两，额解工部银仅2800两，查为修理河工之用，其余报效直督数千，此外全数入通永道私囊。"还揭露天津道之海关，专收大沽口出入粮石税，未有定例，系时值估价三抽七六扣收，"惟此项地方税，并无实在指拨，不过道宪陋规而已"。至于捐税加征的原因，商会也一针见血地指出："其新税倍于旧税缘起，实为庚子以后外债加重，筹款维艰，不得不由捐税出也。"①

沉重的捐税，严重地阻碍了近代天津商业发展的步伐。因此，天津商会由原来颇费口舌和笔墨的呈请减免转为站在广大商民立场上，向各级官府的倒行逆施，进行坚决的斗争。1908年起反对在津试办印花税的斗争，就是突出的一例。该年4月1日，清政府为了弥补减收烟土税的损失，决定在天津试办印花税，然后向全国推广。当印花税局开局办公之日，全津各行商796家联名上书请缓。天津商会支持商民要求的呈文上达后，遭到农工商部和直督杨士骧的申斥。消息一传出，又有1911家商号再次联名上书，两会公然据理力争，并警告当局，不要激出事变。此时，保定、正定、常州、成都、汉口商会纷纷来电询问抗税情形，保定、正定商会还表示坚决与天津一致行动。斗争一直坚持了三年，直到清朝灭亡，印花税也未能开征。天津商民与商会终于取得了胜利。

① 天津市档案馆藏：《天津商会档案全宗》三类767号卷。

2. 抵制北洋军阀的苛捐杂税

1912—1928 年是新旧交替的重要时期,政治、经济、军事和文化思想方面无不如此。国家政权赖以支持的经济支柱——捐税制度的变革,尤其如此。天津和直隶是北洋军阀的起家地和巢穴所在,天津商民成了捐税最直接的承担者。他们饱受了战祸与苛捐的双重蹂躏。清末庚子以后,代表工商业资产阶级和广大商民利益的商会,对苛捐也进行了坚决的抵制与斗争。

北洋军阀统治时期的津直捐税,名目繁多,目前收集到的有:关税、厘金、烟酒税、印花税、所得税、牙税、当税、屠宰税、渔税、房铺捐、车捐、船捐、津浦火车货捐、各种振捐、各种军事善后附捐、码头捐、治河捐等不下数十种。其中有的是继承清代的传统税制,有的是在清代已倡办的一些仿效欧西国家先进税制的基础上创办实行的新税制,有的是临时举办的苛细杂捐,情形非常复杂,造成这个时期税制的异常纷乱。税捐征收的极端苛扰,严重地阻碍了津直地方经济的发展.军阀恶吏横征暴敛,鱼肉商民,商民饱受压榨,痛苦不堪。

民国后,为了增加财政收入,北京政府曾经致力于税制的整顿与改革,首先明定国家税与地方税的划分,于 1912 年公布国家税及地方税法草案,但是各省都督抗不遵行。1914 年被迫恢复了清代“拨解制度”,由各省财政厅直接管理,但很难如数解款。不久,又改行“专款制度”,即规定几种税收为中央专款,亦难贯彻实行。1923 年再定国地两税的划分,越年即被段祺瑞执政府所推翻。总之,因军阀混战,政局屡变,各省军阀任意截留中央税款,自行滥征税捐,苛捐杂税多如牛毛,中央不能过问。中央财政来源有时只有崇文门税关二十几万为唯一税项收入，直至北洋政府垮台，国地两税的划分，终未能实现。

北洋政府基本沿用封建统治的增加旧税新捐的方法，搜括民财。他们采取的办法主要是加征旧税、实行新税、滥征苛杂捐等三种。现就这三个方面概述之。

(1)加征旧税。主要包括关税(常关税)、厘金、烟酒税等货物税和牙税、当税等营业税。随着社会经济的发展，这些传统税目在政府财政收入中日益占重要地位，同时也是贪污勒索、弊窦丛生的渊薮，成为阻碍国内工商业发展的严重障碍。

①关税。包括国境关税——海关税和国内关税——常关税。海关税由外人控制的海关税务司管理，这里接触的资料主要是常关税。

常关继承明代的钞关，也称钞关，于全国水陆要津设关征收内地货物通过税，兼收船税。晚清以后，常关税制非常混乱，各省采用特定税率，有时同一常关而其分局分卡即用不同税率，正税之外，税吏任意征收如单费、验货费等附加税，课税烦琐，税吏留难，成为病商的不良税法。《辛丑条约》后，常关税也被列为赔款担保，其在通商口岸之关，归海关兼管，自后即以五十里内之常关属海关税务司，于是直隶常关遂分而为五十里内常关之津海关和五十里外之津海常关。津海关税率按照海关税则减半征收。1914 年改正常关税章程，全国常关税仿照准海关例，规定以海关税半额为标准，各关现行税率不及海关半数者改为半数，等于或超过海关者依现行税率，而我国海关税因受条约上片面协定的约束，进出口税率一直都是限于值百抽五，常关税则为值百抽二五了。实际上，自《天津条约》修正税率后至民国初年，因银价下跌，进口货价上涨，规定的货价却不变，所以值百抽五的税率只在值百抽二至四之间，远远不足抽五之数。《天津条约》更规定外人享有子口税特权，进口洋货和洋人手中的出口土货，在海关纳正税后，再纳子口半税，就可运销内地，通行无阻；反之，本国商人贩运货物，却要逢关纳税，遇卡抽厘，两相比较，轻重悬殊。外人既掌管海关，处处照顾外人利益，中国的海关税收不能随着设关商埠之增多和国际贸易之增长而比例增加，极大地影响政府财政收入。政府也不能实施关税政策，自由提高或减免税率以保护本国的工商业，致使中国旧有的手工业和幼稚的机器工业受到洋货充斥的严重摧残和打击。民国以后，天津海关常关两关通过任意破坏向章、改订估价、增设局卡等手法，来达到增加税收的目的。

任意破坏向章。1913 年，为提倡国货，发展实业，堵塞漏洞、农商、财政两部制定统税办法，凡机制仿造洋式货物，只完值抽五正税一道，沿途概免重征。这是保护本国工商业的经济政策，受到工商业者的极大欢迎，对中国机器工业的发展起到很好的鼓励作用。但是，北京政府不是一个统一的稳定的政府，各派军阀势力轮番执政，他们千方百计搜刮军费，罗掘财政税收，以达到巩固和发展本派势力，维持统治的目的，不可能贯彻任何一项有利民生的政策。另外帝国主义也不允许中国实行保护关税政策，海常两关税收都用做偿还赔款，他们当然不允许两关税收减少。1915 年，为畅销国货，维持工业，天津筹开劝工会，呈请援前例，国货出口价值 30 两以内者免税厘 1 个月。财政部据当年劝工会要求展限时，总税务局提出钞关税减少，恐引起外交交涉，予以驳回，于是只准货物出洋者可免出口税。

1915 年，天津民立众工厂投帖总商会，申诉他们所织爱国布，民初以来，于报关时由钞关发给仿造货单，按海关则例估价每百斤 45 两，纳统税银 2 两 2 钱 5 分，不论运往何省，概免税厘。这次报关时，钞关然改变办法，发给半税单，收银 1 两 1 钱 5 分 5 厘，再逢关卡，纳税抽厘。

当总商会函询钞关时,管理钞关英人华善答,若照海关则例,就发给半税单;若按机制仿造洋式货物,就要按市价估值征税,毫无通融余地。

至于染色布匹,由于颜色和洋布需来自进口,国内仅完成染色加工任务,所以一向按进口缴纳子口税。1906 年(光绪三十二年)为了增加常关税,曾令染色布匹改纳常关税,受到商民的反对。1920 年又袭故技,向纳子口例税者,无端一律改为关单。有关各行商号在总商会多次开会研究,决议请政府收回成命,结果仅获展限 1 年,此后直至 1928 年,尚未彻底收回成命。

改订估价。这是增加关税的主要方法之一。任邱益记工厂用木机织制土布,运至天津,照例每百斤征税七钱五分。1922 年硬说改为火力,忽然改估,每匹征税钱二分五,加增近 1 倍。

1925 年,税务处令各省海常两关将统税货物按照市价重行核估。色素布每百斤估价 65 两者,增至 80 两;粗布每匹纳税 8 分,改为每百斤估价 65 两,每匹应纳三两三钱五分,麻纱布从估价 120 两增至 180 两,天津商会在实业代表会议的建议中,沉痛指出:“今统税货物之输出,正在力求发展以与外货竞争之时,而税务处竟令将估价重按市价核计,是何异欲其舞而扼其喉,直欲将此机制物品之一线生机,摧残殆尽。”

海关设有估价房,办理估价事宜。估价员多为外籍关员,他们压低进口洋货的估价标准,提高中国货的标准,以使中国货的成本增高,难与洋货竞争,这已是公开的事实。1924 年发生麻纱布、爱国布、条布估价太重一事,充分暴露了洋员的无耻嘴脸。当时津直遭到水灾及直奉战争影响,市面停滞,货价跌落,纱价已落至 60 两之数。而麻纱布海关估价每 100 斤 240 两,常关估价只 80 两。织染业公会函请总商会协助维持。总商会由卞月廷会长偕同会董孙文彦、张仲元去海关监督署研究从轻核估问题。海关税务司态度蛮横,矢口否认,硬说估价 180 两,在代表们力争下,才不得不重新分等估价,最高者每百斤 170 两,平均为 140 两。

②厘金(统税),也是内地货物通过税,创始于 1853 年(咸丰三年),实行未久,弊端丛生。至清末时,各省任意征收厘金,滥设名目,税率各异,自 1%增至 2%—5%以上不等。厘金与常关税一样,同是极恶的内地关税。所谓逢关遇卡,纳税抽厘,而洋货进口只纳值百抽 7.5 的进口税和子口税,即免税厘,不再重征,致使中国的产品与外货竞争处于极不利的地位,因此厘金制度深为商民所诟病。所谓统税,就是货物只在经过第一局卡时缴纳统税一次,沿途查验放行,不再重征,手续既简便,又可减少税吏舞弊的机会,较之遇卡抽厘,应该有较大的优越性。而事实上却不尽如此。如 1920 年曹锐任直隶省长时,下令取消厘金,改征统税。实际是因为直省财政困难,预算不敷,把直隶省原来按钞关折半征收的厘金,改为统税。商会董事高聚五申述津直遭遇庚子、壬子两次兵燹之灾,丁巳则全省遭水灾,本年则旱蝗为灾,民间尚未布种,请求暂缓施行。津商会则指明:"厘金改为统税,由繁入简,似觉利于商民,然实际,内地商贩增加了一倍的负担。"

直隶改办统税后,除税率增加一倍外,也增设局卡,苛扰商民。据《新天指南》所刊 1925 年直隶统税收入表,当时直隶统税分局已达 17 处,在天津郊县者 11 处。沿途设卡,稽征货物通过税,是征收统税的主要方法。每一局卡都派有稽查员及巡役等,专管征税及稽查事。在腐败的吏治统治下,这些员役都是舞弊的能手,所以统税丝毫未能消除厘金的积弊,而且随着局卡的增设而变本加厉。稽征人员非法勒令纳税,强索验单费，随便扣货留难，无故硬指漏税，无限制罚款等，对往来商民极尽苛扰之能事，因之在增设局卡时，常常遇到商民的强烈反对。他们认为，如果设卡，难免该卡假公济私，渐至苛细。必至民间日常用品亦得卡员查验，以此行之，难免违法勒索留难，必至商贩裹足不前。

事实证明，商人们的担忧，并不是危言耸听。1926 年奉系苏体仁任棉花干果统税征收局局长时，该局在原有局卡之外，又在万国桥、东浮桥、东南城角、南门脸、北营门、窑洼、闸口等处，添设巡卡多处。由杨柳青运货至万国桥，过卡至 6 次之多，每次不论货之多寡，统索验单费 4 角至 2 元有余。如不认此费，过第一关卡时即将货单扣留，再到第二卡即为漏税而被罚。第五统税局东浮桥、东南城角，甚至远达万国桥设卡，对由天津城运往租界的货物，未出本埠，巡役也要拦阻留难，勒令重纳，否则货不能过。这些事实充分说明了统税局卡对商民危害之深。除上述的普通厘金，也称百货厘金外，还有盐厘、酒厘、烟厘、路厘等特厘。

③牙税。代客买卖，抽取佣金的行号称牙行。牙行须向官厅领取牙帖，方准营业，开业之后，每年缴纳牙税。所以牙税包括帖捐和年税两种，前者似营业牌照税，后者为营业税。清代牙税属地方税收，牙行除缴纳牙税外，还要支应县差，缴纳公款。举凡人民日用必需品如粮食、木炭、鲜货、肉类、油蜡、鸡鸭卵等都设牙抽佣，牙纪苛索留难，弊窦百出，造成物价上涨，商业艰困，也是一项病商坑民的恶税。民国以后曾有两次较大的整顿牙税措施，主要保证和提高税收，至于提出消除积弊，不过是招牌而已。

④烟酒税。酒税由来已久，烟税开于清代中期。1902 年（光绪二十八年）袁世凯督直时，设烟酒筹款捐，把烟酒税合称。民国以后仍因

其旧,并于1913年开办烟酒营业牌照税。当时各省税制不一,名目繁多,性质复杂,征收方法也不一致,如直隶省征烧锅税,湖南省征出产税、落地厘等。1915年,实行烟酒公卖制度,名义是整顿纷乱复杂的烟酒税制,使之合并统一于公卖费名目下,实际是把烟酒作为奢侈品,提高烟酒税,以增加税收。1915年5月,财政部公布烟酒公卖局章程及暂行简章,在简章第十六条内规定各省原有税厘均照各省核定数征收之,就是说明这个问题的佐证。烟酒公卖局是最早的烟酒税专设机构。于财政部下设全国烟酒公卖总局,各省设立烟酒公卖局,以下酌量各地产销情形,划分区域,设置分局,再下设置分栈及支栈,招商承办。1916年1月将全国烟酒公卖总局改设全国烟酒公卖事务署,离部独立,管理各省烟酒公卖局。于是公卖制度普及于各省,本来是以整理并废止各省烟酒税捐为理由而举办的公卖制,结果变成了增加新税,而且采用落后的包征制,造成税制混乱,苛扰商人,遭到全国烟酒商的反对。

直隶省于1915年5月成立直隶烟酒公卖局,开始推行公卖。先从酒业入手,当时引起一场酒业风波。公卖局规定烧酒公卖费为每百斤价10元,加公卖费2元。天津酒商大哗,立即投帖总商会申明:一是烧酒十分之八九运往南洋及欧美各洲,是挽回利权的主要出口物资。二是洋酒税轻价贱,土酒税重成本高,如再加公卖费,税捐更重,势必洋酒更加充斥市场,坚决予以反对,甚至情愿稍加税率,取消公卖费。公卖局严予批驳,并令于8月21日实行公卖。于是全埠酒商回活停烧。津商会往来官商之间,奔走调停,经过近三个月的磋商,终由商会拟定办法五条,规定出口烧酒每百斤加公卖费7角;内销烧酒每十元加收二元,内销酒价每百斤9元,作为了结。

(2)新税主要包括印花税、所得税,都是民国建立后整顿财政、改革税制的主要项目。由于政治上仍然是腐败的官僚政治，加以军阀的割据战争，在实行时，大都是歪曲走样，成为榨取民财的工具。

①印花税。印花税是我国最早倡办并实行的仿效欧税法的新税。1907 年(光绪三十三年)度支部制定印花税法十五条。次年先于直隶省试办，遭到津直商民和天津商会的坚决反对，未能实行。1912 年根据旧税制，公布印花税法。1913 年由北京至各省次第开征。1914 年又公布参议院修正的印花税法十三条。1916 年中央和各省设立印花税处及分处，切实推行印花税，随着政局的变幻，为了填补财政亏空，历届财政部不经法定手续，任意变换手法，进行搜刮，引起津直商民的不断抵制。计发生的主要事件有：1915 年反对当票改由 1 元起贴；1921 年反对银钱支票贴用印花 1 分和簿记凭折改贴印花 1 角；1923 年反对印花加盖县戳；1924 年反对发行新印花票、废止旧票等。津直商民的正义行动，得到商会的全力支持，使一些新花招不能实行。1915 年，印花税实行不久，袁世凯积极筹备恢复帝制，财政部公然破坏自己公布的印花税法，推广印花税额，当票由原规定从 10 元以上粘贴印花，改为由 1 元贴起。当商界哗然，共举代表齐集京师请愿，才获准暂时变通。天津商会自始至终积极支持当商的抗税斗争。

清末时所得税已有创议。1914 年 1 月公布所得税条例 27 条。因考虑条件不成熟，普遍实行不易，拟定分期办理。1915 年 9 月颁布第一期实行细则 16 条，定于 1916 年实行。因政局动荡，终未实现。1920 年 9 月大总统徐世昌命令于 1921 年 1 月 1 日实行所得税，声称尽先拨作振兴教育、提倡实业之用，以邀国人支持，结果是全国商会纷纷呈电反对。11 月，财政部又拟定《分别征收税目清单》，规定：先实行课税者、暂缓课税者、从缓课税者三种。前者有官吏俸金，公司、银行、银号、普通商店资本在 2 万元以上者等 5 种;中者有公债存放款利息,从事各业之薪金等 4 种;后者有田地、池沼之所得及个人一般所得 2 种。各商会仍然通电反对,除官吏俸金陆续施行外,其他不能施行。1921 年 3 月,财政部又提议所得税以 7 成振兴教育,3 成兴办实业,经国会议决照办。农商部保证专款专用,“以期取之于人民者,仍全数用之于人民”,敦劝各界“共体斯旨,清除顾虑”。这种手法除取得教育界的微弱响应外,却丝毫动摇不了身受重重捐税之苦的商民的意志。作为直隶商会总部的天津总商会,态度坚决,抵制到底。各县商会都以津商会的态度为依据,各省商会,全国商会联合会并力力争,直至 1924 年政府还在催办所得税,而最终未见北洋政府实施。

(3)苛细杂捐。指正税之外的各种杂捐杂税,名目复杂,性质不一。严格地说,捐应指义捐,有临时自愿捐助的意思。厘金在创办时就称厘捐,意为临时捐助军饷,战事结束后,即行取消,结果不但没有取消,却成为日益重要的永久税制了。因此捐和税只是字面不同罢了,没有实质性的差别。清代苛捐杂税之兴与地方大吏控制财权相辅而行,滥觞于镇压太平天国革命,至庚子后而益滥,民国以后则成为军阀搜刮民脂民膏、用以扩充军饷和中饱私囊的主要来源。

1916 年袁世凯死后,北洋军阀明显分裂,自直皖战争起,京津一带不断换旗易帜,苛捐杂税名目亦不断变换。今就现有档案资料,把 1919 至 1928 年主要苛细杂捐列表于下:

北洋时期天津商民负担各种苛捐杂税表

年　月	捐　税　名　目	理　　由	征收期限
1919.5	英租界码头捐 法租界码头捐		5月1日开征 5月5日开征
1920.6	厘金改为统税	直省预算不敷	
1920.10	常关税、厘金附加赈捐	北五省旱灾	10月开征一年
1922.1	烟酒附加振捐	南方各省水灾	1月1日开征
1922.3	统税附加振捐		
1924.5	房地契登录	直省财政困难	
1924.9	特别房铺捐		
1924.10	关税、统税、津浦 铁路货捐附加振捐	水灾	10月1日开征
1925.1	加征铺捐	办理冬赈	1月开征
1925.2	直隶兵灾善后卷烟吸户特捐	办理兵灾	1月22日
1925.3	津浦路线军事善后特别货捐	军队临时筹饷	
1925	另估重查房铺捐		3月4日开征
1926.3	房铺临时特捐	军事需款	
1926.5	征借房租	财政困难	
1926.6	补查防铺各捐	借口补查错漏户	
1926.6	直隶百货统税附捐		7月10日开征
1925.7	烟酒牌照税加税		7月10日开征
1926.8	直隶军事善后茶叶特捐	接济军需	8月6日开征
1926.8	直隶斗捐	办理军事善后	8月6日开征 21日取消。

续表

年　月	捐　税　名　目	理　　由	征收期限
1926.10	续征海关附加振捐 2 个月		
1927.3	直隶特种物品用户特捐	军事需款	3 月 7 日开征 4 月 14 日取消
1927.3	军事临时附捐		3 月 15 日开征
1927.4	直隶机制洋式货物军事善后附捐	接济军需	3 月 16 日开征
1927.4	毯业特捐		
1927.4	渔业牙课局	军事善后	4 月 1 日开征
1927.9	清洁卫生费	借口整顿改进卫生	
1927.10	直隶煤类军事特捐 直隶煤商营业牌照	接济军需	11 月 1 日开征
1928.1	讨赤房产特捐		
1928.1	直隶照营业牌照税	充裕军饷	1 月 10 日
1928.3	直隶奢侈特品拥护捐	财政困难	3 月日开征
1928.3	机制洋式货物二五附捐		

上表中所列杂捐，按其性质可分振捐、军事善后附捐和地方杂捐三类。

第一类为赈捐，是指国内出现自然灾害时，由政府规定从正税项下附加的临时税捐，如关税、厘金附加赈捐等。一般以半年或一年为期，期满结束，但常常是期满后迟迟不结束，或如百货厘金赈捐那样，正式宣布期满后延长 1 年。另外还有由各省举办赈捐，救济本省灾情的。当时政治腐败，军阀横行，天灾经常与兵燹交相为祸，赈灾实际是军阀恶吏发难民财的良机，真正用于赈灾者无几，因此每当举办一项赈灾消息传出，商民惶恐，纷纷禀请商会力争减免。商会在据情转呈时，也能比较无顾虑地代表商民讲话。如民国十三年(1924年)报载政府又有举办邮电、路航、关税附加赈捐的消息，津商会在呈大总统文中说："事关救济灾民，本不容有所反对，惟查1920年及1922年两次附加所收之款，为数甚巨。对于此项附加税收，如何汇拨灾区，如何筹办赈济，政府并未公布，因之各方疑虑，激成反感，请求停办文电，追至不可胜数。现今甫议举办，上海总商会及他省各商会已有通电反对，具见人有同心。"表达了全国商民对赈捐的普遍不满。

第二类为军事附捐，这类附捐是军阀赤裸裸的公开暴敛。从上表中可以看到举办军事附捐最多的年代是1925、1926、1927年。这个时期正是奉系军阀兵匪不分，蹂躏津直的年代。从表中可以看到他们举办的以军事筹款为名的特捐、附捐等，4年内共达15项之多。每办一项特捐，就设一征收机构，任用一批贪官恶吏，鱼肉商民。津直商民除投帖总商会请求减免外，在忍无可忍的情况下，多次举行罢市停工，其中声势较大的有反对茶捐和反对特种物品用户捐的罢市停工。茶商反对茶捐的罢市斗争，得到全国茶商和各界的支持。天津学联发表《为茶商罢市抗捐宣言》："年来直隶为直奉两系屡次蹂躏之地，无物不捐，无物不税""商界同胞此种苦衷，我学生界十二分之同情，愿助以全力之支援。"这次斗争迫使这项特捐开办仅半个月，当局便借口军事胜利连同斗捐一同取消了。

第三类为地方杂捐，主要指地方征收专归地方支用的杂捐。在天津本埠，主要是工巡捐局开办的房、铺、车捐等各项杂捐，税款供市政和警饷需用。1924年以前，工巡捐各项杂捐全年收入不过六十余万元。

1928年初,开办所谓“讨赤房产特捐”,房捐增至30至60倍有余。反映了军阀行将灭亡前夕的疯狂挣扎。

3.抗争国民党政府加征新税

任何组织的生存与发展都离不开一定的物质资源供给,尤其是财政来源。政府作为一种高级形态的政治组织,离不开一定的财政资源。政府的运行需要以税收作为经济支撑。历史事实不只一次的证明,在实现市场机制正常运行的过程中,政府与商会之间的相互支持、相互配合、互以对方的存在和发展为依存条件。据《天津商会档案汇编》不完全统计,1928—1937年间,由商会居间调停,协助政府完成征纳的税收种类达58种。可以想象,如果没有商会的配合是很难达到如此效果的。

国民党政府成立后,天津商会多次呈文政府转达商人们的意愿,使其政策主张得到政府的更多一些考虑。国民党政府不得不在商人们的一片请求减免捐税和暂缓施行声中做出一些让步,或是对其政策进行调整,或是进行部分的修改,或是放宽期限。在各地商人们多次联请中,国民党政府明令废除了“全国厘金并厘金变相等税、海关50里外之常关税及其他内地税、常关税等”,使得“商民莫不拱手称庆,有口皆碑,无腹不鼓”①。

税收问题同样是蒋介石政权与天津商界经常发生冲突的主要焦点。政府一面利用商会协助推行各项政策,一面还要变本加厉地对商人的政治和经济利益进行无端的侵害,势必引发以商会为代表的商界

① 《汇编》(1928—1937)下册,第1774页。

极大的不满与抗争。商人们尤其对国民党政府的捐税政策反映特别强烈。当国民党政府在商会的配合与协作下,不仅完成了征收在税收中占较大比重的商税和名目繁多的杂捐,而且对外则改订了“海关进口新税”,对内则举办了“新印花税”“特种货品产销税”“营业税”“所得税”等。这里仅将天津商民反映强烈和坚决抵制的几种税收介绍如下:

(1)新印花税是国民党政府步北洋政府后尘继续征收的税种。1928 年 8 月,国民党河北印花税局转发国民政府《印花税暂行条例》,宣布所有旧日财政部颁行印花税票一律作废。9 月天津特别印花税分局颁布按新税率粘贴新印花税布告,规定如果发现仍用旧印花税票粘贴各证据者,将带回局照章传案处罚①。在新印花税实施过程中,税务局希望商会给予赞助。天津商会做出的反应是:“旧印花税票一律作废,商民不堪受此损失,请于暂缓施行。”关于改换新票停用旧票之说,商人们纷纷到会请求设法维持,天津商会经过多次调查商人手中持有的旧票数后,立即致函当局,要求设法兑换旧票。一年后,政府贴出同意商人以旧票换取新票的布告,做出让步,商人的损失减少到最低限度。与此同时,天津商会毫不犹豫地反对政府强行开征化妆品印花特税、汽水印花特税、车辆印花税、支票拨码加贴印花、账簿折据印花废旧贴新、发票粘贴印花等。结果是政府 3 个月后取消了化妆品印花特税,但对于其他种类特税的征收态度丝毫没有改变。当时印花税当局的滥征情形更让津商民极为反感,对于有关案件应移交法院依法惩处和设立天津印花案件审理委员会的建议均遭到财政部的坚决批驳。

(2)河北特种货品产销税系于产地和销地征税一次。河北省自

---

① 《汇编》(1928—1937)下册,第 1992 页。

1931 年 1 月按照中央财政部命令停止征收厘税，原以征收特种消费税作为抵补，忽又奉命免办特种消费税，其抵补方法是将特种货品消费税改征产销税，定名为河北特种货品产销税，定于 5 月 21 日开始征收。至于在河北省征收此项税收的原因，河北财政公署的布告中认为："河北农业未兴，田赋极轻，非可与南方诸省丁漕并征，既种种加征带征，取多用宏者相提并论，所有裁厘后财政上之损失，既不欲增加田赋重苦农民，又别无他项收入足资抵补，唯此特种货品产销税款集而民不扰，此关于财政之妥筹救济者也。再者，河北为军事善后省份，军政各费需款方殷，此项特种货品产销税，有合经济原理，可免财政困难。本公署奉令筹办，自当以种类从简、税率从轻、征收方法力求平允为主旨，尔商民亦当仰体时艰，共维国计，务各照章纳税，毋得希图漏免致于处罚。"纳税人的利益代表者天津商会暨同业公会却持有截然不同的看法。他们一致认为，"当局近又将特种消费税变更名目，改为特种货品产销税，并拟于 5 月 21 日实行的做法，与中央裁厘本旨根本不符"，"骤闻之下，惶悚无措，伏查河北省既在统一政治之下，同隶政府帡幪，似不应单独受此苛政"，"况且北方连年灾患，民鲜盖藏，野多饿殍，本年入春以来，海河又复骤形淤塞，航运不能入口，商业顿受打击。若再捐税重叠，商人避重就轻，改道输运，津市大好商埠，岂非等诸废弃。且商民值此精疲力竭之时，亦实无余力担认缴纳。属会等以事关切肤，缄默难安，为此合词电恳"[1]。天津纱厂等 20 个同业公会具书请求政府撤销此税，指责特种货品产销税的征收范围之广，"如油糖、茶叶、棉麻、豆籽、药材、纸张、织物、果品以及牲畜、瓷陶等类，何一非日用必需之品，更何一非

① 《汇编》(1928—1937)下册，第 1847 页。

海关已增税率之物且此税各省皆未举办，今若独行于河北，则商贩势必改途转徙群留他方，恐税收未获实益而商埠已凋零，饮鸩止渴，想为贤明当局、钧会所不取也。迩来市面环境益趋悲观，外商纷纷退货，市面无法疏销，百业停止，金融枯窘，倘竟降此迁延，则将影响工业关系，尤为重要”。因事关急迫，商会特举主席张品题、常务委员王文典、常务委员王筱岩率领铭祝三、陈楚湘、赵真吾、孙越桥、李润田、皮焕臣、岳镜吾、武筱山、梁燕臣、苏毓甫、骆琴轩、张庆林等代表亲赴北京请愿。这次请愿的行动得到了北平总商会的大力支持，天津 13 人，北平 11 人，两地的商人代表共同呼吁，相继发言，“强调特种货品产销税如果实行，则有打破一物一税之原则。而且此种地方税，未经省府会议通过，尤为不合。”再次敦促地方政府，“命令缓办，以安人心”。经过津平商界的共同努力，终于传来了特种货品产销税减免要求已获地方政府允准的电文。

(3)营业税是国民党财政部在 1928 年 7 月召开的全国裁厘委员会议上的一项新的决议案。1931 年国民政府开始向各省开始征收营业税。天津商会对此极为重视，请各同业公会推举代表组织营业税筹备会。1932 年天津市政府拒绝由商会代征营业税的请求。1933 年天津政府又允准商会代征在会商号营业税。1934 年，政府又提高营业税税率，立即遭到本来就不满意政府这种出尔反尔做法的天津商会、各同业公会以及河北省各县商会群情激愤的反对。天津商会首先呈文政府要求依照旧率办理：“缘商民对于征敛，近年饱尝痛苦，时怀戒惧，今营业税施行甫经一载，竟又变本加厉突然增加，将来频年变更，其将何所底止既失民望，必碍推行，以中央抵补裁厘之良法，转为商民所诟病，且邻邦观瞻所系，尤应通盘计划。善培养商民一分之元气，即所以保全公家一分税源，理财之道，端赖措置全局，不宜仅筹局部，况一发动而牵全身，一隅利而四周俱害，当为智者所不取也。”[①]同年，天津商会再次呈请政府免增营业税率，“将此次新定税率全部提交营业税评议委员会，依照各业实际情况重行分别厘定”[②]。市财政局终于在众多商人的呼吁声中拟定了征收营业税的变通办法。商人的合法利益得到基本维护。1933 年天津市政府成立天津市营业税评议委员会，人员组成除政府部门人员外，还有商会的两位代表参加，至少表明，政府在征收税的问题上，还没有把商会完全排斥在外。

(4)所得税。1936 年 7 月，国民党财政部公布《所得税暂行条例》、《所得税施行细则》。天津商民表现平淡，纳税迟缓。此时的天津、保定商会派代表与北平商会商榷函请中央暂缓实行。1937 年 6 月 18 日，财政部命天津商会劝导商民缴纳所得税，“凡属国人尤应整齐步伐，普遍纳税，以增强外交力量。该会领津市商民，务应随时劝导。毋生异议，免贻外人口实”[③]。天津商会的反对态度并没有因财政部的令函停止，而是于 7 月 3 日立即举行会议讨论有关所得税事宜，他们推举 19 人组成所得税审查委员会具体负责办理。王竹林任主席，纪仲石、卞白眉等 18 人任委员。他们决定先通过发表《宣言》提出自己的主张，《宣言》中写道：“查所得税本属良税之一，先进国家行之已久，直接征收，无虞转嫁，普遍公平，无逾于此。中央政府近为整理财政起见，业已颁布条例，定期施行。虽该项条例中各项细节，有无予人民以便之处，尚有待于继续研讨，然政府现已审度国情，几经斟酌，公布施行，人民自应一

① 《汇编》(1928—1937)下册，第 1951 页。

② 《汇编》(1928—1937)下册，第 1973 页。

③ 《汇编)(1928—1937)下册，第 2080 页。

体遵照。矧天津为国内第二大埠，对于政法令，尤应尽力推行，以为各埠倡率。惟按照本市实际情形，商负担正杂捐税五十余种之多，目前施行，自不无困难之点。”他们指出：“所得税诚属法良意美，但对于租界内之营利者，若无法同时举办，不独有失普遍公平之原则，恐其结果，华界商家或相率迁入租界，以图规避，当此市面凋敝之际，恐各商虽有踊跃输将之心，实无力担负。”他们建议，“中央与地方政府要统筹兼顾，酌盈济虚，俾津市商民不致因举办所得税而重增担负，地方政府亦不致因裁并杂税而遽减收入。”[①]“七七事变”后，天津很快沦为日本帝国主义武装占领的殖民地，所得税还未来得及实施，就成为泡影。

从档案史料的记载中，我们看到商会与政府在税收问题上的冲突，一般会出现四种结果：一种是商人照章纳税；一种是为了缓和与工商业界的矛盾，政府做出免征或缓征的让步；一种是政府和工商界双方共同做出让步；最后一种是政府强硬执行。从维护商民的利益看，商会反对苛捐杂税的态度基本是积极的，确实在抵制各项捐税的斗争中冲锋陷阵，发挥了不小的作用。然而我们也看到，有时它又屈从于官府，成为政府催缴滥征税款的工具。如此行为反映了商会上层人物的附庸性。

总而言之，社会经济结构的发展变化，必然引起赋税制度的变化。鸦片战争以后，中国从封建社会转变为一个半殖民地半封建的社会。从晚清起，除田赋仍为赋税的主体外，关税、盐税、厘金等国内外贸易税成为财政的主要收入；另外又仿效西方先进国家的税制，倡办了诸如印花税、所得税、注册费等新税制，为民国以后创办并实行这些税制做了准备工作。

---

① 《汇编》(1928—1937)下册，第 2081 页。

北洋政府统治时期和国民党统治时期,尽管在税制方面做了某些整顿与改革,但是,并未跳出清末的税制范围,有些合理的改革也免不了失败的结局,如国地两税的不能划分,常关、厘金那种内地通过税的不能革除,所得税的不能实行,贪污中饱现象的不能铲除等,从税制到征管工作,其纷乱苛扰基本是清末的继续与发展,其深刻原因就在于半殖民地半封建的社会经济结构没有根本改变。

除上述原因外,还有政治方面的原因。北洋统治时期,无论是袁世凯的武力统一,自称帝制,还是军阀割据,彼此混战,都是对外妥协,对内镇压的封建地主官僚统治之行为。腐败的封建官僚制度腐蚀着整个国家肌体,税收的征管工作尤其是贪污勒索的典型。军阀以人为制,任意滥征课税,他们通过经征恶吏,像血吸虫一样吸吮着农民和商人的膏血,以供给他们购买武器、发动内战和穷奢极欲的生活需要。国家的政策规定,他们视同一纸空文,称霸一方,广大人民完全处于个人淫威之下,真是无法无天,暗无天日,造成农村破产、城市工商业倒闭的悲惨景象。当然,政治归根结底是经济的反映。广大贫穷落后的农村经济,是滋生专制独裁和割据自立的深厚土壤。档案材料中有相当一部分是商民对苛税扰累的痛苦陈诉,从中可以深刻体会到帝国主义和封建主义阻碍津直工商业发展的严重程度。我国北方经济较南方落后,有其经济的、历史的、地理的诸种原因,北洋军阀的直接统治,无疑也是重要原因之一。

天津商会的总协理和商会的正副会长也都是盐商、买办、巨商等官、绅、商三位一体人物,各行行董都是所谓殷实大户,各县分会的核心人物都是当地士绅,这些官绅巨贾与官府和洋人有着比较密切的联系,所以他们在抑制官府上存有一定的局限性。不过就工商业本身的切身利益来说,商会反对苛捐杂税的态度基本是积极的。从以上事实中,我们看到天津商民在商会的领导下,在抵制各项捐税的斗争中发挥了不小的作用,取得了一定的成果。充分证实了商会具有一定的组织力和斗争力,同时在商会与商民的共同斗争中,促进了商人之间的团结,加强了与各界的联系,进一步扩大了影响。

综上所述,自 1903—1949 年的半个世纪中,近代中国商会这个工商业企业家经济政治利益的特殊载体,充当着国家与成千上万工商业者的纽带和桥梁,成为市场经济中不可缺少的重要组成部分。除了向会员企业提供各种服务,调节各种商务纠纷,制定市场交易行为规则外,还面对国内几次大的金融风潮,较好地平息和化解了这些风潮对政权和社会的冲击,缩小了危害的程度,而且商会还从培育市场经济出发,规范企业市场行为,维护市场秩序。商会在促进经济发展、发展对外贸易、协调工商业者与政府的关系、促进以自由平等竞争为基础的市场经济体制的建立等各个方面,发挥了其他任何市场中介组织所无法替代的重要作用。

第七章　商会与城市社会

清末与民国时期，商会的职能虽以经济为主，但又并不仅仅局限于经济方面，而常常超出其经济职能的范围，伸展到政治、教育、地方自治、理案、社会公益等十分广阔的社会领域。商会在城市社会的公共活动中的参与和管理更是达到了前所未有的程度，其中有创办报刊、兴办商学、平粜粮食、实施赈济、整顿交通等公共活动，进一步构建了商会在社会公益事业中与政府的协调合作关系。

一、创办商务报刊

天津开埠后，外国侵略者为了配合其侵华政策，将他们的侵略势力深入到思想文化领域，曾在天津陆续创办了一些中外文报纸，如由英国人创办的被称为天津最早的中文报纸的《时报》、日本人创办的《咸报》等为天津近代报刊之先声。

天津近代报刊的全面兴起，是在中日甲午战争之后，当时维新思想已成为一股强大的社会思潮。报刊是维新派政治活动的工具和武器，尤其把报刊宣传放在十分重要的地位。维新派充分认识到报刊舆论宣传的作用及其巨大的社会影响。康有为说："新报尤足以开拓心思，越发聪明,与铁路开通,实相表里。”梁启超说:“欲觇国家之强弱,无他道焉,则于其报章之多寡是否而已矣。”谭嗣同说:“(报纸)可调古今,可审中外,可瞻风俗,可察物理,可谙时变,可稽敌情,可新学术,可强智慧。”概而言之,报纸可以“通上下之情开风气”“通中外之故开民智”“去塞求通,报纸之导端也”。随之为维新思潮呐喊的各种报刊相继涌现而至。维新派在天津的喉舌是《国闻报》,它不仅是天津由中国人创办的最早报纸,同时也是维新派在华北地区出版的唯一报纸和维新派创办的第一家日报。

天津最早的官报是 1902 年发刊的《北洋官报》,是我国近代官报之开端,在它的影响下,天津近代的新闻事业出现了兴盛局面,各种报刊如雨后春笋,纷纷创办,1905 年天津商会创办的《天津商报》就是其中的一种。

1.《天津商报》的创办与宗旨

《天津商报》是近代天津商会诞生不久创办的一种商业类型的报纸。20 世纪初期,近代中国的工商业者从会馆、公所等各业行会相互分散隔离的状态开始走向联合,相继成立商会,经济实力得到明显增强。他们除了受维新派宣传报刊在“开民智”“育人材”方面的影响外,尤其是租界洋报的肆无忌惮,极大地震撼了工商界人士,他们感受到“窃维外国富强之基,皆先扶植报馆,以开民智”[①]。由于天津商会的上层人士逐渐意识到创办报刊的重要作用,积极为创办商业报刊到处奔走。1905 年,成立两年后的天津商务总会的三位主要领导人王竹林、

① 《汇编》(1903—1911)上册,第 154 页。

宁世福、么连元联名禀文直隶总督袁世凯:“天津近在辇毂之下,为通商总汇之区。幸逢官保整顿一切新政,商民得乐业安居。今公议设立报馆,亦系振兴商务之一端。”他们拟筹集资金自办《天津商报》(筹办期间名为《天津报》)的请求很快得到袁世凯和商部的批准。可见,19 世纪末和 20 世纪初清政府对民间创办报纸的支持,为《天津商报》的发刊创造了较为有利的社会环境。

清政府允许和鼓励民间著书立说和创办报刊是其在“新政”期间全方位推行近代化的重要内容之一。清政府曾颁布有关报刊出版发行方面的法规,如 1906 年颁行的《大清印刷物专律》,1908 年又颁布《大清报律》。这些法规的制定颁行,使商民获得的舆论宣传的空间,不仅得到了政府的认可,而且获得了合法地位。显然,清政府报章法规的施行,标志着中国历史上统治者第一次承认了民间报刊的合法地位,是清政府报章政策的一大转变,对民间报刊的发展有着重要的影响。

由于维新派报刊舆论的宣传对商人的影响,加之清政府法律的承认,致使天津商会领袖人物对创办《天津商报》的认识更为明确和坚定。

第一,天津商务总会认为,报纸是开商智、联络商情、振兴商务的工具。“商会为商界总枢,而浚沦商智,鼓吹商情,尤赖报纸以介绍而沟通之”[①]。那么,振兴实业,首以开通商智为务。而综核得失,尤以报章为要。今公议设立报馆,亦系振兴商务之一端。盖以商务无报馆,不能以图远大[②]。尤为强调:“报纸有益于社会尽人皆知”,其原因在于“报纸足以代表舆论,非有此机关以为各处商会之中枢,不能联络商情,开通

① 《汇编》(1903—1911)上册,第 86 页。
② 《汇编》(1903—1911)上册,第 162、154 页。

商智，更不能剔除商弊，拓殖商权”[①]。天津商会考虑到，无报刊作为自己的舆论工具，商会将仍是一个不完善的团体。商会创办发行《天津商报》，反映商人的意愿，维护工商界的权益，在此意义上说，《天津商报》是商会之耳目口鼻，没有商报，则商会形具而神不完。可见，舆论媒体在各方面所起的独特作用已大大深入商民心中。

第二，报纸可以是通商情的信息工具。近代报刊是资本主义市场经济发展的产物，《天津商报》的刊出无疑是为商业贸易广泛进行提供货价、行情的信息渠道，正如他们在呈文中陈述“盖以商务无报馆，不能以图远大，报馆非赖电报迅速，不能以贯通各处货价、行情。”当时针对商业因不利用舆论工具引导“这数千千年来陈陈相因的中国旧式商人”在缺乏商业行情的时效性等方面的弱点，《天津商报》快捷详尽地刊载每日商业行情，对开阔商人的眼界，提高商人的素质等都有深远的意义。这就使得《天津商报》成为商界进退决策之依据。

第三，报纸是“收回言论之权”的工具。晚清时期，西方侵略者较早即在中国创办报刊，为其侵略行径摇旗呐喊和涂脂抹粉。国人所办报刊因害怕清政府封禁，或将报馆设于租界，或托庇外人以求保护，不同程度地受到外国侵略者的监控。20 世纪初，工商界对这种现象也有所认识，并希望通过自办独立报刊收回言论主权。例如有的商会即意识到：“我国风气初开，凡设报馆之人，非窟穴于外人租界之中，即假借洋商名目，言论放诞，时有妨碍和平之处。职等拟合同志创设报馆……为我国收回言论之权为宗旨。”[②]不难看出，商会创办报刊，也具有明显的

① 《汇编》(1912—1928)第 1 册，第 383 页。
② 《汇编》(1903—1911)上册，第 154 页。

抵制外人文化渗透,收回言论主权的目的。

清末民初,商会创办的有报纸和杂志。其中日报较少,天津商务总会创办的《天津商报》为日报。全国范围内,除了济南商务总会创办的《济南商会日报》和民初全国商会联合会直隶事务所创办的《直隶商报》属于日报外,天津商务总会创办的天津《商报》属于其中的一种日报。

事实上,创办报刊是一件劳心费神的事情。在当时的历史条件下,商界办报不仅需要官府的承认,还需要资金及专业人才。天津商会办报初期,筹措资金是最让人头痛的难题,起初先从商会开办的保卫医院的余款中拨出 10000 元作为投入成本①,可是不久,因资金周转不灵,仅办 3 月,就被迫停刊。随后商会经天津南段巡警局值日所课长刘孟扬的资助,秘密从警厅出资 5000 元作为资金,再次开办,勉强维持。经营报纸对专门人才需求比资金的投入显得更紧迫。《天津商报》创刊时,曾聘请当时的北京报馆主笔朱淇为总理,然因其经营不善,又经刘孟扬总理接手,认真整顿,报馆工作才得以重新开展。几经挫折,《天津商报》于 1917 年停刊。我们不难想象,清末民初的商会为能拥有一块自己的舆论阵地所做的一切是多么的艰辛。

2.《天津商报》的特点及其影响

清末民初商会所办报刊,称得上是工商界的喉舌。在商会将它作为反映工商业者的愿望和沟通工商信息阵地的过程中,自主性特征非常明显。

首先,《天津商报》是商人自主创办的公共舆论的载体。尽管商会

① 《汇编》(1903—1911)上册,第 164 页。

报刊创办时,为了取得合法地位,须经官府批准立案,但并未因此受到官府控制,而是给予了一定支持。例如天津商务总会创办《天津商报》,由该会总、协理呈请直隶总督袁世凯咨明商部立案,袁世凯即表示:"查该总理等拟请创设报馆,系为开通商智起见,自应准予立案。"商部也批示说:"查该总理等拟设商报,系为开通商智起见,所有本部各处报告,有关商务,足以裨益商业事件,自应准其登载。"[①]但是后因报刊遇阻,不得已的情况下,才由警局赞助。

其次,天津《商报》虽无官府补贴,然而由于资金的短缺,商会不得不设法向社会筹集所需资金。1906 年报纸由于资金方面的原因,单靠商人赞助已经无力维持,经过会长的运作,加入警厅股本 5000 元,于是《商报》出现了受警厅牵制或控驭的局面。这也是天津商会有别于其他商会筹集创办报刊之处。自天津商会创办报刊以来,因无固定的经费来源,常常陷于拮据的困境。例如天津商务总会创办的《天津商报》至 1911 年亏损甚巨。天津商会继续勉力维持数年,到 1915 年仍无好转,有人提议将该报出兑给外人。前面提及的天津南段巡警局值日所课长刘孟扬为出兑之事进行干预:"鄙人虽已不与闻《商报》之事,然该资本 5000 元系由鄙人经手,故对于警厅一方面,尚不能卸厥责任。今贵会既主张出兑,自应尚待商榷。缘当初创办非易,告承兑者不得其人,一则与贵会之名誉有碍,再则警厅有所责问,鄙人亦无以答也。如将来议决出兑,无论拟兑何人,务望预为知照,经鄙人认可,然后再定为幸。"[②]此时的天津商界人士也深知"商报馆为商会附属之一部分",不能轻易

① 《汇编》(1903—1911)上册,第 156 页。
② 《汇编》(1903—1911)上册,第 165 页。

放弃，并为此召集全体会董商议办法。会董均表示："此项报馆之成立，实于商会进行诸多辅助，未便轻弃。各会董均愿凑集资本，继续接办。前拟出租一节，应即作为罢论。"[①]可见，当时的商会创办和维持自己的报刊，并非易事。

清末民初商会报刊的出现，大大增强了工商界的社会影响。报刊通过大力宣传实业救国主张，使广大工商业者更加明确时代赋予自己的历史使命，从而以更大的热情投身于振兴中国的工商实业，而且还使社会其他阶层乃至统治者也对发展实业更为重视，有利于改变中国历史上长期以来贱商抑商的传统陋习，形成全社会的重商热潮，这对资本主义经济的发展无疑有所裨益。

一是加强商会之间的联络，增强工商界的凝聚力，扩大工商界的影响。中国的工商各业素来行帮壁垒，各立门户，畛域分明，以致商情涣散，"声气不易通，群力不能合"。商会成立之后，这种情况有所改善，但"商会虽多成立，声气犹未尽交通"，直接影响到商会更有效地发挥其应有的功能与作用，因而需要采取新的措施切实加强商会之间的联络。

二是"商讯贵在灵通，商战端资学力"。对于当时的中国，"各省权衡量数不一，金融汇兑不一，币制不一，债期不一"，给商人的经营活动造成诸多不便，但却可"借商报以通声气，循便利以归一致"[②]。以"振兴商务之宗旨"的天津《商报》，既可达到"以冀互通声气，共图进步"的目的；并将各地"商务实业及地产输出、外货输进各情形"，一并"开示一二"[③]，使各地商人互通商情。

---

① 《汇编》(1903—1911)上册，第165页。
② 《汇编》(1912—1928)第1册，第530页。
③ 《汇编》(1903—1911)上册，第300页。

三是起到了开风气之先的作用。《天津商报》不仅显示其重要的作用与影响，而且还带动了其他报刊的创办。民国时期，在天津较有影响的报纸是顾琅任会长的直隶国货维持会在天津创办的《白话报》和宋则久任总经理的天津国货售品所创办的《售品所半月报》。《售品所半月报》创刊于 1915 年 2 月 25 日，是民国时期创刊较早，影响较大的一份工商报。天津国货售品所是宋则久于 1913 年接办官营的天津工业售品总所而建立的。1915 年 1 月，日本帝国主义向袁世凯提出了旨在独吞中国的“二十一条”，激起了全国人民的极大反对，全国各地立即掀起了大规模的爱国反日活动，在城市突出地表现为社会各界普遍展开的抵制日货活动。在此历史背景下，宋则久创办的国货售品所成为当时抵制日货的一支劲旅，他要求所内的人员都参加抵制日货的运动，并决定在发货单和包装纸上加印“力雪国耻”四字。《售品所半月报》作为他们的舆论工具，就是在这样的社会背景下产生的。《半月报》创刊后，初由宋则久任主编，由所里安排 2 到 3 人从事校对、收发工作。报刊地点在天津城根龙亭旧址（今北马路）。刊物由南市协成印务局承印，每期 3000～5000 份，不零售，全系订阅。全年订阅只需 0.3 元，而且对外订户“不加寄费”，可见《半月报》之创办并非以盈利为目的。《半月报》全部采用白话体，并结合人们的日常生活，采用歌谣等多种形式对人们进行热爱国货的宣传，向群众介绍国货产品。由于受售品所人力、财力之限，再加上宋则久社会活动频繁无暇顾及，《半月报》于 1917 年曾一度停刊。1919 年五四运动爆发后，天津再次掀起抵制日货的高潮，为适应形势需要，《半月报》重新刊行。《半月报》作为工商界的舆论工具，具有一定的反帝的政治倾向，在当时对人们进行提倡实业、鼓吹国货、矫正风俗、灌输知识、传递技能等方面的宣传，起到了一定的作用。

四是商人可通过商会报刊及时了解国际商业贸易形势的发展。当近代中国被迫开埠通商强行纳入世界市场经济体系之后，了解世界贸易形势的变化迫在眉睫。当时的商人对此已有了自己的认识："吾人苟不于世界经济、对外贸易稍加注意，则所谓国货振兴徒属空谈，甚至商情隔膜，受损匪鲜。"商会报刊及时刊登大量有关国内外各地商情的报道，可使"国内商家读之，能不出国而知全[各]国商业之大势"[①]。

清末民初的中国曾出现大量各种形式的民间报刊，在社会生活中发挥了比较广泛的作用和影响。商会通过报刊舆论，不仅能够有效地指导和联络工商界的行动，而且代表工商界发表各种政治见解，在一些重大问题上形成具有工商界独特影响的社会舆论，对国家制定和实行有关政策也具有一定的制衡作用。

鉴于清末民初《天津商报》所引起的广泛影响，受到了国内外商界的欢迎。例如《天津商报》写道："宗旨正大，议论宏通"，"风行中外不胫而走者日数千叶，而我商界尤脍炙焉。"[②]当时，商界乃至其他阶层的人士"购阅者为数甚多"，纷纷"以此报争睹为快"。[③] 但是，《天津商报》始终面临着经费短缺的窘境，维持十分困难，甚至被迫停办。又例如全国商会联合会直隶事务所于1915年创办的《直隶商报》，问世一年之后，即因亏款"日积月累，致成巨亏"。该事务所也受此牵连，"不但根本经济业已枯竭，并欠外债四千余元之巨"，无力再垫付有关款项，不得不停办该报。这种情况对于更多商会报刊的创办及其发挥更大的作用，势必产生一定的不利影响。清末的天津商务总会在筹划创办商报时，曾

① 《汇编》(1912—1928)第1册，第732页。
② 《汇编》(1903—1911)上册，第86页。
③ 《汇编》(1903—1911)上册，第163页。

计划先以天津为总汇创设报馆，“将来推设，以北京、上海、汉口、香港、广州等处为分支。在津者，即名为天津报；立至某处，即以某处地方为名目。”[1]这表明天津商务总会最初的设想，是要在全国各地的几个大都会中均创办自己的报纸，其良谋宏愿甚为可嘉，但后来经费困难的尴尬局面，使《天津商报》不仅在其他地区创办的愿望未能付诸实现，以至于在天津都难以维持，甚至在民初曾有将该报出兑给外人的想法。

总而言之，可以毫不夸张地说，天津商会创办的《天津商报》在全国或者至少在北方地区起了开风气之先的作用，将商人们只注重眼前利益的短浅目光，引导到树立现代宏观经商战略、经营方式和长远目标的层面上，具有逐步培育现代化意识商人的深远意义。

二、热心商学教育

清末民初的天津商会不仅在创办报刊方面先声夺人，而且在积极创办各种实业学堂方面更是成效显著。商会办学推动了近代中国实业教育的发展与兴盛。近代天津工商界人士对商业教育与工商业的密切关系有着非常明确的认识：“查商业实富国之本，人才为商业之要。现值商战时代，亟应广培人才，以宏教育。”这样的认识，显然已将兴商学对推动商业发展的作用提到了相当的高度。有的商会还强烈意识到：“事无近功，种宜早下，急起直追，犹恐不及，失之不图，后悔已迟……凡我商会同人，毋再以自误者误后生，致不能生存于世也。”[2]言辞之间，

① 《汇编》(1903—1911)上册，第154页。

② 苏州市档案馆藏：《苏州商会档案》第3卷，第25页。

体现出商界人士对兴商学的紧迫感。为适应时代发展的需要，清末商会采取种种措施努力培养新型商业人才。因而，兴办商学是商会为振兴工商业而开展的一项十分有影响和有意义的活动。

1. 天津商会与初中等商业学堂

清末商会兴商学的首要措施，是鼓励和倡导创办各种实业学堂。对于鼓励和帮助些行业的商人创办实业学堂，天津商会做出了较大的努力，并取得了明显的成效。天津商务总会于1904年成立时，就将兴商学作为自己义不容辞的职责，它在章程中第27条明确规定："商学不讲，率多遇事牵掣。本会拟妥筹经费，设立商务学堂，造就人才，以维商务。"①

首先，创立了天津中等商业学堂。1906年9月初，天津商务总会为创办天津中等商业学堂呈文商部立案时，阐明："津郡筹设商业教员传习所，一面设立商业补习普通教堂，为商业教员传习所实地练习之助，且以补各半日学堂教育之不及""商业不兴，由于不智，不智由于无学。是学堂一项，尤为振兴商业之要著，亟应谨遵宪批及奏定章程，迅速兴办。"②因高等商业学堂程度很高，所需经费亦巨，一时难以筹办，遂提出创办中等商业学堂，并附设教员传习所，"按星期由本学堂教员传习一切商业，以资开通"。关于学堂的所有经费"统由总理等商同会董、各行商董筹摊，并招各行商子弟入学。一切堂内事务即由会董李向辰等会同监督等商同办理，以专责成"。商部批示说："该总理等筹摊款

① 《汇编》(1903—1911)上册，第48页。

② 《汇编》(1903—1911)上册，第174页。

项创设中等商业学堂，系属振兴商业要义，详阅所订章程十二条，均称妥善，自应准予立案。"①

1906 年 7 月，天津商务总会在东马路创立中等商业学堂。学堂分设"完全科"和"简易科"。起初仅有简易科甲乙两班，每班学生 30 名。1908 年开始招收完全科甲乙两班，每班也有学生 30 名，学制均为两年。学生学成毕业后，由商会颁发文凭，或推荐到有关学校继续深造，或安置在各商号就业。学堂的章程均参照普通中学制定，如《奏定学堂考试章程》《学生履历册》《功课分数册》《请假旷课册》等，从中我们可以看出商会为天津中等商业学堂确实办成能够培养出一批适合商业需求人才的学校而付出的努力。

其次，创立了天津民立第一.初等商业学堂。1907 年 1 月，天津商务总会认为："学堂有中初之别，学业有浅深之分，既设商业中学，自应举办初等，以备升进之阶。"于是"广为劝导，力求扩充"。旋有王永泰等绅商呈请创设天津民立第一初等商业学堂，文中陈述"所有常年经费，除由庙租酌提外，统由职等筹摊。应俟款项有余，再为扩充"。他们的请求得到天津商会的大力支持，为其禀请立案，"初等商业学堂，实为近今要点。该职等自筹经费，首先倡办，实属热心学界，深堪嘉许"。农工商部批文："该商等热心公益，创办初等商业学堂，以为升入中学之基础，殊堪嘉许，详核所拟章程，亦属妥协，自应准其立案。"②

初等商业学堂"以造就商业人才为宗旨，概不收费，以各小学堂毕业者升入"。招生以 40 人为定额，如各小学毕业学生不敷额数，由他处

① 《汇编》(1903—1911)上册，第 174 页。

② 《汇编》(1903—1911)上册，第 179 页。

招生考取。学生三年毕业，发给文凭。毕业后经考试合格者、愿在商业学堂进求实学者，保送中等商业学堂；意欲就业谋生者，保送各洋行习学行务[1]。课程设置：读经、修身、商业地理、新关则例、珠算、笔算、尺牍、中外簿记、习字、英文、体操。聘请中文教师 2 名，外语教师 1 名，体操教师 1 名，庶务兼书记 1 名。学堂外聘请名誉经理员 2 名，名誉监学 1 名。遇有改革事宜，互相妥商，随时改良，以期完善. 开办费及常年经费系由创办人及天后宫住持道人筹措。学堂一切开支清册，年终送商务总会审核，随后由南会转商部存案。

20 世纪初期，天津的学堂林林总总，已居全国之首，学生总数为 571500 人[2]。据 1911 年（宣统三年）天津县学堂调查统计，由商会和商人办的商务学堂如表所列：

校名	地址	职员（人）	教员（人）	学生（人）	年经费（两）
初等工业学堂	玉皇阁	2	6	78	3210
民立初等商业学堂	天后宫	3	5	36	635
民立第一艺徒学堂	北极寺	2	2	40	364
民立第二艺徒学堂	大王庙东	5	2	54	360
民立第三艺徒学堂	杨柳青	22	9	53	1200
民立第五半日学堂	天后官	3	3	21	252
第一商务半夜学堂	西宣讲所	1	4	60	612
第四商务半夜学堂	药王庙	2	5	44	343

① 《汇编》(1903—1911)上册，第 178 页。

② 舒新城：《中国近代教育史料》上册，人民教育出版社 1965 年版，第 377 页。

续表

校名	地址	职员(人)	教员(人)	学生(人)	年经费(两)
广育第一半夜学堂	施馍厂	1	2	75	147
广育第二半夜学堂	过街阁	2	6	40	25
广育第三半夜学堂	西方庵		2	22	65

资料来源:据《天津政俗沿革记》卷10等。

如表反映,天津商务总会在直接出面创设初等或中等商业学堂等学校之外,也积极帮助某些行业及实力雄厚的商董兴办各类实业学堂共十多所。在它的大力倡导下,隶属天津商会领导的高阳商务分会、秦皇岛商务分会、蓬城镇商务分会都曾克服困难,设法筹措经费,主办过商业学堂、实业补习学堂、半夜学堂。

2. 直隶高阳商务分会与实业学堂

当时,直隶县镇商会中高阳商务分会积极创办实业学堂的效果尤为显著。高阳商会兴建于1905年的艺徒夜校,到1909年已发展为一所全日制的中等商业学校,继而在20世纪20年代末,变为一所培训纺织技师的工艺学校。由高阳商会布商捐助的这所学校,提供的是免费教育。

1908年,此校已修建讲堂5间,教习宿舍3间,肄业学生41名。1909年,高阳商务分会议定:"商业学堂原本商家随时捐助,由义务而成,自应竭力提倡,培养人才。凡肄业学生,概不收学费,以资鼓舞"①

① 《汇编》(1903—1911)上册,第222页。

该会创办的商业学堂原为初等预备科，学制4年。同年底，第一届学生修业逾三年，成绩已过初等程度，年龄也多合中等资格。根据这一实际情况，高阳商务分会决定将所办商业学堂呈请改为中等预科，另制简章，定名为中等商业学堂，“以授商业所必需之智识艺能，使将来实能从事商学为宗旨”①。同时，还购地建筑礼堂、讲堂、教员及学生宿舍。清朝农工商部认为，高阳分会致力于兴盛商学的举动“均属切实可行”，当即“照准立案”。

天津商会与高阳商务分会创立商业学校的动机非常相近。由于中国面临着与海外列强非生即死之商战，故需要既有商业与工艺技能，又有广博知识的人才。小私塾使学童受到传统教育，并由塾师培养其读写能力，但科目几乎皆选自偏重道德教育的“四书”“五经”等课程。商科现行的培训形式是，将私塾的开蒙与学生意识的职业培训合二为一。此种教育的第一阶段，使学生掌握基本的读写能力，而学徒期间则教以算账之类的技能，以及所学本行中有关商品与惯例的专门知识。

高阳商会早期的领导人认识到新式教育于未来是必不可少的，新的实业则需要技能各异的人才。高阳所建最早的商校均为夜校，而其学生则是商会领导所营各行内的艺徒及青年雇员。在1905年起始的三年中，均在该镇关帝庙所属房屋中上课。1908年有的商人出资建造校舍，内有教室及教习住所。1910年该商会禀请清政府批准该校为初级中等学堂，分设三年之预科与三年之本科。当商会核准对布匹在高阳的销量课以附加税之后，学校之资金便无时断时续之虞矣。

---

① 《汇编》(1903—1911)上册，第234页。

学校为使学生掌握经济、地理及商业等知识共设 19 门课程（见图表）[①]。我们对 1910 年所列课程稍加浏览便知，这些科目，就形式而言，俱与当今企管教学大纲内所设者大同小异。除上述实用之科目而外，还鼓励学习外文，不仅使学生获得应付商埠外商，便于拍发国内电报之有用技能，使之得以开拓国际视野。

在 1915 年，该校由初等商业学堂升格为高等商业学堂之后，开始对课程加以修订。保留了仅一年的预科学校，并增加了本科的第四年级。根据 1915 年的章程，入学的学生须有高小毕业的同等学力。按照修订后的课程，教授学生国际贸易史及世界地理，而第 4 年的课程，专教学生如何起草商业文件，及互通商业书信。在 1910 至 1915 年的课程中，包括学生在最后一学年的实习课。这种实习课兼有实验课与在当地厂商的职业培训课。

高阳本科课程表

	每周课时		
	第一年	第二年	第三年
商业道德	1		
商业	3	3	3
商业史	1	1	1
商业地理	3	3	3
产品	2		
经济学	4	3	3

① 《汇编》(1903—1911)上册，第 236 页。

续表

	每周课时		
	第一年	第二年	第三年
商业金融		2	2
会计	1	2	2
商法		2	2
国文	2		
商业难题		3	3
英文	12	6	6
商业数学	4	4	3
统计学		1	1
实习课			7

商会高阳中等商业学堂由于军阀战争的影响，于 1920 年年底被毁。该校在 1928 年又获重建之后，适应高阳日新月异之工业的需求，显出新的生命力。该校在晚清初次兴建时，商会欲使该校为将来的雇员提供商业培训。至 20 世纪 20 年代末，高阳的实业殊异于其在 20 世纪初叶之情形。高阳的制造商自 20 世纪初的十几年，即着手变粗纱所成之廉价本色棉布，为人造丝与细纱所成之带条纹、格纹并染色的混纺织品。随着织造的改良，机器染整厂商出现了，截至 20 世纪 20 年代中叶，高阳因生产中高档织品而闻名，此种织物曾经德国染料着色，并经机器精整厂的专业整理。高阳厂商需要招聘有较高级工艺技能的雇员，新学校将培养目标锁定在满足培养此类雇员需求方面。该校更为高阳职业学校，设有两科，一科专修制造，一科则修染色。除设教学、商

业及会计等科目之外，偏重于设制造业的化学、生物以及工程等学科。学校的设备包括实验室，配有最新式织机、染色及轧光设备，以供学生熟习实际生产过程，商会在重建该校时曾投资 4 万元，新校建于城郊之空旷场地。李恩波（毕业于天津高等工艺学堂，曾任高阳著名染行之一的业主兼经理），为该校首任校长。各大批发厂商的经理皆系校董事会之成员，教学人员则聘用国内外各高等工艺学堂之毕业生。1927—1937 年的十余年中，有六届学生于该校毕业，约计四百人。毕业生修满 4 年课程者，不难在当地工厂觅得工作，这些毕业生有助于提高高阳工业的整体技术水平①。高阳商会极力提倡的初、中、高等商业学堂，大有助于高阳工业的成长。个别小厂商无力独自提供高水准的商业与工艺培训，但工商界联合起来，共同资助学校，学校便能培训大批服务于厂商的高等技术人才，除为私企准备高等技术雇员外，研究所亦能提供商会所需至关紧要的工艺知识与商业信息。随着制造简单而价廉的本色织物变为生产较复杂的混纺织品，更为来自商业学堂毕业生提供了用武之地。

清末民初的实业学堂推动了实业教育的发展。为了向更多的工商业者及其弟子宣传有关的知识和提高学识水平，有的商会还设立讲习所. 阅报所。例如，直属天津商会的直隶顺德商务分会也表示："立会以开通商智为第一要义，应先设商人研究所，每星期一会，研究商理；并由县发商报一份，公举数人轮流演说，以谋进步改良。"②

直隶磁州彭城镇商务分会意识到"彭城地处僻壤，风气不开，见闻

① 中国第二历史档案馆编：《北洋军阀统治时期的兵变》，江苏人民出版社 1982 年版。
② 《汇编》(1903—1911)上册，第 193 页。

既属浅鲜,知识半多顽固”,遂决定设立宣讲所和阅报所.宣讲所定期邀请有关人士进行演讲,准商民随便入听。磁州彭城镇商务分会认为:“开通民智,阅报之收效最速。”故“以益知识而广见闻”设立阅报所。阅报所的经费“只将瓷行每年演戏钱文提抽京钱一百吊,选购中外最优各种报纸新书供客取阅。其有能慨出钱资或捐报相助者,即列为阅报所赞成员,并随时登报,以昭激励”。按照阅报所章程的规定“诸君进所阅报,本所备有茶水,倘夫役伺候失宜,及有索取等弊,准随时声明,分别查办。”“本所备有纸笔以供抄写,阅毕之后,务将报纸叠折整齐,依次放于原处,不得私携出门,有妨公益。”鉴于阅报所只能广文绅之识见,不能启乡人之愚蒙,每月定期邀本镇官绅将各种报纸新书择其最要者,用白话演说,使乡人随便入听,“得喻近今时势”“本镇绅商到所阅报,凡报上有益于国家社会人群事件,须随时誊录,以便演说而启愚蒙”[①]。

综观上述,商会兴办各类实业学堂之举动不仅与当时政府推行相关的政策有关系,而且与当时市场的需求和工商业的发展莫有直接的联系。就一般而言,在晚清学堂史的发展过程中,区域内的学堂初等教育设立热潮,大致是在进入20世纪之后形成的[②]。20世纪初期的清朝统治者意识到:“实业学堂所以振兴农工商各项实业,为富国裕民之本计。”[③]清末实业教育的兴盛,确实与当时清政府推行有关政策和各省官员的态度有一定关系。清政府1904年的《奏定学堂章程》和1905年废除科举制度对地方学堂的兴起无疑起了极为重要的作用。众所周

① 《汇编》(1903—1911)上册,第200—202页

② 朱鹏:《天津的近代初等学堂与绅商》,载《城市史研究》,第19—20辑、天津社会科学院出版社2000年版

③ 舒新城编:《中国近代教育史资料》上册,第742页。

知，直隶省在晚清新政的推行中起着主导性作用。同样，在全国地方学堂的设立过程中也被视为典范。诸如1902年8月保定率先设置地方教育行政机构学校司；同年，由直隶总督袁世凯于《钦定学堂章程》颁布的同期，上奏《筹设直隶师范学堂、小学堂拟定暂行章程》《拟设直隶各属中学堂拟订暂行章程》等行政施策；又于1905年实行教育普及刊物《教育杂志》等都说明了这一点。以上清政府各机构饬设实业学堂的行政措施，对当时实业教育的发展必然会产生一定的影响。

近代地方教育的创立推动了实业教育的发展。1901年后，天津近代教育迎来新的转机，当年9月14日西太后发布《兴学诏书》，袁世凯就任直隶总督兼北洋大臣，学堂设立的动作开始显露。1902年天津由都统衙门手中收复之后，兴学趋势随即形成。1903年2月16日由民间创立的民立第一小学堂，是在天津诞生的第一座学校，不仅对天津，而且对周边地区的教育进步均产生了重要的影响。著名的近代教育家严修与几位热心教育的绅商王竹林、李子赫、冯商盘等5人各捐白银4000两创办了民立第一小学堂。王竹林（名贤宾）是有名的盐商，清末捐纳道员，1903年任天津商务总会总董。李子赫（名宝恒）是天津人，曾被选为芦纲公所纲总，与王竹林共同管理盐商事务；还与天津商会会长宁星普、永兴洋行买办叶星海和王竹林等合资创办北洋火柴公司；由于对地方兴学、赈济等公益事业颇为热心，他负担民立第一小学堂学校常年经费开支；还与芦纲公所同仁捐款兴办天津甲种商业学校为培养新型商业从业人员提供场所。王贤宾、李子赫等绅商对民立第一小学堂的投资，无疑对以后天津商会热心商学的创办起了积极的作用。

清末由商会直接创办或者经商会倡导兴办的各类商业学堂，其教学宗旨教学内容课程设置等方面较过去传统办学在一定程度上有所突破，充分体现了培养实业人才，开拓商智，促进资本主义工商业发展的初衷。

三、主持粮食调运

“民以食为天”，粮食问题是关系国计民生的大问题，商会始终十分重视粮食的运销。因此，每年办理平粜时，各地商会之间会相互通报关于粮食的品种、质量、采购地、价格以及运价等信息，尤其是灾荒年，更需要各地商会间的密切相互配合与支持。天津和直隶地区商会多次组织粮商进行大规模的粮食平粜活动，平息动荡。如天津商会经常协助政府进行粮食调查、预测粮价波动、通报粮情、出台平抑粮价、调拨运粮车辆、限制囤积等各项措施，尽力避免津直粮食市场动荡，及时解决民食困难。事实证明，商会领导在这方面的作用是被世人所公认的。

第一，平粜粮食，接济灾荒一直是商会的主要职责。“所谓灾荒，乃以人与人社会关系之失调为基调，而引起人对于自然条件控制之失败所招致之物质生活上之损害与破坏也”[①]。由于生产力和科学技术发展水平的限制，人类对于自然界的控制能力总是有限的，因而灾荒历代皆有，而且严重地影响着正常的社会生活。近代中国灾情频仍，几乎无年不灾.直隶及天津是近代灾荒波及的主要地区。严重的水旱灾、交通阻隔，连续发生民食饥荒，粮食市场极不稳定。京津地区在1906年粮食匮乏，价格日涨，引起恐慌。“大米之价，天津涨至九元有零，京城则几至十元，麦面及各项杂粮又较往年加至五成、六成不等。夫民为邦

① 邓云特:《中国救荒史》，上海书店1984年版。

本，食为民天，粮价如是之昂，日食既艰，斯人人有不能安居之虑。”[①]天津商务总会为维持民食，出面请直隶总督奏请朝廷饬下解除南方省份禁止大米出省的禁令，由天津粮商赴芜湖采购大米，用以接济天津米市。1908年，顺直发生水旱两灾，粮食紧缺，天津商务总会又曾先后协同贩抚总局调运粮食，少者数千石，多者数万余石。据《天津商会档案》记载，从“1908年2月至10月底运入天津的杂粮，即多达607700石”[②]，及时将京津民食不敷的紧张局面得以缓解。1912年直隶地区再次遭受水灾，急需从外地购粮平粜，天津商会组织津埠粮商赴河南、江苏、锦州、德州、山西等地，1912年1月至12月购粮运津约六十多万担[③]。1917年天津又遇大旱，麦秋无望，米价飞涨，津商会经北洋政府允准拨款4万元，派员分赴南方一带购运3万担大米，并将锦州、直隶御河等地的玉米、小米运津，以平市价。1920年，天津遭旱灾，天津商会为了解决民食缺乏，多次请奉天总商会迅速调拨米麦运往天津。同时，天津总商会会长又派代表杨晓林、夏彦藻与安徽总商会落实南粮北运的协议。1924年的天津河水势盛，天津商会函请上海商会立即调集小麦进津，得到上海总商会、江苏总商会的大力支持。

天津商务总会领导层不仅在天津每遇灾荒危机时，尽全力设法襄助，而且还曾帮助国内其他省份缓解粮荒。因日俄战争的影响而成为战场的奉天，“田庐积蓄牲畜焚毁殆尽，民食日匮，赤手待毙”，“惨困情形不忍见闻”[④]。清廷令直隶等省解运粮食到奉天，以资平粜。天津商

---

① 《汇编》(1903—1911)下册，第1984页。

② 《汇编》(1903—1911)下册，第2008页。

③ 《汇编》(1912—1928)第2册，第1667页。

④ 《汇编》(1903—1911)下册，第1970页。

务总会承担了本地区招商办理奉省平粜事宜，向各粮商发出通告，要求粮商设法采购粮食，速运奉省，同时还向奉天解运牲畜。据统计，1905年4月至10月，天津商务总会招商平粜接济东北民食，共运送各类米粮近7万石，另有各种牲畜1369头[①]。在当时天津本地粮食供应并不十分充裕的情况下，向东北运送如此之多的粮食绝非易事，天津商务总会显然为此做出了相当大的努力。1921年9月，上海、江苏省的四十余县被大水围困，上海面粉厂在天津采购的小麦被津海关扣住。当时，天津也面临严重的汛情，津商会会长不顾一部分粮商"拒绝小麦出境"的主张，立即征得省长、津海关监督各方面的同意，组织小麦源源运人沪地，以解燃眉之急。1921年江苏四十多县遭受水灾，9月上海面粉厂在天津采购的小麦被津海关扣住，沪会请津会主持公道。津会立即和省长、津海关监督联系，不久放行。

如遇外省粮食禁运，津商会出面电恳各省政府官员准予弛禁，接济津粮。1910年春，河南为防止境内粮食大批运走，禁止小麦出境。京津两地粮食一向大量从河南采购，如果河南全面实行此政策，京津就会有缺粮之虞。河南到天津的运粮通道是河运。天津商会派人提出河南方面是否可以只禁陆路不禁水路，并表示天津商会将实施监督，以防止其中的弊端。河南巡抚同意了津会的建议，制定了防弊措施。天津粮食运输得以畅通。1924年，在天津总商会和面粉同业公会共同请愿声中，江苏省省长终于签署同意小麦弛禁运达天津。

第二，调拨车辆，保证运粮。当遇到纠纷或因交通不畅不能及时供应粮食时，天津商会立即采取紧急行动，确保粮食的运抵。1920年天

① 《汇编》(1903—1911)下册，第1981页。

津粮食紧缺，粮商到安徽购米，但该省津浦路车站因曹氏家族经营的立丰米庄倚仗权势抢占火车，使粮商间发生纠纷。津会派出的运粮委员赶到安徽，征得直隶省长同意以救济会名义将粮商积存米粮运抵天津。津会于 12 月初要求津浦路局迅速调集 10 列火车输送存粮，该月 25 日，天津商会向粮粜处控告皖省各关站勒索克扣粮商，要求查禁。这年官粜不良，全都靠商运解决饥荒问题。津会的平粜人员办事认真负责，赢得了粮商的好评。津会运粮监运委员杨晓林、夏琴西会同直隶省署官员前往蚌埠、宿州、滁州、徐州等办理运粮，在分派运输量和筹拨车辆时本着公平原则行事，粮商非常感激，“仰见贵总会关心桑梓”，每一站都有粮商迎送。委员认为此举既花费金钱又浪费时间，装车任务繁重可能会受影响，为此津会发出布告，禁止驻津浦路安徽省天津帮粮商对运粮委员进行应酬。

1926 年 1 月，受战争影响，天津粮商所购货物已有两个多月不能运抵，而北京粮食缺乏，依赖天津周转四周。驻扎军队给养都靠天津提供。解决运粮迫在眉睫，津会要求督办直隶军务公署副官处速拨火车一列，把积在山海关的粮食运往京津。4 月在津商会再三要求下，政府允许十四道浮桥一律于上午 8 点到晚 9 点开放，以便粮船进出。但是 1929 年天津总商会为速拨车皮装运安徽米麦抵津的陈请，以“军运殷繁”为由被铁路局驳回。

第三，平抑粮价，限制囤积。20 世纪 30 年代以后，粮食批发市场，不论是大米、小麦生意还是杂粮买卖，都还处于分散状态，唯有面粉交易已经形成统一的市场。投入天津粮食市场的面粉，大多为进口面粉（称洋粉）、上海面粉（称申粉）、本地各面粉厂出产的面粉（称津粉）以及少量的济南面粉。天津面粉市场的交易中，申粉的交易量最大，据统计，约占市场交易量的20%以上，仅次于天津粉。1937年以来，本来就逐年减少的申粉，禁运天津；天津的粮食极度缺乏，面粉厂原料大部分来源中断，生产几至不能维持。面对粮价行市猛涨、危及民食的局面，天津商会采取紧急措施：第一，摸底调查粮食业，会同面粉同业公会、三津磨坊等查清津埠存粮数量、粮价行市及麦子、大米的价格的趋势。第二，通知粮商严禁囤积米粮，以维护民食。第三，降低面粉价格。津会召集米业网业公会及各面粉厂开会，共同讨论了有关粮食行情、粮价标准、运津小麦受阻、杜绝囤积措施等迫在眉睫的问题，与会者一致认为当前最要紧的是请上海市政府、市商会对天津已购妥面粉及续购面粉给予放行；寿丰、福星面粉厂代表发言："因华北小麦歉收，面粉厂原料来源大半购自苏皖等省。现实两厂原料所存无多，仅能磨制十万余袋。华北面粉厂来源大多申粉供给，如上海不能开禁，即有绝食之虞。惟求取缔囤积小麦及面粉，如有囤积情事，应请当地机关严行制裁。并请转请沪上面粉开禁，并电苏、鲁等省对于运津小麦不得扣留。"商会常委王晓岩提议，津厂所存面粉暂按4.85元出售，不得增价。会上决议三条：

(1)电催上海市政府迅速开禁，允准申粉出境；

(2)通知各斗店及米业公会取缔囤积，由警察局、社会局公布现时寿丰、福星面粉厂价，致电鲁、苏各省迅予放行米麦出境；

(3)如无特殊原因，申粉暂不增价[①]。两天后，经过商会与各米面商的几番协商后，米面商们当即表示自动落价，兵船牌面粉价为4.40元，炮车牌面粉价为4.45元，玉米面每斤21元。如无特殊原因，不能涨价。事实上，粮食价格的涨落是有其根据的，不是任何一个组织或个人

① 《汇编》(1929—1937)下册，第1703—1704页。

说了算的，正如米业公会主席张文轩所强调："因津粉全视原料及需要为市价之转移。"[①]

天津商会限制市场粮食囤积、价格涨落的得力举措，不仅严格控制有损市场主体的行为，而且加大了对市场投机行为的打击力度，使混乱无章的市场日趋规范化。

上述事实说明，主持粮食调运、调剂民食是商会的重要职能之一。每逢遇到灾情，粮食市场动荡，商会领导人总是义不容辞地站在最前面，采取了与之有密切关系，并为之服务的粮食调查、调拨车辆、通报粮情、平抑粮价、限制囤积等一系列救治措施，甚至为运筹保障市场粮食供应充足而不停地奔波于省与省之间，天津商会为应付不可避免的水旱灾荒提供了防治措施。应该说，商会对粮食市场的介入与调控，是对地方政府管理社会功能的补充。因此，商会是在政府参与下，共同避免了因粮食市场动荡而带来的民食危机问题。如果没有政府的支持，单纯靠商会的力量是有限的，是不可能完成的。

四、实施慈善赈济

半个世纪中，作为近代市场经济组织的商会组织，实施慈善赈济的社会功能，在近代中国慈善公益事业发展的进程中，占有相当的地位和重要的作用。近代天津是我国北方最大的工商业城市，同时又是一个灾民众多的聚集地。商会团体的应运而生，使慈善事业得到了空前的发展。因此，近代天津商会和与日俱增的慈善事业有着密切的联系。

① 《汇编》(1929—1937)下册，第1707页。

商会在抚恤贫民、慈善教育、救济灾民和预防疫病等方面所付诸的实际行动中，不仅赢得政府的赞成，而且受到绅商的一致认同以及中小商人的普遍欢迎。商会的慈善行为不仅促进了近代天津慈善事业的发展，而且对社会秩序的稳定起到了不可忽视的作用。

1. 天津商会的慈善活动概况

自然灾害对人类社会危害严重。它不仅使安居乐业的人们放弃生产，而且也破坏了人们生活中的正常秩序，迫使人们背井离乡寻觅生路。近代天津灾害频仍，几乎无年不灾。天津东临渤海，西接华北平原和太行山，地势低洼，河道纵横。每逢雨季，四方灌注，河水暴涨决堤溃岸，淹没田庐，毁伤人畜。有人曾统计，从 1644 年（清顺治元年）至 1911 年（宣统三年）的 267 年间，竟发生水灾达 60 次之多，约 4 年发生一次[①]。由此可见，天津是一个自然灾害多发地区。

任何社会都无法逃避灾害的侵袭，因而频繁发生的近代灾荒往往对社会生活造成极大的影响，由此而引发的惨相确实骇人心魄。每当灾荒发生，当地政府积极采取一些减免灾害威胁程度的政策，例如由政府拨款建立天津孤贫院、天津县养济院、育黎堂、育婴堂、天津县养留局、施棺局、捞埋浮尸局等。单靠政府的接济措施，不可能从根本上解决受灾人民的困难。因而，常常有民间乐善好施的绅商或是开设粥厂，或是抚恤收养，以一种较为方便灵活而切实的救灾方式弥补官方的不足，进而减轻灾害对人的危害程度。民间商人自发组织善举，对芸芸灾

① 王素香、李丽敏：《中华人民共和国成立前天津历年水灾概况》，载《天津档案史料》1996 年创刊号，第 68 页。

民来说，不过是杯水车薪，难以解救灾民于倒悬。这些善举或是为个人功德，或是为积荫于子孙，或是受传统恻隐之心驱动。故而我们把这种慈心善举，叫做个人慈善行为。据《天津县新志》记载，康熙年间频岁灾侵，饥民来津乞食，结茅城下，津绅沈鹏鸣“每晨辨色而起，暗投以钱”，以济灾民。乾隆年间，“津郡被水患，流离载道，婴儿之弃而弗养者愈多”，素有长者之称的周南樵“见而恻然，为之起屋宇，觅乳妇……”[①]，其后因资不逮，官绅接办，名为“育婴堂”。1687 年清军同知靳治扬等人创办育黎堂救济灾民。1739 年由天津道尹陈宏谋等人接办，清末又由芦盐运使额勒精额接办，民初因经费不足而停办。1876 年天津绅商李筱楼创立备济社“专为备荒济贫”。在其先后又有济生社，引善社，“行诸善事，时有乐助银钱者”[②]。1878 年直督李鸿章与督办河间赈务吴大激因见灾民“孤寒流离，多被掠卖”[③]，遂督劝苏皖、浙三省士绅携资北来创立广仁善堂。其后之开办由淮军各将领继之。在此期间，苏、皖、浙、闽、晋等地官商随着漕运北来，旅居天津者日益增多，以籍贯形成桑梓之情的区域组织——会馆，如山西会馆、安徽会馆、江苏会馆、广东会馆、闽粤会馆等。这些会馆的建立虽然是为了各自保持区域联系和解决内部纠纷，但是亦有一个共同点，即“尤重任恤之举”[④]。

除上述善举之外，另有“以工代赈”的救灾措施，这是国家赈济灾民的一种方式。1760 年直属有司召灾民“应修河道沟渠等工，将上年截

① 《天津县新志》卷二十一，育婴堂碑。

② 来新夏主编：《敬乡笔述》，第 148 页。

③ 天津市档案馆藏：《广仁堂》档案全宗，145 号卷。

④ 天津市档案馆藏：《江苏会馆》269 号卷。

留北仓漕米所存10石，作为修浚河渠，以工代赈之用”[①]。“吾国历来办理赈济事业多属私人团体”，国家赈济极少[②]，所以在天津商会创办之前，直隶与天津地区灾荒后的赈济工作除了为数不多的国家行为之外，大多数是绅商的个人行为。

天津商会创办以后，尤其民国以后，“水旱疫疠，应时即起。人民死于饥馑，死于严寒，死于露宿，死于疾病，死于恐慌，数不胜数。固一片荒凉惨淡零落凋丧之景也”。由于自然灾害不断，迫使成千上万的灾民流入津门。据一项统计，天津人口在1912年仅约75万，1937年则增至110万[③]。值此期间，天津商会以“举办各项慈善事业为宗旨”，联络各界人士，急为筹措策划公益事宜，安定社会秩序。事实证明，商会既是振兴工商业的举足轻重的巨擘，也是实施慈善赈济的带头者，并取得了十分显著的成绩。主要表现在以下几个主要方面：

第一，乘济灾民。如遇水旱兵灾，商会首当其冲，活跃在灾情第一线。天津由于地理环境的原因，水灾居多。民国前后，灾情较大的水灾有3次。1908年，前永定河北运河决口，被水淹地区有武清、宝坻及宁河三县，共计43村，4800百余户；后有天津北乡24村、6000余户三县及北乡灾情之严重，“在事之董事按户急茬，十室九空，情形无可悯”[④]。而后商会派去会董李向展前往三县救灾，曹永元前去北乡24村赈济。北乡24村灾情尤甚，田庐尽付洪流，灾民露宿，衣食俱无，凄惨之状不忍目睹。商会总理王竹林、协理宁世福致备济社总董李子香函说：“此

① 邓云特：《中国救荒史》，商务印书馆1937年版，第295页。
② 邓云特：《中国救荒史》，商务印书馆1937年版，第295页。
③ 邓云特：《中国救荒史》，商务印书馆1937年版，第3页。
④ 《汇编》(1903—1911)下册，第2142页。

次丁字沽村被灾甚……速办急赈，以期接济，而惠灾黎。”①商会不但敦促慈善团体携手共赈，而且亲自筹办救灾事宜。三县 43 村济铜元 100 吊文，棉衣 200 套；北乡 24 村，发放红粮 1800 余石，棉衣 2800 件。

发生在 1917 年的水灾历史上称之为京直水灾，其受灾范围之广涉及百余县，17646 村，灾民人数达 56117 万余人。据当时报表统计，尚有三县未列入其中，即大名、抚宁、长垣县。而天津县杨柳青一镇灾民就达 7300 余户，河北赵家场、竹林村、关上关下、三条石、北开亦有五万余户。当时是“桑田沧海，陆地行舟，白叟黄童，红男绿女，以鲜食艰衣之躯干奔走辗转于骇浪惊涛之内，战栗呼号于凄风苦雨严霜冰雪之中”，一片凄惨景象②。此次水灾因范围广大，灾民众多，商会派出商团奔赴各灾区，并配合商家向就近灾民施助面食。与此同时商会又向各社会团体、隶属各县商会发放募启，从 1917 年 10 月至 1919 年 8 月，收到 14 家社会团体的救灾助赈款；直隶县商会有 40 家，本年有 17 家给予赈助。这次是直隶及天津地区历年遭受水灾最严重的一次。

1939 年的一场凶猛异常的大水更是让天津人措手不及，原因是南运河的洪水暴涨，几乎无法控制。当时组织人力将南运河马庄子、桑园右堤炸开后，不料各河洪水顺势奔天津来，淹没天津市区约 70%，到处一片汪洋，房屋馆舍尽浸水中，水天一色，马路行舟，灾民有百万之众，凄惨之情不可言状。洪水入城第二天(即 8 月 20 日)，商会便组织水灾救济协会，公推焦世卿为会长，年光尧、刘静山为副会长，14 位会董为常务委员。同时拟定灾民收容救济办法，并安排难民收容所 16 处③，

① 《汇编》(1903—1911)下册，第 2146。

② 《汇编》(1912—1928)第 3 册，第 3413 页。

③ 《汇编》(1937—1945)．第 1508—1509 页。

计有：

第一收容所	估衣街山西会馆	第二收容所	北马路华北戏院内
第三收容所	官银号天津影院内	第四收容所	官银号大观楼内
第五收容所	古楼西旧官署内	第六收容所	东马路国民戏院内
第七收容所	城内乡祠浙江会馆内	第八收容所	东马路育才学校内
第九收容所	大胡同河北电影院内	第十收容所	大胡同鸟市聚英戏院内
第十一收容所	西北城角大陆影院内	第十二收容所	西沽老当铺内
第十三收容所	河北西窑洼学校内	第十四收容所	西头吕祖庙内
第十五收容所	西头千佛寺内	第十六收容所	侯家后三十八小学校内

以上各收容所收容难民，据有关资料统计，每日收容难民数平均在1000人以上。此外，商会和各慈善团体还设有粥厂26处，每日食粥人数约计500人[①]。商会直至1943年仍在不遗余力与津门各界联合，组织临时急赈会积极协力筹募捐款。然而，天津及其周边地区发生的水患并非这三次，水患大大小小数不胜数，天津商会始终站在救灾前沿，成为中流砥柱。

说起兵灾，对老百姓来讲也是一件苦不堪言的事情。“几经战乱，遍地灾黎”。天津商会每逢此状，立即召集行董，不是平粜粮食，就是分头募款。日俄战争期间，1904年4至12月，山东及河北东部8个县41家商号，共购粮120110石，津会为其提供护照180张。1920年直皖战争后，天津商会向39个行业共计募集洋13825.79元[②]。

第二，防治疫病。赈济水旱灾民一直是商会急需解决的社会问题。

① 天津市档案馆藏：《天津商会档案全宗》2类2465号卷。

② 《汇编》(1912—1928)，第3册，第3449页。

预防疫病、设立医院、抢救危急病人同样是商会义不容辞的责任。民国初年，东北三省鼠疫流行，人心惶恐。为了防止疫情传染津埠，天津商会立即召集董事筹划，开会议决并陈请直隶总督："创立天津防疫保卫医院，延聘本埠医理精通之华医数员，分班住院，以便随时诊治。"并由各区选举董事分别管理查验报告，遇有各区患病者随时报告该区董事。如患鼠疫病症，立即由该区董事报告，送保卫医院治疗。"并举定各租界绅商作为董事，查报租界有病人，一体入院施治，庶立法完密，各国领事不致再有烦言，亦不致再有牵掣"①。商务总会会长宁世福在广仁堂附近有地三十余亩，价值万余元，愿意利用此地帮助"该医院起盖房间，以资经久"。"查该地南临小河，空气四通，拟仿照西式医院，修盖研究所，储药房、留验所、养病室、食宿舍、游息所，并引流种树以期完美。庶规模宏敞，必为东西各国租界所信任"。"医院的修资及常年经费统由本埠绅商合力筹划。其房间未造之先，李绅定甫以坐落西营门外灰瓦房一百余间，叶绅星海将浙江医院一所，借助临时医院，以便及早成立而救危急"。直隶总督批文同意立案，但要求商会应与卫生局研究酌办，避免错诊。

商会获得总督批准后，立即开展防疫工作。他们一面与医生研究防疫办法刊印传单，精心配制防疫药品，派人员分处一并发放，"以弭隐患于无"，一面开办医院收留患者，由医生分班诊治。两月以来，共收重病人 42 名，医治痊愈出院者 20 名，医治无效者 12 名，现尚留院医治者 10 名，即将痊愈后出院。据商会人士介绍："自开办至今，一切置备器具，中西药费以及司役薪工杂项各款，约用洋 3767.8 元。"随后商会又

① 《汇编》(1903—1911)下册，第 2165 页。

向政府建议使用防疫所剩余款筹建常设医院机构，为患者提供方便。商会与众绅商之所以如此积极防疫传染，是因为他们认识到："天津为通商口岸，倘疫气发生，关系商务大局。"这次预防的结果使"赖以存活者甚伙，防卫之法商民称便"①。

第三，抚恤贫穷。每年冬季前，冬赈就成为商会赈济工作的一个重点。他们不仅要派人组织进行调查，开办粥厂，还要协助慈善机构募集冬账款项，如津商会于 1930 年 11 月、12 月及 1931 年 1 月代募冬赈款银洋 27964 元。

第四，重视慈善与实业教育相结合。曾任职商会总理、协理的宁世福极力主张倡办天津教养院，将慈善与工艺教育结合起来，培育他们自食其力的能力。他认为此等灾民伦为乞丐，若不设法安插，实于地方治安大有关系，恐其对津市商民造成扰累。1915 年，他将已停办的育黎堂、栖流所旧址改办教养院，收容灾民。教养院采取"教养兼施"的方式，所谓"教养"就是摈弃过去那种消极地单纯收养和施舍，教以工艺而自食其力。是年 4 月，又有商会特别会董、织染工厂经理、善堂联合会和教养院义务董事韩锡章创办贫民孤儿工艺传习所，"专招贫寒子弟，无倚孤儿"。传习所设机织科、染科，每科学制 18 个月，学成后发给文凭。每月检查考勤；每 6 个月季考一次，按成绩优良酌量给予奖励。他认为："这样不但孤儿可以养赡自给，而且国家可以减轻游民于万一，社会国家两有裨益。"②政府称誉此善举"洵为切要之举"③。

综上所述，19 世纪末到 20 世纪初，随着近代中国社会的发展，由

---

① 《汇编》(1903—1911)下册，第 2167 页。

② 天津市档案馆藏：《天津商会档案全宗》，二类 2801 号卷。

③ 天津市档案馆藏：《天津商会档案全宗》，二类 6061 号卷。

旧趋新的变化随处可见。近代天津商会实施的各种慈善赈济活动，也明显体现出中国商人早已有的传统慈善观念正在向近代慈善观念发生转变，尤其是从过去单纯收养和施舍转化为慈善与实业教育密切结合，大大丰富了近代天津慈善事业的内容，推动了近代天津慈善事业的发展。

2. 商会慈善赈济之方式与特点

近代天津商会在致力于保护商业，鼓励自由竞争，发展商品经济，稳定市场秩序的同时，各种慈善赈济也连续不断地开展起来。在从事慈善赈济活动的实践中，津商会克服重重困难，想方设法采用各种赈济方式。

一种是平粜粮食，解决饥荒。这是商会最重视、花功夫最多的救灾行为。有些平粜活动规模也颇具规模。对于参加平粜的商人，商会为他们向政府有关部门申请专门的护照，沿途免捐税，铁路运费打折扣，商人购粮运输过程中遇到困难，商会都出面与有关部门协商解决。据不完全统计，1905 年 4 至 10 月，天津商会招商平粜接济东北民食和耕畜，共运粮 69680 石，耕牛 1293 头，耕骡 76 头①。1908 年直隶大水，商会发护照 259 张，运到天津的平粜粮有 101900 石②。1911 年 9 月 20 日至 11 月 22 日，两个月时间，各粮商赴东三省平粜粮总数即达 330900 石③。1912 年直隶水灾，天津粮商购粮平粜合计 620880 石④。

---

① 《汇编》(1903—1911)下册，第 1981 页。

② 《汇编》(1903—1911)下册，第 2010—2011 页。

③ 《汇编》(1903—1911)下册，第 2028 页。

④ 《汇编》(1912—1928)第 1 册，第 1667 页。

1917年水灾后各粮商赴安徽及东北各省购粮平粜，合计粮食201477包、面粉33450袋、油316000斤[①]。1920年旱灾后，自1920年10月至1921年1月，天津粮商赴各省购粮的商人共14批，购粮数量1844包再加5000石，销售地区为北京、天津济南芦台、沧县桑园[②]。粮食是整个社会能否稳定的基础，它关系到千千万万家百姓的生计问题，商会为平粜做出的全部努力应当给予肯定。

另一种是低息贷款，扶持小企业。北洋政府执政期间先后颁布了一系列有关振兴实业章程和条例。1917年直隶一带水灾后老弱流离，织户歇业。津京一带主管赈济的机构，为扶持织布业，实行保息贷款、发放贷纱等办法，减轻商民负担。1917年11月11日督办京畿一带水灾河工善后事宜处奉命办赈，致函天津总商会："此次自经巨灾，商务停滞，既无定货之人，即无机织之户……请贵商会谆劝各布行照旧收买机户布匹，如因资本不充，可自向银行借贷，呈由本处酌量保息并经商请直隶省长、京兆尹、财政部税务处所有京津保三处布行贩运灾区复业各机户布匹者，由本处随时咨请特给护照一纸经过关卡一律豁免厘税。"

直隶商会联合会接到来函后，一面通告各县商会先行传知本境机户不要停业，一面召集会议核议办法，会议通过《保息办法十条》。主要内容有：督办京畿一带水灾河工善后事宜处为布商借款提供息六厘；凡收买灾区布匹，布商资本不足时，可自行向银行、银号及其他商号借款，或以商会名义向银行、银号及其他商号汇借，均须函由直隶商会联合会核实转请保息；灾区商会如不能自向银行、银号及其他商号汇借者，由

① 《汇编》(1912—1928)下册，第1706页。
② 《汇编》(1912—1928)下册，第1706页。

直隶商会联合会函请善后事宜处酌核指定银行商借，除保息外，商会负完全偿还责任；布商及商会无论在银行、银号及其他商号借款，一经借妥，呈由直隶商会联合会核准，即函请善后事宜处先将保息照发，以昭信实；借款保息，本为灾区机户复业而设，故以布商为限。但如迁安县（今迁安市）属之造纸业、安新县属之织席业、安平县属之织马尾业以及其他各县有与机户相等之职业，关系全县人民生计者，亦可呈由直隶商会联合会转请善后事宜处加入此次保息一并维持。善后事宜处对此章程做了修正，于 1918 年 1 月 13 日刊发。直隶商会联合会并制定了施行细则。

同年 3 月 13 日，天津商会应各布商请求，因“数额或有过量，恐中冒滥，致将来各商有不当利得，分配偏枯，殊可滋虑”，委托孙俊卿、赵文卿，孙星五、赵莲舫、韩锡章先生切实分别调查[①]。据津商会 3 月 16 日的报告：天津借款布商共 51 家，贷款总数银 54500 两（折 79025 元），洋 730412 元，合计 80437 元。月息在 9 厘到 1 分 5 厘之间，绝大部分为 1 分或 1 分 2 厘。除保息外，督办京畿一带水灾河工善后事宜处通过天津商会向灾区放出贷 2750 包棉纱。

第三种是通过募捐，筹集赈款。通过各种形式的募捐，支援灾区渡过难关，是商会之间建构联络的一种途径。当某地发生灾荒后，天津商会通过各种渠道筹集款项后寄至灾区放赈，筹款的主要方式：或在商会会员中劝捐，或通过各种社会团体在社会各界募捐，或组织义演，或通过媒体的捐款等。如 1906 年安徽水灾，日日开新报馆呼吁募捐，并请商会代收捐款。到 1907 年 1 月天津 28 个行业陆续捐银共 11070 两，

---

① 《汇编》(1912—1928)第 3 册，第 2591 页。

津钱1300千文、4516吊。均由商会代收代汇。1907年3月天津商会为救济安徽水灾创办公益善会,演电影募捐,7日共得7000元,又募捐4000元,交由户部银行寄往灾区。1908年夏天津北乡的水灾,开始是由各村正副报告,恳请义赈。天津商会遂派会董曹永源前赴各村查看情形,见其疮痍满目,尽成泽国,居民灾区露宿,衣食俱无,啼饥号寒之声惨不忍闻。曹永源当时自行捐购红粮百石,先以济急。然后商会一方面在各界劝募,一方面登报宣布灾情募捐。商会共收到赈款洋13000余元,购买粮食3773石6斗,随同赈抚局发给的1500套棉衣。复由会董曹永源邀同有关官员前往灾区,挨户查放,当时救济灾民6010户,共放红粮1829.55石,棉衣2800件。次年春,又将存粮1944.05石于正月间运赴灾区,救济灾民6950户。救灾过程中所有账目、单据、灾民所出收据等,都移送赈抚局立案。1909年3月天津商会移文赈抚局称,为敷济江西、江苏两省水灾共募捐洋23441.55元,零角576毛,银433.57两,铜子115枚,宣钱866100文,制钱476文,随时由商会解送赈抚局,转汇两江总督拨发灾区散放。由收赈款看,商民的慈善意识非以前可比,过去只限少数慈善官绅豪富之家扣献,巨商大贾则由官府指派,一般商民少有理会者。此次商会成立了一个慈善部门,刊印募启,分别送与士绅商民,宣传灾情,洵为深入人心。可以说,这是天津史上第一次由中小商民参与的较有规模的捐助外省灾区的活动。

第四种是减免捐税,支持赈济。商会自创办以来,天津慈善团体如雨后春笋,遍布津门。其经费由过去的慈善士绅捐赠,改为由津郡众商输纳。这样,众商不仅交纳原有苛捐杂税,官府又借捐纳善款之名再增军饷、特捐,使之负担加重,故津商对官府命令辄有反抗。而官府则动不动以“定即究惩不贷”来威吓[①]，使众商不得不禀告天津商会，试以移善捐之缓就军饷之急之办法由商会转函官府。不料此事使天津县行政公署和广仁堂恤嫠会二百余名灾民向商会或致函或上请愿书，事端突起。商会在此纠纷中，虽处在官府、灾民和商人三者之间，但商会在保商的前提下，协调此事异常成功。其协调办法照录如下：“一各斗店原认斗捐，每石抽纳津钱五文，现拟仿照减交县差办法减抽一半，每石以津钱二文五交纳；一调查嫠妇计 240 名，有每月支米 2 斗者，有每月支钱一吊五百文者，即将此 240 名嫠妇拨归各善堂，专由各斗店捐资补助，所有交纳贵堂斗捐停止。”[②]上述协调行文显示，恤嫠妇乃是广仁堂内之堂，堂多办事人手必然会多，所费亦必然会多。这样灾民很难得到实惠。自清末以来这种消极的养恤办法早有人评价。其养恤“范围过于狭小，办法过于消极，而施行亦多限于一部分，恩惠未能追及于灾黎，有时因执行机关人员之舞弊，及制度本身之缺点，收效常极微小”[③]。堂中之堂的养恤，足见其弊更甚。天津商会遣散嫠妇，既减轻斗店商负担，又杜其弊，而灾民又有所依。官府、慈善团体、灾民各安职分，此举深得人心。

综观上述事实说明，在近代慈善赈济实践的活动中，天津商会通常显现出的特征大致如下：

首先，积极支持或者配合当地政府积极实施救灾活动。清末，直隶政府成立了赈抚局负责灾荒赈济工作，灾荒发生时，赈抚局有时会要求商会出面救灾，救灾所需钱物大部分由商会募集，赈抚局也调拨一部

---

① 《汇编》(1903—1911)下册，第 2119 页。

② 《汇编》(1903—1911)下册，第 2126 页。

③ 邓云特：《中国救荒史》，第 341 页。

分。如 1907 年 6 月永定河决口，武清、宝坻两县受灾严重，直隶总督命令赈抚局传谕商会紧急放赈，商会派会董至武清、宝坻查明被灾急贫户，按大口发铜钱一吊小口减半核实发放赈款。在武清县（今武清区）19 村共救济灾民 3621 户，大口 4828 人，小口 4401 人，发放铜元 7028.5吊。宝坻县（今宝坻区）32 村救济灾民 3227 户，大口 5385 人，小口 5222 人，发放铜元 7996 吊①。救济款均由商会募集。当年冬天，商会在灾区发放冬赈，由商会募集铜元 10009 吊，赈抚局拨给棉衣 200 套共 400 件，在宝坻、天津、宁河、武清四县所属 43 村共查放灾民 4839 户，大口 7027 人，小口 5964 人，均按大口铜元一吊，小口 500 文发放。1908 年夏，天津北乡发生水灾，天津商会赈灾时亦由赈抚局发给棉衣 1500 套，并由赈抚局协济官款 300 两，按市价买铜元 1124.5 千文。在丁字沽、西沽、杏家台三村，救济贫民 1141 户，每大口 1000 文，小口 500 文，随同义赈发放。

其次，商会自行组织慈善机构和参与各类赈济活动。天津商会除了参与政府组织的慈善活动之外，自己还创办了一些民间慈善机构。如商会协助将停办的育黎堂恢复起来，改名天津教养院。另外，为了更加适应近代社会慈善事业的发展，1926 年天津商会在商会众会董参与下，将天津南善堂、北善堂、崇善东社、引善社、公普社、备济社、济生社，体仁广生社等 8 家较小规模的民间慈善团体加以组合成立善堂联合会。并改革体制，实行董事制，人事公选。公推商会特别会董、义西泰染店经理杜筱琴、杜笑山兄弟为董事长，四十余名商会会董担任普堂董事。如此等等的慈善活动使商会不仅提高了原有的社会地位，而且改

① 《汇编》(1903—1911)下册，第 2137 页。

变了原来的社会形象，从而在灾民中得到了广泛的称颂。

再次，商会与慈善机构有着非常密切的关系。商会的领导者多是社会慈善家和慈善团体的董事或会董。如曾任职商会总理，协理的宁世福、卞荫昌，任过特别会董之职的杜筱琴、李宝诚、宋则久、韩锡章等均为社会名流，又都是以普举和创办慈善团体而著称于世的人物。天津赫赫有名的“李善人”既组织中国慈善会，又为天津红十字会襄理，又充任备济社、积善社、慈善事业联合会董事等职，正因为他有这样显赫身份，所以在商会担任特别会董兼评议员的重要职位。从两者之间让我们可以看到这样一个事实，商会领导人或其成员又是慈善团体中的领导人或成员，在两者中间存在明显的统一性。

档案记载，天津商会这些领导人为使慈善活动能持久下去，曾不止一次积极建议政府对捐助者和忠于职守的司事员工予以表彰或奖励，以期造成一种声势。那么，为什么他们对慈善赈济活动如此满腔热情呢众所周知，民族工商业的发展，一是有相对稳定的社会环境；二是工商队伍的扩大。这两点在民族工商业发展史上非常明显。19 世纪末是中国社会大变革的时期，其特点之一就是绅士阶层加入商人队伍。在封建社会成长起来的绅士阶层，对商人是不屑一顾的，但是到了此时，由于西方资本的入侵，震撼了沉睡的中国社会，也警醒了中国的商界，第一个闯入商界的绅士郑观应，针对外国资本的入侵第一个提出了“商战”，既是商战就要加强和扩大商战队伍。那么加人商战队伍的绅士阶层，第一个感觉是封建社会已经没落。农村破产，再经营土地将没有出路。于是他们改变了以往的态度，由经营土地开始转向从事工商业，如天津杨柳青镇的石元士，兴济镇的宁世福等人。他们同天津绅士与商人结合在一起，形成了一个新兴的以产业为中心的商人集团，这就是商会。日本学者仓桥正直在研究中国绅士阶层加人商会时说:“以前不管怎样,整个绅士阶层至少原则上轻视工商业,不屑与商人加人同一组织。但是随着实业振兴政策的进展,社会对产业经营的看法起了变化,同时官府也予奖励,他们就毫无顾忌地加人产业界。”[1]这些人进入商会,一跃成为工商业界的首领,并与所有的商人一样看中了工商业的利润。商会的性质使人们一眼便看明白:凡与经济活动有关的或妨碍经济活动的工作,商会都要管。正因如此,商会的救灾目的也就在这里。因为自然灾害极容易导致社会混乱,失去正常社会秩序,金融会导致恐慌,工商业衰退,市面萧条,这样将会严重地妨碍经济活动,所以商会救灾是与经济活动相连,与经济利益相关的。

再说,商会从事赈济救灾工作,本身也属于商业行为,是有利润可赚的。就拿平粜粮食来说,商人在粮食丰收地区低价收购,加以减免厘税,运费打折扣等,到灾区以平价销售,商人所得到的利润并不少,但它不属于一种牟取暴利的行为。况且募捐和放赈,商人亦非毫无报酬。清代后期,每逢战争、灾荒、治河之类需要大量资金的时候,政府都会以捐纳、报效等名目,公开出售衔名,这是商人取得官方头衔的一个主要途径。这些衔名包括监生、贡生等功名头衔,京官郎中、外官道台以下各级官员头衔,还有各种顶戴花翎等。商会在完成赈灾工作后,要把捐款人、捐款金额、主事人员及其劳绩汇总报告有关部门,请政府按照章程给予奖励。而且,捐款赈灾者,获取官衔所需费用可以按章程规定银两的四成计算,即如果某一种头衔规定需 1000 两银子的话,只要实际捐出 400 两即可得到。1907 年河北省水灾之后,天津商务总会通过赈

① 丁明照译:《清末商会和中国资产阶级》,第 52 页。

抚局送呈的筹办义赈绅商请奖衔名名单中有：监生 1 名，报捐道员衔，并捐花翎候选同知 1 名，捐戴花翎。候选州同 1 名，捐四品衔戴花翎。俊秀 2 名，一人先报捐监生，加捐至州判；另一人先报捐监生加捐至县丞。花翎道员 1 名，请给祖父母正四品封典，并请将本身及妻室应得封号转封曾祖父母。还有两名俊秀报捐监生。在义赈中出力者，由商会选择表现出色的 12 人上报，6 人请奖五品顶戴，6 人请奖六品功牌①。至此，我们也就不难理解为什么商会从它诞生的那天起，与慈善事业结下了不解之缘。

有一点值得我们注意，为了保持廉洁，津商会协助慈善机构建立相关的制度，并有明确规定，对有贪污之嫌的成员及时清除。天津善堂联合会建立没多久就发生了所谓"毁誉"事件，杜笑山因与褚玉璞关系密切，杜被推为八善堂主任之职，其间有人告发他违法多端，可以说这是给杜氏兄弟最严重的打击，特别是有碍杜筱琴在商会中的地位。正鉴于此，善堂联合会所有董事，于 1926 年 11 月 30 日在《新天津报》刊登了一份"特别启事"，说杜氏兄弟是"洁身自爱、慈善成生"，并要求官府惩办告发人，否则，"实于善举前途大有妨碍"②。说穿了对商会的妨碍最大。如 1918 年 4 月 3 日商会调查员王锡恩在查阅《益世报》时，发现载有赵善卿被逐出红十字会的一则消息。此时赵为商会新当选的特别会董、红十字会天津分会会长，在慈善活动中劣迹昭昭，所以被认为"如使此名誉扫地之人居其尊严之地位，而我会之名誉亦必与之扫地矣，诚恐会内之稍具资格者行将退步，会体攸关，影响非常"③。可见商会对

① 《汇编》(1903—1911)下册，第 2154—2157 页。

② 天津市档案馆藏：《天津商会档案全宗》三类 6061 号卷。

③ 《汇编》(1912—1928)第 1 册，第 98 页。

维护自己形象的关注程度。

总而言之，商会作为资产阶级利益的代表和商务管理机关，不仅拥有近代的管理手段，而且拥有运转社会财富的能力。当商会为商人谋取更多商品利润和社会财富的同时，它会把更多的注意力投向设法安置和救济灾民，使之不扰乱和妨碍市场经济，进而赢得一个安定的社会环境。在某种意义上，近代绅商的社会功能主要是通过商会的多重社会职能得以体现的。正如1908年，天津商会在总结其开办以来的大事记中说："年来南北省灾侵屡告，我会或奉上宪之派，或徇士绅之请，无不首先捐助，并创救急会以提倡之。其尤著者莫如江北淮徐，直隶永固两赈，劝募巨金全活无算。本年八月北乡刘园等村，又遭水患，以情关桑梓，救济尤力，灾民颂之。"①这些言词并非商会自我歌功颂德，而是天津商会在近代慈善活动中的真实写照。

五、管理交通市政

一般地讲，城市市政交通的发展与否，是制约城市经济发展的一个重要因素，而直接受其影响的就是商品流通，因而商会以各种方式或直接或间接地参与对城市交通运输和市政基础设施的管理。

1. 交通运输管理

近代天津商会对交通运输的管理主要涉及铁路和内河水运两个方面，因为交通的便畅、河道的疏浚关系着天津工商业经济的发展。

---

① 《汇编》(1903—1911)上册，第86页。

华北铁路网络的贯通与天津商贸经济的发展休戚相关，天津商会对此有着深刻的认识。因而在华北铁路网的兴建过程中，天津商会从铁路资金的筹措、经营方式到站址的选择、支线的走向、桥梁的设计、矿山铁路的修筑等或多或少有所介入，与铁路部门联手进行商情调查，派员勘察，大力协助政府的路政建设。以津浦铁路的创建为例 1908 年津浦铁路开始筹建，清政府与英德两国草签借款合同。但此时正值收回路权运动高涨，在四省直隶山东、江苏、安徽绅商的努力下“津浦铁路业经奉旨派大学士张之洞、外务部尚书袁世凯，将津镇草约与英德两国银行商改，挽回利权，借款自修，并奏准十年后官商分人任还款，即改为官商合办”[①]。督办铁路大臣吕海寰奏请四省绅商设立津浦铁路商股有限公司，并“合将四省公拟预筹官商合办招股章程……循照各公司成案，刊颁木质关防一颗，以资信用”[②]。这些都得到了天津商会的支持。在津浦铁路南北动工之后，天津总站站址仍然悬而未决，1909 年 6 月，督办津浦铁路大臣吕海寰致函天津商会协同勘查路线，以选择最佳站址，并提出四项选址原则："一须地势高广，二须与城市交通便利，三须民间庐墓必须避重就轻，四须地价必须合宜……"[③]对此，津商会积极响应，商会总理王贤宾、协理宁世福亲自出马。经过详细勘察之后，他们认为总站应设在赵家场。后来工程人员又经过数月的测绘、勘察，对于线路进行了比较取舍，最后总站确定在堤头，而这一选择“与天津商会议事会呈请各节复不相背”[④]。无疑站址是在赵家场选址的基础上，

① 《汇编》(1903—1911)下册，第 2213 页。
② 《汇编》(1903—1911)下册，第 2213 页。
③ 《汇编》(1903—1911)下册，第 2218 页。
④ 《汇编》(1903—1911)下册，第 2220 页。

经过进一步勘察而确定的。

北宁铁路、津浦路、京包路、京汉路及石太路的建立，形成了以天津为中心的近代华北铁路运输网络，改善了天津与其他城市的垂直关系，华北城市一体化程度加强，进而带动了华北市场的一体化进程。对于天津商业腹地的扩大，统一华北乃至全国市场，具有划时代的意义。

除此之外，商会通常关注的是内河水道是否通畅，货物运输是否顺利，目的在于繁荣商业。优越的内河航运系统与便捷的铁路网络紧密结合，为以天津为中心的华北贸易市场体系的形成提供了得天独厚的条件。开埠以前，天津正是以优越的水上运输系统而发展成为一个传统商业城市的。尤其是天津西部及南部地区水网密布，纵横交错，夏秋时节河水盛涨，运船可把货物输送到天津周邻及山东、河南地区。开埠之后，天津内河水运也已经使用动力轮船，从而提高了运输速度和能力。如 1914 年由地方政府开办的直隶内河行轮局连续 9 年赢利，设备大增。但内河运输受自然环境影响较大，如枯水期长，航行季节短，河道深浅、宽窄不一、弯曲较多等，都不利于天津与腹地的联系。因此治理内河，以利于天津和腹地的商品流通，促进市场的统一，便成为天津商会的一个重要任务。

南北运河的治理是天津老百姓多年的期盼。运河之畅塞关系着南北交通、商货输转、农田灌溉、水利民生。南运河是直隶、河南、山东三省商人来往转运货物必经之路，实为津埠一大关键。进入 20 世纪初叶，南运河河水淤浅异常，一切行船均不能到埠，各项货物滞塞，“推原其故，固由雨水衍期，或以上游来源壅塞，亦未可知”。因此，1906 年 5 月天津商会积极奔走，禀请直督“遴委熟悉河工人员，查勘上游，设法疏通，以资挹注而便转运”。这一建议得到直督批准：“所请设法疏通之处，候委邵道国铨迅速前往查勘情形，妥筹禀办。”① 1909 年 10 月，天津县城北乡庞家嘴等 19 村正副村长请商会转详直隶总督及水利局、天津道，请求疏通北运河，以免天津武清两县水患②。20 世纪 30 年代以来，南运河，自沧县、青县、静海至天津北大关一段逐步淤狭，久失浚治，运河淤塞水浅，该处管闸员役竟反其道而行，河水愈浅则该闸转永提而不闭，以致船行该处无不搁浅，往往麇集货船数百只之多”③，河北省建设厅函天津商会筹款。天津商会会长表现出非常积极的态度，他们请专人拟定《五运河治理方案》，派人出席南运河下游疏浚委员会议，动员各行商承担疏浚费用。最终决定，费用由官方和商方各自承担一半，沿河各县出人力挑挖运河淤泥。在政府的主持下，商会及各县三方共同制定并出台了《南运河整治计划》。

在天津商会参与治理一系列内河工程中，规模最大的就是海河裁弯取直工程。19 世纪中叶，纵贯天津的海河尚能航行远洋船只。1858 年英法联军入侵时，其军舰“在没有什么困难”的情况下，8 小时内完成了从天津到大沽的航程，吃水较浅的船只可以上溯到杨村。开埠之初，海关税务司认为，“在中国，除去上海或许还有广州，没有任何一个口岸像天津这样有着同内地如此良好的水陆交通”④。然而，好景不长，由于海河流域暴雨成灾，各支流尤其是浑河带来内地山脉与平原的大量泥沙使得海河逐渐淤塞变浅。到 1886 年，海河淤塞达到了极点，连最小的轮船也不得不把货物卸到驳船上。1888 年驳船也无法通行，商船

① 《汇编》(1903—1911)下册，第 2197 页。
② 《汇编》(1903—1911)下册，第 2203 页。
③ 《汇编》(1928—1987)下册，第 274 页。
④ 雷穆森《天津——插图本史纲》(中译本)，《天津历史资料》第 2 册，第 59 页。

只得在北塘口停泊装卸。这条天津商业贸易的生命线成为“一条几乎无用的航路”。进出口天津的货物时间延长装卸费用增加，严重影响了天津商业的繁荣与发展。

民国元年，天津地区终因“河身淤垫日高，下游宣泄不畅”，“频年漫决，居民重罹沉灾”①。地方政府为了根治水患，邀请海河工程局海洋工程司及红十字会顾问美国人福开森和天津商会讨论疏浚河道之事：设立全省河务筹议处并委派天津商会协理卞荫昌任本处议董“与谙习河务者暨熟悉本省情形者共同讨论，互相赞助，为治河之先导”②。经过三方的努力，“河流通畅，不惟岁修大省，昏垫无虞，舟楫往来，商贾利便，并可广兴水利，久浸之田顿成膏壤”③。以后的十几年中，筹办三岔口、姚家湾裁弯等内河工程多项，这些都离不开商会的参与。

在海河裁弯取直过程中，天津商会积极参与，协助政府筹粮筹款，使得海河裁弯取直工作取得了重大成绩。统计如下：

1902—1924 年海河裁弯取直工程统计表

年别	起讫地点	河段长度(米)		开挖土方(立方米)	
		裁后	缩短	人工开挖	机器开挖
1902	第一次裁湾挂甲寺之杨庄	1524	1829		
1902	第二次裁湾下河圈至何庄	1829	5181	1699000	
1904	第三次裁湾李家楼至邢庄	3536	7131	1931219	
1913	第四次裁湾赵北庄至东泥沽	3780	9077	28317	2421103

① 《汇编》(1912—1928)第 3 册，第 3206 页。
② 《汇编》(1912—1928)第 3 册，第 3207 页。
③ 《汇编》(1912—1928)第 3 册，第 3206 页。

续表

年别	起讫地点	河段长度(米)		开挖土方(立方米)	
		裁后	缩短	人工开挖	机器开挖
1918	第五次裁湾三岔河口	474	1585	56634	113270
1921—1923	第六次裁湾下河圈至芦庄	2743	1534	249416	1782233
合计			26337	3964586	4316606

资料来源:《解放前海河干流治理概述》,载《天津文史资料选辑》第 10 辑。

1902—1924 年,天津商会直接参与了六次大规模海河裁弯取直、清淤疏浚工程。经过六次裁弯的海河航道共缩短了 26.3 公里,天津市区码头潮差增加 0.9～2 米,使入港的船舶吃水一般增加了 4.5～5 米。海河的综合治理,使海河能承担更多更大的海轮,保证了天津同国内外海上运输通畅,促进了天津对外贸易的繁荣。

20 世纪 30 年代初,天津商会在海河疏浚河道中同样功不可没。1928—1930 年,天津商会曾多次提议整治海河,并对筹措经费的方法提出了建议。1931—1933 年海河淤塞达到了极点,再次患了"地方慢性病"。天津商会多次向政府提议整理海河,申请款项。同时,天津商会的会长联合洋商会恳请政府支持清除海河淤塞计划,并使工程迅速付诸实施。1931 年指控洋人把持下的海河工程局尸位溺职,要求中国政府将其收回改组。1933 年天津商会致行政院全国经济委员员会电,要求从拨棉麦借款中尽先分配根治海河、永定河工程所需之款[①]。

以天津为中心的华北近代水陆交通网络的形成与完善,为天津的埠际贸易,特别是直接对外贸易开创了新局面,以天津为港口的远洋航

① 《汇编》(1928—1937)下册,第 2261—2271 页。

路不断拓展和延伸,大大沟通了天津与世界各国的联系,使天津在整个世界贸易体系的地位日益加强。这样,以华北铁路网为动脉,以内河水运系统为关联,以远洋航运为延伸,形成了以天津为中心的四通八达的近代交通体系,为天津大市场的统一和拓展奠定了坚实的基础。天津作为交通枢纽,沟通了世界市场、沿海市场和内地市场的商品联系,有极强的吸附和集聚能力,成为华北商品的总汇之地。天津市场上商品种类繁多、规模庞大。如由天津进口的洋货 1873 年为 115 种,1913 年增至 800 余种①;出口土货也由 57 种增至 400 余种。洋货和外埠商品涌进天津后倾销到内地下级市场,内地土货也源源不断地运入天津廉价出口,或转运他埠。随着近代交通的变革,天津市场集散量迅速增加。初步估算,1914 年天津市场商品集散总额约为 27488.7 万海关两,至 1925 年达 63970.4 万海关两,增加 3.6 万海关两;同时天津市场的吸附范围不断扩大,到 20 世纪 30 年代,河北、山西、内蒙古三省的全部,山东、河南的一部分,以及西北和东北地区都纳入以天津为中心的市场体系,成为天津市场的商业腹地。

城市交通的整治与改善加快了城市现代化,加强了城市与外界的联络功能,为城市经济的发展奠定了基础,大大拓展了城市的规模和范围,促进了城市各种功能的进一步完善。

2. 基础设施管理

在晚清,城市市容整顿、市政建设和卫生管理,通常属于官办巡警局、工程局和卫生局的职责范围。但近代城市商铺林立,办理此类市政

① 《天津志》1909 年,见侯振彤译《二十世纪的天津概况》,第 251 页。

往往会涉及商人的利益，于是，需要商会组织支持和配合，得以介入这类新兴的城市公益事业。

众所周知，城市基础设施的近代化水平高低是一个城市近代化水平高低最直观的表现，同时也直接关系着城市贸易经济的发展。在天津，主要由官办工程局负责街道管理和维修。商会兴起之日，正是中国积贫积弱之时，此时，“道路不治，沟渠积污”等落后的城市面貌严重影响着商品流通的需要，建路也就成为商会的当务之急。为“便利交通、振兴市面”，天津商会与政府的各主管部门共同承办，或由商会协办拓宽和修建改造市区马路事宜。1910 年 3 月，针市街新街铺商万存号、聚源成等禀报商会，因街道旁石沟沿多年失修，以致堵塞不能流水，所有商号内流水沟沿不能向外排水，“每遇阴雨直有屋如渔舟之状”，请商会转饬工程局即刻派人前往修理。工程局接到商会的通知后迅即派员查验，并饬工疏通，解决了商铺的问题。有时，则由绅商自行集资，工程局派工维修街道。如 1910 年 7 月，南阁西大伙巷众铺商因道路积水，影响交通，各绅商即自行集资 300 元，请工程局派员进行整治。绅商与工程局之间为市政问题也时有摩擦。如 1911 年 6 月，工程局和津浦铁路北段购地总局拟拆迁北营门内大街一带民房、铺户，敷设路轨，通行电车。此举引起当地绅商强烈不满，“查河北关上一带，居民铺户栉比鳞次，焉能任电车肆意横行！且市面萧条危机已现，倘再加以毁坏庐舍，割划房基，将向之乐业安居者，一旦变为荡产失业，自必弱者转于沟壑，强者流为盗贼，前途隐忧，向堪设想！”[1]遂由绅商二品顶戴刘锡善、五品衔刘贵荣，举人高树南等领衔，联合河北大街及关上 300 余户商民

① 《汇编》(1903—1911)下册，第 2272—2273 页。

上书直隶总督陈夔龙,强烈要求停止该工程。陈夔龙派员查复后,发觉"与地方情形实多窒碍",饬令工程局和购地总局"毋庸修筑","将所插标旗撤去,以安民心"。此系市政建设不与当地绅商沟通即难办理的一个典型事例。1912年将道路狭窄、商业繁荣地带的估衣街、锅店街一律按二丈四尺拓展[①],后又修筑马路和强制开辟胡同数条。据1920年天津警察厅工程科报告:"自民国八年接办以来,迄于今新辟展修如大伙巷、东门内等处马路二十三条。"[②]屡年开辟各街马路121条。1924年,天津以"城内鼓楼为起点,四面各街推广均以十五里为特别市区域"[③]。

道路的开拓带动了旧城区的改造和新城区的建设。为了保证道路的畅通,还建立了城市市政管理体系,如1919年,天津成立市政筹备处;1921年天津特别市管理局改组为天津特别市市政局。一系列的市政实施促进了城市内外贸易经济的发展。除此之外,天津政府当局对城市基础设施也比较重视,建立了相应的道路维修养护制度进行统一规划和管理。1919—1920年,先后疏通挑挖明沟、水沟245处,修补铁桥浮桥以及土、石各桥梁31座[④],市政建设日趋完善。在上述活动中,天津商会均承担了诸如筹款、协调、拆迁等事务。

道路的开拓是市区公共交通事业发展的基础。随着市区交通业的发展,长途汽车运输业也兴旺起来。1921年协通津保长途汽车股份公司在津成立,分公司设静海、大城、任丘、高阳等处。1926年中华南极

---

① 《汇编》(1912—1928)第3册,第3382页。
② 《汇编》(1912—1928)第3册,第3349页。
③ 《汇编》(1912—1928)第3册,3346页。
④ 《汇编》(1912—1928)第3册,第3349页。

长途汽车公司、天津大直沽汽车公司相继营业。1927 年，由于商会的力争，把电车从洋人手中收回。交通网络的形成加快了城市近代化的步伐。除市内电话外，长途电话业务自 1908 年京津电话运营起，1925 年又开办了天津与保定各县镇的通路。

城市基础设施是城市各项经济社会活动所产生的人流和物流的物质载体，是城市赖以生存和发展的物质基础，因而商会参与城市基础设施的改善无疑加快了城市基础设施建设的步伐。

第一，城市基础设施的改善，促进了城市载体功能的提高。商会组织所进行的修桥筑路、疏浚河道、建港护岸等基础设施建设，提高了城市交通运输、抗御洪水和消防安全的能力。

第二，城市基础设施的改善，促使城市规模进一步扩大。商会组织对基础设施的参与和管理，使城市道路不断向外延伸；城市规模随之扩大。

第三，城市基础设施的改善进一步提高了城市的聚集效应。商会组织通过加强对水、电、路等城市基础设施的建设管理，加速了城市人口、资金和工商业的聚集，促进了城市经济社会的近代化。

3. 城市消防

防火和救火一直成为困扰城镇居民的一大问题。清初以来，民间开始陆续设有“水会”“水局”龙社”“龙局”“火社”“水社”“水龙局”等名目繁多的民间救火组织。这类传统消防组织一般由街区商铺自发组织，“组合不完，人品复杂”，既没有健全的规章制度，所使用的消防工具也十分落后，主要系水桶、水袋、唧筒等，很难有效地控制火灾。天津最早的水会创建于康熙年间，“借用庙地公立起盖局所”，在咸丰三年就得到了“雄心虎胆，为天下第一民”之美誉。至同治九年（1870 年）已续增至四十余局，所置号衣、器具、灯笼等件，主要由城内绅商铺户捐资。“自庚子年兵燹之后，各水会已近荒废”，光绪年间，又重新兴办，最盛时达 71 个[①]。然而这类日有水会“苦于经费难筹，训练无法，虽会内同人勇于恤难，而每到火场，常有让会之虚文，如语所谓揖让救火者，故临时不免贻误”[②]，存在组织落后，“几同虚设”的问题。

天津晚清城市消防，除官立绅办的消防队（称火会）以外，主要依靠传统的“水会”。为了克服“水会”分散不齐，号令不一的弊病，1908 年左右由绅商鸿胪寺序、班生员宋国荫、职商马云青等发起承办“阖津水会总局”，厘定章程，统辖四隅各水会（华界 59 会，租界 12 会）。总局设管理、司账、司事、差役共 28 名，负责协调各路水会的救火，要求各水会“号坎、旗帜、灯笼，均宜一律齐整”，“本段遇有火警，惟本段水会前去扑救，该邻边会亦应将救灾各器预备停妥，静候调用。如本段火势过猛，须听本段区官调用邻边会”，以使“各会自能相联成一气”[③]。根据记载，天津水会所使用的灭火器具主要有“激子”（消防水龙头）和“水筲”（盛水用）两种。总会要求“激子会须将激子平时修理灵便，水筲会须将水筲收拾坚固，以期救灾得力”。挠和钩也是经常使用的救火器具，“挠钩两会，无论何隅有灾，均准前去往救”[④]。另外，天津鞋业为预防火灾，创设了一种“口袋会”，各商铺配以口袋、号坎灯笼等物“倘一家有

① 《天津商会档案全宗》三类，85 号卷，2457 号卷。

② 《汇编》（1903—1911）下册，第 2104 页。

③ 《汇编》（1903－1911）下册，第 2113 页。

④ 《汇编》（1903－1911）下册，第 2113、2110 页。

警，各家铺伙持口袋帮同运货，扑灭后，仍归于该号，并无差错”[①]，在一定程度上减轻了火灾损失。1908 年，天津众商还曾集议创设“防水会”，“以与消防队、水会相辅而行其经费皆由各绅商协议分担”[②]。

据 1911 年统计，华界有水会 59 个，租界有 12 个，共 71 个。每遇火警、水会成员穿藏统一号衣，提水扛水枪前往，凭证进入现场，以防假冒。水会“无事则防火患，有事则可御侮”。虽然水会属传统消防组织，与 1902 年天津英租界建立的志愿消防队无法相比，但在华界尚无条件组织近代消防组织的情况下，对于消除城市隐患，加强消防安全防御能力，无疑具有重要的积极作用。

4. 卫生管理

天津商会在城市卫生管理方面，也配合官方开展大量活动。天津商会绅商在处理颜料、猪皮熬炼等行业污染空气问题上，也表现出与官办卫生总局积极合作的态度。1906 年，颜料和猪皮熬炼业因设锅熬油，臭气熏人，被卫生总局饬令移至远处蒸煮。该两行商人软拖硬磨，采取夜间熬油安设烟筒排烟等变通办法，试图蒙混过关。卫生局官员认为，“若夜间熬油，与白昼何异未尝不碍卫生，总非善策”。“安设烟筒，虽高至十数丈，而油气空中旋绕，逾时仍旧下垂。城厢内外，人烟稠密，炭气最多空气已觉不足。此种炭气断无上升之理，化学家考之最详，又焉能随风涣散”在屡禁不止的情况下，卫生局“函县传究”，将起泰号熬卖猪膏商伙任少春枷号十日，游街示众。天津商会绅商闻知此事，

---

① 《汇编》(1903－1911)下册，第 2095—2096 页。

② 《汇编》(1903－1911)下册，第 2103—2104 页。

一面请求开释，“以保体面而慰商情”，同时致函有关方面，表示愿意劝导该两行商人“如有新章，情愿遵照”。最后与官方达成默契，将违禁商人任少春杖八十，照章罚金[①]，以儆效尤。

1911年东三省鼠疫流行，传染津埠，引起人心惶恐。天津绅商联合筹划，发起创立天津防疫保卫医院。延聘天津医理精通的华医数员，分班住院，以便随时诊治。并由各区选举董事分别管理查验报告等事，如系疫症，立刻由该区董事报告，赴保卫医院施治。天津商会协理宁世福还主动捐地30余亩，“情愿助给该医院起盖房间，以资经久”。修建医院资金及常年经费“统由本埠绅商合力筹划”。

以上事实表明，天津商会伴随着它的成长历程充当着官府与广大商民之间的中介，在近代城市公益事业中发挥了十分重要的作用。近代城市生活的有序和发展，正是在商会与官方的合力推动下实现的，而商人社会团体在加速城市近代化的进程中不仅进一步增强了自身的凝聚力，并在城市社会生活中扮演了引人注目的角色，为中国城市近代化书写了浓重的一笔。

---

① 《汇编》(1903—1911)下册，第2274—2278页。

第八章　商会政治参与的评判

一、参与维护利权运动

近代资产阶级对现代化的意识是以民族主义为基础的。这种民族主义表现在以下两个方面：一方面追求国家富强与追求民族独立，追求国家富强就要进行现代化，因此，他们表现出一种责任感；另一方面资本主义的商品和资本输入，不仅冲击了中国的市场，而且也冲击着中国人以我为中心的社会价值观念，使中国人受到前所未有的凌辱。特别是在中日甲午战争后，帝国主义加紧对中国的侵略。中国人民反抗外来侵略、维护国权的斗争从未停止过，掀起了一次次规模宏大的反帝爱国运动。商会作为资产阶级的代表，自然也成为反帝爱国运动的重要力量之一。

自 20 世纪初开始，天津商会先后数次参加或领导了群众性的反帝爱国斗争，反抗帝国主义国家对我国的政治、经济等方面的侵略。商会的领导者是商会的中坚力量，有较强的号召力和组织能力，对商人的政治活动常常有决定性的影响。反帝爱国运动不仅壮大了我国资产阶级队伍，直接刺激了民族工业的发展，而且激发了资产阶级维护利权的意识。

1. 资产阶级的民族主义意识

现代化所引发的社会变迁是一种极其重大的环境变迁。习惯于传统社会环境的商人的心理平衡被打破了，他们便呈现出一种特有的情绪状态。1840 年以后，面对“蕞尔小夷”，割地赔款引起了社会的普遍震惊，近代商人表现出对亡国灭种的深深忧虑和恐惧，当然这一切又离不开他们特定的社会地位和职业。他们说：“海禁既开，白人竞拓商场于东方大陆。懋迁之所及，既成为势力范围。不费一兵，不遗一镞，既能吸我膏血，握我利权。”[1]有的愤怒地指出：“今日之世界，经济竞争之世界也——争之而不胜，则领土日蹙，国势大衰，虽欲维持其二等国之地位，而尚不可终日。”[2]天津商人说：“我津为通商巨埠，富庶繁华佳于都会。”“唯中国自海禁大开，商埠日辟，番舶互市，利权外溢，华商艰窘日甚一日，商务衰颓固不必讳。”[3]

近代商人这种危机感，给他们造成巨大的心理压力，使他们不断地自我审视，自我更新，寻找自己在新环境中的位置和角色。这种对民族存亡的高度关切迅速变为强烈的民族忧患意识。于是近代商人开始逐步意识到时代赋予自己的历史使命，起而同帝国主义相抗争，执着地以御侮救亡为己任。他们说：“今日则一息尚存，苟能群策群力，收回已失之利权，发挥我无尽之蕴藏，与彼角逐于经济竞争之世界，争存于惨淡猛烈之剧场，至 20 世纪中叶……握全地球商业上惟一之霸权未可知

① 《论振兴商务当先兴农业工业》《东方杂志》第 2 年，第 7 期。
② 《论各国经济竞争之大事》，《商务官报》第 1 册、第 3 册。
③ 《汇编》(1903—1911)上册，第 37 页。

也。故今日者……民族死生绝续之关键。今日之商家,实操……民族存亡起废之权者也。[①]”

再者,民族主义意识直接催生了资产阶级的联合意识,他们认识到,在帝国主义经济侵略的强大压力之下,只有联合方能有效地御侮。否则,若一盘散沙,只会被帝国主义各个击破。有的商人指出:“自五口通商以后,那进口的洋货一天多一天,我们商业被洋货打坏的不知多少!我们商业中人,不晓得联合团体,共同抵制,只晓得各谋私利,因此行情不能划一,往往有互相倾轧的毛病。[②]”天津资产阶级直接提出:“商战竞争之世界,优者胜而劣者败,此定理也。吾国商界不能不立于不败之地,以无公共之思想故其势常孤,势孤则胆怯矣,虽占常胜之地,欲其不败也可得乎故有公共之思想者能尽公共之义务。[③]”商人之间实现联合,关键在于确立“公共思想”,以尽“公共义务”。上海的资产者们也发出类似的呼吁:“团体者,自强之妙用……精神何在在捍御外侮,而爱护其同类。命脉何在在联合心志,而切靡其智识才能。[④]”

鸦片战争以来,外国商品源源不断涌入中国,直接威胁中国资产阶级的生存和发展。这种巨大的生存危机感,成为资产阶级民族意识的直接动因,激发了习惯于传统社会环境的商人忧国忧民的意识和“天下兴亡,匹夫有责”的社会使命感。就其主要内容及思想实质而言,正如马敏所说:“仍归属于近代资产阶级民族主义的历史范畴,是其重要组成部分之一。”

---

① 马敏:《官商之间》,天津人民出版社 1959 年版,第 308 页。

② 《论商会依赖政府》,《东方杂志》第 1 年,第 5 期。

③ 《汇编》(1903—1911)下册,第 1882 页。

④ 转引自马敏《官商之间》,天津人民出版社 1995 年版,第 309 页。

2. 商会与抵制美货运动

爆发于20世纪初的抵制美货运动，极大地促进了资产阶级的民族主义意识的增强。这场抵制美货的运动是近代天津资产阶级投身反帝爱国运动的首次实践。1905年爆发的抵制美货运动，是由于美国政府拒不废除已经到期的迫害华工禁约，并一再胁迫清政府续签新的苛约，引起中国人民的强烈愤怒所致。1905年5月，上海商会首先发难，倡议“合全国誓不运销美货，以为抵制”，“以伸国权而保商利”，并电告各地商会协同行动。天津商会接到上海绅商曾铸“拟相戒不用美货暗相抵制”的来电后，当即由商会总理王贤宾亲笔起草电文，复电上海商会：“接曾铸兄来电，因美禁华工，沪商恳外部缓签约，拟禁美货。贵会应如何电示遵。[①]”后又正式复函上海商会，表示“经迭与各行董事妥议，是以复电及墨信，有背愿遵照沪商条款切实抵制之策。”天津众绅商表示：“今承王明翁诸君提倡开会，赞成抵制办法，吾绅商尤当始终勿懈，分途布告，即日举行，无论大小行商，各使一律不购美货，并随时电询沪商各项办法飞示，以便切实举办。[②]”在商会的带领下，天津各阶层都踊跃行动起来，参与抵制美货运动。6月18日，商会绅商不顾直隶总督袁世凯的阻挠破坏，与学界联合举行集会，共200多人，面议抵制办法。商会协理宁世福在会上发言，号召“吾绅商尤当始终无懈，分途布告，切实举行不购美货”，得到“阖座同声公认”。“议定法规，如有违者认罚银五万元”[③]，天津四大买办之一，道胜银行买办王宗堂，在绅商集议禁售美

① 《汇编》(1903—1911)下册，第1877页。

② 《汇编》(1903—1911)下册，第1878页。

③ 《大公报》1905年6月20日。

货大会上积极演说,对于禁售美货,提出四项十六条建议,号召商界中人勿分畛域,同心协力,“人人知有责任,慎毋以我之一身无所关涉,漠然视之”,明确表示“禁约苛例一日不删改,美货一日不售卖”,并指出“中国商界文明发达之起点”在此一举[①]。

正当天津的抵制美货运动在全市迅速发起之时,袁世凯向商会发出告谕,为了不酿成列国的干涉,必须立刻终止风潮。此时的天津商会的头面人物王贤宾等人“唯唯而退”,要求“凡有天津生意一切照常交易,万勿为浮言所动[②]”。这以后,商会只是向袁世凯提交了文书,恳求改善移民法与外交部交涉,仅此而已。在袁的告谕下,包括学界在内,天津的抵制美货运动势头急剧下降。

正当商民团结一体投身于抵制美货运动之时,天津商会突然放弃抵制美货,其原因,正如它在传单里写的一段话:“天津市面自庚子乱后元气大伤。幸蒙上宪极力维持,近来稍有起色。”由于商会在挽救市面的过程中,完全依存于政府的铜元增铸政策,因而为袁世凯所控制。这不仅反映了天津金融界缺乏近代化的信用制度,而且作为商会中坚的洋布商等是与进口贸易直接联系的商业资本,虽然与盐商等有所不同,与封建势力的结合较弱,但他们始终把经济基盘依赖于进口贸易,这是造成商会没能将抵制美货运动坚持到底的根本原因。当时天津商会对外称中断抵制美货运动的理由是:“缘不购美货,则已购者停滞难销,已定而未出者亦不能临时退回,种种为难于天津市而殊多未便。”显然,天津商会在为自己的退却行为进行掩饰。

① 《汇编》(1903—1911)下册,第1879—1882页。

② 《大公报》1905年6月22日。

天津商会因不具有抵制美货运动所需的经济基础，最终没能与官方对峙到底。尽管抵制美货运动因此受阻，但也说明了天津近代资产阶级的民族主义意识明显增强，从此拉开了天津资产阶级参与反帝爱国运动的序幕。

3. 商会与抵制日货运动

历史事实告诉我们，当外界环境出现危机，一个组织很难达到其政治和经济目的或目标时，这就给他们寻求组织间的合作创造了机会。他们相互积极配合，力求影响政府的决策以符合自己的利益，追求其共同目标的最大实现，采取一致的行为。实际上，有的时候在一些大的政治运动中并不尽然。辛亥革命的炮声打响后，武汉、上海等地商会为本地区的光复和独立发挥了非常突出的作用。然而，1919 年震惊中外的五四运动爆发，上海总商会的主张与全国商人的呼声大相径庭，激起上海工商各界的强烈反对。与全国大多数商会的态度基本一致的天津商会，则公开表明："勿稍退让，必将青岛收回，以保领土。[①]" 其态度让人出乎意料。

自 1915 年日本胁迫袁世凯政府签订"二十一条"以后，列强对中国的大规模侵略活动暂告一段落。加之 1918 年第一次世界大战结束，中国作为战胜的协约国之一，企望分享一点胜利的果实。于是中国人民争取民族独立的活动，开始从抵制列强侵略、力争国际平等转向挽回利权的反帝爱国运动。五四运动爆发之后，天津各界立即沸腾起来。在全国，天津第一个响应和声援北京学生的爱国运动。从 5 月 5 日开始，

① 《汇编》(1912—1928)第 4 册，第 4715 页。

天津各界酝酿成立组织。天津各校学生成立“天津学生联合会”。随后“小学联合会”“女界爱国同志会”相继成立。天津资产阶级发起组织了“天津救国十人团联合会”“天津各界联合会”等组织。这些爱国团体立即进行讲演、发传单、游行示威,揭露日本帝国主义的侵略和军阀政府的卖国罪行,开展抵制日货的斗争,号召举行罢课、罢市及抗税活动。

罢市是天津商会在五四运动中所采取的影响最大的一种斗争方式。6月3日,北京政府再次出动军警大批逮捕学生,激起全国各界更大的愤怒,学生罢课,工人罢工,商人罢市,使五四运动发展到高潮。五四运动期间,天津商会举行了两次罢市。第一次罢市是在6月9日,这天,天津商会向全市商人发出罢市布告:“本日全津商民学生聚集数万人开公民大会,对于外交失败,惩办国贼……局势危迫,无可挽回,当即决定自明日起罢市,望各商号一律办理,以待政府解决。①”在总商会部署之下,天津各业于6月10日一律停业罢市。据天津《益世报》报道:“各绸缎洋布庄等,其罢市景象尤觉可敬诚不愧为头等商号。”“官北之各家银号,均为本埠巨商,其一日出入即可获巨额之利息,今亦毅然决然全体罢市,虽为重大牺牲,亦所不惜,其爱国救亡之观念似又加人一等矣。”②第二次罢市是天津总商会于6月11日晨发出罢市布告。③ 总商会第二次罢市布告发出之后,“各商家鉴于学界爱国之热诚,商会最后之决心,遂各激起爱国救亡之观念,复为二次之休业,其一种坚决之气象较比第一次尤为整齐”④。前所未有的两次全津商号罢市及全国

① 《汇编》(1912—1928),第4册,第4723页。

② 《益世报》1919年6月11日。

③ 《汇编》(1912—1928)第4册,第4728页。

④ 《益世报》1919年6月13日。

各地风起云涌的斗争浪潮，逼迫北京政府于 12 日正式下令罢免曹、章、陆三人，并表示保护学生。天津总商会经与各界代表共同商议，于 13 日发出开市布告。

商会采取罢市的方式使北洋政府异常惊慌，也是政府最害怕、最忌讳的一种方式。天津官府闻讯罢市风声之后，力图加以阻挠。6 月 7 日和 9 日，直隶省长曹锐禀承北京政府旨意，两次训令天津总商会说：津埠华洋杂处，至关重要，并希妥慎防维，以安秩序。为防止罢市风潮发生，曹锐一再命令总商会“转谕各商安心营业，勿滋疑虑”[①]。但是，天津总商会仍于 6 月 9 日两次开会讨论罢市问题。第一次会上副会长卞荫昌提出：“可先致电中央，要求惩办卖国贼，保护学生，限二日复电，否则即行罢市。”[②]天津商会的罢市行动引起北京政府的极大恐慌。10 日下午，北京政府将准予曹汝霖引咎辞职的消息通电各省，曹锐马上抄交总商会，企图缓解罢市风潮。但天津总商会坚持罢市要求，又于当日致电北京政府说：仅准曹汝霖辞职，以此可以谢国人乎并再次强烈要求北京政府“急以明令惩免曹、陆、章及保护学生，以谢国人，而救目前。[③]”北京政府见民情激昂，害怕事态扩大，由内务部于 10 日晚急电天津警察厅，告以曹、陆、章三人均准免职，请转达总商会。与此同时，曹锐及国务院参议兼交通次长曾毓隽等人也于当日深夜先后到总商会，宣读曹、陆、章免职命令，劝谕总商会宣布开市。天津总商会多数领导人担心罢市时间太长致使商人遭受损失，又见曹、章、陆三人已被免职，遂决定起草次日复市布告，连夜张贴。然而，天津总商会的复市决

① 《汇编》(1912—1928)第 4 册，第 4722 页。

② 《大公报》1919 年 6 月 10 日。

③ 《汇编》(1912—1928)第 4 册，第 4725—4726 页。

议受到各界反对，于是第二天再次发出罢市布告。天津商会对政府采取如此强硬的态度，这在天津商会历史上是少见的。

天津商会在领导商人罢市的斗争中表现得英勇无畏，确实与许多地区商会形成鲜明对照。如上海县商会甚至表示："商界以营业为根本。沪上为通商大埠，若果罢市，恐地方秩序，有不安之势。而况一般苦力经纪之人，将何以谋衣食……恐无人担此重任。"[①]我们不禁要问，天津商会为什么会选择罢市的斗争方式笔者认为有两个原因：一是在多次的反帝爱国斗争中，近代商人已渐具民主独立意识和国家观念。一位天津商人如是说："先声所播，全国风从，政府依然漠视民意，反有命令压迫民气，据此视之，青年学子虚耗光阴，无补事实，长此以往，岂非民气不伸，公理沦亡，商人亦国民也，岂宜漠不相关。抵制之说，事虽切当，但国贼不除，国土必卖亡而后已。"[②]还有一位商民在信中写道："当兹国改共和，民各有责，倘不设法与争，安于缄默，通商者不止一国，一旦群起侵占，我国土地为外人所有，致使我同胞无立足之地矣。"可见当时商人的民族意识已经达到一个新的境界。二是外界环境的压力。首先，是来自爱国学生的压力。6 月 8 日，天津学生联合会讲演团赴总商会，与正副会长接洽，"要求会长即刻召集开会，宣布罢市"[③]。会长叶登榜（兰舫）当即应允次日召集各行商董举行特别会议，转达学生要求并加以讨论。天津总商会的第一次复市决议是在受到各界反对后取消的。11 日清晨，爱国学生及民众万余人齐集总商会门前，由天津学联副会长马骏等人与总商会领导商议，认为北京政府并未提及惩办曹、

① 《五四爱国运动》下册，中国社会科学出版社 1979 年版，第 37 页。

② 《汇编》(1912—1928)第 4 册，第 4719 页。

③ 《大公报》1919 年 6 月 9 日。

章、陆三人，也未明令保护学生，罢市目的俱未达到，不能开市。商会召开紧急会议，议决再次致电北京政府，限于当日夜12时前回电答复此两项要求，如逾时未复，仍继续罢市。此电言辞更加激烈，表示："国亡死且无日，何有商业可言……本会顺从舆意，如中央在此相当时间无正当允准，商民惟有同归于尽。[①]"当晚，未见北京电复，天津总商会于12日晨发出第二次罢市布告，由于政府面对商、学界之要求，"形同木偶，漠然无闻"，因此，"合亟通告，望各商号自今日起仍行继续罢市，作积极进行[②]"。其次，来自上海商人大规模自发罢市的压力。6月5日上海商人罢市之后，天津报刊很快报道了这一消息。天津总商会遂召集全体会董开会，议决两项办法：①通电北京政府顺应舆情，速筹根本解决之方法，并说明沪商罢市，金融停滞，影响所及，实非浅鲜。②通电各省商会，呼吁采取一致行动，表示"此次罢市风潮沪上开之于先，各地应之于后，蔓延全国，势所必然[③]"。很显然，天津总商会做好了号召商人罢市之思想准备，在此之前，天津商界中的有识之士请求总商会采取罢市行动。6月1日，商人陆一鸣认为："青岛失败，普天同愤，北京学界曾有六条请求，未得政府圆满答复，致有罢课风潮……鄙拟办法，商人亦宜与学生同样之请求，如仍漠视，我全国商业实行罢市以表决心，并停纳捐税以请最后解决耳。[④]"来自商界人士的呼吁无疑对天津总商会选择罢市起到一定的推动作用。

斗争的胜利，充分显示了资产阶级在反帝斗争中的政治实力，作为

① 《汇编》(1912—1928)第4册，第4728—4729页。

② 《汇编》(1912—1928)第4册，第4728页。

③ 《民钟》1919年6月9日。

④ 《汇编》(1912—1928)第4册，第4719页。

这次斗争领导者的天津商会也赢得了很高的声誉。正如天津各界联合会称赞总商会："足见热忱爱国，洵堪钦佩。"总之，伴随着商界人士民族独立意识的日益强化，在外界力量的鼓舞和影响下，天津商会成为五四反帝爱国运动中一支不可缺少的重要力量。

抵制日货运动是天津民族资产阶级参加时间最长、次数最多的反帝爱国运动。在抵制日货运动中，天津商会呈现出从开始的主动参与到后来的被动参与的态势。

"抵制日货，诚为自救第一要著"，成为许多行业商人的共识[①]。商会宣布开市后，学生联合会几次致函催促总商会"抵制日货为当今急务，贵会具指挥商家特权，劝勉阻止责无旁贷。"[②]总商会经过再三研究，回复学联"余条完全通过，均表赞成。"此后，总商会布置各业商人调查清理店内所存日货，制定抵制日货简章，并派赵春亭等六人担任审核各行商抵制日货审查员。经学界奔走呼吁，以及"商会提倡，频频劝勉"，各行业的商人积极给予配合。例如海货商召开抵制日货会议，议定 12 条抵制办法；绸缎、棉纱、洋布同业公布拟订抵制日货简章 12 条，表示"自议定之日起，同业各号对于日行货物现买批定，概行停止"；洋广货行商也"开会讨论议决，一律清理，绝不再购日货"，并议定抵制日货的 11 条具体办法[③]；糖杂物商同业 89 家发表抵制日货宣言，声明"情愿牺牲营业，共救危亡"[④]；五金铁行同业也坚决表示"同是国民，应发天良，各尽个人之天职，虽忍痛须臾，牺牲营业上之利益，在所不惜，

① 《汇编》(1912—1928)第 4 册，第 4748 页。
② 《汇编》(1912—1928)第 4 册，第 4733 页。
③ 《汇编》(1912—1928)第 4 册，第 4747 页。
④ 《大公报》1919 年 7 月 23 日。

俾免贻害于子孙，永为他人之奴隶”[1]。茶商、麻袋行商、洋纸商、灰煤商、木商、水火保险业、洋广、杂货、颜料等商行，也均拟订简章、坚决抵制日货。对于个别继续订购日货图谋厚利的商号，如万德成，总商会提出并经各界联合会讨论通过，处罚其 3 万元。

然而，随着反日斗争的不断深入，商会的态度有所变化。事情的缘由还要从 12 月初天津各团体发起召开国民大会说起。各界联合会致函总商会征求意见，请商会同为发起人，采取一致之行动[2]。天津总会在各界推动下，同意参与发起国民大会，派张品题、杨筱林二人作为代表参与筹备事务。但是，在有关抵制日货问题上，总商会与各界的意见出现分歧。12 月 11 日，在集议抵制日货事宜时，学联代表马骏提出：不买卖日货，各铺商所有日货尽皆焚毁，如有藏匿日货者，严重处罚。总商会会长卞荫昌对此表示异议，认为“商铺将受挺大损失，不能照办”[3]。13 日的国民大会筹备会上，决定 20 日为召开国民大会之期，并商议当场焚毁日货，“以戒甘心卖日货者”，总商会代表对各界要求焚毁日货之激烈主张颇有不满情绪，鉴于各界要求焚毁日货的呼声愈益强烈，总商会不得不召集各行商举行紧急会议，商量解决办法。就商会的本意而言，试图既不使商家遭受损失，又能应付各界焚毁日货之强烈呼声。然而，各界对商会不表态的做法均不满意。国民大会筹备会致函总商会，至 17 日各行商须有具体办法。学生联合会更加强硬，总商会再次举行紧急会议。与会者仍担心学生届时采取行动，议定截至 12 月底为止，次年不再订购日货。国民大会召开这天，原本答应取消焚烧的

---

① 《益世报》1919 年 7 月 24 日。

② 《汇编》(1912—1928)第 4 册，第 4788 页。

③ 《益世报》1919 年 12 月 13 日。

爱国学生又将许多店铺的日货装车运往会场焚烧。总商会闻讯派人前往交涉阻止,但仍有大批日货被毁。“商会为维持商务起见,不得不加入,共同与各界及学生筹商,以求通融办法。俾期与商业不妨进行[①]”。由此可见,出于担心商人利益受损是天津总商会在抵制日货斗争中由主动变被动的一个主要原因。

另一方面的原因就是日本帝国主义与官府的联合高压,迫使天津商会的态度不坚决,商会劝导各业抵制日货的举动,受到日本驻津领事及官府的指责;日驻津领事曾致函天津政府,认为总商会所定米麦等粮及其制造品不得与日交易,“有属妨害个人交易之自由,违反两国通商条约之精神,且阻害两国之国交,殊属不法”,要求“从严查办”[②]。天津总商会虽然坚持认为此项规定“系为维持本国民食,系国内一种政策,外人何得妄肆干涉”[③],但是,其内心却不无担忧。天津警察厅又按照日领事要求及直隶省长旨意,致函总商会要求查照劝导各业商人取消一切排日条规,不得公开抵制日货。于是,总商会屈于政府当局的命令,按旨意照办。

这场波及全国的五四爱国运动,不仅抵制了“二十一条”,对社会经济的发展起了一定的推动作用,也是工商业资本家挽回利权意识的进一步觉醒,为他们后来加入教育界、学生乃至工人阶级发动抵制日货的联合斗争行列,是一个良好的开端。

然而,鉴于上述两种原因,在一系列的政治运动中,资产阶级又表现得唯唯诺诺,常常使自己为之而付出的努力前功尽弃。这只能归结

---

① 《汇编》(1912—1928)第4册,第4779页。

② 《汇编》(1912—1928)第4册,第4759页。

③ 《汇编》(1912—1928)第4册,第4759页。

于资产阶级的一种软弱表现。正如有的学者所说:“这样的表现,并非仅产生于天津总商会,其他许多商会大都也是如此,是一种带普遍性的倾向。”①

二、辛亥革命中的消极抵触

事实上,如果说天津商会与政府在经济方面有过一些合作,并起过一些作用,而在政治上配合一致,最明显最成功的一例应该说是天津商会在辛亥革命中和“二次革命”前后与袁世凯政府的合作。众所周知,武昌起义爆发后,武汉商会及所属商团旗帜鲜明地站在革命一边,从各方面支持起义军,对于帮助新政府维护胜利果实,稳定新秩序,发挥了比较积极的作用。上海商务总会和商团也为上海的光复做出了重要贡献。辛亥革命期间,天津商会的态度却与以上两个商会大相径庭,令革命派非常失望。笔者就辛亥革命期间和“二次革命”中,天津商会参政的态度、行为以及与政府的关系问题进行初步探析,以此进一步加深对中国近代商会政治行为的科学认识。辛亥革命前,上海、天津等地的资产阶级积极参加和支持了抵制列强侵略奴役、反抗清政府媚外妥协以及抵制洋货的一系列反帝爱国的政治斗争。商会的领导层是商会的中坚力量,有较强的号召力和组织能力,在当时产生了一定的社会影响。国会请愿是晚清商界介入的另一次较大的国内政治运动。原本积极参加国会请愿的天津商会后来态度突然发生变化,做出“请开国会,商界亦有担负之责勿须专有商会起点,以商会为半官半商之性格,倘若商会

① 朱英:《转型时期的社会与国家》,华中师范大学出版社 1997 年版。

诚恐大部阻难，仍需由商民出名为正办，较比商会尤为妥善”的选择，严重束缚了商会的政治参与意识与行为[①]。辛亥革命的炮声打响后，武汉、上海商会为本地区的光复和独立发挥了突出的作用。然而，天津商会对辛亥革命的态度却是消极抵触。

曾在国会请愿活动中极力主张“在商言商”的天津商会面对辛亥革命风潮，并没有保持沉默，而是持有一种对立的态度，站在清政府一边。1911 年 9 月，四川大清分行、浚川源官银号和驻川日升昌等 14 家票号连发急电称：全川铁路风潮爆发，阖省罢市，请津会与沪会共筹善策。津商会接电后，立即禀告农工商部：“大局何堪设想！俯准予设法维持，以救危局。[②]” 辛亥革命爆发后，新加坡商会为查明北京是否被革命军占领急电津商会时，津商会复电称“北京安定无恙，请行廑系，津亦平。[③]”此时的天津商会为地方政府积极献策，以图维持治安。天津商会致函通告全津，现因市面不靖，人心惶恐，建议全市在敬神之期禁止燃放爆竹。警务公所还采纳了天津商会的建议，在米面铺前加岗保护，以防“伏莽潜迹”“匪走煽惑”[④]。事实证明，天津商会对辛亥革命的抵触态度已是昭然若揭了。

首先，天津商界人士抵触革命的心理表现在行动上就是直接参与和配合直隶当局组建一系列准武装组织。当时官办的有天津体育社和天津民团。由天津商会与商界组建的准武装组织共有五个，即天津水团、天津商团、铺民局和民更局、天津绅商保卫局、天津公安总会。天津

---

① 《汇编》(1903—1911)下册，第 2361 页。
② 《汇编》(1903—1911)下册，第 2401 页。
③ 《汇编》(1903—1911)下册，第 2403 页。
④ 《汇编》(1903—1911)下册，第 2414、2417 页。

商会的行为十分有效地带动了周边地区。直隶区域的唐山商务分会组建了唐山镇绅商保卫局，高阳县商务分会组建了绅商保卫社和高阳商团，静海县(今静海区)商会也建立了保卫社。所有这些准武装组织在当时确实为清政府维持旧统治秩序起了镇定的作用。

其次，天津商会积极采取缓解金融危机和放赈救灾措施。如辛亥革命爆发时杨柳青、静海等地铜元紧缺，工人工资无法发放，天津商会奏请造币总厂开铸铜元1000万枚。银元危机随之发生，天津商会又呈请开铸银元，严格控制市场兑换价格，缓解危机。面对严重的水旱灾的袭击，天津商会则组织80余家粮商，赴东北三省采集粮食330920石以缓解民食危机。天津商会的积极表现深得直隶总督陈夔龙的赞赏，点名褒奖津商会总理宁世福、协理吴连元、坐办李向辰“深明大义，不辞劳怨，实属有裨大局”，商会的头目们受宠若惊地表示“仰体帅宪，竭尽绵博，力图维持方法”，“借副大帅维持大局之至意”等[①]。本来直隶及天津地区就是袁世凯支持者最多、最集中的区域，天津商会也就成为袁世凯政权最直接、最有力的御用工具。天津商会竟表示：“我商人民等狂庇宇下，一尘不惊，一毫不损，竟得跃进共和时代，同享国民幸福，何欣如之！”

辛亥革命中的天津商会面对汹涌的大潮，他们首先看重的是自己的经济利益，格外害怕扰乱和破坏已有的地方秩序，呈现出趋于守旧和妥协的政治性格特征。“他们宁肯苟全于清朝政府腐朽统治之下谋求缓慢的革新，一直要到客观形势所驱迫，才蹒跚地走上与封建统治者决

① 《汇编》(1903—1911)下册，第2420页。

裂的道路。[①]”

震惊中外的京津保壬子兵变给天津地区直接造成非常严重的经济损失。《天津商会档案全宗》对此有详细的记载。繁华商业区为壬子乱兵劫掠的最主要地段，被掠店铺也都是货币财富最集中者，如著名的天津造币总厂、天津工业售品总所、长芦盐商杨宝恒等富商所经营的 15 家殷实当铺，均被抢一空，仅杨宝恒一人就申报损失 260 余万银元。天津地区的直接损失达 12886864.03 两白银。保定遭抢劫的是藩库银行银号、当铺盐店等殷实商号。中交两银行、数十家银号、八家当铺以及粮店、绸布店等数百家均遭劫掠。面对兵变造成的巨大损失，天津商会与资本家以及社会贤达共同组建了京津保善后协会北洋商学公会、天津城董事会，并与北京、保定、通州等地商会通力协作，积极采取措施，以图挽救。

第一，要求政府赔偿商民灾情损失。天津商会先对灾情进行周密地调查。被商会列为调查对象者分两类：一类是受灾商民；另一类是在洋商保险公司保有火险的灾商。壬子兵变发生后，天津商会先是张贴布告，要求被灾商民 3 日内向商会报明损失确数。待损失调查表汇齐后，商会致电袁世凯政府，强烈要求如数赔偿商民。此后，他们又多次上书或致电中央政府以及直隶都督，并派代表赵毓华、徐延寿会同京师商会代表面见袁世凯要求赔偿灾商损失。一年后，为了督促政府解决赔偿灾商损失问题，天津商会、京津保善后协会、北洋商学会及京师商会、保定南会保定城议事会通州与石家庄两商务分会等在京师联合设

---

① 章开沅：《辛亥革命与江浙资产阶级》，载《辛亥革命与近代社会》，天津人民出版 1985 年版。

立“顺直各处灾商代表事务所”，将办事处设在珠市口的京师商务总会内。

天津商会的上下奔走与呼吁，终于有了结果。1912—1914 年，天津商会三次收到政府的恤款。第一笔是由直隶都督指令王克敏以天津河工码头捐作抵，从直隶保商银行借银 5 万两；第二笔是都督冯国璋将天津众灾商控告外国保险公司诉讼费余款 9941.38 两拨付天津灾商；第三笔是为朱家宝将直隶工业售品所参展的 39 家工厂损失货品保险费 260.32 两拨交各灾商。三笔恤款金额总共为 6.02 万两，仅相当于损失总额的千分之四。当时北洋政府的补贴对灾商来讲简直是杯水车薪。

然而，更让天津商会出乎预料的是向洋商保险公司索赔的款项落空。1912 年 3 月，天津众铺商代表张荫棠等 16 人呈文申诉了三百余家灾商在札和、禅臣、太古、三井等英法德日等国 24 四家洋行保有火险，保费总额达 1353598.2 两，完全符合保险单第 16 条的赔偿规定。他们多次约见各保险公司，但各洋行始终避而不见。保有火险的灾商于 3 月 9 日成立“索偿保险会”，请商会和都督支持向洋行索赔。洋商竟以保险单第 6 条载有“既非外人侵伐，亦非兴动军兵僭夺权位更非由敌国宣战地方治政，以章律从事”的条款为由，认定兵变非一般火灾而拒绝赔付。若赴英继续诉讼，必交控堂费十余万两。本来就已经度日维艰的众灾商，根本无款可筹，只好作罢，眼看着 135 万两白银白白装入外国洋行阔佬的腰包。天津商会无奈之下又上书冯国璋，要求袁世凯将天津同汉口一律对待，即由政府发行公债的方式进行赔偿，结果被冯国璋驳回：“暂从缓议。”一少两空的结局惹得津商界人士十分恼火。尽管天津商会使尽浑身招数，但获政府赔偿的希望最终还是落空。

第二，竭力维持市面稳定。商会在千方百计地向政府及外国洋行索取赔偿的同时，仍然发挥了其重要的社会职能。兵变一周后，商会在各斗店门前贴出布告，要求各粮商仍照未乱以前价值出售存粮，慎勿拾价居奇，有碍民食；建议以工代赈，修路建房，并增设平粜处。商会向直隶都督张锡銮呈送《津埠兵变善后五条办法》，除前述索取赔款要求外，还提议借款 20 万两"接济当商以安民心"，借款 10 万两"接济粮商以顾民食"，发放赈抚局存面 3 万袋，"查放急赈以救失业商民①"。结果张锡銮仅批给白银 1 万两了事。只有天津商会向专使姚锡光提议，兵变灾商原欠官商务款展期归还不得控追一条，获准"照议立案，并先出示晓渝"②。半年过后仍未落实。

第三，减免商铺各项捐税。兵变发生后，正是各商重新纳捐之期，"绅商等日夜焦愁"，"风声鹤唳，一日数惊，不敢保无第二次之抢劫"。即使间有一二开门售货者，"大都迁移租界，朝至夕返。长此不休，恐天津市场均不尽归于租界而不已"③。天津商会强烈呼吁政府将 15 项杂捐再一律免除半年。这一请求得到直隶总督张镇芳的批准④。这对于商会和众灾商来说，真是少见的恩赏。但是几天后，张镇芳卸职直隶都督，由张锡銮署理，直隶巡警道杨以德因房铺捐关系警饷，提出"将房铺捐推缓一节即行取销"，并以商会如能"将警饷筹出，即可将铺捐停缓半年"相要挟⑤。官方的要求无疑给天津商会出了一道难题。

① 《汇编》(1903—1911)下册，第 2539—2540 页。
② 《汇编》(1903—1911)下册，第 2549、2589 页。
③ 《汇编》(1903—1911)下册，第 2571 页。
④ 《汇编》(1903—1911)下册，第 2343 页。
⑤ 《汇编》(1903—1911)下册，第 2579 页。

第四，试图抵债救灾。1913 年 8 月，当天津与邻县各商会上书国务院，提出将赔款列入二次借款预算内的请求被国务院财政部驳回时[1]，津商会暨天津各自治团体提出以直隶烟酒税作抵借外债 600 万两。不久，京津保普后协会又提出以天津房铺捐作抵借款 200 万元，并拟订大纲十四条，均因遭到各方反对而搁浅。不愿就此罢休的津会当商董事李元善及被灾当商源和通聚、协成、协庆、益和共 5 家商号提出以商号全部房产作抵押，向法商借债 100 万银元。天津商会的领导者认为，法国方面条件过于苛刻，再者借款商号又仅 5 家，并非全局，于是以部令限制极严为由予以驳回。

综上所述，壬子兵变发生以来的三年间，为了维护商人的经济利益，天津商会与各社会团体想方设法表达自己的意愿，多次与政府交涉，如上书、派代表直接向有关当局陈述意见等。原本大多数的工商者对政府充满希望，然而，这次广大灾商对政府的行为极为不满，怨声载道。尽管商会有的要求没有得到政府的采纳和落实，但对当时挽救市面、维护灾商合法权益起到了一定的作用。尽管袁世凯政权把商会团体逼到无任何退路的境地，但天津商会出于商人经济利益的考虑，依然没有动摇对袁世凯政权的支持与合作。1912 年天津商会电贺袁氏就任民国临时大总统。当孙中山领导的“二次革命”爆发后，他们又坚决站在袁氏政权一边，申明“赣乱发生，风潮，所播、商业恐慌，敝会联合全体共保治安，市面始获安谧”[2]，一再表白在镇压“二次革命”中的“功绩”。难怪当直隶商会联合会、天津商团及天津保定、山海关商会等五

① 《汇编》(1903—1911)下册，第 2594 页。

② 《汇编》(1903—1911)下册，第 2594 页。

个团体得到袁氏授予的匾额时,它们是如此的受宠若惊。

档案记载,一些有正义感的商人曾就天津商会对辛亥革命和北洋政权的政治态度进行过严厉的抨击。如商人沈凌霄致函斥道:“此种举动百思不解。”实际上,辛亥革命前后一些资产者参加革命的态度,完全取决于其最大限度地维护现实的经济利益和社会特权。因此,在辛亥革命大潮面前,在孙中山为代表的革命势力与袁世凯为代表的反革命势力之间,天津商会表现出那种彷徨与摇摆,从竭力保清到坚决拥袁,在壬子兵变突发后挽救灾商,维护灾商合法权益的措施接连在袁政权面前碰壁后,尽管一肚子的牢骚和不满,“二次革命”时,依然坚定站在袁世凯方面,正是说明了这一点。

其一,天津商会以自己的利益得失作为当时的主要政治取向。他们对政治的要求,主要是希望有一个利于经济发展的政治秩序和社会环境,而对于政治发展的结果很少了解和产生兴趣。无论是辛亥革命爆发,还是遭受壬子兵变的洗劫,天津的商业损失都非常惨重,几经整顿,市面才“稍有起色,另冀商务蒸蒸日上”。因此,政治事变一旦发生,天津商会的领导成员担心导致“操戈同室,市面变动,商民辍业,商务因之滞塞”,立即呈文政府,强调“息事宁人”,保全商业为当务之急,恳请清政府或袁世凯政府出面维持。又如在后来的“二次革命”发生前后,商会大权在握的天津绅商和大资本家普遍不支持革命党人,有的公开发表函电反对,有的苦劝双方息兵止争。天津商会派出商团镇压革命的行动,曾得到袁世凯的嘉奖。天津商会之所以反对“二次革命”,而支持袁世凯恢复帝制,原因在于袁世凯政府虽然实行政治独裁,但在稳定社会秩序,整顿国家财政金融,鼓励工商业发展方向的所作所为基本上可以使当时的资本家和绅士们感到满意,以至于他们反对孙中山等革命党人的“二次革命”。又如洪宪帝制时期，筹安会宣传君主立宪制度，可以免除纷争，安定社会，立即得到大小商会的认可，他们希望“善政从此进行，商民藉轻担负，太平之望，人同此心”。充分反映了资产阶级一种“不问其为何政府，但知有抚我者而归附焉”的社会政治心态。因此，无论何种政府、何种主义、何种党派，只要能维持社会秩序，能实行一些有利于工商业发展的经济措施，他们就会毫不犹豫地予以支持。

其二，保守的政治性格是天津商会早期的主要特点。早在参加国会请愿政治运动时，天津商务总会原本比较积极，但后来态度明显发生变化。又如武昌首义之后，天津商会即遵从直隶总督的命令，协助官府维持经济治序及地方治安。笔者以为，天津商会领导层的这种政治态度，尽管出自原因多种，但最重要的有两点：一是商会的主要领导成员与清政府有着密切的联系。1902 年天津设立官办的商务局时，其十大局董中，盐商占 40%。后来商务公所和商务总会取代了商务局，长芦盐商作为了一个行业，并未入会，会董中仅占 2 名。但作为四大著名盐商的王贤宾，连任长达九届的天津商会总理。尽管在清末巨大的长芦盐务风潮中，退出去几个月，但在辛亥革命爆发后他又被商界请出。在 1910 年由天津商会具体主持的直隶省纳税多额议员选举中，经过反复筛选，填报调查表者中共 106 名，见于档案记载的为 98 名。在《北洋官报》公布候选人名单时只确定了 20 名，除任丘县 1 名外，其余 19 名均为天津县人，内除石元士 1 人为钱粮洋布富商外，长芦盐商竟占 18 名，其中有年纳税银数十万两的杨希曾，天津“八大家”之一的李士铭，年纳税银九万六千两的李其光、三万二千两的邹廷廉、六千四百两的王观宝等人。这些盐商巨富是天津开埠前最为显赫的阶层。他们与清王朝有着相互依赖的血肉关系，因而盐商的政治态度对商会必定会有至关重要的影响。二是商会会董中具有近代化意识的新式企业家居少数。尽管会董中曹永源、王贤宾、宁世福已经开办了新式民族工业，但远未成为工业资本家。相反，商会会董构成表中，洋行买办有 9 名，占 30%，洋布洋货商 8 名，占 26.7%，若将二者相加，已有 17 名，占全部会董的 56.7%。在 1905 年和 1906 年天津商会会员录中，入会的洋行华账房有 41 家，重要买办 41 名。这同上海商会的会董成员构成有很大不同。因为天津商会会董构成的特殊性，决定了他们无论遇到什么事情，都要看当政统治者的脸色行事，导致商会过于看重经济利益，显得缺乏政治眼光，对社会政治有一种深切的恐惧感和陌生感。为了维护商人眼前的利益，他们有时可以忍受许多政治上的限制和压迫，甚至放弃政治原则和政治权利。

其三，基于商会与政府利益的相互认同。一般地认为，商会与政府合作的建构可能有多种原因，但经济利益的驱动无疑是一种最重要的原因。换言之，无论是政府与商会之间，还是商会与政府之间，采用何种互动形式是根据其在特定的历史环境中利益是否一致所决定的。事实上，当时的政府当局曾采取各种手段，试图拉拢商会与他们合作：首先是协助商会维持市面，天津警察局长杨以德亲任社长的天津体育社规模进一步扩大，担任巡逻任务[①]。辛亥革命爆发后，这支队伍即不分昼夜分路巡逻，当其停巡数日，商会总协理即亲自敦请"照常出队"。此后杨以德还请商会主持，五天内招募社员数百名，且须由商会保送。若径行来社报名者，"非有妥实铺保不能收录"。杨以德还特别声明，"此

---

① 《汇编》(1903—1911)下册，第 2398 页。

项社员均由各商家出人任充，并不索取社费”[①]，以此打消商人顾虑。反映了商会同天津警察当局的互利关系。再就是给予商人减免捐税，最典型的事例是地方政府将全津房捐和铺捐以及各项车捐减收三成，一律按七成缴纳的命令，减捐总额仅 15 项杂捐，计每月达 7.93 万余吊，按当时银钱比价核算，也达白银 22000 两左右，这一决定无疑让天津的商界人士振奋不已。所以，商会愿意与直隶当局合作也就成为顺理成章的事情了。

综上所述，通过对天津商会政治态度与行为的考察，说明辛亥革命期间，天津的资产阶级没有像南方地区的资产阶级那样坚决站在革命派一边，发挥重要的政治作用。这与当时北方地区或天津的社会和政治环境有着密切的关系。一方面是迫于袁世凯政府的严密监督和控制；另一方面是商会还要维护广大商人的切身利益，避免社会动乱和财产损失，维持原有正常的市面往来。因此，在面临一场迅猛的革命风暴，即将摧毁现存的政治制度，建立新的政治制度的大革命时期，天津商会不敢或不愿意公开支持革命，而是顺应封建清王朝的一种利益需要。

① 《汇编》(1903—1911)下册，第 2391 页。

第九章　商会与现代化

现代化是一种人类追求理想社会与幸福生活的全球性运动。这一运动最早源于英国，早在150年前，即已开始。中国的现代化是属于典型的后发外生型。中国在外来影响或压力下开始感到有现代化的需要，但真正使中国人感到外来的重大挑战，则始自19世纪中叶鸦片战争失败后订立《中英南京条约》。自此之后，列强迫使中国不断订立不平等条约，先后长达100多年，在列强瓜分的形势下，几乎国不成国，在这样的惨痛历史背景下，在现代化方面先进的列强以其坚船利炮打破中国自我中心的美梦，激发起以自强运动为基调的现代化历程。现代化总是召唤人们积极行动、广泛参与，因为无论达到多高的成就，还是避免重大的失误，社会和文明都需要人的引导。对人的智慧、能力和创造性的信心，是有史以来改革运动的特征，更是现代化这场前所未有的变革的特征。变革意味着冲破条件的限制，将优越的条件发挥到极致，尽量改造不利的条件，或者创造出崭新的条件。

一、近代资产阶级面对现代化的心理与行为

现代化是一种抗拒与变迁的历程。在抗拒与变迁之间，必有其错

综复杂的因应策略与因应反应。在近代中国从实现资本主义为目标的现代化变迁过程中，资产阶级对中国现代化的反应即是中国人对现代化的反应的一个重要组成部分。因此，我们要研究中国现代化进程，就不能不考察中国资产阶级在其中所走过的历程。商会作为一种资产阶级的社会团体，它集中体现了资产阶级的特性。商会从开始到发展壮大实际上也是资产阶级自身适应走向现代化的发展过程。作为近代中国资产阶级的主要利益代表——商会，面对现代化的压力、挑战及反应如何笔者将用宏观层次的群体心理及行为为主的方法探讨近代天津资产阶级面对现代化的反应。

1. 资产阶级面对现代化的行为反应

为说明与分析近代天津资产阶级对现代化的各种反应，必须先行说明个体或群体遭遇外界环境中的变动或变迁（特别是比较重大的变动或变迁），可能采取各种方式加以适应。从心理学有关的理论分析与实证研究来看，人类对环境变迁的基本适应方式主要有四种[①]：第一种是拒变反应。此种适应方式是种在自己的想法、做法或文化上不做（或不愿做）任何明显改变的反应方式。第二种是迁就反应，此种适应方式与第一种反应方式相反，其特点是自愿放弃自己原有的想法、做法或文化，接受变迁及引起变迁的人和事物，亦即自愿接受外界的或外来的新想法、新做法或新文化。第三种是因应反应。“因应”是指针对所面临或遭遇的变迁问题或困境，以主动积极的态度，采取理性思考的方法，

① 乔健、潘乃谷主编：《中国人的观念与行为》，天津人民出版社 1995 年版，第 211—213 页。

寻求有效的解决之道。第四种是退避反应。因环境变迁的压力太大，或有关的人和事物太复杂，有些个体便会因为接受不了，而采取退缩或逃避的反应，以减除来自环境的压力或事物变迁带来的烦恼。

以上四种适应方式的主要不同在于当事者(个人和团体)与环境变迁的关系。在中国现代化的过程中，有些人采取的是拒变反应，在拒变反应中，当事者采取与变迁对立的立场；有些人采取的是迁就反应，在迁就反应中，当事者采取顺从变迁的立场；而大多数人(或团体)所采取的适应方式为因应反应，在因应反应中，当事者采取与变迁维持弹性关系的立场；当然因长期投入有关现代化的国事，而深感挫折无奈，退隐江湖不问世事者也颇不乏人。在退避反应中，当事者采取不与变迁发生任何关系的立场。如在社会变迁的长期过程中，四种适应方式在不同阶段出现的频度不同。大体而言，在变迁的早期，采取拒变反应的人可能较多；在中期，采取因应反应或迁就反应者可能较多；在晚期，采取因应反应者可能较多。在短暂的环境变迁中，四种适应方式之间会互相转换，各种适应方式的转换方向可能不同。

商会是中国现代化运动兴起的产物。商会一来到世间就肩负起为中国的现代化而奋斗的历史使命。在这个现代化的过程中，资产阶级扮演了现代化的承担者及推动者的关键角色。产生于其中的近代天津商会当然不例外。

首先，从近代天津商会发展的轨迹来看，天津资产阶级在现代化进程中造就了基本上脱离狭隘地域和行帮利益并以契约作为组织原则的商人社团，起到了联络工商的作用。

英国现代化理论家P·鲍尔指出：“经济能否取得成就和进步，在很大程度上取决于人的能力和态度，取决于根据能力和态度而建立的社会政治制度和采取的组织措施，还取决于历史经验；而外部的联系、市场机会和自然资源等因素的作用则是次要的。”[①]前现代的社会组织都是立足于人类初始集团的基础上，即血统的、亲缘的、地缘的、等级的、宗教的、行业的。而在现代社会中，社会组织的基本原则也大致相同，那便是契约。现代化过程实质上要用某种契约原则的更宽泛的原则取代原有社会集团的原则，把原来相互依赖网络中的归依酬报和义务关心，转移到以契约为原则的更加广阔的舞台上。20 世纪初诞生的天津商会开始逐步具有现代化的组织特征。

从古至今，中国的宗族以同一的家庭为基本单位组成。会馆与宗族组织的不同之处在于是以具有乡缘和地缘关系的成员连接而成。它体现了会馆对地域的严格要求。另外，由同一行业的商人或手工业者组成的行帮公所，实行的是行业内的组合，对其所从事的行业实行垄断，尽管会馆和公所等组织立有自己的行规，但这些行规并不等同于契约。

商会是以其成员自觉自愿共同遵守具有现代特征的契约性组织原则的商人社团组织。商会是一种跨行业的统一联合组织，它不限籍贯和行业，从横向上把全城各个行业联络和组织成为一个整体。商会的出现，使商人突破狭隘的同乡、同业范围，进而组合到一个区域性的商界共同体中，实现了利益认同的现代化整合，使其在正在来临的现代化中发挥更大的作用。

商会是一种规章制度比较完整、机构比较健全、内部分工也比较细密的正规工商社团组织。天津商务总会有比较严密的组织系统，章程

① P·鲍尔：《关于发展问题的争论》，伦敦丰登菲尔德出版公司 1976 年版，第 41 页。

详尽明确，而且对总、协理和会董的行动做了法律制约，除总、协理和坐办之外，还设会董数人。内部分工具体细密，各级各种领导人员和工作人员都有明确的职权范围。

商会的选举制度、财经制度和会议制度都带有西方社团组织的色彩。商会所有的领导成员都是采取无记名投票的民主方式产生，每年选举一次。这显然是具有现代化色彩组织的一整套民主选举程序。商会规定，凡是收取款项，随时发给收条，由总、协理及会计、议董分别签字。每月收支清楚，年终时还由全体会员公举二人查账，最后交总、协理当众公布，以昭信用①。章程规定：凡遇有紧要大事均得全体同意或大会通过方可决定，从而确认广大会员的参与权。在召开全体大会时，会员不论地位高低、资历深浅，均与正、副会长、会董一样拥有平等的发言权. 尤其值得注意的是，还有类似于弹劾制的规定，使一般成员有权监督上层领导人物。如早在天津商务公所时期，章程还规定：“本公所办事人员，均须恪守规矩，不得稍染衙署局所习气。②”申明“倘有不遵规条，即有董事声明辞退，若有徇私等事与本公所声名有碍者，应禀明从重议罚③”。

上述几点证明，商会契约性的组织原则，真正动摇了会馆和公所深层的组织结构的基础，克服了商人以往的依赖性和服从性，激励商人的独立性和竞争性。

第二，著名人类学家弗朗兹·博尼斯说过，人类的历史证明，一个社会文化集团，其文化的进步往往取决于它是否有机会吸取邻近社会

① 《汇编》(1903—1911)上册，第 44 页。

② 《汇编》(1903—1911)上册，第 3—4 页。

③ 《汇编》(1903—1911)上册，第 4 页。

集团的经验。在现代化的过程中，商会主动学习和汲取外来文化，将它与本土文化融合在一起，加速自己的发展。

天津商会为适应新式商业的兴起，兴办商务教育，使其在学习外来文化的实施过程中卓有成效。清末民初的天津商会在积极创办各种实业学堂方面推动了近代中国实业教育的发展与兴盛。1906 年 9 月，天津商务总会创办天津中等商业学堂，同时筹设商业教员传习所、商业补习普通教堂。中等商业学堂分设“完全科”和“简易科”。起初仅有简易科甲乙两班，每班学生 30 名。1908 年开始招收完全科甲乙两班，每班也有学生 30 名，学制均为两年。学生学成毕业后，由商会颁发文凭，或推荐到有关学校继续深造，或安置在各商号就业。1907 年 1 月，天津商务总会创立了天津民立第一初等商业学堂。初等商业学堂“以造就商业人才为宗旨，概不收费，以各小学堂毕业者升入”。毕业后经考试合格者，愿在商业学堂进求实学者，保送中等商业学堂；意欲就业谋生者，保送各洋行习学行务。天津商务总会在直接出面创设初等或中等商业学堂等学校之外，也积极帮助某些行业及实力雄厚的商董兴办各类实业学堂共十余所。在它的大力倡导下，隶属天津商会领导的高阳商务分会、秦皇岛商务分会、蓬城镇商务分会都曾克服困难，设法筹措经费，主办过商业学堂、实业补习学堂、半夜学堂。学校为使学生掌握经济、地理及商业等知识共设近 20 门课程。这些科目，自形式而言，与当今企管教学大纲内所设课程大同小异。除实用之科目而外，还鼓励学生学习英文，不仅使学生获得应付商埠外商的能力，更使之得以开拓国际视野。1927—1937 年的十余年中，毕业于该校的学生，不难在当地觅得工作，这些毕业生有助于提高天津工商业的整体水平。近代天津商会在学习西方兴办教育的过程中，某种程度上打破了传统办学的教学方法，使接受教育的人能够尽早尽快掌握知识、掌握技能，充分显示其培养实业人才，开拓商智，促进资本主义工商业发展的初衷。

第三，参与交通设施的修建，修筑道路是商会在城市经济现代化方面做出的一大贡献。城市面貌的改变同样得力于天津商会不懈努力。铁路、水路和公路对天津经济的开发具有刺激作用，当时的天津现代运输网络少、密度低，严重影响经济的有效开发。天津商会成立后，商会的领导人士对此有着深刻的认识。1908 年，对于政府有关设立津浦铁路商股有限公司的决定，天津商会给予了主动支持。

近代天津商会参与交通设施的修建主要涉及铁路和内河水运两个方面，因为交通的便畅、河道的疏浚关系着天津工商经济的发展。华北铁路网络的贯通与天津商贸经济的发展休戚相关。因而在华北铁路网的兴建过程中，天津商会大到铁路资金的筹措、经营方式，小到站址的选择、支线的走向、桥梁的设计、矿山铁路的修筑等都有所介入，与铁路联手进行商情调查，派员勘察，大力协助政府的路政建设。北宁铁路、津浦路、京包路、京汉路及石太路的建立，形成了以天津为中心的近代华北铁路运输网络，改善了天津与其他城市的垂直关系，华北城市一体化程度加强，进而带动了华北市场的一体化进程。

除此之外，商会通常关注的是内河水道是否通畅，货物运输是否顺利，目的在于繁荣商业。优越的内河航运系统与便捷的铁路网络紧密结合，为以天津为中心的华北贸易市场体系的形成提供了得天独厚的条件。但内河运输受自然环境影响较大，如枯水期长，航行季节短、河道深浅、宽窄不一、弯曲较多等，都不利于天津与腹地的联系。因此治理内河，以利于天津和腹地的商品流通，促进市场的统一，便成为天津商会的一个重要任务。天津商会参与了治理南运河、北运河、海河裁弯取直等工程。在治理内河的过程中，天津商会协助政府筹粮筹款，积极申请治理工程款项等。

由于政府与商会的相互协调，以华北铁路网为动脉，以内河水运系统为关联，以远洋航运为延伸，形成了以天津为中心的四通八达的近代交通体系，为天津大市场的统一和拓展奠定了坚实的基础。

第四，从经济自治到政治参与是商会这一时期较为突出的现代化特征。集团政治参与的扩大是政治现代化的一个重要因素，而集团政治参与的扩大主要取决于两个方面，除了政治制度的民主化之外，还有待于集团政治参与意识和活动的发展。因此，集团政治参与意识和行动的发展，既是政治现代化的一种动力，也是集团自身现代化的一种特征。集团政治参与意识和活动与它的规模成正比。这是因为集团的规模越大，它的势力越大，社会接触越多，与社会各方面的互动作用也越大；并且日益脱离小集团的那种具体活动而注重参与上层活动。另一个源流是随着社会政治影响的增强而发展，也就是说集团政治参与意识和活动的发展是受社会政治运动和国家政治影响的结果。这是由于社会和国家的重大政治问题和政治运动对集团带来了不可避免的利益影响而引起的本能反应。集团现代化的这种特征及产生源流较为明显地体现在商会的身上。

辛亥革命后，中国的国内和国际政治局势发生了很大的变化，给中国资产阶级提供了一个自由活动的机会。资产阶级本能地担负起领导现代化的任务，站在了社会的前列，不仅大力从事工商业实业活动，而且积极参与经济制度和政治制度的改革活动，成为中国社会现代化的一支主要骨干队伍。民国初年，商会开始具有应当关心和参与政治决策的政治责任感。天津的资产者们试图对国家的大政方针发生影响和作用。1912 年 8 月袁世凯政府颁布《参政院议员选举法》和《众议员选举法》把工商界排除在选举人范围之外。选举法颁布后，立即遭到以商会为代表的工商者的强烈抗议。全国临时工商会议上，天津商会乘机联合其他工商团体代表力争选举权，表现出商会整体的参政意识。1913 年初，天津商会又参与争取在参议院设置商界参议员名额，提出商人应有参与宪法制定和担任政府顾问的权利。1915 年，天津商会为商人应有制定宪法的权利开展了第二次争取议席的活动。1912—1922 年的十年间，天津商会随着经济实力和社会势力的逐步增强，充分利用自己的力量活跃在政治舞台上，表现出高度的热情，成为一支不可忽视的政治力量。除上述活动外，他们还参与了 1916 年的劝阻“护国战争”，1918 年的调解南北议和等，均颇具影响。从初期的单纯要求参与“商政”到同时参与“商政”“国政”，反映了资产阶级参政意识的进步。从争取第一届国会议席到参政院商会代表名额的扩大过程，体现了商会争取参政权利的成果和参政作用。使得商会从既无选举权、被选举权又无议席的地位，转变为拥有选举权、被选举权和比例不低的议席地位，并能发挥一定作用的参政阶层。

总而言之，近代天津的资产者们至少在两个历史阶段表现突出，即第一阶段为 20 世纪初至辛亥革命前；第二阶段为辛亥革命至 20 年代末。无论如何，他们为社会的改革与进步做出巨大的努力。以上所描绘的近代天津商会面对现代化的行为反应，可以说是中国资产阶级对中国现代化的一部“外显反应史”。

2. 资产阶级面对现代化的思想反应

外显的反应（行为）是以内在的思想（认知）为主要依据。因此，了解中国资产阶级对中国现代化的外显反应，还必须了解中国资产阶级对中国现代化的内在思想，而后者本身也是对现代化的一种反应。在讨论天津资产者们思想反应之前，必须先注意一项事实：自古以来中国人有很强的我族中心观。鸦片战争后，列强以其船坚炮利凌驾中国之上，不断刮索，使中国人受到刻骨铭心的屈辱。同时，资本主义的商品和资本输入，不仅冲击了中国的市场，而且也冲击着中国人原有的社会价值观念。种种社会变迁作用于商人的心理。

在中国近代史上，资产阶级对现代化的思想反应是以民族主义为基调的。这种救亡图存的民族主义，在认知、情感及行动意向等方面主要以两种心理要素为核心，即追求国家富强与追求民族独立。追求国家富强就要进行现代化。因此，他们表现出一种责任感。他们认识到，“上古之强在牧业，中古之强在农业，至今之强在商业。——国强之基础我商人宜肩其责”[①]。“今日之商家，实操我民族存亡起废之权者也”[②]。商人的责任感，折射出近代资产阶级的一种意志，体现了近代商人心理素质的转变。

这里有一重要转变必须说明，与民族主义中的民族主体意识有关的一项重要因素是文化认同，即个体（团体）对母体文化的认同，如何从对现代化抵触转变为对现代化的向往。

近百年来之整个现代化历程都可用“认同“与“变迁”这两个概念加以分析及理解。商人对现代化的反应过程，也可以说是经历了“认同”到“变迁”的过程。商人要保持对中国文化的原有认同，便不能不维护

① 《商务报》1904年，第8期。
② 《商业发达论》，《江苏》第3期。

传统文化，因而认同所代表的是一种传统化的倾向；变迁所代表的则是一种现代化的力量。天津商人有关现代化的思想主要是受这两种反向力量的影响。商人在思想上对现代化的反应，无非是他们对中国文化认同与现代化变迁之不同程度或方向的偏重。

大多数的商人没有像顽固派那样采取拒变反应，而是表现为一种追求国家富强的心理态势。有的声称："今则一息尚存，苟能群策群力，收回我已失之权利，发挥我无尽之蕴藏，与彼角逐于经济竞争之世界，争存于惨淡猛烈之剧场，至 20 世纪中叶，我民族握全地球商业上唯一之霸权未可知也。"[①]他们的这种情绪势必与其思想相结合。也就是说，中国资产者们对外来挑战与被迫现代化的情绪反应，与其思想反应是分不开的。下面拟说明天津资产阶级对现代化主要思想的几种反应：

第一种是主张改良的思想。此类思想所代表的是一种勉强改变的倾向，他们为了中国的自强只要求简单仿效西方的模式，或只求对本国制度做一些有利于己的改良。在经济方面，有的商人也希望改变目前的状况。如天津织布厂商认为："治至今日，洋货日多，中货日滞，漏卮日具，国脉日衰。揆厥由来，只以中国工艺不兴，抵制无方，以致莫大利源，任人侵夺。即如布匹一项，诚为销路最大之货。中国产棉地广，织户本多，无如拘守旧法，不思改良，所织之布，与外货相形见绌。几至无人过问。逐常使民间织户，失业见多，日就饥寒，将难挽救。时势至此，若不设法改良，远则无以挽数外溢之利源，近则无以保贫民生路。[②]"也

① 《商业发达论》，《江苏》，第 3 期。
② 《汇编》(1930—1911)上册，第 1329 页。

有的感叹道:“公司有章程而不知办法;劝业有银行而不知举行;铁政、矿政大利所在,而股票无人承购;瓷器茶叶为外销上品,而制造不为改良,拘守成法,一毫不变。若长此终古,商务之颓败,更不可言矣。[①]”在政治上,为了达到保护商人的目的,商会在一份呈文中说道:“共和肇造逾十三稔,海内调扰无已时,唯为商人被害尤巨,军需孔极亟,竭力输将,兵变所统,身家灭烬,凡此惨痛,共见共闻。”希冀政府彻底改革,以冶其本。无论商会对经济改革的要求,还是对政治改革的要求,都受其商人利益的限制,出于感性认识,而不是出于理性认识,或者受启发于中西经济、政治的对照,或有感于旧制度的缺陷和腐朽。从历次商界的一些呈文和倡议、请愿书中,不难看到“就海内外之见闻,与我国家之形势”等语句,引申互证,取其切要关系者而言之。这就使他们只求对本国制度简单仿效西方国家的经济、政治模式做一些有利于己的改良,从而难于形成与国情相结合的根本改革旧制度的一种理论,得不到统治者的允可,难于付诸实施。有时容易造成追求局部改良的盲目心理。

第二种是存优择良的思想。持有这种思想的商人为数不多,认为传统文化之优良特点应加以保留,恶劣特点应加以抛弃;西方文化之优良特点应加以学习,恶劣特点应加以拒斥。以上两种思想的主要区别是对认同与变迁的相对重视程度有所不同。商会是市场经济的产物,最早产生在16世纪西欧,是一种先进的经济社会组织模式。商会是“舶来品”,是中国先进的知识分子和开明官员介绍进来的致强致富的方法之一。19世纪末至20世纪初,中国的绅商面对汹涌而来的西方商品和资本,即使中国的传统工商业受到严重挑战,又使中外商务交涉

① 《商务官报》第2册,第4期。

益趋频繁。如何提高自己的产品质量,如何改变自己的经营方法,如何建立与外商公平交易的关系,都成了中国工商界求生存、图发展所不可回避的问题。这一切都需要有工商界的共同协商和一致行动。因此,为了适应对外"商战"和对内"振商"的需要,不仅需要对传统行会进行改造,而且更需要建立一种能统辖全体工商界的规模较大的新式工商团体。于是那些致力于"商战"和"振商"的绅商和官员不约而同地找到了商会这一新的工商团体模式。天津绅商呼吁:"今立商会,兴除利弊,藉得补救,诚一商务之大转机也。①" 因而,借鉴西方商会模式设立的中国商会制定了中西结合的商会章程。积极组织商会正是中国资产阶级从对传统文化的认同到接受现代化,学习西方优良文化的心理变迁的表现。

怀有存优择良心态的人能比较心平气和地看待自己的文化。在急于实行有效现代化的动机下,他们关注的是中国文化中有哪些方面不利于现代化的要求,他们主张及早改正这些不利条件,尽可能地有利于现代化的进行。近代中国商人尽管受传统文化的影响,但对现代化不能说一点认识都没有。事实上,他们中的一些人已经看到了自己的不足,提出了克服这些弱点的建议:一是中国人的惰性和保守性,必须加以改造。他们在呈文中多次指出,商业界"人势如散沙""人心类散"。存在一种"识见狭小、心志不齐、各怀其私、罔顾大局"的陋习,同业中人不讲公德,只图目前之利②","相互倾轧"。旧式商人的保守表现在经营活动中墨守成规,目光短浅,不敢竞争,怕冒风险,往往"以末进取,以

① 《汇编》(1903—1911)上册,第 37 页。

② 《汇编》(1903—1911)下册,第 2634 页。

本守之”。“只知模仿而不知创新”，[1]缺乏西方商人那种“视重洋为坦途，等万里于庭户”的开拓精神。此种心理状态也反映在生活方式和习惯中。与欧洲商人相反，中国人常常办事不讲究效率和时间。“半日可毕之事，延至一日，费光阴于无用”。中国近代商人尽管始终没有完全摆脱因循守旧的劣根性，但对此种心理和精神状态已日益表示不满：“外人来之商力如万丈潮流，侵入内地，致我商家悉为其冲决颠荡，而生计因之日蹙。然仍墨守胶执，不知有挽回抵制之策。甚至各处已改其方针，一方犹安其故步；同业已竞于新法，一人犹狃于成规。”[2]因此，在破保守、谋进取的呼声中，商人们认为：“商业实富国之本，人才为商业之要。现值商战时代，亟应广培人才，以宏教育，而资开通。”[3]提出“尤以阅新闻、开智识为要”，“我全国商界果能群策群力，联合进行，各抒爱国之热忱，共求救时之良策，诚为国家莫大之荣幸”[4]。“我国大资本家必皆乐为联合，更可大事扩张其势力，且将可以左右全国之金融，抵制外人经济势力之入侵，于国家于前途盖甚有关系也”[5]。充分显示出中国近代资产阶级重视开发商智与合群性的思想意识。

再就是中国的近代社会结构不合理，必须加以改革。几十年的中外来往，使资产阶级深刻地领悟到凡富强之国，皆由于实业之发达，而中国“工商不振，生计维艰”，利源外泄，不仅使国家贫弱受欺，甚至有亡国的危险。他们针对传统中国社会的结构进行分析与批判，批判集权

---

① 《东方杂志》，第1年第3期。

② 《商业首重调查说》，《大公报》1905年3月15日。

③ 《汇编》(1903—1911)上册，第176页。

④ 《汇编》(1912—1928)第1册，第565页。

⑤ 《汇编》(1912—1928)第1册，第565页。

专制、官僚统治以及不重视商业的思想。他们认为于此而求现代化，“曾何异缘木以求得鱼，望梅而冀解渴也。[①]”

综合而言，大多数的天津资产阶级面对现代化所采取的适应方式应该说是基于两种反应：迁就反应与因应反应。商会所采取的是一种过渡反应方式，即迁就反应与因应反应相互包含、相互影响、相互转换的过渡形式。就团体来讲，有的时候迁就反应表现得比较明显，有的时候因应反应表现得比较明显；就个体来讲，一部分人采取的是因应反应，一部分人采取的是迁就反应，另一些人开始时表现为迁就反应，后来又转化为因应反应。不管怎样，近代商人突破了中世纪商人的封闭性，以及认同旧文化的稳定性心理，构成近代商人独具的开放性与认同新文化不稳定性心理特征。然而，由于受经济利益的驱使，他们常常表现出较强的依赖性心理，缺乏自信心与独立性。

一般地说，因应反应方式对问题解决的取向性较强，它的理性化与弹性化的程度也比较大。实际上，只有采取因应性的适应方式，才能挣脱百多年来传统与西化在情绪上加诸中国资产阶级的羁绊，在心灵上获得足够的自由分析与裁量的空间，使它能较好地适应商战时代的要求，以致在清末民初那种动荡不宁的岁月中，能够保持蓬勃发展势头。但是，任何社会心理和行为的转变都离不开社会总体运动的影响。中国近代社会充满着新旧交替、错综复杂的过渡性特点，致使中国资产阶级的内心处于矛盾状态。即使在现代化的进程中，他们也只能采取一种过渡性的心理反应。

① 《汇编》(1912—1928)第3册，第2550页。

二、《商会法》引起的商会与政府之争

从传统社会进入现代社会的整个社会制度的革命在清末新政中就已开始了。1901 年清政府宣布实施“新政”，戊戌变法提出的许多主张逐步获得实施，传统的法律制度也发生了根本性的改变。这些变革涉及行政、教育、财政、司法、警察，军队等方面，成为国家开始迈向现代化的关键阶段。从根本上讲，制度是知识运作的产物。清末新政所采取的具有现代化的法律制度，与西学的传播有着不可分割的关系。许多制度如法律、警家、教育等都是从西方，尤其是从日本移植而来的[①]。但是，由于晚清以来的合法化之制度重建，实际上是打破旧的秩序体系、重新分配权利与义务的过程，所以这必然引起各个阶层参与到合法化的制度重建过程中，通过谈判、讨价还价，最终达成妥协而形成大家共同信守的规范，从而建立新的制度安排的合法性。

商会成立是政府与商人“视界融合”的结果。为了取得各阶层的合作与支持，晚清政府宣布实施新政。一方面由于国家富强的国家主义意识形态已成为共识，另一方面也由于绅商阶层的势力日趋壮大，“商务实富国之基”成为共识。因此清政府颁布“通商惠工”的上谕，并于 1903 年设立了商部，颁布了一系列法规，制定了一系列奖励办法来鼓励商业的发展。为此，国家虽设立商务局，但“局为官设，仍用候补人员，不用商董，未免官与商视如秦赵，商情甘苦，终难上达”[②]，“官有隔

---

① Douglas R. Reynolds, 1898—1912: *The XinZheng Revolution and Japan*, Harvard University Press, 1993.

② 盛宣怀:《愚斋存稿》第 7 卷，第 35 页。

绝之势,商无呼吁之门,声气不通,斯振兴无术”①。因此国家仍然难与商人沟通,促进商业的发展;同时,由于缺乏国家正式法律制度的保障,商人只能依赖民间习惯法来调整商务活动,而且只能依赖各地会馆、行会等组织来实行自力救济。而各地会馆和各业行会之间“互分畛域、涣散不群”,内部帮派林立,相互之间缺乏协调,自然“每与洋商交易,往来其势,恒不能敌”。正因为如此,建立统一的、民间自治的商会的呼声越来越高。商会之所以顺利在各地建立是因为政府与商人虽然抱着不同的目的,但是在设立商会这一点上实现了“视界融合”。政府以为“兴商务而挽回利权”,所以“为今之计,欲保利权,须先从商务入手。欲兴商务,又须从商会入手”②。而商人则将商会的成立看作是保护切身利益的手段。如宝丰源等 19 家钱商呈文:“窃敝行向有公所,凡有敝行一切兴革之事,齐集公所会议,嗣经理无人停办。现当商部札设商务总会以济时艰,凡属商民,同蒙利赖。”③立商会,商务可大转机。鉴于此,他们极力要求成立商会,以便随时获得保护。

商会设立之后,除积极联络各地工商、开展各地商情调查之外,最重要的一件事就是与立宪运动相结合,开展民间立法运动。商会自发发动拟定商法的运动,一方面是由于传统法律中没有保护商业活动的正式法律。涉商诉讼只能诉诸地方官府,而官吏中“熟商务而通商情者甚鲜”,绝大多数只知“抑商为主”④,“控欠一端,地方官以为钱债细故,置之不理而已,若再三读控,且将签押而罚其金……商人之冤且不能

① 《江南商务总局照会商董并颁发章程》,载于《江南商务报》第 8 期。
② 《商部奏奉天设立商务总会折》,载于《东方杂志》第 7 期。
③ 《汇编》(1903—1911)上册,第 363 页。
④ 《书税务司理财要略后》,载于《江南商务报》第 28 期。

白，商之气何以得物[①]”制定商法正是要将原来的地方性的商事习惯改变为统一的、普遍适用的、形式理性化的国家正式法。另一方面，商事立法运动与立宪运动紧密结合在一起，“民、商法典，为宪政成立之一大关键”[②]。拟订商法活动最初由预备立宪公会提出动议并由他们承担起草商法草案的任务。1907 年，上海商务总会和预备立宪公会联合发起拟定商法草案，为此各地商会开展了中国商人有史以来第一次有目的的大规模检讨传统商业条规及调查商事习惯的活动，以便使商法“合乎中国商业上之习惯”。在广泛调查各地商事习惯和博采各国商法精义的基础上，公司法、契约法、破产法、商法、海商法等依次制定。也正是由于立宪运动的开展使得这些民间立法迅速获得国家的认可而被吸收进正式的国家法之中。由此我们可以看出，绅商阶层的压力使得制定商事法律进展顺利，有助于民国初年北京政府《商会法》的颁布。

如果说清末由商人拟订的商法草案，是中国历史上第一部比较完整的近代资本主义性质的经济法规文献，也是第一部民间商业立法，那么，1914 年北京政府颁布的《商会法》是中国第一部有关商会的正式的国家法律。《商会法》的制定不仅为广大的工商业者提供了制度化的知识资源，而且也是商人利益集团与政府交涉的结果。受西方法律影响制定的《商会法》，从整体上改变了中华法系的结构，将中国纳入到世界法律体系之中。尽管这种合法性制度还不健全，但它具有了一种强制力，从而改变着人们的行为习惯，确定了此后制度安排的方向。总之，合法性制度的建立实现了由封建帝国向现代民族国家的转变。

---

① 《中国近代经济思想资料》(中册)，中华书局 1982 年版，第 84 页。

② 《商法调查案叙例汇条》，载于《预预备立宪会公报》1909 年第 5 期。

然而，上述《商会法》的制定主要是在国家层面上展开的，而这种商人法律又与民族国家的兴起和现代化建设紧紧联系在一起。因此，如何建立国家权威，国家政权如何伸入民间商人社会，如何加强国家对地方资源的控制，就成为建立合法性制度中面临的又一大问题。

现代国家在商人社会的层面上建立合法性的过程，实际上就是国家政权建设(State－making)的过程，即国家"试图支配、控制或破坏相对自治的地方社会结构，试图扩大它对地方资源的支配，并且在国家的支持下发展新的建制"[①]。而国家政权建设在中国又与国家现代化紧密地联系在一起，民初北洋政府颁布的《商会法》就是最好的说明。袁世凯上台后力图重建专政制度，破坏民主制度。农商部秉承其旨意，企图从限制和压抑商会的发展着手进行。1914 年农商部出台的《商会法》明显表露出借此限制和降低商会地位的意图。

一般而言，政府在与商人团体交涉中处于强势，但这种强势是逐步建立起来的，而且这并不意味着商人团体就是被动的、软弱的、消极的；恰恰相反，有时商人团体的表现是积极的、主动的、强硬的，例如北洋时期商会在修正《商会法》法中的表现就是如此。在《商会法》修订过程中，政府与商人的分歧，主要集中于以下三个方面：

第一，关于维护全国商会联合会的合法地位之争。全国商会联合会能够于 1912 年底正式成立，对当时的工商业者而言，是一件大事，也是其多年努力所取得的一项重要成就。1907 年底，全国各地八十余埠商务总、分会及部分外洋中华商会派代表齐集上海，举行第一次商法讨

---

① 杜赞奇:《中国近代史上的国家与公民社会》，载汪熙、魏斐德编《中国现代化问题——一个多分位的历史探索》，复旦大学出版社 1994 年版，第 368 页。

论会。到会的八十多个商会一致赞同，呼吁“会与会联合而成大会”，“宜乘今日组织一华商联合会，为海内外各埠商会总机关，为我全体华商谋极大幸福”①。会上议定，会后由上海商务总会和新加坡华商总会分别负责筹备事宜。经过联络筹备，到1911年6月，“入会签名者约得二百七十余处”，拟即“开会成立”。因武昌起义爆发，华商联合会未能如期成立。1912年11月，工商部在北京召开临时工商会议，全国各地许多商会的代表出席会议，上海和汉口商会的代表借此机会。联络各商会代表商议组织全国商会联合会，获一致赞成，定会名为“中华全国商会联合会”，本部设于北京；另在上海设立总事务所，各省各侨埠设立分事务所，同年12月，工商部发文批准设立中华全国商会联合会。次年1月，上海总商会推举总干事，设立了总事务所，接着江苏、直隶、江西、云南、浙江、黑龙江、四川、山东等十余省也于当年成立了分事务所。经过多年的筹备和联络，中华全国商会终于得以正式成立。

全国商会联合会成立之后，成为全国商会的代表机关和最高领导机构，在联络各地商会、扩大工商业者的力量和影响等方面，发挥了十分突出的作用，受到工商业者的普遍欢迎，同时也引起北京政府的戒心。“二次革命”后，袁世凯图谋重建专制统治，限制民间社会的发展，首先将取消全国商会联合会作为其中的步骤之一。当时，农商部害怕此举受到工商业者的强烈反对，不敢直接取消全国商联会，而是采取迂回的办法，试图将全国商联会消弭于无形。1914年9月农商部颁布的《商会法》，无一字提及全国商会联合会，只规定各商埠及其他商务繁盛之区可设立商会，各省城得设立商会联合会，商会和商会联合会均为法

① 《汇编》(1903—1911)上册，第292页。

人。这里所说的商会联合会，并非指全国商会联合会，而是由各省区的商会在本省范围内组成的联合会。新颁布的《商会法》既然未曾规定工商业者可成立全国商会联合会，也未指明全国商会联合会是享有法人地位的社会团体，也就意味着已成立的全国商联会是非法团体，必须自动解散取消。随后，农商部在批复京师总商会的公文中，又进一步明确表示前准成立全国商会联合会的部令，在《商会法》颁布之后已无法定效力，并说"法律（即《商会法》）既经公布，根本业已变动，凡从前部准章程不在法律内所规定者，当然一律无效"①。

全国商会联合会经工商业者多年努力才得以成立，工商业者当然不会轻易放弃而将其解散。同时，各地商会都意识到若照新《商会法》之规定执行，全国商会联合会将会取消于无形。因此，《商会法》颁布后，全国各地的商会马上群起抗争，开展了一场反对取消全国商会联合会的斗争，一致要求农商部修改《商会法》，确立全国商会联合会及其各省事务所的合法地位。

设在上海的全国商会联合会总事务所，为联络全国各地商会，就全国商联会的存废问题致电各省的商联会事务所和商会征求意见。各省事务所及商会要求政府重新确认全国商会联合会及各省事务所的合法地位。《申报》也曾发表评论文章说："方今全国商业窳败，又当商战剧烈之时，欲谋商务之振兴，实业之发达，非有全国商界集合团体为之联络研究进行，不足以言进步，抑且无以自存。吾国商会联合会上年业已组织成立，设总事务所于上海，现各省均已赞成存在，应即要求政府赓续有效，另拟强固章程，详请立案，作为全国商会联合会之主体，设分事

① 《农工商》第1卷，第4册。

务所于各省。”[①]

上海总事务所随即根据各省事务所及商会公意，致电农商部要求修改《商会法》，阐明“本总事务所成立以来，于兹两载，国内二十二行省事务所已督促遍设，国外侨埠亦设有七处。本年三月间召集全国第一次大会，所提议案，类皆在商言商，毫不越分”，因此，无故取消断难令众商信服。“本总事务所既为各省各埠组织而成，自应听候各省各埠公议，未便自生自灭”[②]。上海总事务所还依据各省商会的意见，提出数点要求，其具体内容为：将全国商联会及各省事务所所拟细则两条，列入商会法施行细则；全国商会联合会由各省埠自行组织，不必拘于法令；各省商会联合会之设立颇有窒碍，请暂缓执行。但是，农商部却批示说：“各省已设立商会联合会，其全国商会联合会名目不必另设，将来如有重大事件发生，由省联合会办理。”[③]在此情况下，上海总事务所遂以其存在无法律依据，宣布”一切进行事件停止办理”，以示抵抗。与此同时，湖北事务所还派人进京赴农商部和政事堂多次进行交涉。然而，北京政府再次拒绝了各省商会的要求。

为了更进一步联络各地商会的力量。争取全国商会联合会的合法地位，上海总商会于 12 月底向各地商会发出邀请，定于 1915 年 3 月 25 日在上海举行全国商会联合会临时会议，同时还会同致函北京政府政事堂，坚决表示反对取消全国商会联合会。1915 年 3 月，全国商联会临时会议如期举行，21 个省区的商会派代表参加。会上，各商会代表对北京政府取消全国商联会以及顽固拒绝各商会的请求极为愤慨，

① 《申报》1915 年 3 月 29 日。
② 《中华全国商会联合会会报》，第 2 年，第 7 号，“商会文牍”，第 45 页。
③ 《时事新报》1914 年 10 月 20 日。

一致强烈要求政府顺从民意，恢复全国商联会的合法地位。经过讨论，会议决定公举盛竹书、朱葆三、胡钧堂、余民进等四人为代表，“晋京要求照议修改，以顺商情”；同时，以全国商会联合会的名义，上书政事堂、农商部，阐明：“全国商会联合会发起于民国元年工商会议，成立以来，迄今三载。上海总商会为总事务所，各省埠总商会为分事务所，其实际在联合全国商会之情谊，开通风气，交换智识，与总商会所行之职务迥不相同。今以各省城设立商会联合会，使全国商会联合会消灭于无形，于工商会议发起之宗旨骤然变易，联者分之，合者离之，绝非商情之所愿。”①

经多次交涉，北京政府一方面看到商会的态度十分强硬，颇有不达目的誓不罢休之势；另一方面袁世凯图谋称帝，为寻求工商业者的支持，不得不对商会的要求稍加考虑，做出某些妥协。1915 年 12 月，北京政府颁布修订的《商会法》，接受了商会的要求。这样经过全国各地商会的不懈努力，全国商会联合会的合法地位得以维持。

第二，关于维持商会与官厅的行文程式之争。进入民国后，商会与官厅的行文仍沿用清末程式。民国元年十一月六日北京政府奉第 1 号大总统教令，公布制定公文书程式令，第 14 条声明行政各官署无隶属关系者之往复文书以公函行之。据此酌定划一程式，除商务总、分会对于中央部院及各分会、分所对大都督、民政长均用呈文外，其余本省外省行政司法各官署及总、分会自相往来文书均使用公函。

但到 1914 年初，农商部以其接管卷内各省农工商总、分会对于各地方官署往来公文参差不一，甚或各会之间因此争执为由，重新制定商

① 《汇编》(1912—1928)第 1 册，第 693 页。

会与官厅的行文程式，规定嗣后凡京外行政各级官厅对于农工商总、分各会往来公文一概用“令”“批”，农工商总、分各会对于京外行政各级官厅一律用“呈”。各省商会联合会事务所暨商会附设之商事公断处以及外洋中华商会，对于驻外公使、领事并内地行政各级官厅行文，体例均照以上办理。农商部的这一举动并非偶然，其与取消全国商会联合会相配合，实际上是当时袁世凯政府限制商会发展的另一手段。

新行文程式颁布之后，各地商会一片哗然。许多商会意识到，此事“关系全国商权，凡我团体，断无有忍受此压制者”①。一些商会还特别强调，此举并非单纯的行文程式之变，而是官府有着深刻的用意，包括两层意思：其一是降低商会的地位，约束商权；其二是导致商会无以自主，事事需要得到政府的控制，难以发挥应有的功能与作用。因此，新行文程式的颁布对商会有极为重要的影响。尤其使商会感到恼火的是，正如杭州商务总会提到的：“昔年光复伊始，各省商务总分类皆组织商团维持市面，以补官厅所不逮。”“迨赣宁事发，商会又坚抱宗旨，拥戴中央”，商会本以为有功于政府而应得到奖励，然而“今则为官厅者，或累受勋章，或荣膺高位，商会却特受此新法（发）明之体例，是不啻以压制为酬庸也”②。商会拥戴袁世凯政府所换来的是如此结局，自感窝火至极。

当时，全国各地商会函电一致要求全国商会联合会总事务所挈衔力争，敦促农商部废弃改变商会与官厅行文程式令，仍照旧例施行。但农商部却十分强硬地表示：行文程式“已奉教令公布，复经国务院厘定

① 《汇编》(1912—1928)第1册，第669页。
② 《汇编》(1912—1928)第1册，第671页。

文书用纸、程式及条例，通行农商部，岂能擅改！”[①]农商部这一态度，激起了商会的更大愤慨。但是在商会的一再抵制之下，农商部不得不做出一些让步，商会对此并不满意。而让商会更不满意的是在1914年9月《商会法》并未就维持商会与官厅的行文程式做出具体规定。

《商会法》公布后，许多商会对此啧有烦言。不少商会都提出，仍由全国商会联合会总事务所出面，代表各商会敦请大总统修改《商会法》另行公布。广州商务总会特别阐明，此事关系匪浅，若不抗争，嗣后“地方官遇有商会陈请，即不免因循玩忽，视为寻常，或图省事且多挑拨，设遇贪酷之吏本其欺商罔利之心，更不免肆行鱼肉，苟欲上达则为法所限，告诉无门，官商隔阂，散涣飘零。拟由总事务所以全国商会名义要求大总统修改公布，联合力争，务达目的”[②]。商联会总事务所和上海总商会致函各地商会，表示：“此事关系匪浅，万一不能照准，仍应坚持，以盾其后。”[③]

经过全国商会的不懈抗争，农商部不得不同意报请参议院议决修改《商会法》。1915年12月，北京政府颁布修订《商会法》，其中虽未规定有关商会与官厅的行文程式，但却按照商会的要求，删去了原商会法中的“令”与“禀”等字眼。1916年2月1日颁行的《商会法施行细则》明确规定：“总商会、全国商会联合会对于中央各部署及地方最高行政长官行文用禀，对于地方行政长官得用公函。”[④]至此，有关商会与官厅行文程式之争，以政府放弃一开始强制的做法而收尾。

① 《农商总长张謇致全国商联会函》，载《历史档案》，1983年第1期，第49页。
② 《汇编》(1912—1928)第1册，第678页。
③ 《汇编》(1912—1928)第1册，第681页。
④ 《汇编》(1912—1928)第1册，第708页。

第三,有关改组商会之争。《商会法》明定各省在省城、商埠及其他商务繁盛之区域,成立商会,另在省城设立该省商会联合会,而对清末即已成立的各省商务总会的合法地位,则只字未提,也企图在无形中予以取消;并要求前此设立的商务总会、分会及分所,自本法施行之日起,以六个月为限,依本法进行改组。随后颁布的《商会法施行细则》更进一步规定:"商会法施行前成立之各省总、分各商会等,遵照商会法规定六个月期限,一律改组为商会,其不合商会法所规定及逾限不报者,应即取消。"同时还明定每县只以设立一会为限,"如一县原有数商会者,应由该管地方长官查明区域内商务最繁之地设立商会,其余体察情形,或裁撤或改为该县商会分事务所"①。

《商会法》一出,舆论哗然,吉林、广州、杭州、云南等商会和上海事务所群起反对,认为这是以共和之名,行专制之实,是降低商会地位,关系举国商权,断难忍受,商会法实难照行。上海总商会与全国各省商务总会禀文北京政府政事堂:"窃维商民以法律为保障,而法律必以事实为标准,即理想以成文章,非不朗朗可诵,按诸事实,枘凿难行……查自商会法公布之后,全国商会皆以窒碍颇多,殊难遵守,尤以总会、分会、分所一律改组及取消全国商会联合会另组各省商会联合会两端为尤甚。在农商部立法之意,以谓商会何分等级,每省冠以联合会即与向之总会无异。殊不知商会之有总、分,非阶级隶辖之关系,乃事务繁简之关系。譬如通商大埠,若上海、汉口、天津、广州、重庆等处,区域不尽省垣,而附近之城、镇、乡工商事业或繁或简,有不期然而然,非人力所能为者,此即所谓事实也。"同时,禀文还指出:一则其会董由每会各出一

① 中国第二历史档案馆编:《中华民国商业档案资料汇编》,第1卷,上册,第44页。

人，“分会、分所自顾不遑，安有余力担任经费”；二则被选为会董者，“必系工商业界之资本家有经验之人或经理人，断难抛弃职业，赔贴旅费，而于一年任期内为常驻省联合会之会董。舍此以他求，势必及于不工不商之人，于事实仍何裨益！”[①]上海总商会还汇集各省、各埠有关文函，我摄成帙，分订两册，并附广州商务总会讨论商会法草议一册、全国商会联合会商会法议案一种，连同禀文一起送交北京政府，要本“转呈大总统俯察舆情，准将总商会及全国商会联合会依据事实发交参政院规定法律，以免妨碍而利进行”。在全国各地商会的强烈要求下，大总统准将各处未经改组之总商会暂仍其旧，俟参政院代行立法院开会，再将原定条文提交修正。

许多商务分会则对一县仅设一会的规定尤为不满，认为《商会法》“严酷繁密，莫此为甚，即如一县数会，是处有之，谓其关系商务，不能定限也”[②]。不少商务分会抓住《商会法》和《商会法施行细则》中有关设立商会的互相矛盾之处，强调一县只设一会的规定无法实施。《商会法》规定“各商埠及其他商务繁盛之区域，得设立商会”，而且说明有为会员之资格者 30 人以上发起，即可报请农商部核准成立。因此，只要是商务繁盛之区域，即使是在一县之内，也可分别设立商会。但《商会法施行细则》却规定每县限设一会，并强行将前此已经成立的其他分会裁撤或改组为商务分所，这显然与《商会法》的有关条款不相吻合。故而有的商会指出，按照《商会法》，“商会之设立以商务繁盛为标准”，但《商会法施行细则》却“不问商务繁盛区域之多少，一县不得有第二商

① 《汇编》(1912—1928)第 1 册，第 682—683 页。

② 《中华全国商会联合会会报》，第 2 年第 12 号，“专件”，第 9 页。

会，极端限制，与商会法既大相抵触，与事实又颇多窒碍”。其不能施行显而易见。

1915年3月在上海举行的全国商会联合会临时大会，也对商会改组问题进行过专门讨论。与会代表一致认为“总商会存在乃商家之保障，各分商会团体之必要”。特别是上海、天津总商会的代表表示，若按《商会法》所定以省城区域设立所谓商会联合会，其余所有总商会均改组为一般商会，则上海、天津均非省城，然而“此两处皆是天然造就总商会之地点”，并且在清末较早即设立商务总会。上海商务总会自成立后，即一直在全国的商会中扮演着领袖的重要角色，因此决不能改组或裁撤。会后由上海总商会领衔禀文北京政府政事堂和农商部，阐明：“设立总商会之处，皆轮轨交通至要极繁之地，有天然之组合，非人力所强为。今于各省城设立商会联合会为总商会之替代，总商会虽夷为分会、分所，而其商务旧有之范围仍不能更变，无论举出代表，征集经费，于事实上万难办到……与其有联合会之虚名，不如仍总商会之存在。”①全国商会联合会公举的赴京请愿代表，在呈递的请愿书中再次表达了同样的要求，并以更加强硬的态度表示：“商会之组合，由各业公所、公会团结而成，与寻常社会以号召组织者不同。有组合之时，无解散之事。既无解散之事，即无取消之理。”②

总商会获大总统批示未经改组者暂仍其旧之后，全国商会联合会又呈准分会改组在《商会法》原定的六个月限期得以展限三个月。但展限期届临，除少数分会改组外，多数分会仍予以抵制，拒不改组。全国

① 《汇编》(1912—1928)第1册，第693页。
② 《汇编》(1912—1928)第1册，第694页。

商会联合会总事务所根据许多分会的意愿，又呈文农商部要求允准再行展缓分会改组期限，“统俟参政院代行立法院修正条文后一律改组，以免参差争执等情”，但农商部却驳回了全国商联会总事务所的这一要求，批示：“分会改组甫经本部呈准展限三个月，自应遵照办理，未便再有变更，所请应毋庸议。”[①]有些分会因担心改组逾限招致取消，不得不按《商会法》的规定进行了改组，但也有些分会仍坚持抗争。1915 年 7 月，农商部看到商务分会按限期一律改组的规定事实上难以施行，加上全国商会联合会致电表示“依限改组，困难殊甚”，只得同意商务分会的改组再展限至年底[②]。

全国商会联合会及许多商务分会之所以一再提出推迟改组时限，是希望在最后时限到来之前，通过强大的舆论压力及全国工商界的强烈呼吁，迫使参政院按照商会的要求，对《商会法》以及《商会法施行细则》的有关条文进行修改。这一策略措施果然奏效。同年 12 月，经参政院议决修改的《商会法》公布施行，第一条即规定“本法所谓商会者，指总商会及商会而言”；第二条还申明“总商会及商会均为法人”。这就意味着承认了总商会的合法地位，各省原有商务总会及总商会无须裁撤或改组，只是将商务总会统一改称总商会。而且，总商会的设立仍按清末的办法，不限于省城一地，凡省城及其他工商业总汇之各大商埠均可设立总商会。

关于商会也即商务分会的设立，亦改变了原《商会法》有关一县仅设一会的限制，规定各地方行政长官所在地或属地工商业繁盛之区，都

① 《汇编》(1912—1928)第 1 册，第 700 页。

② (1912—1928)第 1 册，第 533 页。

可以设立商会。另还具体说明:"同一行政区域有必须设置两商会者,或跨连两区域有必须特别设置商会者,经农商部认可后,亦得设立商会。"①稍后颁布的《商会法施行细则》规定,同一行政区域设立两商会,"以距原有商会三十里以上,商务同一繁盛,确有正当重要理由者为限"②。可见,民初商会围绕着《商会法》有关商会改组问题向官府所进行的抗争,最后同样是以商会的胜利而告终。

北洋政府制定有关改组商会的法律条文迫于商界人士的竭力反对做了修改。然而到国民党政府执政后,一场围绕商会组织生存与取消的激烈争论又在政府与商会中掀起。

国民党上台不久就提出撤销商会组织。1927 年 11 月,国民党上海特别市党部在转发国民党中央商人部的通告中宣称:"旧有商会组织不良,失却领导商人之地位,本部拟于第三次代表大会时提出议案,请求撤销全国旧商会,以商民协会为领导之机关。"③准备以商民协会取代商会。1928 年 7 月,国民党中央常务会议提出商民协会与商会应分立并存,以商会代表大商人,商民协会代表中小商人;商协受国民党的指导,商会受政府管理,从而导致两个商人组织的对立。在 1929 年 3 月 15 日至 18 日举行的国民党第三次全国代表大会上,上海市党部的陈德徵、潘公展再次提议解散各地商会。

天津特别市商民协会的成立要晚于上海、北平等城市,天津部分行业呈文组织商民协会时说:"关于商民组织商民协会章程已经公布,南

---

① 《汇编》(1912—1928)第 1 册,第 701 页。

② (1912—1928)第 1 册,第 707 页。

③ 转引自徐鼎新、钱小明《上海总商会史(1902－1929)》上海社会科学院出版社 1991 年版,第 390 页。

中各省得风气之先，业已次第创设，唯吾河北旧处积威，今幸北伐告成，正我商民奋斗努力之时，虽不能为之先导，总可步起后尘。兹经本行同业各家群相纠合，组织天津特别市商民协会。”[①]后经市党部训练委员会与工商学各界劝导，联合商界要人，于 1928 年 9 月 27 日成立天津特别市商民协会[②]。天津市商民协会主要是由各小商业团体组合而成。在此期间，商民协会的活动寥寥无几仅组织过一个为抵制日货的消费合作社、一个仲裁委员会[③]。天津商民协会始终未显露出上海商民协会那样的威势和规模。1930 年 3 月，在全市商民一致抗议声中，天津市党部宣布商民协会取消。

1929 年 3 月，国民党第三次全国代表大会取消商会的提案一出台，全国舆论一片哗然。全国商会团体，为维护自己的合法生存权，掀起了声势浩大的斗争高潮。天津商会会长电函国民党第三次全国代表大会：“全国各级商会成立已及 30 年，平日发展国外贸易，排解商事纠纷以及迭次抗争外交、赞助革命工作，均为不可掩之事实。若谓商会制度不良，尽可从详研讨，竭力改善。再万国皆有商会，刻正互相提挈，发展国内经济力图振兴之时，而我国反于此时撤销，既昧世界大势。诸公外瞻大势，内审国情，请将是项提案缜密讨论予以否决。”[④]。与此同时，天津商会致函河北省数十个县商会致电国民党第三次全国代表大会，希望共同对政府施加压力，争得商会的生存权。在全国商会巨大声势的压力面前，国民党取消商会的议案终未通过。

---

① 《汇编》(1928—1937)上册，第 456 页。
② 《(益世报)天津资料点校汇编》(一)，天津社会科学院出版社 1999 年版，第 474 页。
③ 《(益世报)天津资料点校汇编》(一)，天津社会科学院出版社 1999 年版，第 474 页。
④ 《汇编》(1928—1937)上册，第 490 页。

在上述政府与商人团体关于《商会法》交涉的事例中，我们看到，商会与国家法相互的契合在于二者关注对象的角度即规范趋向不同。国家法总是要贯彻自己的意志和主张，而在自己的意志和主张得到遵循的前提下，才给民间社会留出自由活动的空间。在这种情况下，国家政权如果想利用传统资源在民间社会取得合法性的话，那么国家法就不应当依强力压制民间社会的请求，而是与民间社会相互沟通、相互适应、相互交涉，从而建立一种国家政权与民间社会的契合关系。

从根本上讲，国家法与民间社会的妥协实际上是在二者之间划定一条不稳定的管辖界线，而这条界线本身划在什么地方取决于国家法与民间力量对比中国家法的理性计算。因此，北洋政府在《商会法》中做出的这种妥协与让步，在当时的情况下，显然成本最小而且最有效的办法是根据商会的意见修改法律，以此增加《商会法》在商人团体中的合法性，进而取得商会的进一步合作。总之，有关《商会法》的政府与商会之间的争论，我们可以看作是一个双方的交涉过程，即在商人的反对与国家法强制的反复较量中理性计算的过程，而且也是双方互相沟通的过程。在现代化的过程中，国家与民间社会不但可以确立起共同遵守的统治秩序，而且可以确立起共同信守的文化传统。以此来打破任何理论上可能的二元对立，从而展现历史的丰富可能性。

三、现代化进程中商会的作用与局限性

从现代化的历史进程来看，后发现代化社会的内部驱动力往往不仅仅是自发的各种社会力量的聚合作用的结果，而且在很大程度上需要国家的动员和推动，这就意味着：一方面，国家的力量必须被转换成

广泛的民间动员，另一方面，民间的力量亦必须被纳入到国家确定的理性目标和建立起来的社会制度体系的规范、制约之中，从而使社会具有足够的趋力冲破传统主义的束缚，走上现代化社会的运行轨道。因此。政府(国家)的力量与商会(民间)的力量就构成推动现代化进程两根最有力的杠杆。由此观之，中国近代社会转型的过程亦是这两种力量相互渗透、支持、排斥、冲突的作用过程。

就政府层面而言，在现代化的阶段上，政府从一开始就不仅作为经济活动的一般管理者，而且还作为经济活动的直接参与者、从事者和组织者，深入经济活动的内部，推动工业化的发展。政府几乎都成为工业化的倡导者和主持者。政府的政策选择，主要制定一系列政策并促其实施，为人们规定统一的行为规则，从而创造了特定的政策环境。在政策环境中，所有的活动主体包括个人、企业和公司集团都受到相同的约束，从而影响经济活动的结果。清末十年是清政府推行新政的时期，清政府提出的"振兴工商"和"预备立宪"的经济、政治政策，与商会的发展经济、扩大商权的要求不无相同之处。清政府知道要在城市中推行现代化必须得到绅商精英阶层的积极配合，即"欲使商与商联络互保，戒倾轧以全大局，且欲使官与商息息相关，俾可振兴于先，事整顿于随时，则不得不以商会为推轮，庶此后商务中心应办应商各事，宜上下无所隔阂也"[1]。以此强调官商合作的必要性，提出"非设立商会不为功"，由此方可"上下一心，官商一气，实力整顿，广辟利源，凡我商人同享大利，实有厚望焉"之说[2]，也就是说，清末的统治者认为与商会合作是一种

① 《汇编》(1903—1911)上册，第 33 页。
② 《汇编》(1903—1911)上册，第 29 页。

最有效最节省成本的选择。清政府希望借助商会的力量“振兴工商”，实现双方共同的利益，以求达到合作的目的。

就商会层面而言，商会成立后，随着社会力量的分化和多样化，民间力量也开始迅速成长并进入到社会行动的前台。因此，商会在辅助政府实施工商政策方面发挥了举足轻重的作用。在调控市场经济和日常管理的运作中，商会与政府之间有较为协调的合作。天津商会或是在地方政府的授权下，或是配合地方政府部门，充分发挥其经济管理的职能。具体讲，商会承担了调查商情、开业注册、资产登记等重要职责。在协助政府进行各种工商业调查中，天津商务总会将“调查货色销路，以占盈亏”列为一项重要宗旨。民国以后，天津商会专门设立调查股，工作主要分为两类：一类主要承奉命会长的按年依次编辑的工商业之状况及统计的调查；另一类主要是受工商业者委托，做介绍或派员进行工商业事项并酌量答复的一般调查。商会主持多达几百种的调查结果，为政府制定各种经济政策、应对市场变化提供了坚实的依据。

清末至北洋时期，天津金融市场一直是波澜起伏，危机四起。在遇有较为严重的金融风潮和市面危机时，单靠政府的力量非常有限，多数需要商会协助设法予以缓解。由于天津商会领袖上下奔走于中央政府和地方政府之间，官商共襄义举，才使此起彼伏的金融危机趋于缓息。档案记载的大量史实证明，由上海发端而震动全国的“钱庄倒闭风潮”，是京津沪等地商会共同参与处理的。对于减轻危机的后果，稳定全国商务，产生了非常积极的影响。在1911年的长芦洋债风潮、1920年日金棉纱棉业风潮、1921年的中交挤兑风潮、1926年的维持直隶省钞等一系列危机中，天津商会领导者们表现超凡，他们采取了既与政府相互配合又与政府斗争的周旋策略，不仅维护了国家主权，也维护了商权，使商人的损失尽量减少到最小，维持了金融业的平稳发展，不仅维护了商会的信誉，而且受到商人的信任。

至于倡导改良工艺，推广销场等直接与工商发展紧密相关的事项，商部更是通过商会来推动。20 世纪初，直隶省的农村工业，陆续从国外引进了一些效率较高的工具，如铁轮织布机、轧花机、弹花机、针织机等，这些工具使生产效率成倍以至数倍地增长。商会在引进和推广这些先进的生产工具方面起了重要作用。商会或组织商人购买此类工具回农村介绍给农民，或组织商号为农民提供信贷，同时还负责产品的运销。

调查和整顿全省度量衡的混乱状况，与天津商会和各县分会的积极参与分不开。庚子后十年间，天津作为华北的商业中心与直鲁豫晋等腹地的贸易往来十分密切。1908 年前后，每年从天津的内河输往各地的华洋货物总数为四千余船，其中洋杂货三万余船，芦盐七千余船，麻酱肥、粪肥六千余船。该年经天津口岸输往外埠的花生两千余万斤。大城县席片输往东北达五万余片。西北皮毛六百万两。经御河输津的干鲜果值银 180 万两。商务的发达，迫切需要划一度量衡。在直隶全省两年划一度量衡的活动中，商会参加了从调查度量衡开始直到以后新器推广的全过程，无疑对城市之间、城镇之间的商业贸易往来起了促进作用。

在协助政府征税派捐中，商会起着一种不可替代的作用。无论是清政府、北洋政府，还是国民党政府执政期间，为了扩大税收，制定名目繁多的苛捐杂税强加在商人头上，侵害了广大工商业者的利益，遭到商会会员们的竭力反对。政府与商会的利益之间形成一种既合作又矛盾的复杂关系。政府的巧立名目加征各种苛捐杂税的强制行为，激起各地商民的强烈反对。然而，由于天津商会的积极配合，从中协调，结果不仅缓和了捐税抗争以及由此而趋于紧张的官商关系，也使政府的税收有所增加，同时又在一定程度上减少了商人的捐税负担。

众所周知，在政府实施各种经济政策的过程中，需要的是使民间社会将其“理解”为与自己的利益一致的、与自己的认知经验一致的规范，即获得商民的认可，有赖于商民的自觉遵守，而政府政策的推行本身是有成本的，如在进行法令、政策的宣传和落实时，政府会将推行政策法令的事宜责成商会贯彻执行。当时《商务官报》派销十分困难，即由商部札文各地商务总会“随时劝谕各商，广为购阅”。在日后由中央政府或是地方政府举办的各种国内外展览会、博览会、观摩会等，均为商会出面组织商家，征收展品。

除了在配合政府调控市场经济之外，商会因他们的行为能够对政策选择产生重大影响，使政府不断做出反应，这种反应就是通过协调、妥协、讨价还价等途径促使政府制定出一系列有利于资产阶级利益的相关经济政策。北洋政府上台后，工商部、商部举办过几次工商、实业会议，邀集全国各商会和实业代表共商振兴实业的大政方针，每一次大会，代表们纷纷发表提案，试图影响政府的决策。对于他们的提案或修改意见，有相当一部分被政府在以后颁布的工商法规中吸收。天津商会代表多次利用参加各种会议的机会积极发表对有关政策的建议，不断地引起中央和地方政府的重视和采纳，为一些相关政策的修改提供依据。在中华全国商会联合会第一次代表大会上，对《商人通例》《公司条例》《保息条例》《商会法》《商事公断处章程》《币制条例》《矿务条例和税则》等提出了草案和修改意见，其中有相当一部分为北洋政府颁布的工商法规所吸纳。再如，为了提倡国货，振兴工商业，宋则久等人提倡设立工商研究所，每半个月开一次会，对会员们发表如何发展工商业的提议，经所长签字后送交政府部门，请求参照采纳施行。尤其对政府的捐税政策，商人们反映特别强烈，商会一方面注意维护商人的利益，另一方面又多次与政府交涉，从中斡旋调停，疏通和缓解官商之间的紧张关系。在商人们的一片请求减免捐税和暂缓施行声中，政府部门不得不做出一些让步，对其政策进行部分调整，或是修改或是放宽期限。天津商会借助于群体的力量，对政府施加压力，使其政策主张得到政府更多一些的考虑。体现出政府与商会融洽合作的结果。

政府需要有各种利益群体的支持和拥护，而不同的人群和阶层的支持与拥护是以不同的权重进入执政者的效用函数的。任何国家的执政者都可能对某些群体有着特殊的依赖。民国初年，北洋政府的执政者们期望为其管理下的国家创造出更多的财富，出现国富民强的盛世景象。他们特别关心国家的经济收益，国家需要依靠工商业者，而工商业者需要政府的支持。因此，政府在决策时，有时会把商会的代表们所提的意见和要求考虑进去，因为工商业政策是他们实现经济收益最大化目标的工具。因为近代中国法制与民主制度的不健全，政权又起着非常重要的作用，所以常常是政府的利益目标得以最大化的实现，而商会的经济利益最终很少实现。通观近代天津商会的兴衰历史轨迹，我们发现清末诞生的天津商会，随着经济实力和社会势力的逐步增强，到北洋时期已经成长为一支不可忽视的社会力量，在某种程度上加速了传统制度的瓦解，对现代化的发展产生了诸多正面影响。国民党时期的天津商会，凭借其在工商界根深蒂固的影响，在政治经济生活中依然发挥着作用，由于国民党政权不断干预和强压，自主的空间日益狭小，政治经济功能不能正常发挥，最终使其陷入衰落的窘境。造成商会如此结局的主要原因，一方面取决于政府的强力控制；另一方面还取决于它自身缺乏独立性，缺乏勇猛进取的精神以及狭隘的地区排他性等诸方面局限性。

商会自身的局限性，不仅影响它自身作用的充分发挥，而且也影响了现代化发展的进程。因为完全离开历史的观点，便无法全面正确地理解近代中国现代化的艰巨性，那么商会自身的局限性究竟有怎样的表现 第一，缺少独立自主性。商会是政府调节经济过程的重要信息渠道和社会控制的有效中介。可以说，国家干预主义是商会团体活动的前提。例如，天津商会的形成与活动，通常离不开政府的支持。清末天津商会的设立就是一个明显的例子，天津商务公所成立一年多后改为天津商务总会，除了最根本的经济动力外，袁世凯和商部的倡导和支持，无疑起了直接的推动作用。可是，到了北洋时期，北洋政府对商会的态度就不一样了，开始对商会怀有戒心，有时会采取一些措施限制商人的发展，明显表现在商会总、协理的选举上。1912—1928 年的十七年中，天津商会共经历了 5 次重要的改选和改组。即民国元年(1912)，民国五年(1916)，民国七年至八年(1918—1919)，民国十三年(1924)，民国十六年(1927)。尽管这一时期的改选和改组在表面上多数依据商会的章程和法规进行，但行政干预的事例屡屡发生。如刚刚进入民国时代的商人们在选举问题上与直隶政府产生分歧。民国元年，天津商会全体董事，上书工商部，正式推举王贤宾任商会总理，申明："查会办王贤宾热心公益，学识兼优，遇事不辞劳瘁，久为津商信服，以之推升总理委系人事相当。"[①]工商部对他们的决定予以批驳："王贤宾系因案斥

① 《汇编》(1912—1928)，第 1 册，第 5 页。

革之人，其名誉已失，设再充为总理，亦无补于商会。”[①]要求天津商会重新票选。当时天津商会各会董陈述了三点理由：一并不受政府补贴，开办费及常年费均由全体会员担任；“则凡在官者，只应尽保护之义务，不应有监督之权利”；二不取地方公款，三商会并不付给各董事薪金及车马费，“全体会员各有筹划，调查与评议案件之职任，盖自总协以下，均视会事为己事”，并认为“商会乃商界全体之商会，非天津全体之商会也”，要求工商部仍委王贤宾为总理。不久，工商部会商财政部，再次批驳，认为王贤宾所营主要事业倒闭，已丧失充当商会总协理的基本资格，各行董见事情无望，只能忍气吞声，接受政府的安排。1912 年 10 月，经工商部认定，北洋保商银行经理、启泰金店铺东叶兰舫和隆聚洋布庄铺东卞荫昌，正式接任天津商会总协理职务。民国五年商会的改组，虽说是因为商人反对票选，影响了选举，但最终还是在地方行政主管官厅的监督下，完成对旧选总、协理的认定。对天津商人来讲，民国七年至八年的商会改组是按照《商会法》进行的一次真正的民主选举。其他几次选举，留给商人的空间都很少。总之，北洋时期天津总商会经历了从屈从改选——旧法改选——民主改组——延期改选——政府强令改组的五种不同形式的改组和改选过程。中央政府和地方部门对商会选举的直接或间接的干预，造成商会对政府不同程度的依赖。

国民党执掌政权后，天津商人无不欢欣鼓舞，实指望国民政府带来一个太平的商业环境。然而，事与愿违，国民党推行的“一党专政”打破了沉浸在梦想中的商人。他们期盼来的却是一个比北洋政府更专制的蒋介石政府。国民党政权一上台，就要求商会进行改组。这一时期的

---

① 《汇编》(1912—1928)，第 1 册，第 7 页。

天津商会经历了1931年、1934年、1937年的三次选举与改组。从表面上看,似乎三次改组都是依照《商会法》而进行的。事实上,每一次改组都有国民党天津市政府派专人进行监控,使商会的选举失去了真正的民主性,一向习惯依赖政府的天津商会此时只有束手等待,听其指挥。具体情况已在第二章中详述。

上述事实表明,清末时期的天津商会的诞生和活动都渗透了政府的保护和支持,反映了商会对政府所具有的依赖性。民国时期,开始执政的袁世凯政府比较注重利用权威力量推动经济发展和社会改革,重要的原因是其合法性必须通过突出的经济成就加以证明和巩固。政府在经济上比清政府更加自由和放开,使商人可能发挥更大的主动性和创造性,在较短的时间内实现繁荣。相对而言,这一时期的商人自由空间要比清末时期大得多。但北洋政府并没有就此放弃对商人其他方面的限制。尽管商会的每一次选举结果要呈报政府,需要得到政府的批准,但直隶政府对商会选举和改组感兴趣是与其经济政治等利益密切相关的。比起清末和北洋政府来,国民党政府对商人的控制可谓是有过之而无不及。因此,政府对商会的过分干预或控制,是导致商会对政府依赖意识过强的主要原因,不仅造成商会缺乏独立自主性,而且制约了中国近代资产阶级的成长和发展,阻碍了现代化的进程。

第二,缺乏勇猛进取的精神。这里所谓缺乏勇猛进取的精神是指天津商会缺乏参与政治活动的积极态度和精神。20世纪初期,天津商会开始具有政治参与意识。在全国许多商会参加的1910年国会请愿运动中,天津商会同样是这次运动的积极响应者。原本天津商务总会对于参加请愿之事比较积极,但后来因内部发生分歧,态度出现明显变化。在第二次国会请愿进行前夕,天津商务总会召集十名会董专门就是否列名发起此次请愿活动进行了一次讨论。多数会董主张商会不应列名，认为“商会应办商务，他事不应办，国会事重，商人不够资格，更不能办”，有的甚至强调商会“不但不必办国会，商界以外之事均可不办，以符名义”[①]。会上也有会董指出：“商会正宗原为保商而设，不应干预他事。然现在时局，所有商民均遭困难，皆由官府之压力，由于国家之专制，非开国会不能将专制压力挽回。现在虽立议董两会及谘议局，均未见出效果，皆由于未立国会，不得不请求速开。请开国会，商界亦有担负之责。”但持此看法的会董也仍担心商会如列名请愿国会将受清朝农工商部怪罪，提出“倘若商会诚恐大部阻难，仍须由商民出名为正办，较比商会出名尤为妥善”[②]。商议的最后结果，是决定商会不出面，而以所谓众商的名义对请愿表示支持。天津商务总会态度的转变，充分反映了商会参加一些政治活动被动性的思想根源，势必对商会争取政治权利起到一种自我束缚的作用。

爆发于 1905 年的抵制美货运动，极大地促进了广大资产阶级的民族主义意识增强。这场抵制美货的运动是近代天津资产阶级投身反帝爱国运动的首次实践。正当天津的抵制美货运动在全市迅速发动起来之时，袁世凯向商会发出告谕，立刻终止风潮。此时的天津商会的头面人物王贤宾等人“唯唯而退”，要求“凡有天津生意一切照常交易，万勿为浮言所动”。商会在表示放弃抵制美货运动的传单里写道：“天津市面自庚子乱后元气大伤。幸蒙上宪极力维持，近来稍有起色。”商会在挽救市面的过程中，本身不得不依存于政府的铜元增铸政策，因而被袁

① 《汇编》(1903—1911)下册，第 2361、2360 页。

② 《汇编》(1903—1911)下册，第 2361 页。

控制在手里。所以终于没能将抵制美货运动坚持到底。商会所说的中止抵制美货运动的理由即:"缘不购美货,则已购者停滞难销,已定而未出者亦不能临时退回,种种为难于天津市而殊多未便。"天津商会借词中途退出抵制美货运动的做法,充分反映了商会瞻前顾后、犹豫不决的政治性格。

在抵制日货运动中,因积极带头参加五四运动而享誉全国的天津商会,又一次由开始主动配合学生抵制日货运动转变为后来的被动参与直至远离学生运动。当时"抵制日货,诚为自救第一要著",成为许多行业商人的共识。在学生的动员和催促下,各个行业的商人积极行动给予配合,"商会提倡,频频劝勉",对于个别继续订购日货图谋厚利的商号,总商会提出具体的惩罚办法。然而,随着反日斗争的不断深入,在有关抵制日货问题上总商会与各界的意见出现分歧。总商会会长卞荫昌对各界要求焚毁日货之激烈主张颇有不满情绪,认为"商铺将受挺大损失,不能照办"。总商会代表鉴于各界要求焚毁日货的呼声愈益强烈,不得不召集各行商举行紧急会议,商量解决办法。就商会的本意而言,试图既不使商家遭受损失,又能应付各界焚毁日货之强烈呼声。然而,各界对商会不表态的做法均不满意。学生联合会态度更加强硬,总商会再次举行紧急会议,与会者仍担心学生届时采取行动,议定到12月底为止,次年不再订购日货。国民大会召开这天,原本答应取消焚烧的爱国学生又将许多店铺的日货装车运往会场焚烧。总商会闻讯派人前往交涉阻止,但仍有大批日货被毁。由此可见,担心商人利益受损是天津总商会在抵制日货斗争中由主动变被动的一个主要原因。另一个原因就是日本帝国主义与官府的联合高压,迫使天津商会的态度犹豫不决。天津警察厅按照日领事要求及直隶省长旨意,致函总商会要求查照劝导各业商人取消一切排日条规，不得公开抵制日货。于是，总商会不得不屈从于政府当局的命令，按旨意照办。表现唯唯诺诺的天津商会常常使自己为之而付出的努力前功尽弃。这只能归结于资产阶级的一种软弱表现。

众所周知，20 世纪初，天津商会诞生后就担负起组织众多资产者从事社会活动的责任。由于历史和社会的原因，中国的资产者很少以个人的身份从事社会活动，尤其是政治运动。北洋时期是天津商会活动最活跃的时期，而这个时期的商会在政治上较少受到北洋政府的干涉和抑制，资产者们的独立意识和自主精神可以相对地自由表现和自由发展。作为一个社会群体的商会组织对政治的信念和认识、情感和评价等政治心理比任何个人更具有代表性。按常理说，清末时期的天津商会因成立的时间比较短，表现出政治上不成熟，有所顾忌，是可以理解的。但是到了北洋时期的天津商会依然缺乏参加斗争的勇气，这究竟是为什么

商会对于政治的要求，主要是希望有一个利于经济发展的政治秩序和社会环境。他们只注重当前的政治状况，而对于政治发展的结果很少了解和产生兴趣，表现为政治近视。民国成立，天津商民遭受壬子兵变的洗劫，天津一地的商业损失极大，几经整顿，市面才“稍有起色，另冀商务蒸蒸日上”。因此，政治事变一旦发生，商会的领导成员担心导致“操戈同室，市面变动，商民辍业，商务因之滞塞”，立即呈文政府，强调“息事宁人”为当务之急，恳请政府出面维持，保全商业。

“二次革命”发生前后，各地商会积极支持和参加武力讨伐袁世凯的屈指可数。多数害怕“二次革命”破坏和平安定局面，不利于工商业的发展。商会大权在握的天津绅商和大资本家普遍不支持革命党人，

有的公开发表函电反对，有的苦劝双方息兵止争。天津商会派出商团镇压革命的行动得到袁世凯的嘉奖。商会的领导成员亦因功得到民政部的奖励。商会为什么反对"二次革命"，而支持袁世凯恢复帝制呢原因在于袁世凯政府虽然实行政治独裁，但在稳定社会秩序，整顿国家财政金融，鼓励工商业发展方面的所作所为基本上让当时的资本家和绅士们感到满意，致使他们反对孙中山等革命党人的"二次革命"。又如洪宪帝制时期，筹安会宣传君主立宪制度，可以免除纷争，安定社会，立即得到大小商会的认可，他们希望"善政从此进行，商民藉轻担负，太平之望，人同此心"，充分反映了资产阶级一种"不问其为何政府，但知有抚我者而归附焉"的社会政治心态。因此，以自己的利益得失作为当时商会的主要价值取向，无论何种政府、何种主义、何种党派，只要能维持好社会秩序，能实行一些有利于工商业发展的经济措施，他们就会毫不犹豫地予以支持。其做法又限制了自己的政治视野。

商会对于政治的这种理解，一方面保证了他们从事政治的韧性，即不断地努力追求实现自己的理想，因为当时的政治很少达到保护和扶植工商业的目的，天津商会在一份呈文中说道："共和肇造逾十三稔，海内调扰迄无已时，唯为商人被害尤巨，军需孔亟，竭力输将，兵变所统，身家灭烬，凡此惨痛，共见共闻。"以此批评政府政治的黑暗，希冀彻底改革以治其本，"现政府彻底改革，召集善后会议，先治其标，举行国民会议，以治其本"①。另一方面因过于看重经济利益，使商会显得缺乏政治眼光。为了维护商人眼前的利益，他们有时可以忍受许多政治上的限制和压迫，甚至放弃政治原则和政治权利。当北洋政府向商人发

① 《汇编》(1912—1928)第4册，第4550页。

放公债时，天津商会一面呈文省长请收回成命："查津埠商业年来因政治之影响，感人事之日非，遂多进行蹉跎，贻误时机，不求盈余，免无折阅。矧因耗费增加，生意毫无，已成外强中干之势，税款担负力已能（难）支，今加之以公债，惕惧中怀，宜其无法为计也。敝会领管商枢，鉴于舆情，未敢壅塞，急求疏转，借为职责应尽，勉冀回复人心。"[①]另一面又贪图高额利润，劝说不愿认购公债的商号，以包销公债的方式，为他们不满的军阀政客提供财政支持。如天津商会劝为躲避公债迁移租界的商号函中说："况承购此项公债，利息既优，担保确实，六年即可还本，商民钱绝非从此虚掷，且尤非捐助可比。"[②]这种自相矛盾的立场和态度，正是中国资产阶级政治幼稚的典型表现。由此观之，天津商会缺乏勇猛进取的精神，导致政治上软弱无能，束缚了人们的进取精神和积极性，从而滞后于政治现代化的需要，延缓了近代资产阶级自身现代化的进程。

第三，狭隘的地区排他性。马克思主义在强调人类经济活动的决定作用的同时，也从未否认过历史中观念的重要性。马克思曾经指出："人们自己创造自己的历史，但是他们并不是随心所欲地创造，并不是在他们选定的条件下创造，而是直接碰到的、既定的、从过去承继下来的条件下创造。一切已死的先辈们的传统，像梦魇一样纠缠着活人的头脑。"[③]近代商会虽然是统一联结工商各业的新式社会团体，但它本身也存在着某些旧有行会和公所残留的一些组织特征，譬如它们中的行业相互隔绝，彼此孤立，对外则存有狭隘的地区排他性，表现为以天

---

① 《汇编》(1912—1928)第 2 册，第 1350 页。

② 同上，第 1366 页。

③ 《马克思恩格斯选集》第 1 卷，人民出版社，1972 年，第 603 页。

津为中心的地方主义，往往只追求狭隘集团或狭隘地区的利益。与上海市几个实力雄厚的外籍商帮为争夺上海商会的领导权，相互之间明争暗斗有所不同。这不仅妨碍了现代化社会实现整合的进程，而且离动员全体民众完成现代化重任，相距甚远。

1916 年春，北洋政府陷入财政窘境，遂向中国银行与交通银行的北京分行借款，以弥补赤字。4 月底，两行的局面日趋严重，北京与天津均发生银行挤兑，盖因纸币持有者排队兑取银元。天津的危机渐形加剧。愈演愈烈的银行挤兑，迫使中央政府颁布命令，禁止将中国银行与交通银行的纸币兑取银元。由此在天津引起强烈的反响。

数十年来，天津本地政府与商会向来都是共襄义举，1916 年的金融风潮亦不例外。面对危机，省政府请求天津商会充当调解人，核准其成立直隶绅商金融维持会。当中央政府批准天津商会支持天津和直隶两行纸币的同时，希望对北京纸币也予以支持。但天津商会无意替中央政府解围，并宣布：该协会的职责仅限于本地的两行纸币。经过天津商会绅士们的种种努力，中国银行与交通银行已能独立恢复兑换天津纸币，中、交两行停兑风潮终于得以缓解。最后，唯独两行的北京钞票未能兑现。造成这种情况有两个原因：一是天津商会确实经济实力不够，兑换天津中、交两行的天津纸币已属不易，如若再承担两行的北京纸币有点强其所难了；二是由于天津绅商中地方主义观念在起作用。

埃米莉·霍尼格(Emily Honig)认为："原籍认同感，在中国无论何地与何时，均须认同一种社会与历史的概念。"现在让我们来看一下直隶绅商金融维持会的人员组成。该协会简章载明："本会以直隶省绅商及侨居直省之绅商共同设立之。”[①]但实际上，此协会是天津本地人居于核心领导地位，并凌驾于全体会员之上。在已知其名的 23 人中，侨居天津的商人只占 3 人。在天津的外地人分为两大类：一类是在天津开埠之前已在天津落脚安家，以从事省际贸易为主，此类人以闽粤商人、山西商人及江西瓷商为代表；另一类是开埠后、特别是 1870 年李鸿章莅津后来天津的外地人，此类人又分为两大支：洋行买办（大多来自广东与浙江两省）以及李鸿章机构中供职的亦商亦官的督办（大都来自浙江、江苏与安徽三省）；另有一批是随袁世凯来天津的官员，这类人在袁世凯任总统时，曾进京任职。事实上本地人与外地人的区别，并非是 1916 年才有的新现象，这是天津商会构成的特点之一。天津商会 1903 年成立之时，完全是由天津人主持。苏、浙、闽、粤的客商于 1909 年建立了一个独立的北洋商学公会，天津商会屡次想对其进行监控，未能实现。北洋商学公会的独立地位，最终为政府所承认。此外，天津最重要的同业公会团体之一钱业公会的会员仅限于从事钱业的天津商人，而其山西与北京的同行业者不得加入，直至 1928 年以后为止。

有的学者认为，1916 年的天津中交挤兑风潮中，天津商会利用地方主义的观念起了两方面的作用：一是以为本地区民众利益高于个人利益，容易取得当地民众的信任，在面对政府的指责时，具有呼吁团结的号召力；二是以维护本地利益为立足点，达到为其违抗中央政府的动机进行辩护。他认为，1916 年的中交挤兑风潮中，天津绅商成立直隶绅商金融维持会的目的，并非在于保证两行纸币的流通，而是为了保护协会成员免于损失。一个专门机构可使天津绅商具有结构性的先决条

① 《汇编》(1912—1928)第 1 册，第 976 页。

件，借以避免对 1916 年危机担负财务责任。笔者以为，北洋政府把一手策划的中交两行停兑风潮危及市面的责任推给商会，这已经是对商会一次非常严峻的考验。天津商会上层人物面对一次次的金融危机表现确实超凡，他们一面积极想办法采取措施，一面采取与政府斗争的周旋策略，最终维持了天津市面的稳定，使政府与社会的损失尽量减少到最小，使来势凶猛的风潮得以平缓，这些连政府都感到棘手的问题，作为一个商人社会团体能有如此的举措，已是难能可贵。如果我们脱离当时的具体情况，一味地苛求他们，这对商会来讲是否有失偏颇因为任何历史事件离开历史的观点，便无法给予全面正确的评价。尽管在 1916 年中，交停兑危机的平息中，天津商会功不可没，商会的领袖人物所起的作用最为积极，但是，无论如何，商会以天津为中心的地方主义的狭隘性，不利于消除天津商人与客居天津的商人之间的隔阂，不利于提高社会的整合度，不利于为了反对北洋政府的专制统治而结成广泛的联盟，从而减缓现代化的历史进程。

至此，我们对近代天津商会的渊源、兴衰、运行、网络结构、与市场经济的关系、政治参与以及商会与现代化等问题进行了概括和描述。这种概括尽管很粗疏，但是历史事实无可辩驳地告诉我们，在近代中国早期现代化的历史大舞台上，不仅要有政府扮演发起和组织现代化的重要角色，而且也要有商会扮演辅助角色。因为只有政府与商会之间协调配合，减少矛盾冲突，保持稳定的局势，才能推进现代化的历程。事实上几乎没有一个国家，仅仅依靠国家一方的力量，或是依靠民间社会一方的力量可以获得近代化的成功。然而，随着西方殖民者的入侵，世界列强纷纷在我国划分势力范围，使中国近代社会充满着新旧交替、错综复杂的矛盾，从而具有过渡性的特点，致使追求国家富强和民族独立为目标的中国资产阶级与来自外部的、内部的不利因素顽强抗争，在荆棘丛生中开辟道路，于艰难竭蹶中拼搏前行。不管这些努力的成效如何评价，笔者以为，中国近代资产阶级为社会现代化（经济发达化、政治民主化、社会多元化以及文化精致化）所做的贡献已成为不可否认的史实。

参考文献

一、报刊部分

《大公报》《华商联合会报》《商务官报》《益世报》《东方杂志》《民国日报》《商业日报》《中华全国商会联合会报》《工商半月刊》《农商工报》《时报》

二、史料部分

甘厚慈编:《北洋公牍类纂》铅印本,1907 年版。

故宫博物院明清档案部编:《清末筹备立宪档案史料》,中华书局 1979 年版。

广东省政协文史资料委员会:《广东辛亥革命史料》,广东人民出版社 1981 年版。

法国外交部档案馆藏:《驻天津领事馆卷宗》。

国家档案馆明清档案部编:《戊戌变法档案史料》,中华书局 1958

年版。

胡光明等编:《天津商会档案汇编》(1903—1911)上下册,天津人民出版 1989 年版。

胡光明等编:《天津商会档案汇编》(1912—1928)全 4 册,天津人民出版社 1992 年版。

胡光明等编:《天津商会档案汇编》(1928—1937)上下册,天津人民出版社,1995 年版。

胡光明等编:《天津商会档案汇编》(1938—1945),天津人民出版社 1997 年版。

胡光明等编:《天津商会档案汇编》(1945—1950)天津人民出版社 1998 年版。

黄月波等编:《中外条约汇编》,商务印书馆 1935 年版。

李华编:《明清以来北京工商会馆碑刻选编》,文物出版社 1980 年版。

宓汝成编:《中国近代铁路史资料》全 3 册,中华书局 1963 年版。

南开大学经济研究所经济史研究室编:《中国近代盐务史资料选辑》,南开大学出版社 1985 年版。

彭泽益编:《中国近代手工业史资料》1—4 卷,三联书店 1957 年版。

彭泽益编:《中国工商行会史料集》上下册,中华书局 1995 年版。

商务印书馆编译所编:《大清光绪新法令》,商务印书馆 1910 年版。

上海市档案馆编:《一九二七年上海商业联合会》上海人民出版社 1983 年版。

沈家五编:《张春农商总长任期经济资料选编》,南京大学出版社

1987 年版。

舒新城编:《中国近代教育史资料》全 3 册,人民教育出版社 1981 年版。

天津地方志编修委员会办公室编:《〈益世报〉天津资料点校汇编》(一),天津社会科学院出版社 1999 年版。

天津历史研究所编,许逸凡译:《天津海关十年报告书》(1892—1901),载《天津历史资料》。

天津市档案馆编:《北洋军阀天津档案史料选编》,天津古籍出版社 1990 年版。

天津市档案馆编:《袁世凯天津档案史料选编》,天津古籍出版社 1990 年版。

天津东亚毛纺厂档案馆藏:《东亚毛纺厂档案全宗》。

天津市档案馆藏:《广仁堂档案全宗》。天津市档案馆藏:《恒源纺纱厂档案》。天津市档案馆藏:《天津市会馆档案全宗》。

天津市档案馆藏:《天津商会档案全宗》。

天津市历史研究所编:《天津历史资料》1—20 册。

天津市图书馆等编:《袁世凯奏议》全 3 册,天津古籍出版社 1990 年版。天津政协文史资料委员会编:《天津文史资料选辑》。

汪敬虞:《中国近代工业史资料》第 2 辑。

萧乾编:《津门史缀》,上海书店 1992 年版。

来新夏主编:《天津皇会考·天津皇会考纪·津门纪略》,天津古籍出版社 1988 年版。

严中平等编:《中国近代经济史统计资料选辑》,科学出版社 1957 年版。

姚贤镐:《中国近代对外贸易史资料》,中华书局 1962 年版。

章开沅、刘望龄、叶万忠主编:《苏州商会档案丛编》第 1 辑,华中师范大学出版社 1991 年版。

赵靖、易梦虹主编:《中国近代经济思想资料选辑》,中华书局 1982 年版。

中国第二历史档案馆编:《中华民国商业档案资料汇编》第 1 卷,上下册,中国商业出版社 1991 年版。

中国第二历史档案馆编:《北洋军阀统治时期的兵变》,江苏人民出版社 1982 年版。

中国人民银行上海市分行金融研究室编:《金融银行史料》,1983 年版。

朱寿朋编:《光绪朝东华录》,中华书局 1958 年版。

刘锦藻编:《清朝续文献通考》,商务印书馆 1955 年版。

盛宣怀:《愚斋存稿》影印本,文海出版社(出版年代不详)。

天津历史博物馆等编:《五四运动在天津》,天津人民出版社 1979 年版。

张孝若编:《张季子九录》,中华书局 1931 年版。

三、著作部分

陈清泰:《商会发展与制度规范》,中国经济出版社 1995 年版。

戴逸主编:《简明清史》第 1 册,人民出版社 1980 年版。

戴逸主编:《简明清史》第 2 册,人民出版社 1984 年版。

邓云特:《中国救荒史》,上海书店 1984 年版。

邓正来等编:国家与市民社会——一种社会理论的研究路径》,中央编译出版社 2002 年版。

丹尼尔·罗姆利:《经济利益与经济制度——公共政策的理论基础》,上海人民出版社 1992 年版。

[美]道格拉斯·C.诺斯著,陈郁等译:《经济中的结构与变迁》,上海三联书店 1991 年版。

杜恂诚:《民族资本主义与旧中国政府(1840——1937)》,上海社会科学院出版社 1991 年版。

段本洛,张圻福:《苏州手工业史》,江苏古籍出版社 1986 年版。

方汉奇:《中国近代报刊史》,山西人民出版社 1981 年版。

[日]富永健一著,董兴华译:《社会结构与社会变迁:现代化理论》,云南人民出版社 1988 年版。

戈公振:《中国报学史》,三联书店 1955 年版。

郭蕴静主编:《天津古代城市发展史》,天津古籍出版社 1989 年版。

[美]郝延平著,陈潮、陈任译:《中国近代商业革命》,上海人民出版社 1991 年版。

胡绳:《从鸦片战争到五四运动》上下册,人民出版社 1981 年版。

黄苇:《上海开埠初期对外贸易研究》,上海人民出版社 1961 年版。

黄逸峰、姜铎、唐传泗等:《旧中国民族资产阶级》,江苏古籍出版社 1990 年版。

黄逸平:《近代中国经济交迁》,上海人民出版社 1992 年版。李荣昌、沈祖炜、杜恂诚译:《十九世纪的中国买办:东西间桥梁》,上海社会科学院出版社 1988 年版。

刘佛丁主编:《中国近代经济发展史》,高等教育出版社 1996 年版。

刘佛丁、王玉茹:《中国近代的市场发育与经济增长》,高等教育出版社 1996 年版。

鲁品越:《社会组织学》,中国人民大学出版社 1989 年版。

龙登高:《中国传统市场发展史》,人民出版社 1997 年版。

罗荣渠:《现代化新论:世界与中国的现代化进程》,北京大学出版社 1993 年版。

罗澍伟主编:《近代天津城市史》,中国社会科学出版社 1993 年版。

聂宝璋:《中国买办资产阶级的发生》,中国社会科学出版社 1979 年版。

马敏:《官商之间:社会剧变中的近代绅商》,天津人民出版社 1995 年版。

马敏:《过渡形态:中国早期资产阶级构求成谜》,中国社会科学出版社 1994 年版。

马士:《中华帝国对外关系史》第 1 卷,三联书店 1957 年版。

马小泉、王杰、周洪宇等:《强权与民声:民初十年社会透视》,河南大学出版社 1991 年版。

[英]P. 鲍尔:《关于发展问题的争论》,伦敦丰登菲尔德出版公司 1976 年版。

彭泽益:《十九世纪后半期的中国财政与经济》,人民出版社 1983 年版。

乔健、潘乃谷:《中国人的观念与行为》,天津人民出版社 1995 年版。

苏力、贺卫方:《20 世纪的中国:学术与社会·法学卷》,山东人民出版社 2001 年版。

汤志钧:《戊戌变法史》,人民出版社 1984 年版。

汪熙、魏斐德主编:《中国现代化问题:一个多方位的历史探索》,复旦大学出版社 1994 年版。

汪敬虞:《十九世纪西方资本主义对中国的经济侵略》,人民出版社 1983 年版。

王玉茹等:《制度变迁与中国近代工业化——以政府的行为分析为中心》,陕西人民出版社 2000 年版。

陈兴祖等:《现代经济社会的中介系统》,国防工业出版社 1995 年版。

魏永理:《中国近代经济史纲》,上册,甘肃人民出版社 1983 年版。

吴晗、费孝通:《皇权与绅权》,天津人民出版社 1988 年版。

小科布尔著,蔡静仪译:《江浙财阀与国民政府》,南开大学出版社 1987 年版。

徐鼎新,钱小明:《上海总商会史(1902——1929)》,上海社会科学院出版社 1991 年版。

许涤新、吴承明主编:《中国资本主义发展史》第 1 卷,人民出版社 1985 年版。

许松荣:《维新派与近代报刊》,山西古籍出版社 1998 年版。

姚洪卓:《近代天津对外贸易(1861—1948)》,天津社会科学院出版社 1993 年版。

虞和平:《商会与中国早期现代化》,上海人民出版社 1993 年版。

俞新天:《机会与限制——发展中国家现代化的条件比较》,上海社会科学院出版社 1998 年版。

章开沅:《辛亥革命与近代社会》,天津人民出版社 1985 年版。

章开沅、罗福惠主编:《比较中的审视:中国早期现代化研究》,浙江人民出版社 1993 年版。

张仲礼著,李荣昌译:《中国绅士》,上海社会科学院出版社 1991 年版。

《马克思恩格斯选集》,人民出版社 1972 年版。

《列宁选集》,人民出版社 1972 年版。

中华书局编辑部编:《辛亥革命与近代中国》,上下册,中华书局 1994 年版。

中南地区辛亥革命史研究会等编:《纪念辛亥革命七十周年青年学术讨论会论文选》,上下册,中华书局 1983 年版。

朱英:《辛亥革命时期新式商人社团研究》,中国人民大学出版社 1991 年版。

朱英:《中国早期资产阶级概论》,河南大学出版社 1992 年版。

朱英;《晚清经济政策与改革措施》,华中师范大学出版社 1996 年版。

朱英:《转型时期的社会与国家——以近代中国商会为主体的历史透视》,华中师范大学出版社 1997 年版。

后 记

对历史的回顾和研究不大容易揭示出某些确定的历史规律，以便让我们在未来避免前人走过的弯路。因为历史并不是一场戏剧，先由剧作家写好了脚本，然后由帝王、英雄、贩夫、走卒各自走到前台，背诵自己的台词来进行表演。即以五十年来近代天津商会的历史为例，前二十年是它业绩最为辉煌的时期；后三十年由于外部环境的恶化，再加自身条件的局限，使它步步趋向衰落。近代中国商会所经历的是一个坎坷不平的历程，其中包含有多少被错过的发展机遇，有各种人为的灾祸和意外的变局，有知其不可为而为之的悲壮努力。参与其中的工商业界人士用他们的智慧和才能共同构建了中国近代商会的历史。

不过，我还是相信，对历史的回顾和研究可以给后人带来启示，让后人学习到一些智慧。而且，按照克罗齐的看法，历史叙述反映的是历史学家个人对所谓历史事实的理解，它是历史学家当下兴趣的体现。"每一种真正的历史都是现代史[①]。"与此同时，各种不同的历史叙述本身亦是一种观念的竞争和智慧的博弈，它将给人类带来更多样化的选

① 克罗齐:《历史和编年史》，见陈铨、金重远译，田汝康、金重远编《现代西方史学流派文选》，上海人民出版社 1982 年版，第 333—346 页。

择，从而改善我们的处境。众所周知，历史与现实存在割不断的联系，研究历史是为了更清醒地认识现实。因此，我真诚地希望，这本以近代天津商会为剖析基点的拙著，对于今天在建设中国特色社会主义的新的历史条件下组建民间商会，并发挥其职能和作用；对于今天健全和完善社会主义市场经济体系，中国经济全面进入更加广阔的世界领域，提供一些有益的启示。

完成此书的撰写，对我来说不仅是一种诱惑，更是一种挑战。虽说它仅是一部近代天津商会的专题研究，但需要在坚持历史学系统思维方式的基础上，进一步引入社会学、经济学、政治学、法学等多学科的理论与研究方法，才能对近代天津商会进行多角度的研究，充分显示本课题的研究特色。我沉浸书海，殚精竭虑，日夜笔耕，乐在苦中，期冀这部论著能差强人意。

囿于个人学养眼界，欲驾驭这一庞大的课题实感力不从心。所幸的是我得到了同行专家和朋友们的不吝赐教和帮助。美国辛辛那提大学关文斌教授对本书的构架、修改等方面，提出了许多非常有价值的意见，并提供了不少国外同行专家学者的研究成果，使我十分感动。书稿完成后，得到虞和平、朱荫贵、胡光明诸先生的肯定与鼓励，使我受益匪浅，在此谨表示深切的谢意。自然，书中的粗疏谬误之处，概由本人负责，恳请专家和广大读者继续指正。

我也要特别感谢我的家人——我的丈夫和我的儿子，没有他们多年来真诚的支持和深深的理解，我是不可能坚持坐16年的板凳，参加《天津商会档案汇编》(1903—1950)的编纂和研究，也无法完成此书的撰写。

本书写作的过程中，天津社会科学院的领导和历史所的全体同仁们，给我的研究提供了许多方便和照顾。天津社会科学院图书馆、天津社会科学院科研处的领导和同事们为我提供了长期而周到的服务。天津市档案馆、天津市图书馆等单位的领导和同事们给予我热情的帮助和接待，在此致以衷心的感谢。同时，本书写作中吸收了前人以及同行们的一些相关研究成果，除在书中注明出处外，在此也向这些作者表示谢意。

本书写成之后能顺利出版，则主要是幸获 2001 年天津社会科学院出版基金的资助，以及我院出版社的鼎力相助。本书书稿完成后，相继得到出版社的诸位领导以及其他许多同志的热情帮助和大力支持，从而列入出版计划，并很快与读者见面。从本书的出版可以看出，我院出版社在扶持学术著作的出版和推动学术研究的发展等方面，确实做出了相当的努力。还有许多关心爱护我的朋友，限于篇幅，不能一一列举，在此一并感谢。

作者

2002 年 4 月 29 日